J. Eichler

Kompendium der Anaesthesiologie

gustav fischer
taschenbücher

Kompendium der Anaesthesiologie

J. Eichler

69 Abbildungen

SEMPER BONIS ARTIBUS

Gustav Fischer Verlag · Stuttgart
1974

Anschrift des Verfassers:
Professor Dr. med. Johannes Eichler, Medizinische Akademie,
24 Lübeck, Ratzeburger Allee 160

ISBN 3-437-10347-4

Satz: Maschinensetzerei Johann Staiger, Hechingen
Druck: Karl Grammlich, Pliezhausen
Einband: Großbuchbinderei Siegloch, Stuttgart
Printed in Germany

Vorwort

Das vorliegende «Kompendium der Anaesthesiologie» entstand auf Anregung des Verlages. Grundlage des Manuskriptes für dieses Taschenbuch ist meine seit 1960 gehaltene Vorlesung über «Moderne Anaesthesie». So wendet sich der Inhalt vor allem an den Studenten, aber auch an den Arzt, der sich über den gegenwärtigen Stand der Anaesthesiologie und Wiederbelebung orientieren möchte oder der in diesem Fachgebiet tätig werden will.

Es ist nicht Aufgabe dieses Taschenbuches, umfassendere Lehrbücher der Anaesthesiologie zu ersetzen.

Dem Gustav Fischer Verlag, Stuttgart, insbesondere Herrn Bernd v. Breitenbuch jun., danke ich für das Verständnis, meine Wünsche zu berücksichtigen.

Die Zusammenstellung des Manuskriptes haben meine Mitarbeiter durch Hinweise und kritische Durchsicht unterstützt. Besonders zu danken habe ich dem Graphiker der Medizinischen Hochschule Lübeck, Herrn Grassert, für Entwürfe und Zeichnung zahlreicher Abbildungen sowie den Photomeistern Frau Hannemann und Herrn Göbel für die Anfertigung von Reproduktionen. Meiner Sekretärin, Frau Höfer, danke ich für die Geduld und große Ausdauer, mit der sie das Manuskript und die notwendigen Korrekturen schrieb.

Allen Lesern dieses Taschenbuches bin ich für Hinweise zur Verbesserung des Inhaltes dankbar.

Lübeck, im Dezember 1973

Johannes Eichler

Nicht sämtliche geschützten Bezeichnungen von Medikamenten wurden mit dem Zeichen ® versehen. Die Nichtkennzeichnung berechtigt also nicht zu der Annahme, daß es sich um ungeschützte Präparat-Namen handelt.

Inhalt

1. Einleitung

Die mittlere Lebenserwartung der Menschen hat seit Beginn des 20. Jahrhunderts durch die bedeutenden Fortschritte der Technik, des Sozialwesens und der Medizin in ihrer Gesamtheit zugenommen.

Unter der Gesamtheit der Medizin sind dabei zu verstehen sowohl eine verbesserte Diagnostik als auch technische Entwicklungen und neue therapeutische Möglichkeiten, die vor allem durch die moderne Arzneimittelforschung geschaffen wurden. Dadurch ist es im Bereich der Chirurgie möglich geworden, Eingriffe in Lebensaltern durchzuführen, in denen sie noch vor 10–15 Jahren als zu risikoreich angesehen werden mußten. Die Anaesthesie von Neugeborenen und von Greisen gehört heute bereits zum Alltag des Anaesthesisten. Für den Anaesthesisten erfolgte aber nicht nur eine Verbreiterung der Arbeitsbasis durch neue und erweiterte Indikationsstellungen, sondern durch eine echte Ausweitung des Aufgabengebietes.

So erstreckt sich heute die Tätigkeit des Anaesthesisten auf folgende Arbeitsbereiche:

1. Durchführung der Narkose einschließlich der Vorbereitung und Nachsorge. Die Durchführung der Narkose ist nach wie vor die wichtigste Aufgabe des Anaesthesisten und wird sie bleiben müssen. Während der Operation übernimmt der Anaesthesist die volle Verantwortung für die Aufrechterhaltung der vitalen Funktionen des Patienten, also die Überwachung von Atmung, Kreislauf, Blutersatz, Stoffwechsel und Körpertemperatur.

2. Prae- und postoperative Infusionstherapie, die den Erkenntnissen der modernen Flüssigkeits- und Elektrolytsubstitution gerecht wird. Hierbei müssen erforderlichenfalls die Werte von Kalium, Natrium, Calcium, Chlor und der Säure-Basen-Verhältnisse im Serum korrigiert werden. Gegebenenfalls muß der Patient enteral oder parenteral ernährt werden.

3. Intensivtherapie: Von ihr wird gesprochen, wenn vitale Funktionen des Organismus ernst bedroht oder ausgefallen sind, wie z. B. die Atmung.

4. Schockbehandlung und Reanimation.

Die Narkose ist ein komplexer Vorgang (bzw. Zustand), der sich aus mehreren Komponenten zusammensetzt, und zwar:

1. Ausschaltung des Bewußtseins,
2. Aufhebung der Schmerzempfindlichkeit,
3. der Reflexdämpfung,
4. Muskelrelaxation (bei der modernen «Kombinationsnarkose»).

Bei aller segensreichen Wirkung der Narkotika darf die Tatsache nicht übersehen werden, daß die Narkose eine – wenn auch reversible – Vergiftung des Organismus darstellt. Während ein Mensch aus einem physiologischen Schlafzustand durch äußere Reize erweckt werden kann, liegt in der Narkose ein Zustand der Schmerz- und Reflexlosigkeit vor, aus dem der Patient auch durch stärkste äußere Reize nicht erweckbar ist. Er befindet sich also in einem Zustand zwischen Schlaf und Tod! Sorgfältigste Überwachung ist während der Dauer der Narkose erforderlich. Dies gilt besonders für die neuen, starkwirkenden Narkotika, die uns mit geringsten Dosen auskommen lassen und die nahezu optimal steuerbar sind. Nach Wiemers sind die Waffen des Anaesthesisten schärfer, damit aber auch gefährlicher in der Hand des Ungeübten geworden, denn schon eine geringe Überdosierung kann zum Tod des Patienten führen. In der Hand des erfahrenen Anaesthesisten aber bieten sie dem Patienten Sicherheit bei nur geringer vegetativer Belastung. Übelkeit und Erbrechen, die früher untrennbar mit einer Narkose verbunden waren, sind fast gänzlich verschwunden. Der Patient erwacht unmittelbar nach der Operation, befindet sich aber in einem Zustand angenehmer Müdigkeit und ist noch für Stunden schmerzfrei. Besonders darauf legt der Patient unserer Zeit großen Wert.

2. Kurzer Hinweis zur Geschichte der Anaesthesiologie und zum gegenwärtigen Berufsbild des Anaesthesisten

Schmerzhafte Erkrankungen und Wunden hat es zu allen Zeiten gegeben. So alt wie der Schmerz ist also auch der Wunsch, ihn zu lindern, um dem Kranken einen wohltuenden und erholsamen Schlaf zu schenken.

Der wohl älteste Hinweis auf einen narkotischen Schlaf – Narkose heißt eigentlich «Schlaf» und Anaesthesie «Empfindungslosigkeit» – findet sich in der Bibel bei 1. Mos. 2, 21 (also etwa 3500–4000 v. Chr.) bei der Erschaffung Evas: «Da ließ Gott der Herr einen tiefen Schlaf fallen auf Adam, und er schlief». – Der «Chronist» muß also um die Herbeiführung eines künstlichen Schlafes gewußt haben.

Aus der Zeit der Assyrer sind Keilschriften erhalten, aus denen hervorgeht, daß die schmerzlindernden Eigenschaften des Mohns, der Alraunwurzel, des indischen Hanfes und des Alkohols bekannt waren. Diese Drogen wurden meist in Form von Tränken oder Schwämmen verabfolgt, die man in die Nasenöffnungen einlegte. Zum Teil verbrannte man auch diese Pflanzen und inhalierte ihre Dämpfe.

Wurden bei den Griechen, den Römern und später auch bei den Völkern Mitteleuropas diese Drogen bis zum 12.–13. Jahrhundert relativ häufig angewendet, so ging ihre Anwendung unter dem Einfluß der Inquisition fast völlig zurück. Nicht selten riefen diese Tränke Halluzinationen hervor, und Hildegard von Bingen schrieb im 12. Jahrhundert darüber: «In der Mandragora ist der Einfluß des Teufels gegenwärtiger als in anderen Pflanzen.» 1231 weist Guy de Challiac auch auf Todesfälle durch Einnahme von Schlaftränken hin. Mancher Medikus, der in der Absicht, zu helfen, einen Schlaftrunk gab, endete als Verbündeter des Teufels auf dem Scheiterhaufen.

Eine Narkose im heutigen Sinne wurde aber durch die Schlaftränke nicht erzeugt; es handelte sich lediglich um eine Somnolenz (Benommenheit) mit herabgesetzter Schmerzempfindlichkeit, die noch keine gezielten Operationen erlaubte. Die Chirurgie des Mittelalters beschränkte sich auf reine Wundbehandlungen, Eröffnungen von Eiterbeulen, Notamputationen und hin und wieder auf das «Steinschneiden». Die Entfernung von Blasensteinen wurde nicht selten vor Schaulustigen auf Jahrmärkten vorgenommen.

Die Bedeutung des Äthers – 1240 von Lullius beschrieben – wurde nicht erkannt. Lediglich Paracelsus verordnete ihn als Tropfen gegen Magenschmerzen.

1774 entdeckte Priestley das Lachgas, auf dessen analgesierende Wirkung 1799 Davy hinwies. Aber sowohl seine Beobachtung wie die Hickmans, der mehrere Tiere mit Lachgas analgesierte, wurden nicht ernst genommen. Hickman fand sogar schroffe Ablehnung bei den Universitäten Englands und Frankreichs. Im Jahre 1824 schrieb Hickman enttäuscht an seinen Freund Knight: «Es gibt niemanden, den es beim Gedanken an eine Operation nicht schauderte, und ich habe mich oft darüber beklagt, als ich als Chirurg tätig war, daß niemand sich Gedanken darüber machte, wie man die Angst vermindern und die Schmerzen lindern könne.»

1831 wurde gleichzeitig von Liebig, Guthrie und Soubieron das Chloroform entdeckt, aber auch dessen Bedeutung anfangs nicht erkannt.

Lediglich das Lachgas erfreute sich einer Beliebtheit, zwar nicht in der Medizin, so doch im Lachkabinett von Schaustellern. Bei einer solchen Vorstellung in Boston beobachtete der Zahnarzt Wells im Jahre

1844, wie sich ein junger Mann im Lachgasrausch verletzte, davon aber keinerlei Notiz nahm und keine Schmerzen äußerte. Nach einem Selbstversuch, bei dem sich Wells einen Zahn ziehen ließ, und weiteren zahlreichen schmerzlosen Zahnextraktionen bei seinen Patienten, erhielt Wells die Erlaubnis zur Durchführung einer Lachgasanalgesie vor den Studenten des Massachusetts General Hospitals in Boston. Der Versuch scheiterte, da offenbar die Inhalation des Lachgases zu früh eingestellt wurde und – aus heutiger Sicht – der Patient für eine Lachgasanalgesie ungeeignet war. Einen vollen Erfolg dagegen hatte Wells' ehemaliger Assistent Morton bei der Vorführung einer Äthernarkose am 16. Oktober 1846 am gleichen Hospital. Dieser Tag gilt heute als Entdeckung der modernen Narkose. Überliefert sind die Worte des Chirurgen Warren nach Beendigung der Narkose: «Gentlemen, this is no humbug.» Zur Erinnerung an diesen denkwürdigen Tag wurde am Massachusetts General Hospital eine Tafel mit der Aufschrift angebracht:

«Die Kenntnis von dieser Entdeckung verbreitete sich von hier aus über die ganze zivilisierte Welt, und es begann eine neue Ära der Chirurgie».

Kam es vor der Entdeckung der Narkose darauf an, bei einem schreienden und sich vor Schmerz windenden Patienten schnell zu operieren, so konnte nun die Schnelligkeit zugunsten der Sicherheit zurücktreten. Da der Chirurg nun an einem ruhig schlafenden Patienten sorgfältig präparieren konnte, wurden der Chirurgie völlig neue Anwendungsbereiche erschlossen.

Wurden vom Chirurgen des Mittelalters starke Nerven verlangt wegen

1. des Geschreis des Patienten,
2. des Eitergestankes,
3. unerwartet auftretender Blutungen,

so dürfen wir Anaesthesisten heute ohne Überheblichkeit sagen, daß wir dem Chirurgen das Geschrei des Patienten ersparen und auch manche Sorgen bei plötzlich auftretenden Blutungen abnehmen.

In diesem Zusammenhang sei ein Ausspruch von Sir Robert Macintosh zitiert, der 1938 in Oxford den ersten europäischen Lehrstuhl für Anaesthesiologie übernahm: «Der Chirurg, der die Einsicht und die Weisheit hat, einen zuverlässigen und gut gerüsteten Verbündeten an sich zu knüpfen und ihm alle Sorgen der Anaesthesie zu überlassen, verdient ungestörte Nächte und ein langes Leben.»

Der Anaesthesist befreit den Patienten von den mit der Operation verbundenen Schmerzen und verschafft zugleich dem Operateur günstige Arbeitsbedingungen. Außerdem übernimmt der Anaesthesist die volle Verantwortung für die Aufrechterhaltung der vitalen Funktionen des Patienten während der Operation. Dabei ist es wichtig, daß sich der Anaesthesist in die Arbeitsgruppe, wie sie nun einmal für eine große Operation notwendig ist, einfügt, den Gang der Operation kennt und auch genau verfolgt. K. H. Bauer führte dazu aus: «Wir stehen heute im Operationssaal vor der irreversiblen Tatsache der Arbeitsteilung: der Operateur widmet sich ganz und nur seiner Operation, während der Anaesthesist alle vitalen Funktionen des Kranken steuert und überwacht.»

Während nun früher die Narkosen als sogenannte «Mono»-Narkosen durchgeführt wurden, d. h. mit nur einem Narkosemittel, meist Chloroform oder Äther, bei Atmung von atmosphärischer Luft, ist heute nahezu jede Narkose eine «Kombinationsnarkose», bei der durch eine sinnvolle Auswahl von Narkotika mit verschiedenen Angriffspunkten der Grad der Toxizität niedrig gehalten wird, ja sich die Pharmaka in ihrer Wirkung sogar addieren bzw. potenzieren. Welche Anaesthetika er verwendet, muß jeder Anaesthesist nach Ausbildungsstand und Erfahrung selbst entscheiden. Es wird kein «bestes» Anaesthetikum und keine «beste» Narkosetechnik geben, sondern nur Anaesthetika, deren Wirkung der Anaesthesist genau kennt und Techniken, die er beherrscht.

Jeder Patient muß auf die Narkose und Operation vorbereitet werden, psychisch und medikamentös. Zur Vorbereitung auf eine Narkose gehört der Besuch des Anaesthesisten beim Patienten und eine Unterhaltung, die das Ziel hat, das Vertrauen des Patienten zu gewinnen, begibt sich dieser doch in die Hand eines Menschen, der ihn durch die Narkose in einen Zustand der Willen- und Wehrlosigkeit versetzt. Allein die – bei den modernen Narkotika völlig unbegründete – Sorge, in der Narkose streng gehütete persönliche Geheimnisse preiszugeben, verlangt vom Anaesthesisten viel Verständnis für die Nöte des Patienten. Schon dadurch läßt sich die manchmal aufgestellte Behauptung widerlegen, das Fachgebiet «Anaesthesiologie» sei für einen Arzt nicht befriedigend, da der Anaesthesist zu wenig persönlichen Kontakt zu seinen Patienten habe.

Sorgfältig wird nach dem Allgemeinzustand und dem Alter des Patienten die Prämedikation ausgewählt. Besonderer Wert muß darauf gelegt werden, daß der Patient in der Nacht vor der Operation gut schläft und am nächsten Morgen die Zeit bis zum Operationsbeginn verschläft oder in einem Zustand der «Sorglosigkeit» verbringt. So kann dann der Anaesthesist seine Narkose bei einem innerlich völlig entspannten und ausgeglichenen Patienten beginnen.

Die Gefahr der unbefriedigenden Überspezialisierung besteht also für den Anaesthesisten nicht: Seine Tätigkeit setzt sich zusammen aus angewandter innerer Medizin, angewandter Physiologie und angewandter Pharmakologie. Darüber hinaus muß der Anaesthesist ein gewisses technisches Verständnis und manuelle Geschicklichkeit besitzen.

3. Erforderliche physiologische und pharmakologische Vorkenntnisse für die Anwendung von Pharmaka in der Anaesthesiologie

Subtile Kenntnisse über die Wirkungen von Pharmaka, aber auch ihre Applikationsmöglichkeiten (parenteral, enteral), müssen jedem Arzt, der sie anwendet, bekannt sein. Dies gilt insbesondere für die in der Anaesthesie verwendeten, meist «starkwirkenden» Pharmaka.

Bei der parenteralen Applikation müssen die anti- bzw. aseptischen Kautelen gewahrt werden. Da die Haut von Bakterien besiedelt ist, können nicht nur durch operative Eingriffe, sondern auch durch Injektionen Infektionen auftreten. Für die Entwicklung der modernen Chirurgie war sicher die Erkenntnis von der Anti- bzw. Asepsis von gleich entscheidender Bedeutung wie die Entdeckung der modernen Anaesthesie.

Kenntnisse in bezug auf die verwendeten Arzneimittel müssen bekannt sein:
Möglichkeit der Applikation und Resorption
Verteilung im Organismus
Abbau und
Ausscheidung.

Historisches zur parenteralen Applikation:

1628 entdeckte Harvey den Blutkreislauf.

1656 nahmen Wren und Boyle (Chemiker) erste *intravenöse* Injektionen an Tieren vor. Hierzu wurde ein Röhrchen mit daran befestigter Blase verwendet. Injiziert wurden Rotwein, Opium und Brechmittel. Versuche an Menschen wurden nicht durchgeführt, da offenbar infolge Unverträglichkeit, zu hoher Dosierungen und Verunreinigungen starke Nebenreaktionen auftraten.

1664 führte Elsholz in Berlin erste intravenöse Injektionen, nach Vorversuchen an Hunden und Ertrunkenen, durch. – Verwendet wurde eine modifizierte «Klistierspritze» mit einem kanülenähnlichen Ansatz.

1665 wurde durch Schmiedt-Fabritius (Danzig) und

1668 durch Major (Kiel) die intravenöse Injektion, wahrscheinlich auf Grund der englischen Versuche von Wren und Boyle, zur Therapie der Lues vorgenommen.

Um 1830 soll der englische Chirurg Hunter die angeschliffene Hohlnadel angegeben haben.

1853 konstruiert Pravaz (Lyon) eine Spritze mit Hohlnadel, deren Kolben durch ein Gewinde vorwärtsgetrieben wurde. Pravaz versuchte, das Aneurysma einer peripheren Arterie durch Eisenchlorid zur Thrombosierung zu bringen.

1853 Wood (Edinburgh) injiziert eine Morphinlösung *subcutan* zur Behandlung von Neuralgien.

1863 erste *intramuskuläre* Injektion durch Luton (Frankreich) als Reiztherapie. Wahrscheinlich erste therapeutische intramuskuläre Injektion durch Schadek in Kiew (1852–1907); Injektion von Quecksilberoxydul zur Behandlung der Lues.

1869 durch Luer (Paris) Herstellung der «Kolbenspritze» aus Glas mit Konus zum Aufstecken der Kanüle. (Wegfall des Schraubengewindes.)

1881 Intravenöse Kochsalzeingießung durch Landerer.

1906 in Deutschland Einführung der «Rekordspritze» aus Metall und Glas. – Wegen nicht exakter Sterilisierungsmöglichkeit Übertragung der Virus-Hepatitis nicht ausgeschlossen.

Seit etwa 1960 «Einmalgeräte»: Einmalspritzen, Einmalkanülen, Venenkatheter u. a.

Vorteil: absolute Sterilität und optimal scharfe Kanülen; Entlastung des Pflegepersonals.

Nachteil: großer Volumenbedarf für Lagerung und Abfall; Verletzung des Pflegepersonals durch benutzte, herumliegende Kanülen.

Seit etwa 1960 von Lockart angegebene subcutane Injektion durch Hochdruck-«Injektionspistole» (insbesondere für Massenimpfungen).

Über Bluttransfusionen siehe S. 201.

Historisches zur Anti- bzw. Asepsis:

Ignáz Fülöp Semmelweis (1818–1865 erkannte die Gefahr der Wundinfektion. Er ist der Begründer der Lehre von der *Aseptik* (s. u.).

J. Lister (1867–1912) verwendete zur *Antisepsis* (s. u.) bei Operationen einen Karbolspray.

1877 E. v. Bergmann wendet die Sublimat- anstatt der Karbolantisepsis an.

1883–1885 G. A. Neuber (Kiel) führt anti- bzw. aseptische Methoden für den gesamten Operationsbereich ein (Händewaschen, Kleidung, Sauberkeit der Operationssäle usw. usw.).

1886 Einführung der Dampfsterilisation durch E. v. Bergmann und K. Schimmelbusch.

1888 P. Fürbringer führt die Alkohol-Sublimatdesinfektion der Hände vor der Operation routinemäßig ein.

1897 Einführung der Gummihandschuhe für Operationen durch Halstedt (USA).

1822–1895 Pasteur (Frankreich) erkennt, daß niedere Lebewesen nicht aus anorganischer Materie entstehen, sondern aus der Luft in vorher keimfreie Stoffe gelangen und dort die Fäulnis einleiten. «Pasteurisieren» = abtöten von Keimen durch Hitze. Dies stellt die Grundlage der praktischen Sterilisationsmaßnahmen dar.

1843–1910 Robert Koch schafft die wichtigsten methodischen Grundlagen der bakteriellen Forschung in bezug auf Züchtung und Färbung der Bakterien. 1876 wies Koch im Milzbrandbazillus zum ersten Mal einen lebenden Mikroorganismus als spezifischen Erreger für eine Infektionskrankheit nach.

1882 entdeckte Koch das Tuberkulosebakterium,

1883 den Choleraerreger.

1905 erhielt Robert Koch den Nobelpreis für Medizin, insbesondere auch für seine Forschungen über die Schlafkrankheit und die Malaria.

1822–1895 Thiersch (Leipzig) verwendet Salizylsäure als Antiseptikum.

1864–1916 Friedrich gibt (1898) seine «Wundausschneidung» an, die zwar oft falsch zitiert wird, jedoch eine segensreiche Wirkung erzielte.

In neuer Zeit wird zur Keimfreimachung thermolabiler Gegenstände (z. B. Herz-Lungen-Maschine) Äthylendioxyd verwendet (Explosionsgefahr, teuer).

Seit etwa 1960 wird zur Desinfektion von Großgeräten in der Medizin Formalindampf verwendet (Dräger-Aseptor; siehe auch S. 139).

Begriffsbestimmungen (die Begriffe überdecken sich teilweise):

Aseptik = Keimfreimachen durch chemische oder physikalische Mittel und Methoden (Gase, Dämpfe, z. B. hochgespannter Wasserdampf).

Antiseptik = Reinigen (z. B. Haut) durch keimtötende Mittel. Erzeugt eine drastische *Verminderung der Keimzahl* bei wirksamer Lösung.

Desinfektion: Vernichtung von Krankheitserregern (an Geräten, in Räumen u. a.) durch:

a) Dämpfe (z. B. Formalin)
b) Lösungen
c) Gase

Sterilisation: (absolute Keimfreimachung von Gegenständen) durch:

a) Hitze
b) gespannten Wasserdampf
c) Gase (Äthylenoxyd)
d) Formalindampf
e) Beta-Strahlen (z. B. zum Sterilisieren von Einmalgeräten).

Die Lehren von Semmelweis, Lister und ihren Nachfolgern sind bis heute nicht widerlegt. Vor jeder parenteralen Applikation (Injektion) sollte also unbedingt eine Hautdesinfektion zur Herstellung einer Keimarmut erfolgen.

Praktische Hinweise zur Desinfektion der Haut an der vorgesehenen Injektionsstelle:

Am häufigsten wird die vorgesehene Hautstelle durch «Abreiben» mit einem Alkoholtupfer desinfiziert. Konzentrierter Äthylalkohol (96%ig) ist hierzu ungeeignet. Die beste bakterizide Wirkung hat eine Lösung, die aus 70 Gewichts-% (= 77 Volumen-%-Äthyl- oder besser Propylalkohol) besteht. *Jede Form des Alkohols ist jedoch unwirksam gegen bakterielle Sporen!* Gasbrand- und Tetanussporen konnten aus alkoholischen Lösungen, die zur Hautdesinfektion verwendet wurden, gewonnen und in Kulturen gezüchtet werden.

Vorteil des Alkohols für die intravenöse Injektion ist die Hyperämisierung des bestrichenen Hautgebietes; dadurch treten die Venen praller hervor.

Diäthyläther als sogenannter «Waschäther», der meist aus nicht verbrauchten Beständen von Narkoseäther besteht, besitzt keinerlei bakterizide Eigenschaft. Die Haut wird lediglich entfettet. – Einen entscheidenden Nachteil aber besitzt der Äther für die intravenöse Injektion: Infolge der Verdunstungskälte kontrahieren sich die Venen im Hautbereich, der mit Äther abgerieben wurde. Im Gegensatz zur Wirkung des Alkohols, der die Venen praller hervortreten läßt, verschwinden durch die Anwendung von Äther vorher gut sichtbare

Venen nahezu völlig. Dadurch kann unter Umständen eine intravenöse Injektion nicht nur erschwert, sondern völlig unmöglich gemacht werden.

Nach dem heutigen Stand der Anti- bzw. Asepsis sollte die Hautdesinfektion folgendermaßen vorgenommen werden:

1. Desinfektion der Haut mit Lösungen, die neben Isopropylalkohol Zusätze von Ammonium-Chlorid oder -Jodid, Natrium-Jodverbindungen oder auch Phenol-Abkömmlingen enthalten.

Gebräuchlich sind die Lösungen: Dijozol ®, Cutasept ®, Merfen ® u. a.

Nach Angaben im anglo-amerikanischen Schrifttum sollte eines der erwähnten Desinfizienzien angewendet und nach dessen Eintrocknen zusätzlich noch mit 70%igem Isopropylalkohol (in Folien steril verpackt) abgerieben werden. Dadurch wird eine gute Venenfüllung erreicht und die Punktion der Venen erleichtert.

Leider wird die erforderliche Einwirkzeit, die für eine bakterizide Wirkung notwendig ist, fast nie eingehalten.

Die Einwirkungszeit beträgt für

Jodtinktur	15–30 sec,
Alkohol etwa	2 min,
Quartäre Ammoniumbasen etwa	5 min.

3.1. Applikation und Resorption

3.1.1. parenteral

3.1.1.1. intracutan

Indikationen zu diagnostischen Zwecken (z. B. Prüfung auf Serumüberempfindlichkeit, Tuberkulinprobe u. a.).
Injektionsort: Meist Innenseite der Unterarme.
Verwendete Kanülen: dünn, Nr. 16 oder 18.

3.1.1.2. subcutan

Indikationen: Praemedikation, Schmerzstillung u. a.
Injektionsart: Meist Lateralseite der Oberschenkel, der Unter- oder Oberarme.
Verwendete Kanülen: dünn, Nr. 16 oder 18.
Technik: Anheben einer Hautfalte mit Daumen und Zeigefinger der freien Hand (Abb. 1), dann flach-schräges Einstechen mit dünner Kanüle in das Subcutangewebe. Subcutan können nur isotone und wäßrige Lösungen injiziert werden.

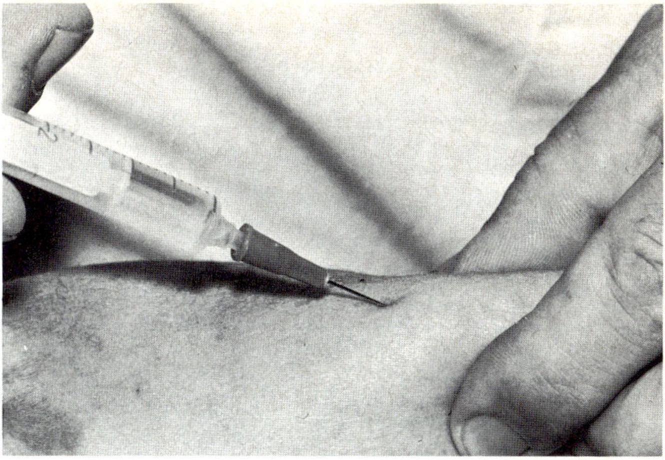

Abb. 1: Technik der subcutanen Injektion

Resorptionsgeschwindigkeit: Wegen relativ geringer Durchblutung des Subcutangewebes langsam. – Für Praemedikationen muß die Injektion mindestens (!) 45–60 Minuten vor der geplanten Operation erfolgen. Subcutane Dauertropfinfusion zur parenteralen Flüssigkeitssubstitution (s. S. 176 ff. unter «Infusionstherapie»).

3.1.1.3. intramuskulär

Indikationen: Applikation von Medikamenten (es können iso-, hypo-, hypertone und auch ölige Lösungen injiziert werden).
Injektionsort: siehe unten.
Verwendete Kanülen: *ausreichend lange* Kanülen (mindestens Nr. 1 oder 2), um sicher die Muskulatur zu erreichen.
Technik: Senkrecht zur Oberfläche, zügig in die Tiefe einstechen.
In jedem Falle Aspiration, um die Gewißheit zu haben, daß nicht versehentlich ein Gefäß getroffen wurde.
Resorptionsgeschwindigkeit: Schneller als bei subcutaner Applikation, da die Muskulatur wesentlich besser durchblutet ist.

3.1.1.3.1. intraglutäale Injektion

Sie ist wohl die noch am häufigsten angewendete Methode der intramuskulären Injektion.

Streng muß der obere, äußere Quadrant des M. glutäus maximus gewählt werden. Mit einer möglichst langen Kanüle wird senkrecht in die Tiefe eingestochen. Trifft die Kanüle auf die Darmbeinschaufel, wird sie etwa 1–2 cm zurückgezogen. Das Auftreffen auf die Darmbeinschaufel ist kein Kunstfehler. Fehlerhaft ist jedoch eine zu flache Injektion in das Unterhautfettgewebe, die bei manchen Medikamenten zu Seifenbildung und später auch zu Abzessen führen kann.

Im Bereich der inneren Quadranten des M. glutäus maximus verläuft der Nervus ischiadicus. Cave Schäden durch Punktion oder Medikamente!

Nachteile der intraglutäalen Injektion:

Oft schmerzhaft, da der Patient zur Seite gedreht werden muß; der Patient liegt auf der Injektionsstelle (auch hierdurch können zusätzliche Schmerzen auftreten); durch Schweißabsonderungen (unter dem Laken liegt meist ein Gummituch) werden die Bedingungen einer «feuchten Kammer» geschaffen. Dadurch ist die Infektionsgefahr relativ groß.

Vorteil der intraglutäalen Injektion:

Rasche Resorption der injizierten Medikamente wegen sehr guter Durchblutung dieser Muskulatur.

3.1.1.3.2. intramuskuläre Injektion nach v. Hochstetter (Abb. 2)

Zwar weniger bekannt, jedoch besser geeignet ist die Injektion in den ventralen Bereich der kleinen Mm. glutäi. Es handelt sich dabei

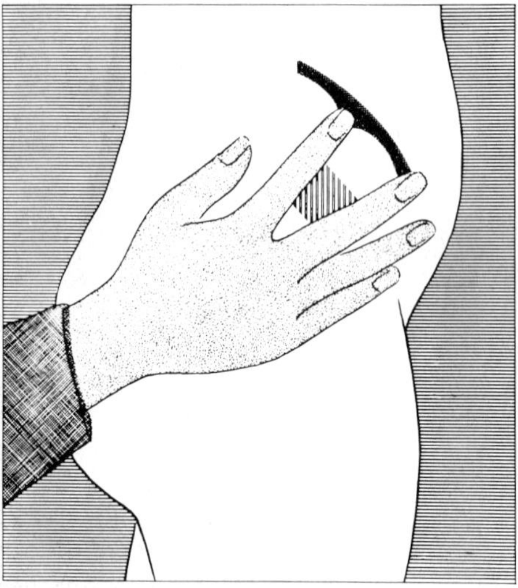

Abb. 2: Intramuskuläre Injektion in den ventralen Bereich der Mm. glutäi nach v. Hochstetter

zwar auch um eine Injektion in den «oberen, äußeren Quadranten», jedoch liegt der Injektionspunkt weiter ventral als bei der herkömmlichen Technik.

Zur Bestimmung der Injektionsstelle werden Mittel- und Zeigefinger maximal gespreizt (Schwurhand). Der ventral gelegene Finger tastet die Spina ilica ventralis, während der Handteller auf den Trochanter major drückt. Gleichzeitig wird die Haut zwischen den aufliegenden Fingern gespannt. Die Injektionsstelle liegt zwischen Zeige- und Mittelfinger, etwa in Höhe der Mittelgelenke. Injiziert wird leicht in Richtung auf den Darmbeinkamm, keinesfalls soll einer der Finger «unterkreuzt» werden.

Vorteile der Methode nach v. Hochstetter sind:

1. Der ventrale Teil der kleinen Mm. glutäi liegt außerhalb des Bereichs größerer Nerven und Gefäße.
2. Haut und Panniculus adiposus sind dünner als im dorsalen Bereich der Mm. glutäi.
3. Der Patient liegt nicht auf der Injektionsstelle; die Haut ist ärmer an pathogenen Keimen.
4. Injektion ist auch in Rückenlage möglich, wenn auch Seitenlage des Patienten mit leicht überkreuzten Beinen die Injektion etwas vereinfacht.

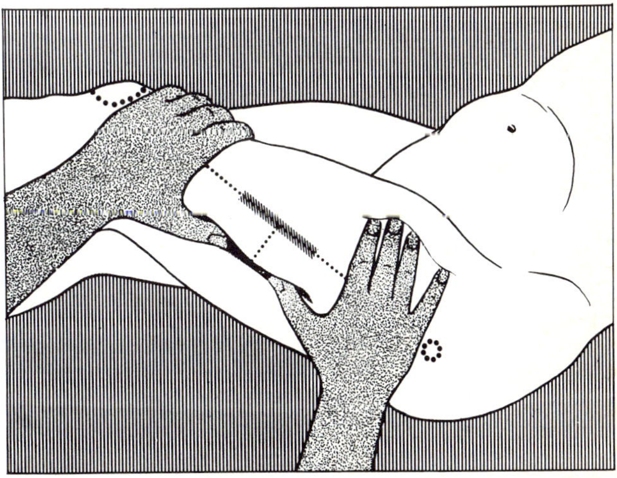

Abb. 3: Intramuskuläre Injektion in den medio-lateralen Bereich des M. quadriceps femoris nach v. Hochstetter

3.1.1.3.3. intramuskuläre Injektion nach v. Hochstetter in den medio-lateralen Bereich des M. quadriceps femoris (s. Abb. 3)

Die Injektion darf nicht zu weit lateral erfolgen und nicht in den Bereich der Fascia lata gelangen (cave Nekrosen).
Bis zu Dosen von etwa 5 ml ist diese Technik gut geeignet.

3.1.1.4. intravenös

Indikationen: Medikamentenapplikation, Infusion (wäßrige Lösungen, iso-, hypo- und hyperton; Fettlösungen nur zur parenteralen Ernährung, Transfusionen, Blutentnahme).

Es ist sofort ein hoher Blutspiegel vorhanden, da die Resorption umgangen wird. Rasche Wirkung durch exakte Dosierungsmöglichkeit. – Bei mangelhafter peripherer Durchblutung (z. B. im Schock) ist wegen nicht gewährleisteter Resorption nur die intravenöse Injektion angezeigt.

Cave zu schnelle und versehentliche intraarterielle oder paravenöse Injektion.

Injektionsorte: Um versehentliche intraarterielle Injektionen zu vermeiden, sind vorwiegend Venen an der Radialseite des distalen Unterarmes (V. cephalica), des Handrückens oder der *radialen* Ellenbogenseite zu wählen. Versehentliche intraarterielle Injektionen können in der Ellenbeuge insbesondere deshalb vorkommen, da die V. mediana antebrachii und die A. brachialis sehr nahe zusammenliegen bzw. die Arteria dicht unterhalb der Vene verläuft. Außerdem sind aberrierende Gefäße im Cubitalbereich nicht selten, besonders dann, wenn die Teilung der Arteria brachialis bereits oberhalb der Cubita erfolgt und ein 4. Ast dieser Arterie in der Ellenbeuge, ohne sicht- und fühlbare Pulsationen, epifascial verläuft.

Verwendete Kanülen: Für Narkosen sollte man keine zu englumigen Kanülen verwenden, um gegebenenfalls rasch infundieren oder transfundieren zu können.

Verwendete Kanülen: Nr. 1 oder 2 oder besser Flügelkanülen Nr. 1; 1,2; 1,5; Braunülen Nr. 1 oder 2. Für Säuglinge und Kleinstkinder muß entsprechend variiert werden.

Bei einer Venae sectio empfiehlt sich das Legen eines Venenkatheters mit dem größtmöglichen Lumen.

Technik der intravenösen Injektion:

1. Stauung mit Hilfe einer Blutdruckmanschette auf 30–40 mm Hg. Bei diesem Stauungsdruck wird zwar Blut durch den systolischen Druck in die Peripherie gepumpt, der Rückfluß jedoch verhindert, so daß die Venen praller hervortreten und damit die Punktion erleichtern.
2. Desinfektion der vorgesehenen Hautstelle (s. S. 9).

3. Evtl. «Klopfen» der vorgesehenen Punktionsstelle oder/und «Pumpen» mit der Hand.

Vor Punktion fester Faustschluß.

4. Flaches Einführen der Kanüle in Längsrichtung der Vene. Aspiration von Blut, um sich von der sicheren intravenösen Lage der Kanüle zu überzeugen.

5. Die Injektion darf keinesfalls schneller, als für das entsprechende Medikament vorgeschrieben, erfolgen!!! Gegebenenfalls muß Zeitkontrolle mit Hilfe einer Uhr erfolgen. Sie ist bei der Injektion zahlreicher Anaesthetika viel häufiger notwendig, als der Anfänger ahnt!

3.1.1.5. versehentliche intraarterielle Injektion:

Diese ist, auch bei äußerster Sorgfalt, nicht immer zu vermeiden. Bei sorgfältiger Beobachtung läßt sich jedoch bereits bei Beginn der Injektion aufgrund eines nach peripher einschießenden Schmerzes auf eine versehentliche intraarterielle Injektion schließen. Bei schneller Infusion kann selbst eine intravenös infundierte, isotonische Kochsalzlösung in der Peripherie einen schweren Schaden verursachen, der möglicherweise eine Amputation zur Folge hat.

Nach einer versehentlichen intraarteriellen Injektion ist die Schwere der sekundären Folgeerscheinungen abhängig von:

1. Dosis und Konzentration
2. vom verwendeten Mittel (z. B. ist Evipan weniger toxisch als jedes Thiobarbiturat, und Epontol liegt in der Toxizität zwischen den Thiobarbituraten und dem Evipan).
3. dem Gefäßspasmus, der bis zu 4 Minuten anhält, und der dann stets durch eine hyperämische Periode abgelöst wird.

Die gezielte Therapie besteht nach Böhmer und Rügheimer in folgenden Maßnahmen:

1. Kanüle in der Arterie liegenlassen;
2. durch diese Kanüle sofort nachinjizieren:
eine Ampulle Panthesin-Hydergin zur Spasmolyse;
40 mg Urbason solubile zur Beseitigung des Ödems;
3. Stellatumanaesthesie
4. täglich für die Dauer von 8 Tagen folgende Dauertropfinfusion:
500 ml 5%ige Glukoselösung + 3 Amp. Panthesin-Hydergin +
40 mg Urbason + 3 Amp. Vitamin-C-Calcium.
5. Lagerung der Extremität im Eiskasten oder Anwendung trockener Kälte durch Eisblasen für 3–4 Tage.

3.1.1.6. intracardial

Indikation: Zur einmaligen Injektion nach Herz- und Kreislaufstillstand. – Weitere Injektionen sollen intravenös erfolgen, um den Herzmuskel nicht zu stark zu traumatisieren.

Durch die extrathorakale Herzmassage wird ein ausreichender Minimal-Kreislauf aufrechterhalten, so daß intravenös injizierte Medikamente sicher in den Kreislauf gelangen.

Die Technik der intracardialen Injektion:

Mit einer langen, *sehr dünnen* Kanüle wird im 4. Intercostalraum links, 2–3 cm lateral des Sternums, senkrecht in die Tiefe eingestochen. Nach etwa 5–6 cm gelangt die Kanüle in den linken Ventrikel. Die Aspiration von Blut ergibt die Gewißheit, daß sich die Kanülenspitze in der linken Herzkammer befindet.

Die Kanüle muß möglichst bald zurückgezogen werden, um beim Wiedereinsetzen der Herzkontraktionen den Herzmuskel nicht zu traumatisieren!

3.1.2. enteral

3.1.2.1. oral

Zur Praemedikation werden häufig Medikamente am Vorabend des Operationstages oral verabfolgt. Wichtig ist ein zeitlicher Abstand vor der Narkose. 6–7 Stunden vor der Narkose darf eine orale Zufuhr nicht mehr erfolgen. Vorsicht mit oraler Applikation ist geboten bei Magenausgangsstenosen und bei Brechneigung! – Ausnahme für die zeitliche Begrenzung: Atropintropfen zur Praemedikation. Diese werden allerdings vom Patienten meistens abgelehnt, da sie sehr bitter schmecken.

Post operationem werden Analgetika oft in Form von Tropfen, Tabletten, Dragees oder Kapseln zur Schmerzstillung verabreicht.

3.1.2.2. rektal

Indikationen: Analgetika zur Praemedikation oder auch zur postoperativen Schmerzstillung oder Beruhigung, insbesondere bei Kindern; aber auch zur Gabe von Spasmolytika (z. B. bei Koliken).

Die Ampulla recti muß leer sein, um eine Resorption zu gewährleisten.

Technik: Suppositorien oder Klysmen dürfen nicht zu tief eingeführt werden. Die Resorption muß über die Vv. rectales caudales erfolgen, da die zentral davon gelegenen Venen ihren Abfluß über die Pfortader nehmen. Auf diese Weise würde ein Teil der Medikamente bereits in der Leber abgebaut werden. Cave: Das Medikament kann gegebenenfalls *vor* seinem Lösungsmittel resorbiert worden sein. Vorsicht deshalb bei erneuter Applikation von Suppositorien oder Klysmen (z. B. Barbiturate zur Narkoseeinleitung bei Kindern), sofern sie eine gewisse Zeit nach der Einführung «verloren» wurden.

Die Substitution ausreichender Mengen von Flüssigkeiten oder Nährstoffen ist rektal nicht möglich. Nach dem jetzigen Stand der Untersuchungen sind Nährklysmen für eine rektale Ernährung völlig unzureichend und müssen als sinnlose Manipulation bezeichnet werden.

3.1.3. Inhalation

Längerdauernde Narkosen werden zwar intravenös eingeleitet, aber grundsätzlich durch Inhalationsnarkosen aufrechterhalten. Bedingt durch die große Oberfläche der Lungenalveolen (etwa 1500 m^2) erfolgt eine rasche Resorption, aber auch eine ebenso rasche Ausscheidung.

Folgende Faktoren sind für Resorption und Rückatmung entscheidend:

1. Partialdruck des Narkotikums (ist die entscheidende Kraft)
2. Atem-Minuten-Volumen
3. Permeabilität der Diffusionsmembran (Hemmung durch Pneumonie, Ödem oder Stauung).
4. Lungendurchblutung (mehrere Umlaufzeiten sind zur Anflutung notwendig).
5. Durchblutung der gesamten Körpergewebe.

Übersicht über die Applikationsmöglichkeiten von Pharmaka aller Art siehe Tab. 1.

3.2. Verteilung

Das Erfolgsorgan für Anaesthetika und Narkotika ist das Zentralnervensystem, also eine Substanz mit hohem Lipoidgehalt. Der Transport erfolgt über das Blut, das eine «wäßrige Emulsion» darstellt. So müssen alle Narkotika einerseits über die «wäßrige Phase» transportiert werden, gleichzeitig aber auch eine Affinität zu den Lipoiden besitzen. Ihr Löslichkeitskoeffizient ist mit entscheidend für die narkotische Wirkung der Substanz.

Thiobarbiturate z. B. besitzen eine spezifische Affinität gegenüber allen Fettgeweben, im Gegensatz zu N-methylierten Barbituraten.

Die Löslichkeit gas- oder dampfförmiger Substanzen ist wesentlich abhängig von ihrem Gasdruck. So wird z. B. eine Substanz mit nied-

Tab. 1: Übersicht über die Applikationsmöglichkeiten von Pharamaka

Injektions-Art	Injektions-Ort	Kanüle	Resorption	Art der Lösungen
A. *parenteral* a) subcutan (s. c.)	Oberarm, Oberschenkel, Unterarm, Brust größere Infusionsmengen: Oberschenkel	16, 18	langsam Beschleunigung durch Hyaluronidase; Resorptions-Verzögerung möglich	nur isoton und wässrig (Ringer, Tyrode, 5,25%ige Glukose oder Laevulose)
b) intramuskulär (i. m.)	*Kleine Dosen:* Oberarm, Oberschenkel Pect. maior	1, 2	schneller als s. c., kann beschleunigt oder verzögert werden	auch leicht hypo- und hypertonische Lösungen und *ölige* Suspensionen; körperunterschiedliches pH
	Große Dosen (über 2 ml): 1. intraglutäal 2. n. v. HOCHSTETTER	mind. 4 — 5 cm lang		
c) intravenös (i. v.)	*großkalibrige* Venen an Unterarm, Handrücken, Ellenbeuge (radial) *Cave intraarterielle* Inf.; V. axillaris, V. subclavia; V. saph. magna (Innenknöchel) Wichtig! Neueste Publikationen: nicht mehr über Oberschenkel in V. cava caud. infundieren, V. jugul. ext. und int.	je nach Viscosität der Lösung 12, 14, 1, 2, Flügelk. Venenkath. Braunüle	Resorption wird umgangen! Rasche Wirkung, deshalb exakte Dosierung. Cave zu schnelle Injektion	wässrig (Ausnahme: Fettlösungen zur parenteralen Ernährung) auch hypotone und hypertone Lösungen. Cave paravenöse Inj. (z. B. Stroph., Thiobarbiturate usw.)

B. *enteral*

a) *oral:* für Prämedikation (wichtig: zeitlicher Abstand, mindestens 6—7 Std.)
Vorsicht bei Magenausgangsstenosen und Brechneigung
Ausnahme: Atropin-Tropfen

b) *rektral:* Spasmolytika, Analgetika
Ampulla recti muß leer sein
Supp. oder Klysma nicht zu tief einführen, damit Resorption nur über die Vv. rect. caud. erfolgt. Sonst Abfluß über die Pfortader.
Nur wässrige Lösungen, kein Fett! Nährklysma völlig unzureichend!
Cave: Medikament kann vor dem Lösungsmittel resorbiert sein!

C. *Inhalation:*

Im allgemeinen rasche Resorption!

Folgende Faktoren sind entscheidend:

1. Partialdruck des Narkotikums (ist entscheidende Kraft)
2. Atemminutenvolumen
3. Permeabilität der Diffusionsmembran (erschwert durch Pneumonie, Ödem, Stauung)
4. Lungendurchblutung (mehrere Umlaufzeiten sind notwendig)
5. Durchblutung der Körpergewebe

rigem Siedepunkt und damit hohem Dampfdruck schneller aufgenommen als eine mit hohem Siedepunkt.

Die Anflutung von Anaesthetika wird also im wesentlichen durch einen Wasser-Lipoid-Verteilungskoeffizient gesteuert, während bei der Abflutung umgekehrt ein Lipoid-Wasser-Verteilungskoeffizient wirksam wird.

3.3. Abbau

Nur ein Teil der zugeführten Medikamente wird im Organismus in unwirksame Substanzen abgebaut, während andere (insbesondere Inhalationsnarkotika), unverändert wieder ausgeschieden werden. Als Wege des Abbaues in pharmakologisch inaktive Substanzen sind vorherrschend:

1. Hydrolyse (durch Esterasen, z. B. beim Succinyl-Cholin),
2. Koppelung an organische Säuren (Glukuronsäure; durch diese werden die Substanzen «harnfähig»),
3. Demethylierung (z. B. bei Coffein),
4. Oxydation (z. B. Phenothiazine und Barbiturate, die im wesentlichen durch Seitenkettenoxydation abgebaut werden).

3.4. Ausscheidung

Sie erfolgt über:

1. die Lungen (entscheidend sind Ventilationsgröße und Lungendurchblutung). Manche Substanzen (z. B. Äther) werden nur über die Lungen ausgeschieden, auch wenn sie enteral oder parenteral zugeführt werden.
2. die Nieren (entscheidend sind Durchblutungsgröße, für zahlreiche Substanzen auch die Bindung an Glukuronsäure). Curare wird fast ausschließlich durch die Nieren ausgeschieden, bei Anurie ist also seine Applikation kontraindiziert.
3. den Stuhl
4. die Haut.

Verteilung, Abbau und Ausscheidung sind für einzelne Pharmaka spezifisch. Z. B. besteht eine Affinität der Thiobarbiturate zum Fettgewebe (s. o.). Während in allen parenchymatösen Organen der Spiegel der Thiobarbiturate bereits abfällt, steigt er noch 3–4 Stunden nach der Applikation im Fettgewebe an. Veronal ist noch nach 3 Wochen, Luminal noch nach 2 Wochen im Organismus nachweisbar.

Evipan wird in 12–15 Stunden ausgeschieden, bis zu dieser Zeit sind noch, wenn auch nicht kontinuierlich, Schlafwellen im EEG nachweisbar. Epontol ist nach 20 Minuten in unwirksame Substanzen abgebaut und auch über das EEG nicht mehr nachweisbar. Äther ist noch nach Tagen in der Ausatemluft feststellbar.

Der Körper kann an Gifte gewöhnt werden:
Mithridatismus = Gewöhnung an Gifte.

Mithridates, König von Pontus, geboren 132, gestorben 63 v. Chr. nahm (nach Versuchen an Sklaven) laufend kleine Dosen aller bekannten Gifte zu sich und erreichte durch Gewöhnung, daß er auf diese Weise kaum ermordet werden konnte. Er wurde 63 v. Chr., nach Eroberung seines Reiches, durch die Römer gekreuzigt.

4. Allgemeine Kriterien der Narkose

Begriffsbestimmungen:

Narkose heißt Schlaf bzw. Betäubung; Anaesthesie = Empfindungslosigkeit.

Zweck der Narkose: Totale Lähmung des Großhirnes und der Stammganglien, sie wird als allgemeine Anaesthesie oder auch Narkose bezeichnet.

Der allgemeinen Anaesthesie voran geht ein Zustand der Schmerzempfindungslosigkeit (Analgesie), die meist mit einer Amnesie verbunden ist. Ist die Amnesie vollständig, spricht man von einer «zentralen Analgesie».

Grundsätzlich wird unterschieden zwischen der allgemeinen Anaesthesie und der lokalen Anaesthesie. Bei dieser unterscheidet man Oberflächen-, Infiltrations- und Leitungsanaesthesie (s. S. 155).

Die Narkose ist ein reversibler Lähmungszustand von Zellen des Zentralnervensystems, der mit

1. Bewußtlosigkeit,
2. Analgesie und
3. Reflexdämpfung verbunden ist.
4. Für die moderne Kombinationsnarkose muß als wesentlicher Faktor noch die Muskelrelaxation ergänzt werden.

Die Betäubung soll *schnell* eintreten und muß möglichst *spontan* reversibel sein.

Die Reihenfolge der Lähmung muß sein:
1. Großhirn (Schlaf)
2. Rückenmark (Aufhebung schädlicher, insbesondere auf den Kreislauf wirkender, Reflexe)
3. Medulla oblongata (Kreislauf- und Atmungszentrum dürfen erst bei toxischen Dosen irritiert werden).

Das Narkotikum muß zur Resorption wasser- bzw. plasmalöslich, im ZNS lipoidlöslich sein (s. o.).

Einteilung der Narkotika:

Diese Einteilung darf nicht streng schematisch aufgefaßt werden, sie richtet sich, neben der chemischen Konfiguration, auch nach der jeweils verabfolgten Dosis. So können Pharmaka für die Anaesthesie, je nach der Höhe der Dosis oder Applikationsform (peroral, intravenös), sowohl als Hypnotika als auch als Anaesthetika eingestuft werden.

4.1. Hypnotika = Schlafmittel, meist für die Praemedikation (Alkohole, Aldehyde, Urethane, Barbiturate)

4.2. Anaesthetika = Mittel zur Erzeugung völliger Empfindungslosigkeit

4.2.1. pulmonale (steuerbare)

4.2.1.1. Gase (Lachgas, Cyclopropan)

4.2.1.2. flüssige, bei Anwendung zu verdampfende Anaesthetika:

Diäthyläther, Divinyläther, Halothan, Penthrane (Chloräthyl, Chloroform).

4.2.2. parapulmonal applizierbare Anaesthetika (nicht bzw. nur bedingt steuerbar)

4.2.2.2. intravenös: Barbiturate, Epontol, Neuroleptanalgesie, Ketamine

4.2.2.3. rektal: für Säuglinge und Kleinstkinder Barbiturate; früher Avertin

Zwar wirken Anaesthetika auf *alle* Zellen des Organismus, jedoch ist das ZNS das Erfolgsorgan. Unter den Körperzellen besitzen die Hirnzellen die größte Empfindlichkeit gegenüber Narkotika. Die Narkose tritt also bereits ein, ehe andere Organe voll abgesättigt sind und eventuell Funktionsstörungen erleiden.

4.3. Narkosetheorien:

Zahlreiche Theorien wurden aufgestellt, von denen jedoch keine erschöpfend und zufriedenstellend über das Wesen der Narkose Auskunft gibt. Daraus ist abzuleiten, daß die Narkose in ihrem Wesen noch nicht endgültig geklärt ist.

4.3.1. Lipoidtheorie nach Overton und Meyer:

die narkotische Wirkung ist umso größer, je leichter lipoidlöslich die Substanz ist.

4.3.2. Die Adsorbtionstheorie nach Warburg:

Narkotika adsorbieren sich an Grenzflächen zwischen kolloiddispersen Teilchen und dem Dispersionsmittel – sowohl an der Zellmembran als auch im Zellinneren – dabei entstehen Quellungs- und Entquellungsvorgänge, durch die es schließlich zu Störungen in der Funktion der Zellen kommt.

4.3.3. Permeabilitätstheorie nach Hoeber und Winterstein:

Durch das Narkotikum verschlechtert sich die Permeabilität der Zellmembran; es tritt eine Verlangsamung oder Unterbrechung der intrazellulären Vorgänge auf.

4.3.4. Kolloidtheorie nach Claude Bernard:

Reversible Koagulation der Zellkoloide werden als Wesen der Narkose angesprochen.

4.3.5. Oxydationshemmungstheorie nach Verworn:

Das Wesen der Narkose liegt in einer Störung der Oxydationsvorgänge der Zelle.

4.4. Narkosestadien nach Guedel:

Aus klinischer Sicht läuft die Narkose in verschiedenen Stadien ab. Am übersichtlichsten ist noch immer das Schema nach Guedel (Abb. 4), das allerdings nur für die reine Äthernarkose gilt. Darauf muß ausdrücklich hingewiesen werden! Wenn auch bei Verwendung moderner Anaesthetika (Barbiturate, Halothan u. a.) die vier Narkosestadien in

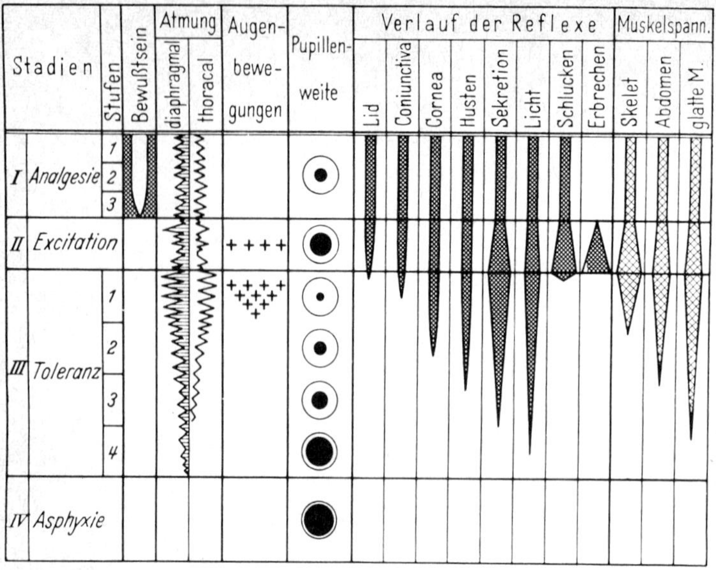

Abb. 4: Narkoseschema nach Guedel (s. Text)

ihrer reinen Form nicht mehr zu unterscheiden sind, ist für den Studenten oder jungen Arzt, der sich mit dem Gebiet der Anaesthesie befassen will, die Kenntnis dieser vier Narkosestadien überaus wichtig.

Stadium I = Einschlafstadium:

Die Einwirkung des Anaesthetikums auf die Großhirnrinde beginnt, sie zeigt sich in der Beeinträchtigung der Sinneswahrnehmung, der Kritik und der Orientierung. Noch ist die Atmung gleichmäßig, der Muskeltonus wird zunehmend herabgesetzt. Vor Übergang in das II. Narkosestadium tritt eine sogenannte «zentrale Analgesie» auf, in der kurzdauernde, chirurgische Eingriffe ohne Schmerzempfindung bei Patienten durchgeführt werden können.

Stadium II = Exitationsstadium:

Dieses Stadium kann bei Barbiturat- und Lachgas-Sauerstoff-Halothan bzw. Penthrane-Narkosen völlig fehlen. Der Patient zeigt eine allgemeine Unruhe, unkoordinierte Bewegungen und gegebenenfalls tonische und klonische Zuckungen, die sich bis zu schweren Erregungen steigern können. Die Atmung wird unregelmäßig, der Patient preßt, Pulsbeschleunigungen und Blutdruckerhöhungen können auftreten. Die Pupillen sind erweitert, aber reaktionsfähig; dabei rollen die Bulbi hin und her.

Das Exitationsstadium läßt sich durch eine sorgfältige Praemedikation (Atropin, Opiate, Psychopharmaka oder Sedativa) vermindern.

Stadium III = Toleranzstadium:

Der Patient befindet sich jetzt im narkotischen Zustand. Das Toleranzstadium wird in vier Einzelstadien unterteilt.

1. **Leichte Anaesthesie:** Die Atmung ist noch koordiniert zwischen Zwerchfellatmung und der Atemhilfsmuskulatur. Die Extremitätenmuskulatur ist erschlafft, jedoch besteht noch eine Bauchdeckenspannung. Die Pupillen sind eng gestellt, Corneal- und Lichtreflex sind noch vorhanden. Erloschen sind Lid- und Schluckreflexe.

Extraperitoneale Eingriffe können in diesem Stadium durchgeführt werden.

Bei reinen Barbituratnarkosen fällt die Intercostalmuskulatur schon in diesem Stadium aus. Das bedeutet schon jetzt ein Überwiegen der Zwerchfellatmung mit den typischen, scheinbar paradoxen, Atembewegungen.

2. **Chirurgische Anaesthesie:** Es besteht eine reine Zwerchfellatmung, die Bauchdecken sind entspannt. Der Cornealreflex ist erloschen, die Pupillen sind gegenüber dem Stadium III/1 leicht erweitert und reagieren träge auf Licht.

Die meisten Operationen können in diesem Stadium durchgeführt werden.

3. **Tiefe Anaesthesie:** Die Pupillen sind etwas stärker erweitert als im Stadium III/2, die Lichtreflexe sind erloschen. Mit Depression von Atmung und Kreislauf muß in diesem Stadium gerechnet werden. Die Atmung ist durch eine Verkürzung der Inspiration mit zunehmend schleppender Exspiration gekennzeichnet.

4. **Profunde Anaesthesie:** Weite, starre Pupillen, schnappende Inspiration. Der Cornealreflex ist erloschen.

Stadium IV = Asphyktisches Stadium: Verbotene Zone!

In dieses Stadium darf keine Narkose gelangen. Auffallend sind die maximal erweiterten und starren Pupillen. Bei hochgradiger Muskelentspannung sind die Reflexe völlig erloschen. Zyanose! Es drohen Asphyxie und Herzstillstand.

Da bei den modernen, halogenierten Inhalationsanaesthetika das Guedel'sche Schema nur sehr bedingt gilt, bieten bei Anwendung dieser Substanzen die folgenden Kriterien noch den besten Anhalt für die Beurteilung der Narkosetiefe:
1. Enge, mittelständige Pupillen
2. Atemdepression
3. Pulsverlangsamung
4. Blutdruckabfall.

Für die Durchführung einer Allgemeinanaesthesie ist die Kenntnis möglicher Narkosekomplikationen von entscheidender Bedeutung. Dem Anaesthesisten stehen nur wenige Minuten für seine Maßnahmen zur Verfügung, um den Patienten vor Spätfolgen zu bewahren. Zwischenfälle während der Narkose treten auf durch:
1. Asphyxie. Bei Atemwiderständen ist vor allem an eine mechanische Verlegung der Atemwege zu denken, erst später an Bronchospasmus oder ähnliche Erscheinungen.
2. Blutdruckabfall bis zum völligen Kreislaufzusammenbruch.
3. Herzstillstand.
4. Erbrechen sowohl während des Einschlafens als auch während des Erwachens. Zwar ist dies heute sehr selten, stellt jedoch, insbesondere bei Kindern, eine ernste Komplikation dar.

Beim Erwachen kann Erbrechen erst dann auftreten, wenn die Kiefermuskulatur ihren normalen Tonus wieder erlangt hat, und der Schluckreflex wieder vorhanden ist.

Maßnahmen zum Schutz vor Aspiration bei Erbrechen: Kopf tief lagern, nach der Seite drehen, keinesfalls am Kiefer oder Kieferwinkel anfassen! Dadurch kann der Patient seinen Mund nicht öffnen und wird zur Aspiration gezwungen! Der Kopf ist durch Druck auf die Temporalgegend nach der Seite zu drehen. Sofortiges Auswischen oder Leersaugen des Mundes und gegebenenfalls der Trachea. Auch kleinste, angesäuerte Speisepartikelchen können einen Bronchospasmus auslösen.

5. Vorbereitung des Patienten zur Narkose

5.1. Einleitung

Eine Visite des Anaesthesisten am Vorabend des Operationstages zur psychischen Führung des Patienten ist zwingend notwendig. Bereits vor der Visite muß die Krankengeschichte durchgesehen werden.

In jedem Fall ist aber der Patient nach wichtigen Daten seiner Anamnese zu befragen. Ein planmäßiges, schematisches Vorgehen vermeidet Unterlassungen und spart Zeit.

Kurzes Schema über Fragen, die bei der Visite gestellt werden sollten:

1. Waren vorher Operationen oder Narkosen?
2. Alkoholgenuß?
3. Rauchen?
4. Wie ist der Schlaf, werden Schlafmittel genommen? Welche? Wenn möglich, sollte dann nicht auf ein neues Schlafmittel umgestellt werden, dessen Wirkung auf den Patienten nicht bekannt ist.
5. Bestehen Schmerzen? Welche Präparate wurden dagegen verordnet? Auch hierbei möglichst nicht auf ein anderes Präparat umstellen!
6. Wie groß ist die körperliche Leistungsfähigkeit? Ist Treppensteigen gut möglich?
Werden «Herzmittel» (Digitalispräparate o. a.) genommen?
7. Bestehen Atembeschwerden? (Rauchen, Emphysem, Bronchitis).
8. Sind Allergien bekannt? (Jod, Barbiturate, Penicillin, Heftpflaster, Erdbeeren, Primeln).
9. Zuckerkrankheit? (Diät, Tabletten, «Spritzen»?).
10. Sind schon früher Bluttransfusionen vorgenommen worden?
11. Wurden oder werden noch Corticosteroide genommen? (Medikamente gegen Rheuma).
Wie lange schon?
12. Werden blutdrucksenkende Substanzen genommen? Diese Frage kann für alte Patienten von vitaler Bedeutung sein.

Größte Vorsicht ist geboten, sofern eine drastische Senkung des Blutdruckes innerhalb weniger Tage ante operationem erfolgte. Die Katecholaminspeicher sind dann meist entleert, und eine Gegenregulation aufgrund der Blutdrucksenkung durch die Wirkung der Narkotika ist nicht möglich. Sofern jedoch blutdrucksenkende Substanzen schon über längere Zeit genommen wurden, sollten sie vor einer Operation nicht abgesetzt werden. Der Organismus verfügt über ein ausreichendes Regulationsvermögen. Vorsicht ist jedoch geboten bei Anwendung der Neuroleptanalgesie. Bei dieser wurden, auch nach langdauernder Einnahme von Antihypertensiva, drastische Blutdruckabfälle in der Narkose beobachtet.

5.2. Untersuchung am Krankenbett

Mindestforderung: Vorher Lesen der Krankengeschichte (s. o.).

Vergleich von Puls und Blutdruck, Temperatur, Körpergewicht, Elektrolyten, Vitalkapazität usw. Eine durchaus wertvolle Aussage besitzt die Apnoezeit: Bis zu 35 sec sind normal; je kürzer diese Zeit ist, umso sorgfältiger sollte die präoperative Untersuchung durchgeführt werden.

Bestehen Ödeme oder liegt eine Arrhythmie vor?

5.3. Anweisungen für die Schwester (schriftlich, um Mißverständnisse auszuschließen).

1. Zeitpunkt und Dosierung der Praemedikation exakt *schriftlich* festlegen.
2. Mindestens 6 Stunden Nahrungs- und 4 Stunden Flüssigkeitskarenz.
3. Der Patient darf nach der ersten Injektion für die Praemedikation nicht aufstehen!
4. Zahnprothesen, Ringe von den Fingern und Ohrringe entfernen. Bei Kindern auf Bonbons achten!

5.4. Festlegen des Narkoserisikos

Nach der Visite des Anaesthesisten beim Patienten ist es wichtig, das Operations- bzw. Narkoserisiko festzustellen und eine entsprechende Einteilung vorzunehmen. Nach dieser muß auch evtl. die Form der Narkose festgelegt werden.

Die folgende, sehr bewährte Einteilung nach Risikogruppen stammt von Sakland (1941):

Risikogruppe I:

Außer der chirurgischen Erkrankung keinerlei Organ- oder Systemschäden.

Risikogruppe II:

Geringe bis mäßige Organ- oder Systemstörungen:
Leichte Anämie (65–80 %)
Myocardschaden
Beginnendes Lungenemphysem
Bronchitis
Varicosis
Hypertension

Risikogruppe III:

Schwere Organ- bzw. Systemschäden:
Erhebliche Anämie (unter 65 %)

latente Herzinsuffizienz
Coronarsclerose
ausgeprägtes Lungenemphysem
schwere eitrige Bronchitis
Intoxikation
Kachexie

Risikogruppe IV:

Schwerste Systemschäden:
Hochgradige Anämie (35–40 % und weniger)
manifeste Herzinsuffizienz
diffuse Peritonitis
Schock
Koma usw.

Risikogruppe V:

Diese umfaßt die Risikogruppen I und II, sofern wegen akuter Erkrankung *eine Vorbereitung nicht möglich ist.*

Risikogruppe VI:

Diese umfaßt die Risikogruppen III und IV bei akuten Erkrankungen, die eine *sofortige Operation ohne ausreichende Vorbereitungsmöglichkeit erfordern.*

5.5. Prämedikation:

Der Sinn der Prämedikation ist:

1. Psychische Dämpfung
2. Herbeiführen einer gewissen Analgesie
3. Beseitigung störender Reflexe (besonders Vagusreflexe)
4. Abschwächen unangenehmer Nebenwirkungen der Narkotika
5. Das Herz soll gegen rhythmusstörende Faktoren widerstandsfähiger gemacht werden.

Die Prämedikation beginnt am Abend vor der Operation durch Verordnung eines Schlafmittels, denn ein guter Schlaf ist vor einer Narkose bzw. Operation außerordentlich wichtig. Ein unruhiger Patient, der aus Sorge vor der bevorstehenden Operation keinen Schlaf gefunden hat, wird auch schwieriger zu narkotisieren sein und höhere Dosen an Narkotika benötigen, als ein Patient, der in der vergangenen Nacht gut geschlafen hat und sich in einem Zustand seelischer Ausgeglichenheit befindet.

Es ist gut, sich an ein einfaches, übersichtliches Schema zu halten, um die Schwestern nicht unnötig zu belasten und zu verwirren.

Am Morgen des Operationstages empfiehlt es sich, ein Sedativum (subcutan, intramuskulär oder rektal) zu geben, damit der Patient die Zeit bis zum Operationsbeginn in einer psychischen Ausgeglichenheit verbringt.

Die eigentliche Prämedikation vor der Operation sollte eher zu früh als zu spät gegeben werden. Bei früher Gabe wird der Patient ausreichend sediert. Wird die Prämedikation aber erst unmittelbar vor dem Abruf in den Operationssaal gegeben, tritt während der Operation eine Kumulation durch Anflutung des Narkosemittels und Resorption der zur Prämedikation applizierten Pharmaka auf.

Als Regel kann gelten: Opiate wirken über 3–4 Stunden, Atropin bis zu 2 Stunden. Sollte eine Verzögerung im Operationsprogramm auftreten, kann die halbe bis volle Atropindosis nachinjiziert werden, gegebenenfalls intravenös.

Als *Mindestzeiten* für die Applikation von Pharmaka zur Prämedikation gelten:

subcutan = 45–60 Minuten
intramuskulär = 30–40 Minuten
intravenös = 10 Minuten.

Schema für die Prämedikation: (nur als Anhalt!):

Abends: 1 Tabl. Medomin + 1–2 Dragees (25–50 mg) Atosil, bei alten Patienten Reduzierung der Dosis um die Hälfte. Luminal bewirkt bei alten Patienten nicht selten nachts eine starke motorische Unruhe und sollte deshalb nur bei Kindern und jugendlichen Patienten gegeben werden.

Morgens: etwa 5.30–6.00 Uhr: 1–2 ml = 25–50 mg Atosil i. m. etwa 1 Stunde vor OP-Beginn: 2 ml = 100 mg Dolantin + 0,5 mg Atropin s. c.

Bei alten Menschen 1 ml = 2,5 mg Polamidon-l-C + 0,25–0,5 mg Atropin.

Nebenwirkungen des Atropins:

Pulssteigerung und trockener Mund. Beides kann für den Patienten subjektiv etwas unangenehm sein. Da durch Atropingaben die Tätigkeit der Schweißdrüsen gehemmt wird, kann bei Kindern eine Erhöhung der Körpertemperatur auftreten.

Dosierung des Atropins:

Im Durchschnitt 0,1 mg/10 kg KG.

Atropin ist kontraindiziert bei:

1. Tachycardie

2. hochgradiger Temperatursteigerung
3. Mitralstenose, insbesondere bei Vorliegen einer Tachyarrhythmie
4. Thyreotoxikose
5. Glaukom (hierbei sind die Ansichten geteilt; zumindest sollte Atropin bei Vorliegen eines Glaukoms nicht intravenös gegeben werden).

Opiate zur Prämedikation:

Im allgemeinen werden heute überwiegend synthetische Präparate bevorzugt. Die Konstitutionsformel sämtlicher Opiate (der natürliche und auch der synthetischen) weist ein zentrales C-Atom auf.

Neben den sedierenden und analgetischen Eigenschaften besitzen die Opiate die folgenden Nebenwirkungen:

1. Atemdepression (schon bei sehr kleinen Dosen; bei zunehmend größeren Dosen tritt kaum eine Steigerung der Atemdepression auf).
2. Kreislaufdepression
3. Stoffwechselsenkung
4. Hemmung der Diurese
5. Hemmung der Darmmotorik
6. Hemmung der ACTH-Produktion
7. Verschiebung der Stimmungslage.

Die Nebenwirkungen werden bestimmt durch das zentrale Kohlenstoffatom und sind daher von der erwünschten sedierenden und analgesierenden Wirkung nicht zu trennen. Substanzen, die als «Mischpräparat» auch ein Antidot in Form des «Levallorphan» enthalten, sind weniger wirksam. Aus pharmakologischer Sicht ist ihre Kombination nicht verständlich.

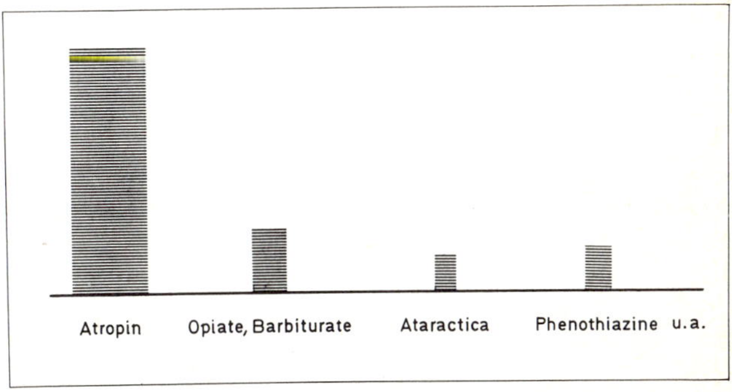

Abb. 5: Wichtigkeit der Präparate für die Prämedikation. Die Höhe der Säulen weist auf die Bedeutung der einzelnen Präparate hin.

«Nallorphine» als «Morphinantagonisten», wie z. B. Lorfan, heben die Wirkung der Opiate sofort auf, sie sind also echte Antidots. Die Applikation der Nallorphine muß aber vorsichtig erfolgen, da sie selbst Morphine sind und bei Überdosierung starke Atemdepressionen auslösen können.

Dosierung für Lorfan:

Einzeldosen von 0,5–1 mg = 1 ml mit Pausen von etwa 10 Minuten. Höchst-Einzeldosis = 2 mg = 2 ml.

Die Abb. 5 läßt an der Größe der aufgezeichneten Säulen die Wichtigkeit der Medikamente zur Prämedikation erkennen.

5.6. Ärztliche Maßnahmen vor der Narkoseeinleitung und während der Operation:

1. Messung des Blutdruckes und Zählung des Pulses, Vergleich zu den Ruhewerten.
2. Bei Säuglingen und Kleinkindern befestigen eines (leichten!!) Stethoskopes über der Herzgegend, besser aber Einführung eines Oesophagusstethoskopes.

   Durch die Herzaktionen wird der Anaesthesist bei Säuglingen und Kleinkindern sehr gut über Herztätigkeit und Kreislauf orientiert, besser als über den unblutig gemessenen Blutdruck, der bei den dünnen Armen und den schmalen Manschetten nur sehr ungenau (zu hoch) angegeben wird. Vor allem das Oesophagusstethoskop signalisiert dem Anaesthesisten auch sofort eine beginnende Verschleimung der Luftwege.
3. Punktieren einer Vene, um gegebenenfalls sofort infundieren zu können. Desinfektion der Punktionsstelle siehe S. 9.
4. Messung von Puls und Blutdruck, Beobachtung der Atmung oder gegebenenfalls assistierte oder kontrollierte Beatmung.

5.7. Lagerung zur Operation:

Im Prinzip ist der Anaesthesist für die Lagerung nicht verantwortlich, da sich die Lagerung nach der Operation bzw. nach den Wünschen des Operateurs richten muß.

Zu vermeiden ist jedoch eine zu starke Schräglagerung, da bei der durch Narkotika aufgehobenen Kreislaufregulation ein orthostatisch bedingter Blutdruckabfall auftreten kann. Sogenannte «Umlagerungskollapse» treten auch bei Umlagerungen in tiefer Narkose auf, z. B.

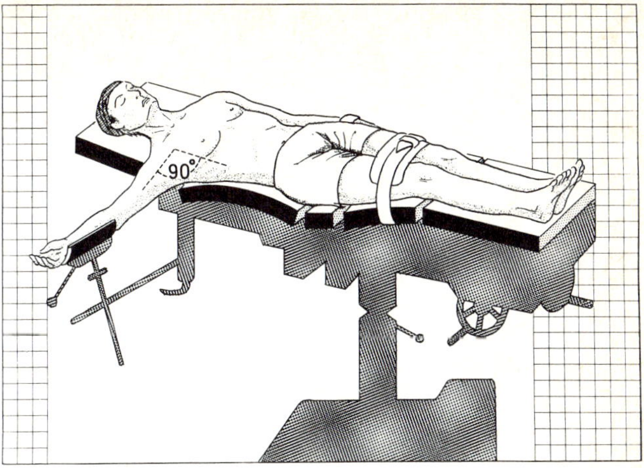

Abb. 6: Abspreizen der Arme nicht über einen Winkel von 90° hinaus, wegen Gefahr der Plexuslähmung.

bei der abdomino-sacralen Rektum-Amputation. Allerdings gilt die Umlagerung bei dieser Operation heute ohnehin als überholt. Die sacrale Ausräumung wird bei der moderneren Operationstechnik in «Steinschnittlage» durchgeführt. Durch den verbesserten Rückfluß des Blutes aus den unteren Extremitäten tritt der Effekt der «Autotrans-

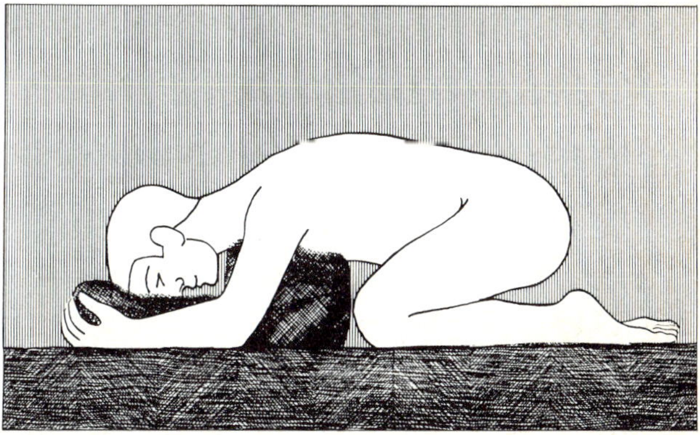

Abb. 7 a + b:
a: Bei Bauchlagerung dürfen nur Thorax- und Beckenbereich unterstützt werden. Sehr geeignet ist die sogenannte «Hocklagerung».

fusion» ein, der die Kreislauflage meist deutlich verbessert. Schon die Prämedikation kann einen orthostatischen Blutdruckabfall bewirken, so daß prämedizierte Patienten keinesfalls selbst zum Operationstisch gehen dürfen, sondern getragen werden müssen.

Verantwortlich ist in jedem Fall aber der Anaesthesist für den sogenannten «Narkosearm». Dieser darf nicht weiter als bis zu 90° vom Körper abgespreizt werden. Wird der rechte Winkel überschritten, tritt die Clavicula nach cranial und drückt auf den Plexus cervicalis. Die Folge ist eine totale Lähmung dieses Plexus. Der betroffene Arm wird völlig gebrauchsunfähig, mit ihm können lediglich «Sägebewegungen» durchgeführt werden. Während der Operation hat der Anaesthesist darauf zu achten, daß nicht ein Assistent den abgespreizten Arm über den rechten Winkel hinaus abspreizt, um mehr Platz bei seiner Assistenz zu haben (Abb. 6).

Spezielle Lagerungen:

1. Lagerung für die Struma-Operation:

Hierbei braucht der Oberkörper nicht aufgerichtet zu werden, wie dies früher gefordert wurde. Auch im Liegen kann die Halswirbelsäule in gleicher Weise leicht überstreckt werden.

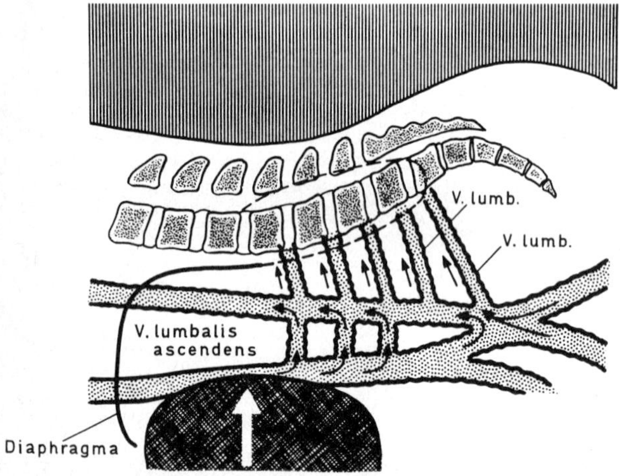

b: Bei Druck auf das Abdomen (untergelegtes Kissen) wird die V. cava caudalis (↑) komprimiert; der Blutabfluß muß dann über die Vv. lumbales und vertebrales ascendens erfolgen. Die Folge ist eine starke Blutung bei Operationen im Bereich der LWS.

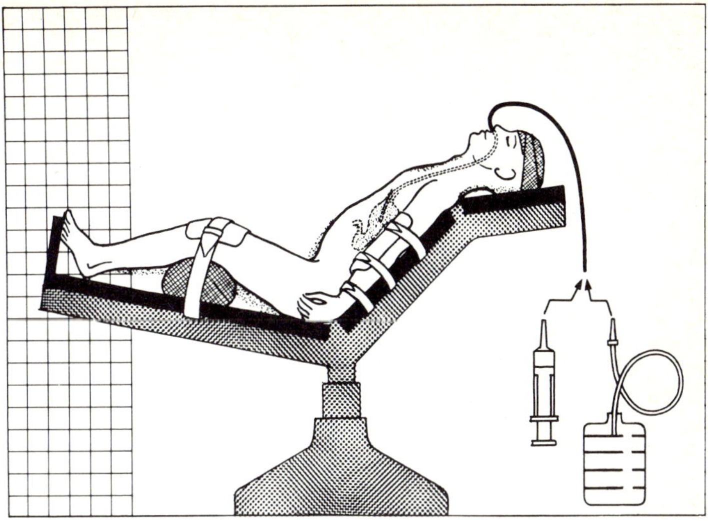

Abb. 8: Lagerung bei Ileus

2. Bauchlagerung für Operationen an der Wirbelsäule oder am Rükkenmark:

Nur der Thorax- und der Beckenbereich dürfen unterstützt werden; keinesfalls darf im Bereich des Abdomens ein Kissen untergelegt werden. Ein unter das Abdomen gelegtes Kissen staut die Vena cava caudalis, so daß der Blutabfluß nun über die Venae lumbales und schließlich die Venae vertebrales ascendens erfolgen muß. Im Operationsfeld tritt eine außerordentlich starke Blutung auf (Abb. 7 a und b).

3. Lagerung bei Ileus (Abb. 8)

In *jedem* Fall ist bei einem Ileus vor Einleitung einer Narkose eine Magensonde zu legen, um den intraabdominellen Druck zu senken. Es ist oft erstaunlich, welch große Mengen an Flüssigkeit innerhalb weniger Minuten sich aus dieser Sonde entleeren. – Bei der Narkoseeinleitung durch Barbiturate erschlafft zudem die Cardia, so daß es zum «Vollaufen» des Rachenraumes und damit zur Aspiration kommen kann, ohne daß ein eigentlicher Brechakt auftritt. Sofern der intraabdominelle Druck 25 cm H_2O überschreitet, wird außerdem die Cardia sehr leicht «gesprengt». Die Intubation soll bei mäßig aufgerichtetem Oberkörper erfolgen. Eine Absaugung (mit dickem Schlauch!)

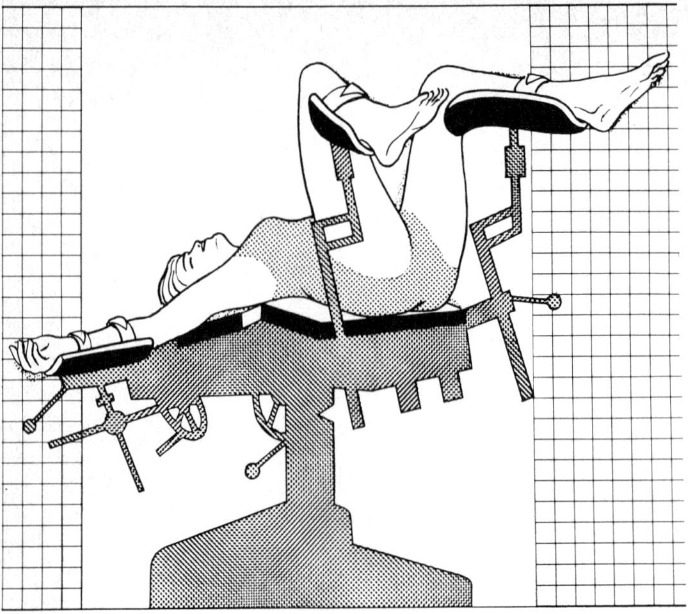

Abb. 9: Lagerung für perineale Eingriffe, sogen. «Steinschnittlage».

muß vorbereitet sein. Nach der Intubation ist sofort die Manschette des Tubus zur Blockung aufzublasen, um eine Aspiration zu verhindern. Danach muß der Patient aus Gründen der Kreislaufstabilität wieder flach gelagert werden.

4. Lagerung für perineale Eingriffe (Abb. 9)

Durch Hochlagerung der Beine erfolgt eine «Autotransfusion» (s. o.), der Kreislauf bleibt stabil.

Sofern nicht Armschienen zum Abspreizen der Arme verwendet werden, müssen an den Körper angelegte Arme durch Kissen unterstützt werden, um Lähmungen im Bereich des Nervus ulnaris (Olecranon) vorzubeugen.

Eine laufende Kontrolle der abgewinkelten Arme ist ratsam, damit nicht Assistenten während der Operation die Armstellung kritisch verändern.

6. Durchführung der Narkose

Weltweit wird heute die folgende Narkosetechnik angewendet:

6.1. Einleitung durch ein Injektions-Narkotikum

das aber nur als «Einschlafdosis» verabreicht wird. Anschließend wird die Narkose durch Inhalationsnarkotika weitergeführt. Allgemein wird ein Lachgas-Sauerstoff-Gemisch in Kombination mit einem starkwirkenden Inhalationsanaesthetikum gewählt. Durch diese Technik läßt sich die Narkose gut steuern.

Inhalationsnarkotika gelten als «steuerbar», da bei einem Atemstillstand infolge Überdosierung durch künstliche Beatmung der Spiegel des Narkotikums laufend gesenkt werden kann. Eine energetische Leistung des Organismus, wie diese z. B. beim Abbau der Barbiturate notwendig wird, ist nicht erforderlich.

6.2. Als «Trägergas» verdient der Sauerstoff eine besondere Beachtung.

Kennfarbe: blau

Um eine ausreichende Sauerstoffsättigung zu gewährleisten, wird nicht Luft, sondern ein aus Sauerstoff und Narkosegas oder -dampf bestehendes Gemisch geatmet. Der Umgang mit Sauerstoff verlangt aber, ebenso wie der mit Anaesthetika, Grundkenntnisse, um Schäden und Gefahren zu vermeiden.

Vorratshaltung für die Klinik: In Stahlflaschen bei einem Druck von 150–200 atü. Der Druckabfall erfolgt linear, da der Sauerstoff unter diesen Bedingungen gasförmig ist. Sauerstoff entflammt bei Drücken über 30 atü organische Substanzen explosionsartig.

Vorsicht: Weder Ventile noch Narkosegeräte jemals fetten!

Im Operationssaal müssen die VDE-Sicherheitsbestimmungen streng beachtet werden (s. u.). Eine zentrale Gasversorgungsanlage bietet Sicherheit durch eine große Vorratsmenge, erspart mühevolles Auswechseln kleiner, durch Außenlagerung oft beschmutzter, Flaschen im Operationssaal und trägt damit zur Wahrung der Aseptik bei.

Für den Patienten können nicht nur bei zu niedrigem, sondern unter bestimmten Bedingungen auch bei zu hohem Sauerstoffangebot Schäden auftreten. – Eine Anreicherung der Inspirationsluft auf 40 bis

50 % O_2 durch Nasenkatheter (etwa 4 l/min) oder Trichter (6–8 l/min) ist jedoch auf lange Sicht unschädlich. – Die früher häufig verwendeten Sauerstoffzelte haben weitgehend ihre Bedeutung verloren. Da sich bei modernen Zelten die Innentemperatur zwischen + 10 und + 40° C regulieren läßt, werden sie vorwiegend als «Klimakammern» zur Hyperthermiebehandlung bzw. zur Wiedererwärmung nach kontrollierter Hypothermie verwendet. Um eine wirksame Sauerstoffkonzentration innerhalb des Zeltes zu erreichen, muß der Zufluß mindestens 15 l/min betragen.

Chemische und technische Angaben:

Atomgewicht = 16 000.

Ab — 116° C und bei einem Druck von 50 atü wird O_2 flüssig, bei — 183° C (90,2° Kelvin) hört Sauerstoff auf zu dampfen.

Würde eine Sauerstoff-Flasche bei dieser Temperatur mit flüssigem Sauerstoff gefüllt und dann die Flasche auf Zimmertemperatur erwärmt werden, erfolgte ein Druckanstieg auf 4000–5000 atü. – Der Umgang mit Sauerstoff bedarf also einiger Vorsichtsmaßnahmen.

Bei Verwendung zentraler Gasanlagen dürfen nicht Flaschen mit einem Druck von 150 und 200 atü «gemischt» verwendet werden. Innerhalb der gekoppelten Flaschen erfolgt ein Druckausgleich, der dann in den nur für 150 atü zugelassenen Flaschen eine unzulässige und nicht gefahrlose Drucksteigerung erzeugt.

Unfallursachen beim Umgang mit Sauerstoff:

1. Umfallen von Flaschen, die eine Berstung zur Folge haben.
2. Reibungswärme = Entzündung organischer Substanzen.
3. Entzündung durch elektrischen Funken (z. B. im Sauerstoffzelt).
4. Entladung bei statischer Elektrizität in trockener Luft.

Es können Spannungen von 10 000–20 000 Volt und mehr auftreten; die relative Luftfeuchtigkeit im OP soll deshalb über 65 % betragen, um das Auftreten statischer Elektrizität möglichst zu vermeiden. Erdung aller im Operationssaal benutzten Geräte wird nach den VDE-Bestimmungen gefordert (s. u.).

Aus Sicherheitsgründen dürfte im Operationssaal niemals Unterwäsche aus synthetischem Material getragen werden, da diese sich elektrostatisch auflädt. Auch der Laie kann diese elektrostatischen Aufladungen beim Ausziehen synthetischer Unterwäsche erkennen, wenn ein «Knistern» und im Dunkeln sogar sichtbare Funkenbildungen auftreten.

Als Explosionsschutz wurden für die Operationssäle die folgend aufgeführten VDE-Sicherheitsbestimmungen erlassen:

1. Steckdosen dürfen nicht unter 1 m Höhe angebracht werden.

2. Der Fußboden muß elektrische Leitfähigkeit besitzen.
3. Insbesondere bei Verwendung brennbarer Anaesthetika muß streng genommen jeder an der Operation Beteiligte geerdet werden, also:
a) Geräte: OP-Tisch – Narkosegerät
b) Personen: Operateur – Assistenten – Anaesthesisten – OP-Schwestern. Alle Personen sollen dann über eine zentrale Erdungsleitung, die vom Narkosegerät abgeht, geerdet werden. – Diese Erdung wird in praxi nie durchgeführt.
4. Verwendung von Gummi, der durch Zusatz von Graphit elektrisch leitfähig gemacht wurde.

In Niederdrucksystemen besitzt der Sauerstoff, wie er in der Anaesthesie benutzt wird, im allgemeinen einen Druck von 5 atü.

Hinweis: Bei Verdacht auf eine Schädelbasisfraktur darf keine Sauerstoff-Nasensonde gelegt, sondern der Sauerstoff nur entspannt über einen Trichter appliziert werden. Durch die O_2-Nasensonde besteht die Gefahr einer tödlichen Sauerstoffembolie, wenn über verletzte Venen Sauerstoff durch den Überdruck in den Kreislauf gelangt.

Während einer Narkose ist die Anfeuchtung des Narkose-Gas-Gemisches nicht erforderlich, da bei dem heute meist verwendeten, halbgeschlossenem System genügend Feuchtigkeit rückgeatmet wird. Anders dagegen liegen die Verhältnisse bei der Dauerbeatmung. Der trockene Sauerstoff führt sehr leicht zum Austrocknen der Schleimhäute im Nasen-Rachen-Raum und in der Trachea. Unterschreitet die relative Luftfeuchtigkeit in den Luftwegen den Wert von 70 %, stellt das Flimmerepithel seine Tätigkeit ein. Verschleimungen und Tracheitis sind die Folge und führen schließlich zur Pneumonie; außerdem können durch Borkenbildung die Atemwege verlegt werden.

In den meisten Fällen erfolgt die Anfeuchtung der Beatmungsluft bei Zimmertemperatur. Jede Erwärmung der Luft führt aber zur Abnahme der relativen Luftfeuchtigkeit. Besitzt z. B. Luft bei einer Temperatur von 20° C eine relative Luftfeuchtigkeit von 100 %, geht dieser Wert durch Erwärmung auf 37° C (Körpertemperatur) bis auf 40 % zurück. Das Flimmerepithel der Trachea stellt dann mit Sicherheit seine Tätigkeit ein.

Bei der Befeuchtung der Beatmungsluft ist die Art der Vernebelung oder Verdampfung, und damit die Tröpfchengröße, von Bedeutung. Bei dem auch heute noch gebräuchlichen «Dampfkessel» sind die Tröpfchen zu groß (etwa 30 Mikron) um überhaupt in die unteren Luftwege zu gelangen. Die Tröpfchen schlagen sich spätestens in den großen Bronchien nieder. Nur Aerosole mit einer Partikelgröße unter 3 Mikron erreichen die tieferen Luftwege und die Alveolen. Entscheidend ist dabei auch die prozentuale Verteilung der Tröpfchengröße: Bei zu feiner Dispersion des Aerosols kann dieses so «stabil» sein, daß sich nur ein Teil in den Alveolen niederschlägt, während ein erheblicher Teil wieder abgeatmet wird. Werden Teilchengrößen unter 0,5 Mikron erzeugt, führt wiederum die so feintropfige Dispersion u. U. zu einer derart schnellen Resorption hinzugefügter Medikamente (Antibiotika, Sekret – oder Broncholytika), daß Intoxikationserscheinungen auftreten können. – Der Effekt der Luftbefeuchtung und Aerosol-Therapie wird durch die künstliche Beatmung verbessert, die eine gewisse Erweiterung der Luftwege bei erhöhtem Volumen bewirkt.

Zur Befeuchtung der Beatmungsluft und zur Herstellung von Aerosolen haben sich vor allem die folgenden Methoden bewährt:

1. Verdunstung (Dräger Spiromat 661, Dräger Assistor 644, Bennet PR 2).

Dabei wird die Flüssigkeit durch eine Düse gepreßt und gegen eine geheizte Prallplatte gespritzt. Durch Erwärmung der Luft auf Körpertemperatur wird eine relative Luftfeuchtigkeit von dahezu 100% erreicht. Wegen der erforderlichen – elektrischen – Heizung der Prallplatte ist dieses Verfahren nur für die Dauer-, jedoch nicht für die Narkose-Beatmung (z. B. bei Säuglingen und Kleinkindern), zugelassen. Cave Explosionsgefahr!

2. *Kaltvernebelung*

a) durch Düse (Dräger Assistor 641)
Bei diesem Verfahren wird ein Teil der Inhalationsluft mit Hilfe einer feinen Düse durch Wasser gepreßt. Die Vernebelung erfolgt bei Zimmertemperatur. Nachteil s. o.

b) durch Ultraschall
Bei den meisten Geräten dieser Art läßt sich die Tröpfchengröße einstellen. Hierbei können die oben erwähnten, zu feinen Dispersionen auftreten.

6.3. Inhalations-Narkotika, die gasförmig vorrätig gehalten werden.

Entscheidend für die Aufnahme von Inhalations-Narkotika sind:
1. Der Partialdruck des Narkotikums in der Inspirationsluft bzw. sein Partitionskoeffizient
2. Das Atem-Minuten-Volumen
3. Die Permeabilität der Diffusionsmembran (Verminderung durch Schleim, Fibrose oder interstitielles Ödem)

4. Die Lungendurchblutung
5. Die Affinität zu den Lipoiden. Bei geringer Affinität werden Inhalations-Narkotika auch relativ schnell wieder abgeatmet.

Alle heute verwendeten, modernen Inhalations-Narkotika werden fast unverändert über die Lunge wieder ausgeschieden.

Narkotische Wirkungen der Substanzen aus der aliphatischen Reihe:

1. Die Länge des Moleküls entscheidet über die Narkoseeignung. Je länger das Molekül ist, umso stärker ist die narkotische Wirkung, allerdings steigt auch der Siedepunkt mit an. Der Anstieg des Siedepunktes bedeutet einen geringeren Dampfdruck und damit langsameres Anfluten des Narkotikums, so daß hierdurch auch eine Wirkungsminderung eintritt.
2. Doppelbindungen verstärken die Wirkung.
3. Halogene verstärken die Narkosewirkung weiter, erzeugen aber auch eine Toxizität.

$CH_4 \longrightarrow CHCl_3$ (Chloroform)
$C_2H_6 \longrightarrow C_2H_5Cl$ (Chloräthyl)

Halogenierte Anaesthetika dürfen üblicherweise nicht mit Absorberkalk zusammengebracht werden (Ausnahmen: Halothan und Penthrane. Diese Moleküle sind so stabil, daß sie im Absorber nicht gespalten werden).

Dosierung von Inhalations-Narkotika

Von entscheidender Bedeutung für den Patienten ist die exakte Dosierung sämtlicher Narkotika.

Gasförmige Inhalations-Narkotika werden fast ausschließlich mit Hilfe eines Rotameters (erfunden Anfang des 20. Jahrhunderts) dosiert. Dieses Rotameter besteht aus einer konisch verlaufenden, genau graduierten Röhre, in der ein rotierender Schwimmer vom aufsteigenden Gasstrom getragen wird. Je stärker der Strom ist, umso höher wird der Schwimmer getragen. Aus der auf der Glasröhre angebrachten Skala läßt sich so die Größe des Gasdurchflusses pro Minute direkt ablesen.

Flüssige Inhalations-Narkotika erfordern spezielle Verdampfer, die die Konzentration in Volumen-% angeben. Bei «starkwirkenden» Inhalations-Narkotika (z. B. Halothan) muß für die genaue Dosierung auch die Temperatur im Verdampfer berücksichtigt werden. – Bei der Konzentrationsangabe nach Volumen-% entscheidet neben der Temperatur noch der Barometerdruck (Höhe über NN) über die exakte Dosierung. So wird der «Vapor» (Dräger), entsprechend der Höhenlage des Ortes, in dem er verwendet wird, geeicht.

Lediglich beim Diäthyläther kann wegen seiner großen Narkosebreite auf Verdampfer mit genauer Graduierung verzichtet werden.

6.3.1. Lachgas

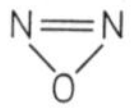

Chem. Struktur

Historisches:

1774 Entdeckung des Lachgases durch Priestley.

1799 erkennt Davy die analgetische Wirkung des Lachgases und gibt ihm seinen Namen. Er gründet ein «Pneumatisches Institut», das von Patienten mit Zahnschmerzen aufgesucht wird.

1844 führt Wells die erste Lachgasanalgesie beim Menschen durch. Der Versuch mißlingt, da offenbar die Lachgaszufuhr zu früh gestoppt wurde bzw. der Patient für eine Lachgasanalgesie ungeeignet war. Der anwesende Chirurg (Warren) bezeichnet die Analgesie als «Humbug».
Der Engländer Hickman (1800–1829) operiert mehrere Tiere in Lachgasanalgesie. Hickman führt seine Analgesie an den Universitäten Englands und Frankreichs durch, erntet aber nur Spott. Er stirbt im Alter von 29 Jahren in tiefer Depression.

Technische Daten:

Herstellung durch trockenes Erhitzen von Ammonium-Nitrat bis auf 240° Celsius. – Der Siedepunkt des Lachgases liegt bei —89° C.

Die *Vorratshaltung* erfolgt in Stahlflaschen bei einem Druck von 51 atü. Das Lachgas ist in diesem Zustand flüssig. Die Flaschen dürfen deshalb nur aufrecht stehend verwendet werden. Sobald der Zeiger aus dem roten Bereich des Manometers nach unten abgewichen ist, befindet sich kein flüssiges Lachgas mehr in der Flasche, der Druckabfall erfolgt dann linear, wie beim Sauerstoff.

Das spezifische Gewicht der Dämpfe beträgt 1,52 gegenüber Luft. Da sie also schwerer als Luft sind, braucht bei der Einleitung der Narkose (bei einem entsprechend hohen Flow) die Maske nicht dicht aufgesetzt zu werden. Manche Patienten fühlen sich durch die aufgesetzte Narkosemaske sehr beengt und werden dadurch irritiert. Dies ist besonders bei Kindern der Fall. Oft tritt jedoch bereits nach den ersten Atemzügen eine gewisse Euphorie auf. Durch diese wird die Narkoseeinleitung meist erleichtert.

Bei einer Konzentration von mindestens 50% entfaltet Lachgas seine volle, analgesierende Wirkung. Diese Konzentration wird jedoch nicht erreicht, wenn am Narkosegerät eine Lachgas-Sauerstoffrelation von 1:1 eingestellt wird. Durch die hohe relative Luftfeuchtigkeit in den Atemwegen ist der Anteil an Lachgas und Sauerstoff entsprechend reduziert.

Bei einer reinen Lachgasanalgesie wird im allgemeinen ein Verhältnis von 1:4 = 20 % O_2:80 % N_2O verwendet. Bei Hinzufügen eines starken Inhalations-Narkotikums (z. B. Halothan) sollte ein Verhältnis von 1:2 = 33 1/3 % O_2:66 2/3 % Lachgas nicht unterschritten werden!!! Lachgas geht im Körper keine chemische Verbindung ein, es wird unverändert wieder abgeatmet. – Lachgas greift Atemkalk nicht an, wird auch selbst durch Atemkalk nicht chemisch verändert.

Weltweit hat sich als Basis-Narkotikum ein Lachgas-Sauerstoffgemisch durchgesetzt, dem ein anderes, stark wirkendes Inhalations-Anaesthetikum in verschieden hoher Dosierung hinzugefügt wird.

Bei Beendigung der Inhalations-Narkose ist es zwingend erforderlich, reinen Sauerstoff atmen zu lassen, damit nicht bei der Rückatmung eine sogenannte «Diffusions-Hypoxie» auftritt. Durch die Rückatmung aller Narkosegase, insbesondere des Lachgases, könnte sonst eine verminderte Sauerstoffspannung in den Alveolen auftreten.

6.3.2. Cyclopropan

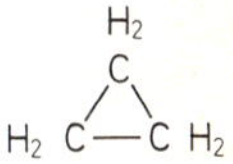

Kennfarbe: orange

Historisches:

Synthese 1880 durch A. von Freund (Österreich).

1930 erste Anwendung beim Menschen durch Waters und Schmidt (USA).

Technische Daten:

Vorratshaltung in Zylindern aus Aluminiumlegierung.

Süß riechendes Gas, das 1,42mal so schwer wie Luft ist. Es bildet mit Sauerstoff und Lachgas hochexplosive Gemische.

Größte Vorsicht bei Verwendung elektrischer Geräte im Operationssaal!! Sehr teuer.

Klinische Daten:

Narkosekonzentration bei der Einleitung:
Mit 4– 5 Vol.-% wird Analgesie,
mit 7–10 Vol.-% Bewußtlosigkeit,
mit 10–20 Vol.-% Narkose erzielt.
Erhaltungsdosis etwa 5 %.

An- und Abflutung erfolgen schnell, die Schleimhäute werden durch Cyclopropan nicht irritiert.

Nebenwirkungen: Laryngo- und Bronchospasmus, Atemdepressionen, Bradycardie und Arrhythmie.

Das Herz wird gegen Katecholamine sensibilisiert. Injektionen von Adrenalin, Nor-Adrenalin oder Alupent können Tachyarrhythmien auslösen. Die Verwendung von Cyclopropan ist wegen der damit verbundenen Gefahren (besonders Explosionsgefährdung) sehr zurückgegangen.

6.4. Flüssige, für die Anaesthesie zu verdampfende Anaesthetika:

6.4.1. Diäthyläther $H_5C_2-O-C_2H_5$

Historisches:

1200 von Lullies in Spanien entdeckt.

1546 Valerius Cordus gibt die Synthese aus Schwefelsäure und Alkohol an. Die Substanz hieß damals noch süßes Vitriol; wegen der Synthese später aber «Schwefeläther» genannt.

1792 Frobenius gibt den Namen «Äther».

1842 operiert Long in USA einen Tumor am Hals, berichtet aber erst 1853 darüber.

1846 16. Oktober, Morton führt die erste Äthernarkose in Boston (USA) vor.

1847 Snow (England) veröffentlicht ein Buch über Äthernarkosen, das noch nicht in seinem Wert überholt ist.

1862 publiziert Schimmelbusch seine Methode der Äther-Tropfnarkose. Die von ihm entwickelte Maske erreicht größte Verbreitung und wird in einzelnen Krankenhäusern selbst heute noch angewendet.

Chemische und technische Daten:

Klare, farblose, eigenartig (esterartig) riechende Flüssigkeit mit einem Siedepunkt von 34,5° C. Die Dämpfe sind entzündlich. Löslichkeit in H_2O 1:12, in Ölen und Fetten in jedem Verhältnis löslich. Deshalb zum Entfetten auch Ätherdämpfe (Soxhletapparat). Die Dämpfe haben ein spezifisches Gewicht von 2,6 gegenüber Luft, sie «fließen» also zum Boden ab.

Wegen der Brandgefahr müssen die VDE-Bestimmungen exakt eingehalten werden:

1. Erdung aller an der Operation beteiligten Geräte und Personen
2. Steckdosen über 1 m Höhe

3. Elektrische Heizkörper dürfen keine offene Glühspirale haben
4. Die relative Luftfeuchtigkeit im Operationssaal muß über 65 % betragen, um statische Aufladungen zu vermeiden.

Handelsform:

Dunkelbraune Glasflaschen, die wegen Gefahr der Zersetzung des Äthers kühl gelagert werden müssen. Äther darf nicht in Kupfergefäßen aufbewahrt werden, da es darin zur Bildung von Diäthylperoxyd ($C_2H_5-O-O-C_2H_5$), außerdem von Acetaldehyd und Essigsäure kommt. Diese Stoffe wirken lokal reizend auf die Lunge und können ein Lungenödem auslösen. Außerdem ist Diäthylperoxyd, das durch Einwirkung von Wärme und Licht entsteht, noch stärker explosiv als der Äther.

Zur Narkose darf nur Äther pro narcosi nach DAB 7 verwendet werden.

Angebrochene Flaschen dürfen nicht mehr für Narkosen verwendet werden. Äther ist preiswert.

Wirkung des Äthers:

1. Es tritt eine Reizung der sensiblen Trigenimus-Fasern ein, die während der Narkoseeinleitung zu einem Atemstillstand in Exspiration führen. Dadurch kommt es
2. zu einer indirekten Wirkung auf den Kreislauf mit leichtem Blutdruckanstieg und nachfolgender Pulsverlangsamung. Bei tiefer Narkose ist die Atmung vertieft, und es tritt eine leichte Erhöhung der Pulsfrequenz ein. Im allgemeinen ist aber eine Kreislaufbeeinflussung nicht vorhanden. Bei der vollnarkotischen Blutkonzentration werden durch den Äther das Atem- und Vasomotorenzentrum kaum beeinflußt.
3. Vermehrte Sekretion der Speichel- und Bronchialdrüsen (Vorsicht bei Bronchitis, Emphysem und Phthise, es kann leicht eine Bronchopneumonie auftreten).
4. Glykogenausschüttung aus der Leber und damit Erhöhung des Glukosespiegels im Blut. Äther darf bei Diabetes nicht angewendet werden.
5. Die Nebennieren werden durch Äther zur Ausschüttung von Katecholaminen angeregt. (Vorsicht bei Phäochromocytom und anderen Nebennierenerkrankungen.)

Klinische Daten:

Den Verlauf der Äthernarkose gibt das Narkose-Schema nach Guedel wieder, s. S. 24.

Dieses Schema ist nur bei der reinen Äthernarkose so klar ausgeprägt. Bei anderen Narkoseformen, z. B. bei der Injektionsnarkose, werden manche Stadien (z. B. das Exzitationsstadium) übersprungen oder sehr schnell durchschritten.

Bei zu schnellem Anfluten von Äther kann es zum Auftreten entrundeter Pupillen kommen. Bei Reduzierung der Dosen geht die Entrundung schnell zurück.

Narkosekonzentration:
Zur Einleitung: 15–17 %,
zur Erhaltung: 4–6 Vol.-%.

Zusatz von Sauerstoff zur Einatmungsluft ist erforderlich, da sonst bei der Anflutung die Gefahr der Hypoxie besteht. Auch während des Exzitationsstadiums muß die Narkose konsequent fortgeführt werden, um zügig das narkotische Stadium zu erreichen.

Die Ausscheidung des Äthers erfolgt durch die Lunge, auch wenn der Äther oral, rektal oder i. v. zugeführt wurde.

Tritt durch Überdosierung von Äther ein Atemstillstand auf, müßte noch immer die weitere dreifache Dosis appliziert werden, um einen Herzstillstand herbeizuführen.

Merke bei Zwischenfällen: Äther – Atemzentrum – Asphyxie ⟶ künstliche Sauerstoffbeatmung.

Die Spontanatmung setzt dann bald wieder ein.

Ein Teil der starken vegetativen Nebenwirkungen (Übelkeit, Erbrechen), ist sicher auch auf einen Sauerstoffmangel bei der Narkose mit der Schimmelbusch-Maske zurückzuführen. Die vegetativen Nebenreaktionen treten weitaus seltener und schwächer auf, wenn ein Sauerstoff-Lachgas-Gemisch geatmet wird, und wenn die Ätherdämpfe sich im System erwärmen können.

6.4.2. Divinyläther (Vinydan) $H_2C = CH{-}O{-}CH = CH_2$

Historisches:

Synthetisiert 1931 durch Rugh und Major. Klinische Anwendung seit 1934.

Chemische und technische Daten:

Divinyläther ist eine begrenzt haltbare, klare Flüssigkeit mit einem Siedepunkt von 28,3° C. Mit Luft, Sauerstoff und Lachgas bilden sich sehr leicht entflammbare Dämpfe. Bei längerem Stehen an der Luft entstehen Ameisensäure, Aldehyde und Peroxyde. Dem Divinyläther sind Vinyl-alpha-naphthylamin als Stabilisator und 3,5 % Äthylalkohol zur Erhöhung des Siedepunktes beigefügt.

Klinische Daten:

Die Wirksamkeit des Divinyläthers wird als 5–6mal so stark wie die des Diäthyläthers angegeben. An- und Abflutung erfolgen sehr rasch; vegetative Nebenerscheinungen fehlen.

Divinyläther eignet sich zur schnellen Herbeiführung einer zentralen Analgesie (Rauschnarkose). *Diese darf unmittelbar nach der ersten Durchführung nicht wiederholt werden, da das Zentral-Nerven-System durch die schnelle Anflutung für eine gewisse Zeit völlig abgesättigt bleibt.*

Von verschiedenen Autoren wurden Nieren- und Leberschädigungen beobachtet. Divinyläther soll deshalb nicht zur Langzeitnarkose, sondern nur zur Anaesthesie für kurzdauernde Eingriffe verwendet werden.

6.5. Halogenierte Kohlenwasserstoffe

6.5.1. Halothan (Fluothane, Halothan «Hoechst»)

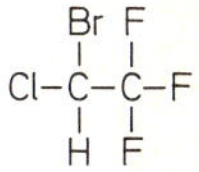

Historisches:

Synthetisierung 1951 durch Suckling, Einführung in die Klinik durch Raventós 1956.

Chemische und technische Daten:

Klare, süßlich riechende Flüssigkeit mit einem Siedepunkt von 50,2° C. Vorratshaltung in dunklen Flaschen mit Zusatz von 0,01 % Thymol. Die Dämpfe sind etwa 1,86mal so schwer wie Luft und erst bei einer Konzentration von 5 % in Sauerstoff explosibel. Infolge der Stabilität des Moleküls kann Halothan im Kreislaufsystem mit Absorber verwendet werden. Ob Halothan im Organismus einem Metabolismus unterliegt, wird z. Z. diskutiert. Die narkotische Wirkung ist etwa 4mal so stark wie die des Diäthyläthers, dabei ist die Narkosebreite wesentlich geringer. Speziell für Halothan konstruierte Verdampfer (Vapor, Abb. 10, Fluotec u. a.) sind unumgänglich. Tropfnarkosen sind wegen nicht exakter Dosierung zu gefährlich! Der Lachgas-Sauerstoff-Quotient soll nicht niedriger als 2:1 sein, um eine ausreichende Sauerstoffsättigung zu gewährleisten.

Klinische Daten:

Die Narkosekonzentration beträgt:

Zur Einleitung 1,5–2,5 Vol.-%, zur Unterhaltung im Mittel 0,7 % (von 0,3–1,2 Vol.-% im Kreislaufsystem)

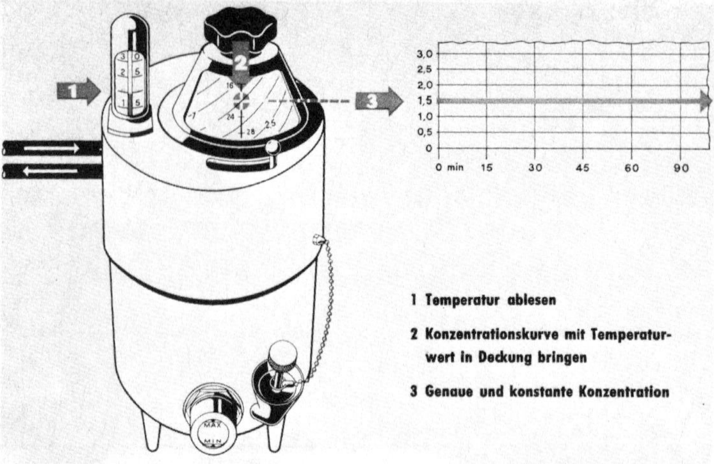

Abb. 10: Halothan-Vapor (Dräger)

Zu beachten ist, daß im halbgeschlossenen Kreislaufsystem (bei einem Flow von 3–4 l) durch die partielle Rückatmung die zugeführte Halothankonzentration im Einatemschenkel nur etwa 60 % der am Verdampfer eingestellten Konzentration beträgt, während im Nichtrückatmungssystem für Kinder die volle eingestellte Halothankonzentration appliziert wird.

Bei Kinder-Narkose-Systemen muß die Halothandosis nach der Einleitung rechtzeitig reduziert werden.

An- und Abflutung, damit Einschlafen und Aufwachen erfolgen rasch und meist ohne Exzitationsstadium und Erbrechen. Die Halothan-Narkose erfordert eine hohe Aufmerksamkeit des Anaesthesisten, da signifikante Zeichen für die Narkosetiefe, im Gegensatz zum Diäthyläther, fast völlig fehlen. Die Pupillen sind in Narkose eng gestellt und reagieren kaum oder nicht auf Licht. Blutdruck, Puls und Atmung geben noch die deutlichsten Hinweise auf die Tiefe der Narkose.

In tiefer Halothan-Lachgas-Sauerstoff-Narkose können Säuglinge und Kleinkinder meist ohne Relaxation intubiert werden.

Nebenwirkungen:

1. Halothan hat eine ausgeprägte parasympathikomimetische Wirkung. Atropin ist zur Prämedikation erforderlich; Scopolamin kann Bradycardien auslösen und ist deshalb nicht indiziert.

2. Das Atemzugvolumen nimmt ab, so daß nahezu bei jeder Narkose assistierte oder kontrollierte Beatmung erforderlich wird. Vorsicht ist bei Spontanatmung über Masken geboten, wenn durch Abnahme des Atemzugvolumens der funktionelle Totraum vergrößert wird. – Die Schleimhäute der Atemwege werden durch Halothan nicht gereizt; eine vermehrte Speichelsekretion tritt nicht ein.

3. Herzfrequenz und Blutdruck nehmen mit ansteigender Halothankonzentration ab. Dies beruht einerseits auf einer negativ inotropen Wirkung des Halothans auf das Myocard (Schlag- und Minutenvolumen nehmen ab), andererseits wahrscheinlich auf einer Sympathicushemmung und peripherer Gefäßdilatation. Halothan sensibilisiert (wie auch Cyclopropan) das Myocard gegenüber Katecholaminen.

4. Zurückhaltung ist in der Anwendung nichtdepolarisierender Muskelrelaxantien geboten (Curare, Alloferin), da in Kombination mit hoher Halothandosierung ein starker Blutdruckabfall auftreten kann. Bei sorgfältiger Überwachung und vorsichtiger Dosierung bestehen aber, insbesondere für die Anwendung von Alloferin, keine Bedenken. Depolarisierende Muskelrelaxantien (Succinyl- bis cholin-Chlorid) können in üblicher Dosierung ohne weiteres gegeben werden. Wiederholte Injektionen von Succinyl können (auch ohne Halothan) zu Arrhythmien und Herzstillstand führen.

5. Leberschäden sind immer wieder diskutiert worden, besonders bei Patienten, die hintereinander mehrfach eine Halothan-Narkose erhielten. Bis heute steht ein signifikanter Beweis dafür noch aus.

6. Halothan greift Aluminium, Zink und Gummi an, der brüchig und porös wird.

7. Noch nicht sicher geklärt ist die Wirkung auf chronische Einatmung unterschwelliger Dosen von Halothan auf Anaesthesisten und das übrige im Operationssaal befindliche Personal. Aus diesem Grund wird angestrebt, Halothan und auch die übrigen Narkosegase aus der Raumluft des Operationssaales zu eliminieren.

Drei Methoden eignen sich hierfür:

a) Filter am Narkosegerät zur Adsorption von Halothan
b) Absaugung über eine Pumpe und Abgabe in die Frischluft
c) Absaugen durch Vakuum über eine zentrale Gasanlage.

6.5.2. Methoxyfluran (Penthrane)

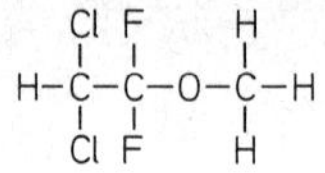

Historisches:

Synthese 1960 durch von Pozenar und Artusio.

Chemische und technische Daten:

Methoxyfluran ist ein halogenierter, asymmetrischer Äther (Äthyl-methyl-Äther). Die farblose, klare Flüssigkeit hat einen charakteristischen, chloroformähnlichen Geruch. Als Stabilisator ist Butylhydroxytoluol in einer Konzentration von 0,01 % zugesetzt. Der Siedepunkt liegt bei 104,65° C. Daraus ergibt sich ein niedriger Dampfdruck. Die Dämpfe sind nicht brennbar. An- und Abflutung erfolgen nur langsam, etwa wie beim Diäthyläther, jedoch ist die Narkosebreite des Methoxyflurans wesentlich geringer. – Die Stabilität des Moleküls erlaubt eine Verwendung im Kreislaufsystem mit Kohlensäure-Absorber.

Klinische Daten:

Die Narkosekonzentration beträgt:

Zur Einleitung 1,5–2,0 Vol.-%
zur Unterhaltung 0,6–0,8 Vol.-%
bei einer Lachgas-Sauerstoff-Konzentration von 2:1.

Die Höhe der maximalen Konzentration für die Einleitung hängt auch von der Art des verwendeten Verdampfers ab. Die exakteste Dosierung ist mit Hilfe des Methoxyfluran-Vapors (Dräger) möglich.

Methoxyfluran erzeugt eine sehr gute Analgesie.

Nebenwirkungen:

1. Infolge Myocarddepression kommt es zu einem mäßigen, konzentrationsabhängigen Blutdruckabfall. Bradycardie und Arrhythmie treten nur bei Überdosierung auf. Eine Sensibilisierung des Herzmuskels gegenüber Katecholaminen wurde bisher nicht beobachtet.
2. Schon bei relativ niedriger Konzentration tritt eine Atemdepression auf, die eine assistierte oder kontrollierte Beatmung erforderlich macht. Eine Schleimhautreizung der Luftwege tritt nicht auf.
3. Ähnlich wie beim Diäthyläther ist die Muskelentspannung, im Gegensatz zum Halothan, gut.
4. Das protahierte Erwachen erfordert eine sorgfältige postoperative Überwachung.

6.5.3. Chloroform $CHCl_3$

Historisches:

Es wurde 1831 gleichzeitig von Guthrie, Liebig und Soubieron synthetisiert.

Chloroform war lange das beherrschende Narkotikum. Das Auftreten toxischer Metaboliten im Organismus führte häufig zu Leberschäden, bis zur akuten Leberdystrophie mit tödlichem Ausgang, so daß Chloroform heute völlig verlassen ist.

6.5.4. Chloräthyl C_2H_5Cl

Der Siedepunkt liegt bei 12° C. Die Anflutung in den Alveolen erfolgt wegen des hohen Dampfdruckes außerordentlich schnell. Die Substanz wirkt schwer toxisch. Insbesondere bei Kindern führt sie relativ schnell zu irreversiblem Atemstillstand.

Aus dem Arzneimittelschatz der Anaesthesiologen ist das Chloräthyl inzwischen wegen zu großer Gefahren völlig verschwunden!!!

6.5.5. Trichloräthylen

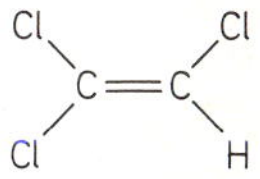

Gelegentlich wird dieses Narkotikum heute noch in der Geburtshilfe verwendet.

Der Siedepunkt liegt bei 80,3° C.

Trichloräthylen erfordert einen speziellen Verdampfer, den die Kreißende, nachdem er ihr um den Hals gehängt wurde, in der Hand hält. Durch die Handwärme verdunstet das Narkotikum. Beim Auftreten einer Wehe atmet die Kreißende über ein Mundstück ein. Treten hierdurch Benommenheit und Analgesie auf, löst sich der Handschluß, und der Verdampfer entfällt der Patientin. Bei nachlassender Benommenheit und erneut auftretenden Wehen kann der Verdampfer zur Inhalation wieder erfaßt werden. So ist eine Steuerung der Analgesie während der Eröffnungs- und Durchtrittsperiode durch die Kreißende selbst möglich.

6.6. Intravenös anwendbare Anaesthetika

Ihre Anwendung erfolgt sowohl intravenös als auch (für Kinder) rektal. Das früher zur rektalen Einleitung verwendete Avertin (Tribromäthylalkohol) ist wegen seiner Toxizität heute völlig verlassen worden.

Durch die intravenöse Narkoseeinleitung wurde dem Patienten weitgehend die Angst vor der Narkose genommen. Bei der Einleitung mit einem Inhalationsnarkotikum trat nicht selten ein Gefühl der Beengung auf, und während der Einleitung kam es, insbesondere bei der Verwendung von Diäthyläther, zu einem langanhaltenden Exzitationsstadium. Bei der intravenösen Narkoseeinleitung schläft der Patient sehr rasch und meist ohne jedes Exzitationsstadium ein. Das Aufwachen erfolgt ebenso angenehm.

An intravenös applizierbaren Narkotika werden heute vorwiegend verwendet:

6.6.1. Barbiturate

6.6.2. Epontol

6.6.3. Ketamine – Hydrochlorid

6.6.4. Neuroleptanalgesie

6.6.1. Barbiturate

Barbitursäure = Malonylharnstoff

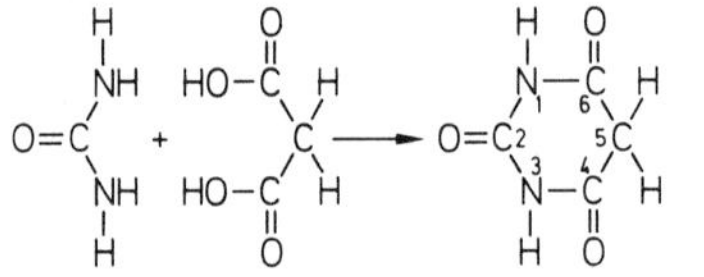

Historisches:

1. Barbiturat = Veronal 1903 von Fischer und Mehring synthetisiert.

1927 verwendet Bumm «Pernocton» als Basisnarkotikum. Dieses wird jedoch bald wieder aufgegeben.

1931 Evipan von Kropp und Taub synthetisiert.

1932/33 von Weese in die Anaesthesie eingeführt. Weese erkannte den raschen Abbau des Evipans.

Chemische und pharmakologische Eigenschaften:

Reine Barbitursäuren sind schlecht wasserlöslich; als Natriumsalze sind sie basisch (pH 10–11). In Lösung sind die meisten Barbiturate nicht haltbar. Nach 3 Stunden ist nur noch etwa die Hälfte der narkotisch wirksamen Dosis vorhanden. Barbiturate müssen deshalb vor jeder Operation frisch aufgezogen werden.

Es gibt zwei Arten von Barbituraten:

1. N-methylierte Barbiturate,
2. Thiobarbiturate.

Bei ihnen ist zusätzlich an C_5 anstelle des Sauerstoffs im Harnstoffrest ein Schwefel-Atom substituiert.

Man unterscheidet nach Abbau und Ausscheidung langwirkende und kurzwirkende Barbiturate. Es ist falsch, von ultrakurzwirkenden Barbituraten zu sprechen, da noch 12–15 Stunden nach Gabe auch nur kleiner Mengen sämtlicher Barbiturate im EEG Schlafwellen nachzuweisen sind.

Einteilung nach Dauer und Wirkung:

1. langwirkend, als Durchschlafmittel verwendet (Luminal, Phanodorm, Medomin, Veronal usw.).
2. kurzwirkend, als Einschlafmittel oder Narkotika verwendet: (Evipan, Eunarcon, Brevimytal [Methohexital], das auch bei Kindern zur rektalen Narkoseeinleitung verwendet wird).

Alle Barbiturate wirken negativ inotrop auf das Herz, die Thiobarbiturate stärker als die N-methylierten.

Thiobarbiturate wirken scheinbar «weniger heftig» als N-methylierte. Der Eindruck entsteht dadurch, daß Thiobarbiturate eine starke Affinität zum Fettgewebe besitzen. Noch nach 3–4 Stunden steigt ihr Spiegel im Fettgewebe an, während er im Blut und in parenchymatösen Organen schon weit abgesunken ist. Thiobarbiturate gelangen dann verzögert wieder in die Blutbahn und lösen einen Nachschlaf oder verminderte Reaktionsfähigkeit aus. – Thiobarbiturate sind schlechter venenverträglich und haben schwerere Schäden nach versehentlicher intraarterieller Injektion zur Folge, als die übrigen Barbiturate.

Thiobarbiturate: Inactin, Pentothal u. a.

Durch die Barbiturate wurde die Angst vor der Narkose genommen. Der Patient schläft ohne Exzitationsstadium und Angstgefühl ruhig ein. Es darf aber nicht vergessen werden, daß die intravenöse Narkose gefährlicher ist als die Inhalationsnarkose, da keine natürlichen Schranken seitens des Körpers bestehen.

1. Die Anflutung hängt nur von der Injektionsgeschwindigkeit ab.
2. Barbiturate sind praktisch nicht steuerbar, da der Körper die applizierte Dosis durch energetische Leistung abbauen muß.

Barbiturate werden deshalb im allgemeinen nur zum Einschlafen verwendet. Bei den anfangs durchgeführten Dauernarkosen mit Applikation von 5–6–7 g und mehr betrug die Narkose-Mortalität etwa 1:1000.

Barbiturate sind gute Schlafmittel, aber schlechte Anaesthetika. Die Kombination mit dem guten Analgetikum Lachgas hat sich sehr bewährt.

Barbiturate müssen durch energetische Leistung im Körper abgebaut werden, dies geschieht im wesentlichen durch Seitenkettenoxydation. Postoperativ ist also unbedingt Sauerstoff zu insufflieren. Hypoventilation verzögert den Abbau, verlängert die Narkose und führt unter Umständen zum Coma. Dieser Circulus vitiosus kann tödlich sein. Es sind dies die Fälle, in denen der Patient in relativ gutem Zustand aus dem Operationssaal auf die Station kommt, nach wenigen Stunden aber tot im Bett vorgefunden wird.

Wirkungen auf den Organismus:

1. *Atemzentrum:* Die Reizschwelle des Atemzentrums für die Kohlensäurespannung wird stark heraufgesetzt, bei Thiobarbituraten stärker als bei den übrigen Barbituraten. Der Atemluft darf deshalb niemals Kohlensäure zugesetzt werden, auch nicht beim Aufwachen, da der CO_2-Spiegel bereits kritisch erhöht ist.

Bei der Einleitung darf eine neue Dosis erst nachinjiziert werden, wenn die Atemdepression vorüber ist, und der Patient gut atmet. Zusätzlich zur Atemdepression kommt es auch zu einer Abnahme der Atemfrequenz und damit des Atemminutenvolumens, das in der Narkose bei Spontanatmung nur 50–80 % des Ausgangswertes beträgt.

Periphere Atemwirkung:

1. Die Intercostal-Muskulatur fällt sehr früh aus, es resultiert eine reine Zwerchfellatmung, die bei Operationen im Oberbauch störend sein kann; allerdings sollte hierbei intubiert und beatmet werden.
2. *Herz- und Kreislaufwirkung:*
Geringer Blutdruckabfall, der bei Thiobarbituraten etwas stärker ist. Der diastolische Druck steigt leicht an, die Amplitude wird also kleiner. Die Auswurfleistung des Herzens wird geringer, es kommt zu einem mäßigen Einflußstau. Man erkennt dies daran, daß die Venen praller gefüllt sind, als vor der Narkose.
3. *Wirkung auf das vegetative Nervensystem:*
Barbiturate wirken parasympathikomimetisch (Laryngo- und Bronchospasmus). Zur Prämedikation ist unbedingt Atropin erforderlich.
4. *Wirkung auf die Leber:*
Sie ist umstritten. Vorsicht aber bei der Applikation im Prä-Coma, da hierbei der Abbau vermindert ist.
5. Die Cardia erschlafft in Barbituratnarkose. Es kann ein «Vollaufen» ohne Brechakt erfolgen.

Vorsicht bei Ileus! Legen einer Magensonde, Intubieren bei aufgerichtetem Oberkörper.
5. Der Kohlenhydratstoffwechsel ist kaum beeinflußt (im Gegensatz zum Diäthyläther). Diabetiker dürfen mit Hilfe von Barbituraten narkotisiert werden.
7. Barbiturate gehen schnell über in
Liquor,
Muttermilch und in Placenta.
Thiobarbiturate haben eine Affinität zum Fettgewebe (siehe oben).
8. Barbiturate sind Antidot bei Zwischenfällen mit Lokalanaesthetika, insbesondere bei bereits aufgetretenen Krämpfen. In diesem Fall darf *kein* Analeptikum gegeben werden, da dies zum tödlichen Krampfanfall führt. Therapie bei versehentlicher intravenöser Injektion von Lokalanaesthetika:
a) Barbituratnarkose
b) Sauerstoffinsufflation
c) Künstliche Beatmung.

Technik der Barbituratnarkose:

1. Initialdosis 0,1–0,2 g bei Patienten in gutem Allgemeinzustand. Die N-methylierten Barbiturate werden in 10%iger Lösung verwendet. Hierbei werden 1–2 ml als Initialdosis gegeben.

Thiobarbiturate werden fast alle in 5%iger Lösung injiziert, da sie schlechter venenverträglich sind und auch starke Gewebsreize ausüben, wenn versehentlich paravenös gespritzt wird. Von Thiobarbituraten werden also 2–4 ml appliziert. Vorsicht bei alten Patienten!!! Bei diesen kann eine Dosis von 0,5 ml evtl. schon ausreichend sein. – Nach Gabe der Initialdosis muß der Anaesthesist warten, bis der erste tiefe, spontane Atemzug wieder registriert wird, ehe eine weitere Injektion erfolgen kann.
2. Man injiziert dann etwa 0,1 g als Einzeldosis und wartet ab, bis jeweils die Atmung wieder einsetzt. Das Auftreten eines Singultus (insbesondere bei Thiobarbituraten) ist meist das Zeichen einer relativen Überdosierung.
3. Allgemein wird nur eine Einschlafdosis von 0,5 bis höchstens 1,0 g injiziert.
4. Zur Einleitung wird Sauerstoff geatmet, dann erfolgt die Fortführung als Kombinationsnarkose: N_2O-O_2-Halothan (o. ä.).
5. Postoperativ ist eine Sauerstoffinsufflation erforderlich.
Cave Hypoxie.
6. Nach einer Barbituratnarkose, und sei sie auch noch so kurz gewesen, darf für 24 Stunden kein Kraftfahrzeug geführt werden. Noch

12–15 Stunden nach einer Barbituratnarkose sind im EEG Schlafwellen nachzuweisen. – Bei ambulant durchgeführten Narkosen ist der Patient vorher zu belehren!

Nachwirkungen der Barbiturate:

Auch bei normaler Dosierung!

1. Doppelbilder, die evtl. bis zu 24 Stunden anhalten können.
2. Nystagmus (meist kurzdauernd).
3. Parästhesien an Finger- und Zehenspitzen.
4. *Bei Überdosierung:*

Bis zu 24 Stunden Gleichgewichtsstörungen.

5. Postoperatives Erbrechen ist meistens der Ausdruck einer Hypoxie oder eines exzessiven Erregungszustandes.

Gelegentlich kann Eukraton® ein schnelleres Erwachen herbeiführen, wenn Patienten nach einer Barbituratnarkose über einen längeren Zeitraum noch schläfrig oder benommen sind. Zwar ist Eukraton kein spezifisches Antidot gegen Barbiturate, jedoch zeigt es in einzelnen, seltenen Fällen eine recht nützliche Wirkung.

Kontraindikationen:

1. *absolute:*

a) Fehlen eines Arztes, der die Barbituratnarkose beherrscht. Absolut verboten ist die Personalunion zwischen Operateur und Narkotiseur, wenn z. B. der Operateur die Barbituratdosis appliziert, sich dann wäscht und die Narkose von einer Schwester fortführen läßt.

b) Mechanische Behinderung der Atemwege; bei diesen liegen vor:
aa) Hypoxie
bb) Hyperkapnie
z. B. Strumen, besonders bei alten Patienten, und Mediastinaltumoren.
cc) Frische Schädel-Hirn-Traumen mit Atemdepression und bereits hohem CO_2-Spiegel.

2. *relative Kontraindikationen:*

Sie sind umso geringer, je erfahrener der Anaesthesist ist.

a) Schock
b) Ileus (Intoxikation, Regurgitation; als Vorsichtsmaßnahme rechtzeitig eine Sonde legen und damit den Magen weitgehend entleeren).
c) Asthma bronchiale (Bronchospasmus). Zur Prämedikation Atropin, später evtl. Alupent oder Aludrin.
d) Geburtshilfe: Atemdepression des Kindes, da Barbiturate die Placenta passieren.
e) hohes Alter, reduzierter Allgemeinzustand.

f) Vorsicht bei Debilen und Geisteskranken, da diese durch eine elementare Angst in ein Exzitationsstadium geraten können, das zu Atem- und Herzstillstand führt.
Vorsicht auch bei Kindern mit Mißbildungen.

Therapie bei allen Komplikationen:

1. Anaesthetika sofort absetzen.
2. Beatmung mit reinem Sauerstoff, gegebenenfalls vorher Intubation.
3. Infusion.
4. In *weitem* Abstand, nach Kreislaufauffüllung, evtl. vorsichtige Gabe von Kreislaufmitteln.

Keine *Analeptika*, da diese Krämpfe auslösen können und damit den Sauerstoffbedarf steigern.

Die größte Gefahr der intravenösen Narkose liegt in der Einfachheit ihrer Anwendung.

Englisches Sprichwort: Deadly easy – easily dead.

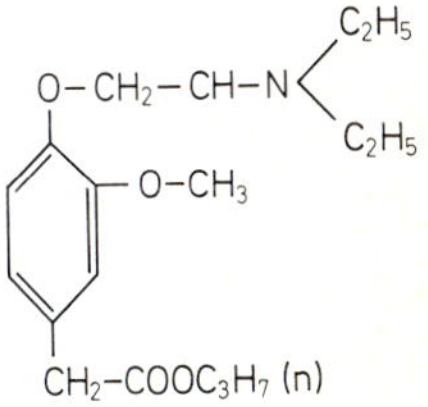

6.6.2. Propanidid = Epontol®

1962 von Hillmann, Wollweber, Wirth und Hoffmeister synthetisiert.

Das Fehlen eines echten Kurznarkotikums wurde bisher in der Anaesthesie als eine große Lücke empfunden. Barbiturate und Thiobarbiturate (siehe oben) sind keine echten Kurznarkotika, da selbst bei niedriger Dosierung die postnarkotische Phase mit verminderter Reaktionsfähigkeit mindestens 12–15 Stunden beträgt.

An ein Kurznarkotikum sind die folgenden Forderungen zu stellen:

1. schneller Narkoseeintritt
2. ausreichend tiefe Narkose
3. rascher Abbau, damit rasches Erwachen und baldiger Eintritt der Geh- und möglichst auch der Straßenfähigkeit.

Bei Propanidid handelt es sich um einen Methoxyphenylessigsäure-Propylester mit einem Zusatz von 20% Cremophor EL (Rhizinus-Abkömmling) als Lösungsvermittler. Der internationale Freiname für die wirksame Substanz lautet «Propanidid», der geschützte Warenname des Präparates «Epontol»®.

Epontol zeichnet sich durch einen schnellen Wirkungseintritt und ein besonders rasches Abklingen der narkotischen Wirkung aus. Die Narkosedauer beträgt etwa 3–5 Minuten. Das EEG zeigt bereits 15 Minuten nach Beginn der Epontolinjektion wieder ein normales Kurvenbild. Bis heute sind bereits mehrere Millionen Epontol-Narkosen durchgeführt worden.

Klinische Daten:

Hauptindikationen für die Epontol-Narkose sind:
1. kurzdauernde therapeutische und diagnostische Eingriffe.
2. Narkoseeinleitung für längerdauernde Operationen mit Fortführung durch Inhalationsnarkose oder Neuroleptanalgesie (NLA).

Die schnelle und spezielle Wirkung von Epontol erfordert für die Durchführung sowohl der Narkose als auch des operativen Eingriffes eine genauere Betrachtung. Folgende Punkte sind zu beachten:

1. *Prämedikation:* Da Epontol Histamin freisetzt, ist die Anwendung eines Antihistaminikums erforderlich. Bewährt haben sich intramuskuläre Gaben von Atosil oder die langsame (!) intravenöse Injektion von Tavegil (im Zeitraum von 3 Minuten). Opiate verlängern die postnarkotische Phase und sollten deshalb bei ambulanten Patienten möglichst vermieden werden. Bei stationären Patienten aber können unbedenklich auch Opiate zur Prämedikation gegeben werden.

2. *Dosierung und Anwendung:* Epontol darf nur streng intravenös appliziert werden. Da die Lösung relativ viskös ist, empfiehlt es sich, eine Kanüle mit weitem Lumen (Nr. 1 oder 2 n. Pravaz) zu verwenden.
a) *Erwachsene* vom 16. Lebensjahr ab erhalten 0,5 g der 5%igen Lösung = 1 Ampulle zu 10 ml (7–10 mg/kg KG). Bei geschwächten, kachektischen und über 60 Jahre alten Patienten empfiehlt sich eine Reduzierung der Epontol-Dosis auf die Hälfte. In diesen Fällen sollte außerdem die 5%ige Lösung mit isotonischer Kochsalzlösung zu einer 2,5%igen verdünnt werden.
b) *Kinder* erhalten ebenfalls die auf 2,5 % verdünnte Epontol-Lösung, und zwar nach folgendem Schema:
von 10–16 Jahren 0,3 –0,5 g (4–6–10 mg/kg KG)
von 6–10 Jahren 0,2 –0,3 g
von 4– 6 Jahren 0,15–0,2 g.

3. *Injektionsort:* Um versehentliche intraarterielle Injektionen zu vermeiden, empfiehlt es sich, zur Injektion eine Vene des distalen Unterarmabschnittes, des Handrückens oder der radialen Ellenbeugeseite zu wählen. Versehentliche intraarterielle Injektionen können insbesondere in der Ellenbeuge vorkommen, da die Vena mediana antebrachii und die Arteria brachialis sehr nahe zusammenliegen; außerdem sind

aberrierende Arterien im Cubitalbereich nicht allzu selten, besonders wenn die Teilung der Art. brachialis bereits oberhalb der Cubita erfolgt. Bei schlechten Venen empfiehlt es sich, die 5%ige Lösung in jedem Fall auf eine 2,5%ige zu verdünnen. Bisher wurden aber keine durch eine versehentliche intraarterielle Verabfolgung verursachten Gewebsschäden (Endotheldefekte, Wandnekrosen) beobachtet.

Nach mehreren Millionen Narkosen ist mit großer Wahrscheinlichkeit anzunehmen, daß zumindest einige unbeabsichtigte, intraarterielle Injektionen vorgekommen sind. Bei versehentlicher paravenöser Injektion wurden außer einer mehrere Tage anhaltenden Infiltration keine Reaktionen, insbesondere keine Nekrosen, beobachtet.

4. *Injektionsgeschwindigkeit:* Bei langsamer Injektion (60 sec) kommt es zu einer flüchtigen Albuminbindung des Epontols. Wird Epontol zu schnell injiziert, befindet sich zu viel freies Epontol in der Blutbahn, das zur Histaminfreisetzung führt und Kreislaufirritationen auslösen kann. Die *Injektionsgeschwindigkeit* soll also für die Gesamtdosis *mindestens 60 sec.* betragen!

Am Schluß einer schnellen Injektion tritt eine deutliche Hyperventilation auf, der eine Phase der Hypoventilation oder sogar Apnoe bis zu 90 sec Dauer folgt. Bei langsamer Injektion sind Hyper- und Hypoventilation nur schwach ausgeprägt.

5. *Verlängerung der Epontol-Narkose durch Nachinjizieren von Epontol:* Diese kann unbedenklich bis zu zweimal erfolgen, wobei jeweils etwa 2/3 der Initialdosis nachinjiziert werden. Die Nachinjektion soll beim Wiederauftreten des Lidreflexes, spätestens bei den ersten Abwehrbewegungen erfolgen. Öfter als zweimal soll nicht nachinjiziert werden; die Narkose kann dann mit jedem anderen Narkotikum verlängert werden. Zu empfehlen sind Inhalationsnarkotika wie Halothan und/oder Lachgas.

6. *Kombination mit Muskelrelaxantien:* Epontol kann, falls erforderlich (z. B. bei Repositionen von Frakturen und Luxationen) mit depolarisierenden Muskelrelaxantien (Succinylcholin, Lysthenon, Pantolax u. a.) kombiniert werden, sofern die Injektion sofort nach der Mischung erfolgt. Dabei ist darauf zu achten, daß die Dosis des Muskelrelaxans niedrig gewählt wird (etwa die Hälfte der üblichen Dosis), damit sie nicht die Epontol-Wirkung überdauert. Dies kann zu außerordentlich unangenehmen Sensationen beim Patienten führen. – Natürlich erfordert die Anwendung eines Muskelrelaxans die Möglichkeit der künstlichen Beatmung (für kurze Zeit ist Maskenbeatmung ausreichend).

7. *Narkoseverlauf:* Wenige Sekunden nach Injektionsbeginn verliert der Patient langsam das Bewußtsein.

Sofort mit Beginn der, bei der langsamen Injektion im Verlauf von 60 sec nur angedeuteten Hyperventilation (s. o.), ist die erforderliche Narkosetiefe erreicht und der Patient operabel. Sämtliche Vorbereitungen für den geplanten Eingriff müssen also vorher beendet sein. Der Operateur muß mit dem Skalpell in der Hand bereitstehen. Nach Ablauf von 3–5 Minuten, die chirurgisch genutzt werden können, erwachen die Patienten schnell und ruhig wieder. 2 Minuten später sind sie zeitlich und örtlich voll orientiert und können den Operationstisch selbständig verlassen. Ein postnarkotischer Schlaf tritt nicht ein, so daß der Patient keiner Betreuung mehr bedarf. 20–30 Minuten nach der Narkose können die Patienten zu Fuß mit einer Begleitperson oder in einer Taxe nach Hause entlassen werden. Dem Patienten sollte wegen des operativen Eingriffes geraten werden, bis zum nächsten Tag Bettruhe einzuhalten und ein Kraftfahrzeug nicht zu führen. Erkrankung, Schmerzen und Analgetika können die Straßenfähigkeit erheblich beeinträchtigen, wenn das Epontol längst abgebaut ist.

Der entscheidende Vorteil des Kurznarkotikums Epontol ist darin zu sehen, *daß der Patient keiner Überwachung mehr bedarf!*

Der Blutdruck fällt bei Beginn der Epontol-Narkose mäßig ab, während die Pulsfrequenz leicht ansteigt. Nach Abklingen der Narkose sind meist die Ausgangswerte wieder erreicht.

In einigen seltenen Fällen konnte durch Epontol keine Narkose erzielt werden, wie dies auch von anderen Narkotika bekannt ist. Auffällig war dies bei gewohnheitsmäßigem oder *akutem* Alkoholgenuß, bei dem ohnehin sämtliche Analgetika und Narkotika kontraindiziert sind.

8. *Kontraindikationen und Vorsichtsindikationen:*

a) Schock
b) akuter Alkoholrausch.

Jeder Zustand von Trunkenheit bedeutet eine schwere Intoxikation des Körpers. Auf diese schwere Intoxikation eine weitere, gezielte Intoxikation in Form der Narkose zu setzen, verbietet sich, sofern nicht vitale Indikationen vorliegen.

Zurückhaltung (evtl. niedrigere Dosierung) ist angezeigt bei

1. koronaren Durchblutungsstörungen
2. Herzinsuffizienz
3. Hypertonie.

Zusammenfassend kann gesagt werden, daß Epontol ein echtes intravenöses Kurznarkotikum darstellt, das eine Lücke in der Anaesthesie schließt. Dies gilt besonders für Polikliniken, in denen Patienten im postoperativen Nachschlaf den Arbeitsablauf erheblich verzögern können.

6.6.3. Neuroleptanalgesie (NLA)

Historisches:

1958 wurde durch de Castro und Mundeleer ein neues Anaesthesieverfahren inauguriert, das als «Neuroleptanalgesie» bezeichnet wird. Die hierfür verwendeten Substanzen wurden von Janssen synthetisiert.

Pharmakologie:

Bei der Neuroleptanalgesie werden die Dosen der eigentlichen Narkotika weiter reduziert bzw. fallen ganz fort. An ihre Stelle treten Substanzen, die eine Reflexlosigkeit und psychische Indifferenz bewirken. Der Name Neuroleptanalgesie bezeichnet einmal die zur Anwendung kommenden Pharmaka, bringt aber auch zum Ausdruck, daß der Patient sich nicht in einem wirklichen Schlafzustand, sondern in einem Zustand der Neurolepsie und Analgesie befindet. Die Indifferenz gegen äußere Reize und die Schmerzfreiheit werden durch eine selektive Wirkung der Pharmaka auf Thalamus, Hypothalamus, Retikuläres System und Gamma-Neuronen erreicht. Die NLA eignet sich besonders für Operationen bei schlechtem Allgemeinzustand des Patienten, darunter auch für Patienten mit Leberschäden, außerdem auch für alle Patienten, bei denen sonst jede Narkose problematisch ist.

Z. Z. werden als Neuroleptikum Dehydrobenzperidol und als Analgetikum Fentanyl verwendet.

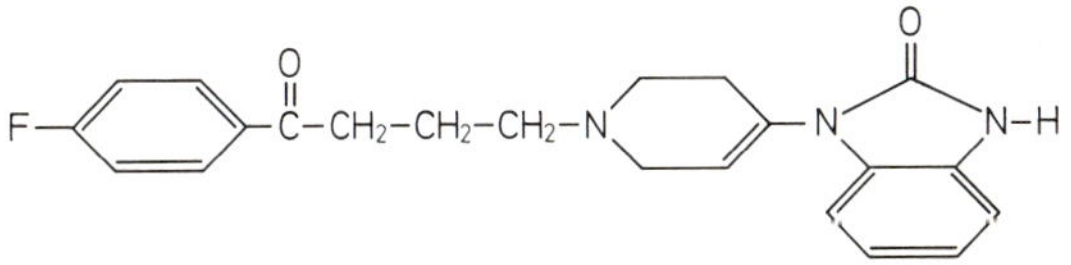

Dehydrobenzperidol

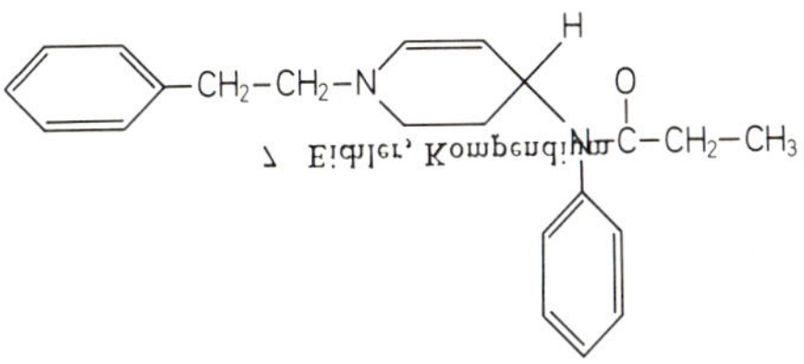

Fentanyl (synthetisches Morphinderivat)

Handelsformen:

1. *Dehydrobenzperidol*
Injektionsflaschen zu 10 ml; 1 ml = 2,5 mg.

2. *Fentanyl* (untersteht dem Betäubungsmittelgesetz)
Injektionsflaschen zu 10 ml; 1 ml = 0,05 mg.
3. *Thalamonal* (Kombination von Dehydrobenzperidol und Fentanyl). Wegen des Gehaltes an Fentanyl unterliegt Thalamonal auch der Betäubungsmittelverordnung.

Ampullen zu 1 ml und Injektionsflaschen zu 10 ml. 1 ml enthält 2,5 mg Dehydrobenzperidol und 0,05 mg Fentanyl.

In der heutigen Form wird die NLA durch ein Lachgas-Sauerstoff-Gemisch im Verhältnis von 2:1 bis 3:1 unterstützt. Da der Patient nun über die psychische Indifferenz hinaus einen Schlafzustand erreicht, müßte man eigentlich von einer «Neurolept-Anaesthesie» sprechen. Der Ausdruck «Neurolept-Analgesie» hat sich aber weiter im Sprachgebrauch gehalten.

Die entscheidenden Vorteile der NLA liegen in:
1. der sehr geringen allgemeinen Toxizität
2. dem sehr hohen Sicherheitsbereich
3. der guten Steuerbarkeit, da ein echtes Antidot gegen Fentanyl in Form der Nallorphine vorliegt.
4. der sehr stabilen Kreislaufsituation. Tritt bei Narkoseeinleitung ein stärkerer Blutdruckabfall auf, ist dies ein nahezu sicheres Zeichen für eine Hypovolämie, die mindestens 10 % unter der Norm liegt.
5. einem wirksamen Anti-Schock-Effekt (Reflexe sind durch Dehydrobenzperidol ausreichend gedämpft)
6. der schnellen postoperativen Erholung des Patienten, vor allem auch durch die lang anhaltende Schmerzfreiheit (4–6 Stunden postoperativ)
7. der guten lokalen Verträglichkeit bei versehentlicher paravenöser oder intraarterieller Injektion
8. der völlig fehlenden Beeinträchtigung des Kohlenhydrat-, Eiweiß- und Fettstoffwechsels.

So gelten als Indikationen für die NLA:
1. alle operativen Eingriffe von mindestens 30 Minuten Dauer. Intubation und Beatmung sind erforderlich!
2. vor allem alle dringlichen Operationen bei Patienten, die sich in einem schlechten AZ befinden, bei denen die Operation also ein großes Risiko darstellt.
3. Eingriffe bei Patienten in hohem Alter. Hierbei ist allerdings zu beachten, daß stark kachektische Patienten Dehydrobenzperidol verzögert abbauen und unter Umständen über Stunden beatmet werden müssen.
4. bei Patienten mit Leberschäden, z. B. sogenannten «gelben Gallen», bei denen weder Barbiturate noch halogenierte Substanzen verabfolgt werden sollten.

5. psychische Dämpfung von Patienten im Schockzustand, bei denen eine wohltuende innere Ruhe und Schmerzfreiheit eintritt und gleichzeitig durch die Wirkung des Dehydrobenzperidols eine bestehende Zentralisation des Kreislaufes aufgehoben wird.

In diesen Fällen kann man die Kombination von Dehydrobenzperidol mit Fentanyl in Form von Thalamonal in Einzeldosen von 1 ml intravenös bis zum Wirkungseintritt injizieren.

Kontraindikationen gegen die NLA bei:

1. Säuglingen und Kleinkindern wegen zu starker atemdepressorischer Wirkung (relative Kontraindikation).
2. kachektischen Patienten und Asthenikern. Hier besteht eine über Stunden anhaltende Atemdepression, die eine künstliche Beatmung erfordert. Sollte aus anderen Gründen bei solchen Patienten eine NLA erforderlich sein, darf sie nur durch einen sehr erfahrenen Anaesthesisten durchgeführt werden.
3. bestehendem Parkinsonismus, da durch die Dämpfung höherer Zentren die extrapyramidale Unruhe stärker werden kann.
4. Spastikern. Hier kann sich der Spasmus verstärken, z. B. bei der Little'schen Erkrankung.
5. Opiat-Süchtigen, bei denen anstatt einer Analgesie eher eine Euphorie eintritt und durch die Gabe von Nallorphinen zur Aufhebung der Opiat-Wirkung mit einem schweren Entzugsdelier zu rechnen ist.
6. chronischem Alkoholismus.
7. Dauermedikation von Psychopharmaka.
8. Patienten, die mit Complamin oder hypotensiven Mitteln behandelt werden. Hier kann es zu einem völligen Kreislaufzusammenbruch mit Exitus letalis kommen.
9. Staroperationen. In der NLA kann es durch Lichtreiz zu Bewegungen des Bulbus oculi kommen.
10. Patienten mit endogenen Depressionen. Hierbei können postoperativ gehäuft Recidive in gefährlicher Form auftreten.
11. Sectio caesarea, da durch Übertritt der Pharmaka eine schwere Atemdepression beim Neugeborenen auftreten kann. Nach der Abnabelung bestehen keine Bedenken, eine NLA einzuleiten.

Durchführung der NLA:

Drei Formen der Durchführung der NLA haben sich durchgesetzt:

1. NLA ohne einleitende Narkotika.

Die Anflutung der chemischen Substanzen der NLA erfolgt langsam, etwa im Verlauf von 5–8 Minuten. Es muß also abgewartet werden, bis der Patient schläft. Geduld ist hierfür erforderlich!

2. NLA mit Einleitung durch kurzwirkende Narkotika.

Unsere Patienten sind seit der Einführung der Barbituratnarkose gewohnt, schnell und angenehm einzuschlafen. Um diesem Bedürfnis der Patienten entgegenzukommen, wird von zahlreichen Anaesthesisten die NLA mit einem Injektionsnarkotikum eingeleitet. Gebräuchlich sind Epontol, Ketamine-Hydrochlorid oder eine geringe Barbituratdosis. So wird ein rasches Einschlafen bewirkt.

Durchführung:

a) übliche Prämedikation:

b) Einleitung mit Epontol in der Hälfte der üblichen Dosis.

Da Epontol sehr schnell in narkotisch unwirksame Substanzen abgebaut wird, eignet es sich besonders zur Einleitung der NLA! Es empfiehlt sich, Epontol *vor* dem Dehydrobenzperidol zu injizieren, da dieses relativ langsam anflutet. Während also die Wirkung des Epontols zurückgeht, nimmt die des Dehydrobenzperidols zu. Bei umgekehrter Reihenfolge ist mit einer Kumulation beider Pharmaka und damit einem verstärkten Blutdruckabfall zu rechnen.

Zeichen für zu flach werdende Neuroleptanalgesie:

a) Tränenträufeln

b) Auftreten des Lidreflexes

c) Auftreten des Greifreflexes bzw. Zunahme des Muskeltonus an den Händen.

d) Ansteigen von Puls und Blutdruck

e) Schwitzen des Patienten.

3. NLA in Form einer Dauertropfinfusion nach Einleitung mit Methohexital (Brevimytal).

Bei dieser Methode werden nur sehr geringe Dosen an Pharmaka verabfolgt. Sie eignet sich daher insbesondere für Patienten in extrem schlechtem Allgemeinzustand. Es ist streng darauf zu achten, daß die NLA nicht zu flach wird, und der Patient so den Eingriff miterlebt. Selbst wenn Schmerzempfindungen nicht auftreten, kann doch die psychische Irritation für den Patienten sehr belastend sein. – Für kräftige Patienten in gutem AZ ist diese spezielle Form der NLA weniger geeignet.

Bei NLA ohne Einleitung durch ein kurzwirkendes Narkotikum darf nicht zu früh intubiert werden, damit dies der Patient nicht spürt. Das gelegentliche Miterleben der Intubation wird von den betroffenen Patienten als außerordentlich unangenehm geschildert.

Nach Einleitung der NLA (vor der Intubation) tritt manchmal ein erheblicher Beatmungswiderstand auf. Dieser ist durch einen Rigor der Intercostalmuskulatur als Folge einer zu niedrigen Dosis von Dehydrobenzperidol bedingt.

Bei einigen wenigen Narkosen ist ein Halothan-Zusatz (0,1–0,3–0,5 Vol.-%), manchmal nur für kurze Zeit während der Einleitung, erforderlich. Dies ist insbesondere der Fall bei Patienten, die an eine Dauermedikation von Analgetika gewöhnt sind.

Fehler bei Beendigung der NLA:

1. zu frühe Wegnahme des Lachgases
2. zu frühes Abgehen von der kontrollierten Beatmung (Hypoxie).
3. Überschätzen der Spontanatmung des Patienten.

Der Patient darf nicht nur eine sog. «Kommandoatmung» ausüben, sondern muß sicher spontan atmen!!! Die Kontrolle muß mit Hilfe des Volumeters und der Atemfrequenz erfolgen. Erst wenn ein ausreichendes Atem-Minuten-Volumen erreicht ist, darf der Patient aus der Obhut des Anaesthesisten entlassen werden.

4. Verwechslung von Relaxans- und Fentanylüberhang. (Kontrolle durch Handgeben, Stirnrunzeln, Beobachtung des Atemtypus.) Bei Restwirkung der Relaxantien ist die craniale Thoraxmuskulatur noch nicht an der Atmung beteiligt.
5. Ungenügende Entrelaxierung.
6. Ungenügende Dosierung von Lorfan.
7. Nicht ausreichende Geduld bei Beendigung der NLA.

Nie zu früh extubieren!!!

Auf absolut ausreichende Spontanatmung achten!!!

Die Fentanylwirkung läßt sich durch Lorfan = Levallorphan aufheben. 1 ml Lorfan = 1 mg;
Dosierung 0,5–1 mg = 0,5–1 ml; Höchstdosis = 2 mg.

Nallorphine sind echte Morphin-Abkömmlinge, so daß es bei ihrer Anwendung zu einer schweren Atemdepression kommen kann.

Vorsicht bei Betäubungsmittel-Süchtigen! Es können schwere Entziehungserscheinungen auftreten!

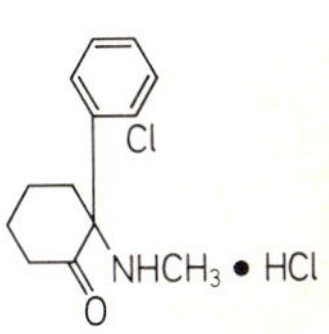

6.6.4. Ketamine-Hydrochlorid (Ketanest)

Ein intravenös und intramuskulär applizierbares Präparat stellt das Ketamin-Hydrochlorid (Ketanest) dar. Der Wirkungseintritt erfolgt bei intravenöser Applikation nach 30 Sekunden, bei intramuskulärer

Injektion innerhalb von 3–4 Minuten. Ketanest wirkt kataleptisch und erzeugt eine Anaesthesie mit guter Oberflächenanalgesie.

Sedative und hypnotische Eigenschaften, wie sie von den Barbituraten bekannt sind, fehlen. Die Schutzreflexe des Pharynx und Larynx sind erhalten, so daß kaum eine Aspirationsgefahr besteht. Der Skelettmuskeltonus bleibt erhalten. Vegetative Reizerscheinungen wie Nausea und Erbrechen sind selten. Die Atmung ist nur gering beeinträchtigt. Puls und Blutdruck weisen unter Ketamin-Wirkung eine Steigerung um 20–25 % auf.

Dosierung: Ketamin besitzt eine große Sicherheitsbreite.

Bei *intravenöser Applikation* (langsam innerhalb von 60 Sekunden) beträgt die Dosis 2,0 mg/kg KG. Eine ausreichende Tiefe der Anaesthesie wird etwa 30 Sekunden nach Beendigung der Injektion erreicht.

Für eine 5–10 Minuten anhaltende Anaesthesie liegt die mittlere Dosis bei 1,0–2,0 mg/kg KG.

Für die *intramuskuläre Applikation* beträgt die Dosis 5,0 mg/kg KG. 3–4 Minuten nach der Injektion ist der Patient operationsbereit. Mit einer Dosierung von 5 mg/kg KG wird eine durchschnittliche Dauer der Anaesthesie von 12–25 Minuten erreicht.

Zur Weiterführung der Anaesthesie wird die volle oder halbe Dosis nachinjiziert.

Ketamin kann verwendet werden:

1. als Mono-Anaesthetikum für kurzdauernde Eingriffe
2. zur Einleitung einer Narkose mit anderen Anaesthetika
3. zur Unterstützung schwach wirkender Anaesthetika (wie Lachgas).

7. Muskelrelaxantien

Die gute postoperative Verfassung verdankt der Patient nicht nur der Kombinationsnarkose, sondern auch der Einführung der muskelerschlaffenden Mittel. Wurde früher die für eine Operation notwendige Muskelerschlaffung durch eine sehr tiefe Narkose erreicht, so wird heute die Narkose nur in ein relativ flaches Stadium gesteuert, und die notwendige Muskelentspannung zur guten Darstellung des Operationsfeldes durch Gabe von Muskelrelaxantien herbeigeführt. Hierdurch wird die Ausführung von Operationen oft wesentlich erleichtert.

Die Muskelrelaxation erfaßt aber auch die Atemmuskulatur, so daß nun eine künstliche Beatmung des Patienten notwendig wird.

Historisches:

Muskelerschlaffende Mittel werden bei den Indianern Südamerikas wahrscheinlich seit Jahrtausenden als tödliche Gifte für Jagd und Kampf verwendet.

Bereits 1516 gelangt die erste Nachricht über Curare nach Europa.

1904 wird Curaril BYK pro injekt. und zur gleichen Zeit ein Präparat von der Firma Merck in Deutschland hergestellt.

1910 verwendet Laewen Curarin im Tierversuch

1936 Wieland stellt das Reinalkaloid des Tubocurarins, das «d-Tubocurarin» dar.

1942 führen Griffith und Johnson (Kanada) Curare in die klinische Praxis ein.
Seitdem fanden diese Mittel als Adjuvans bei Narkosen in allen Kulturländern eine weite Verbreitung. Heute dürfen nur chemisch identifizierte und exakt nach Gewicht dosierbare Substanzen benutzt werden.

Physiologie und Pharmakologie

1936 bewiesen Eccles, Göpfert und Schaefer in elektrophysiologischen Untersuchungen, daß von zentral her kommende Nervenreize an der motorischen Endplatte ein negatives Potential, den Endplattenstrom, auslösen. Erreicht dieser Strom eine Reizschwelle von etwa 3 mV, springt der Reiz auf den Muskel über und löst eine Kontraktion aus. Bei der Übertragung des Reizes spielt das Acetylcholin eine katalysatorische Rolle. Es entsteht, ausgelöst durch den Endplattenstrom unter Wirkung der Acetylcholinesterase, die in etwa 1/500 sec auch wieder seinen Abbau in Essigsäure und das tausendmal weniger wirksame Cholin bewirkt (Abb. 11 a).

Muskelrelaxantien gehören zu den Synapsegiften, die primär die Reizübertragung auf die quergestreifte Muskulatur verhindern. Nur bei sehr hoher Dosierung tritt auch eine Wirkung auf die glatte und die Herzmuskulatur ein.

Grundsätzlich unterscheidet man zwei verschiedene Gruppen von Muskelrelaxantien:

7.1. **nichtdepolarisierende** Substanzen (Curare-Typ):

hierbei wird der Reiz nicht übertragen, die Muskelmembran bleibt positiv aufgeladen (Abb. 11 b).

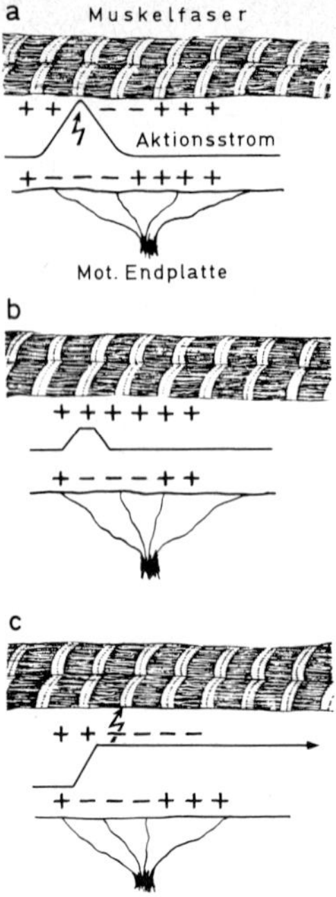

Abb. 11 a–c:
a: Der motorische Endplattenstrom löst unter der katalysatorischen Wirkung des Acetylcholins eine Kontraktion aus.
b: Wirkung der «nichtdepolarisierenden» Muskelrelaxantien (Curare-Typ). Der Reiz wird nicht übertragen.
c: Wirkung der «depolarisierenden» Muskelrelaxantien (Succinyl-Typ). Der Reiz wird übertragen, dann bleibt die Zelle für etwa 4 Minuten refraktär.

7.2. **depolarisierende** Substanzen (Succinyl-Typ):

der Reiz wird übertragen, es folgt eine fibrilläre Zuckung (sämtlicher quergestreiften Muskeln des Körpers). Danach bleibt die Muskelzelle für etwa 4 Minuten refraktär. So lange ist sie negativ aufgeladen, also depolarisiert (Abb. 11 c). – Die Spaltung des Succinyls erfolgt nicht durch die Acetylcholinesterase, sondern durch die «Pseudocholinesterase».

Während bei den nichtdepolarisierenden Substanzen das Muskelrelaxans ähnlich genug ist, die Rezeptoren des Acetylcholins zu blokkieren, aber nicht seine Funktion ausüben kann, entfaltet die depolarisierende Substanz die Wirkung des Acetylcholins, wird aber nicht so schnell gespalten wie dieses. Die längere Refraktärzeit nach Einwirkung von depolarisierenden Substanzen bewirkt auch eine Verschiebung des Donnan-Gleichgewichtes mit Kalium-Freisetzung aus den Zellen.

Die als Substratkonkurrenten des Acetylcholins muskelerschlaffend wirkenden organischen Verbindungen müssen mit diesem wesentliche Eigenschaften gemeinsam haben, damit das Acetylcholin gehindert wird, den Reiz zu übertragen. Acetylcholin enthält eine quarternäre Ammoniumgruppe (= fünfwertigen Stickstoff). – Muskelerschlaffende Mittel der Curare-Gruppe weisen mindestens zwei Ammoniumgruppen auf, die im Abstand von 12–15 Å stehen müssen. Optimal ist der Abstand von 14 Å. Je stärker methyliert die Substanz ist, umso ausgeprägter ist ihre muskelerschlaffende Wirkung. Durch Methylierung kann selbst Strychnin in ein Muskelrelaxans verwandelt werden.

7.1. nichtdepolarisierende Muskelrelaxantien

7.1.1. **Curaregruppe** (nichtdepolarisierende Relaxantien)

Sie unterbrechen die neuromuskuläre Synapse im Bereich der motorischen Endplatte dadurch, daß sie die Einwirkung des Acetylcholins auf die Muskulatur verhindern. Die humorale Phase der Reizübertragung wird also blockiert.

Curare wird in Südamerika im Gebiet des Amazonas gewonnen. Die einzelnen Stämme haben unterschiedliche Verpackungsbehälter; dadurch entstanden die früher geläufigen Bezeichnungen «Tubo»-, «Calebassen»- und «Topf»-Curarin. Es handelt sich um Alkaloide aus Menispermaceen und Logagniaceen, die im tropischen Süd- und Mittelamerika weit verbreitet sind. In 80 verschiedenen Pflanzen kommen diese Alkaloide vor. – Roh-Curare muß eingeführt werden, die Reindarstellung ist mühsam und teuer.

Spezielle Wirkung der Curarine:

1. sie lähmen die peripheren motorischen Nervenendigungen der quergestreiften Muskulatur (Claude Bernard).
2. Reihenfolge der Lähmung der quergestreiften Muskulatur:

a) Muskulatur des Augapfels
b) Lidmuskulatur
c) Kaumuskulatur

d) Rückenmuskulatur
e) Muskulatur der oberen Gliedmaßen
f) Muskulatur der unteren Gliedmaßen
g) Bauchmuskulatur
h) untere Intercostalmuskulatur
i) obere Intercostalmuskulatur
j) Zwerchfell
k) Finger-Zehen-Muskulatur und Muskulus levator palpebrarum. Der Lidheber kann noch schwache Bewegungen ausführen, selbst wenn eine koordinierte Atmung schon völlig ausgefallen ist.

3. Per os sind sie unwirksam, sie werden vom Magen-Darm-Trakt aus langsam resorbiert und von der Niere relativ schnell ausgeschieden. Mit Curare vergiftetes Fleisch ist also eßbar. – 75 % des Curare wird über die Nieren ausgeschieden, etwa 25 % in der Muskulatur inaktiviert. Vorsicht ist also in der Anwendung bei Niereninsuffizienzen geboten. Bei Anurie, gleich welcher Genese, sind Curareabkömmlinge absolut kontraindiziert.

4. die Wirkung auf das Zentral-Nervensystem und das vegetative Nervensystem ist in therapeutischen Dosen gering. In höheren Dosen tritt eine irreversible, nikotinähnliche Wirkung auf.

5. Die Histaminausschüttung kann bei der Applikation großer Dosen so stark sein, daß ein Kollaps auftritt.

6. Die Herz- und Kreislauffunktion wird in klinischen Dosen wenig beeinflußt. Bei hohen Dosen tritt eine negativ-inotrope Wirkung auf das Herz auf, außerdem ist ein mäßiger Blutdruckabfall durch Verminderung des peripheren Widerstandes festzustellen.

Curare erzeugt keine ausreichende Ganglienlähmung, es wirkt also auf die Synapsen des Rückenmarkes weitaus geringer, als auf die motorischen Endplatten.

Atropin ist als Vagusschutz erforderlich, um unerwünschte Kreislaufreflexe zu vermeiden.

7.1.2. d-Tubocurarin-chlorid

(Alkaloid aus Chondrodendron tomentosum.)

d-Tubocurarin-chlorid kann mit sämtlichen Narkotika kombiniert werden, allerdings ist bei der Anwendung halogenierter Inhalationsnarkotika und der Verwendung von Ganglienblockern eine besondere Sorgfalt geboten. Manche Narkotika weisen selbst eine curareähnliche Wirkung auf; so übt z. B. der Äther eine curariforme Wirkung auf die motorischen Endplatten aus.

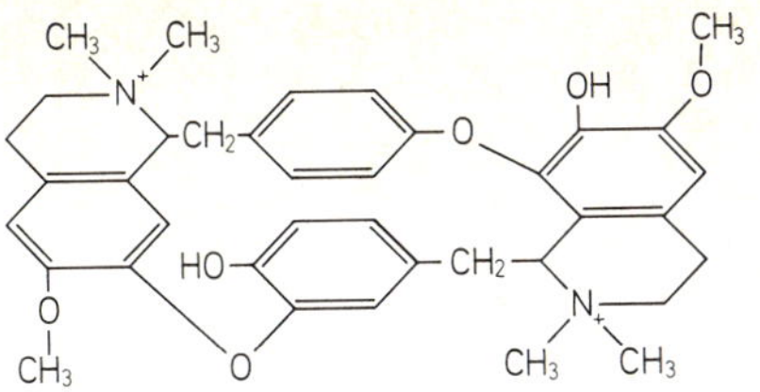

d-Tubocurarin

Handelsformen:

Curarin-Asta: Injektionsflaschen zu 5 und 10 ml
Wirkstoffkonzentration: 1 ml = 3 mg = 20 H. D. E.

Curarin-HAF: a) Ampullen zu 3 ml und Injektionsflaschen zu 10 ml
Wirkstoffkonzentration: 1 ml = 3 mg = 20 E
b) Ampullen zu 10 ml
Beachte! Wirkstoffkonzentration: 1 ml = 1,5 mg = 10 E.

Initialdosis: 0,15–0,2 mg/kg KG i. v., so daß für einen 60 kg schweren Patienten etwa 3 ml = 9 mg = 60 E notwendig sind.

Kinder, alte, kachektische und geschwächte Patienten benötigen nur einen Bruchteil dieser Initialdosis, während für muskelkräftige Patienten eventuell eine deutlich höhere Dosis erforderlich ist.

Die Halbwertzeit des d-Tubocurarion-chlorids beträgt etwa 3 Stunden. Nachinjektionen werden nach 30–40 Minuten erforderlich, dabei erfolgt die Dosierung absteigend = $^1/_2$, $^1/_4$ usw. der Initialdosis. Die Dosis muß reduziert werden, da sonst mit längerdauernder Operation der Spiegel des Curarins infolge der längeren Halbwertzeit im Organismus ansteigt.

7.1.3. **Diallyl-nor-Toxiferinchlorid** (Alloferin)

Diallylderivat des Toxiferins

Handelsformen:

Ampullen zu 5 und 10 ml
Wirkstoffkonzentration: 1 ml = 1 mg.

Wirksamkeit: 1,8–2,7fach so stark wie Curarin; die Wirkung ist jedoch nicht so lang anhaltend. Die Halbwertzeit des Alloferins beträgt etwa 30 Minuten.

Initialdosis: 0,1–0,15 mg/kg KG i. v., für einen 60 kg schweren Patienten also 6–9 ml = 6–9 mg.

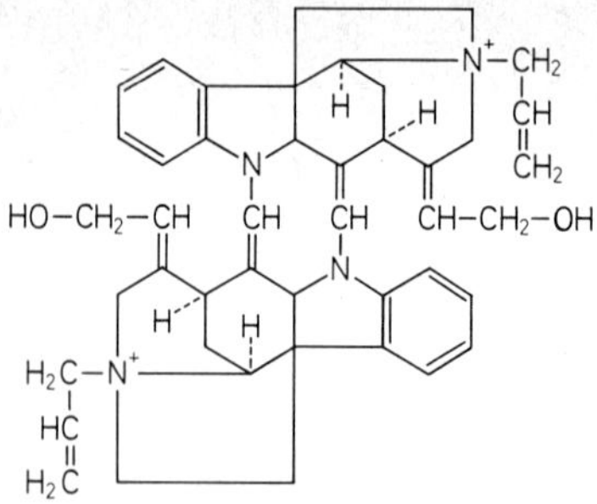

Diallyl-nor-toxiferin

Wiederholungsdosis: $^1/_2$–$^1/_4$–$^1/_8$ der Initialdosis, im allgemeinen nach 30 Minuten.

Kontraindikationen: wie für Curarin (Niereninsuffizienz, Myasthenia gravis, Hypokaliämie u. a.).

7.1.4. **Pancuroniumbromid** (Pavulon)

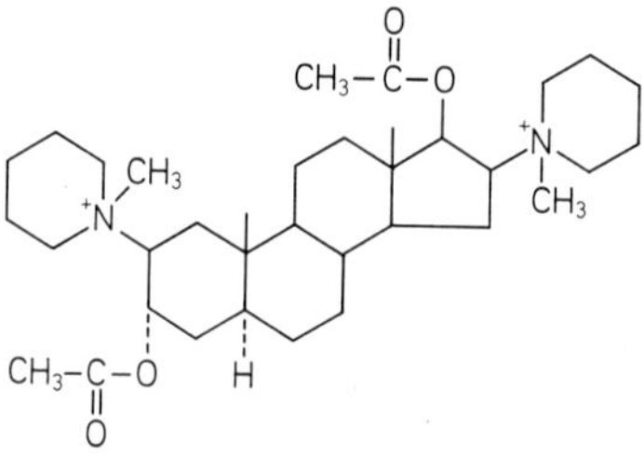

Pancuronium (Pavulon)

1964 von Hewett und Savage synthetisiert.

Handelsformen: Ampullen zu 1 ml = 2 mg.

Dosierung initial: 0,02–0,08 mg/kg KG; bei einem 70 kg schweren Patienten im allgemeinen also 4–6 mg.

Pancuroniumbromid hat eine etwa 5fach so starke Wirkung wie d-Tubocurarin. Etwa die Hälfte der Substanz wird unverändert über die Nieren ausgeschieden, die andere Hälfte in der Leber abgebaut. Die Frage der Lebertoxizität ist noch nicht geklärt.

Vorteil: Keine blutdrucksenkende Wirkung und keine Veränderung der Herzfrequenz bei gleichzeitiger Anwendung von Halothan, das die relaxierende Wirkung des Pancuroniumbromids additiv verstärkt.

7.1.5. **Gallamin** (Flaxedil)

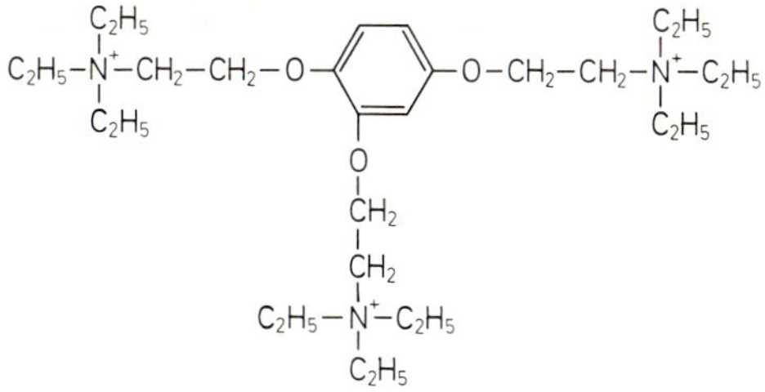

Gallamin

1948 von Bovet synthetisiert.

Handelsformen: Injektionsflaschen zu 10 ml = 2%ige Lösung.

Dosierung: Initial 1–2 mg/kg KG; Höchstdosis = 3 mg/kg KG. Im Verlauf der Operation absteigende Dosierung.

Die Wirkung des Gallamins ist ähnlich wie die des Curare, jedoch schwächer und von kürzerer Dauer. Die Histaminausscheidung ist geringer. 70% der Substanz werden über die Nieren ausgeschieden, der Rest in der Leber abgebaut.

Gallamin wirkt sympathikomimetisch: Es können eine Sinustachycardie und Blutdrucksteigerungen auftreten, bei Verabfolgung großer Dosen nicht selten eine Arrhythmie.

Der Blutdruckanstieg kann intra operationem einen Blutverlust überdecken. Die Tachycardie führt gleichzeitig zu einer schlechteren Sauerstoffversorgung des Herzens. Die Durchblutung des Herzmuskels, und damit die Ernährung desselben, erfolgt in der Diastole. Bei Frequenzen bis zu 80/min. beträgt das Verhältnis von Systole zu Diastole = 1:2, bei einer Frequenz von 100/min. = 1:1 und bei einer Frequenz über 120/min. = 2:1. Dies bedeutet, daß u. U. eine ausreichende Durchblutung des Herzmuskels nicht mehr möglich ist. Gegebenenfalls müssen Beta-Rezeptorenblocker injiziert werden.

Gallamin passiert die Placenta, Vorsicht bei Sectio caesarea!

7.2. Depolarisierende Muskelrelaxantien (Succinyltyp)

Sie sind abgeleitet vom Dekamethonium, das selbst heute nicht mehr angewendet wird.

Succinyl- bis cholin-Chlorid
1951 von Bovet und Mitarbeitern synthetisiert.

Succinylcholin 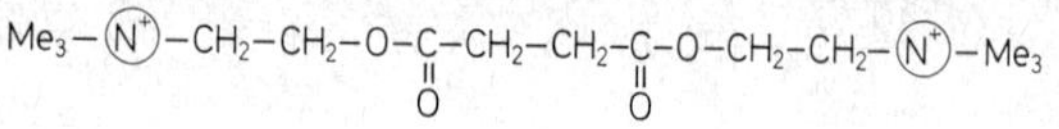

Acetylcholin 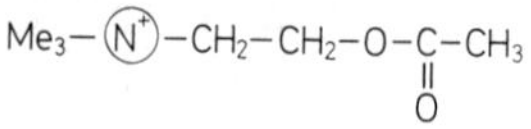

Wirkungsweise: Sie entspricht dem des Acetylcholins. Durch Depolarisieren des der Endplatte gegenüberliegenden Muskelabschnittes wird eine Kontraktion ausgelöst (initiale Muskelzuckung), die über den gesamten Körper verläuft. Da die Substanz nicht rasch durch die Acetylcholin-Esterase, sondern innerhalb von etwa 4 Minuten durch die «Pseudocholin-Esterase» gespalten wird, bleibt die Muskelfaser für diese Zeit depolarisiert und gegen neue Reize refraktär, damit also unerregbar.

Die Substanz ähnelt in ihrer Konfiguration zwei aneinander gelagerten Acetylcholin-Molekülen. Die Aufspaltung erfolgt in Bernsteinsäure und Cholin.

Handelsformen des Succinyl- bis cholin-Chlorids:

Succinyl-Asta, Succinyl-HAF, Lysthenon, Pantolax.

Konzentration der Lösungen: 0,5, 1, 2 und 5%ige Lösungen.

5%ige = «forte»-Lösung: 1 ml = 50 mg.

Dosierung: 1 mg/kg KG; bei einem 50 kg schweren Patienten also 1 ml der 5%igen Lösung.

Cave zu schnelle Injektion! Im Bereich des Einstromgebietes der Injektion kann es zu Freisetzungen von Histamin kommen. Erkenntlich ist dies an roten Flecken der Haut, die meist rasch wieder verschwinden. Vorsicht ist geboten bei Nachinjektion, insbesondere wenn diese wiederholt erfolgt. Die Folge können Herzrhythmusstörungen bis zum Herzstillstand sein. Diese Irritationen werden nicht beobachtet, wenn Succinyl im Dauertropf infundiert wird. Die anhaltende Depolarisierung der Zellmembranen bewirkt jedoch eine erhebliche Kaliumfreisetzung aus den Zellen, also eine Verschiebung des Donnan-Gleichgewichtes. Bei größeren Dosen, wie sie früher im Dauertropf durchaus üblich waren, etwa bei 400 mg/Std., trat gelegentlich ein curariformer Block durch Einlagerung von Succinylcholin in die Muskelzellproteine auf (sog. «Dualblock»). Dieser «Dualblock» hält über Stunden an. – Folge hoher Succinyl-Dosierung kann in einzelnen Fällen ein über Tage anhaltender «Muskelkater» sein, zum Teil der gesamten Muskulatur, zum Teil aber auch nur der Thorax- oder Rückenmuskulatur. Hereditär, aber auch bei Leberschäden, kann ein Mangel an Pseudocholin-Esterase bestehen. Succinyl wird dann nur sehr verzögert oder gar nicht abgebaut. Da ein Synergismus zwischen Acetylcholin und Succinylcholin besteht, darf zur Aufhebung der Succinylwirkung nicht ein Acetylcholin-Esterase-Blocker gegeben werden. Esterase-Blocker sind: Prostigmin, Mestinon u. a. (s. S. 76, 77).

7.3. Depolarisierend und nichtdepolarisierend wirkendes Muskelrelaxans

Hexamethylen- bis carbaminoylcholinbromid (Imbretil)

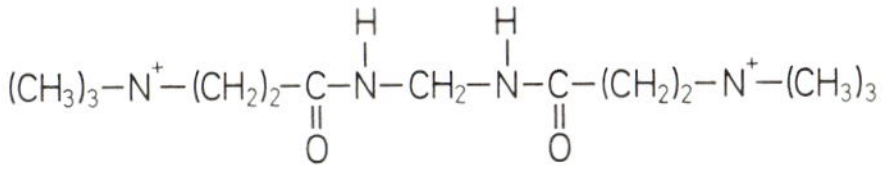

Hexabiscarbacholin (Imbretil)

1953 von Klupp synthetisiert.

Handelsformen: Ampullen zu 2 und 5 ml (2 ml = 4 mg, 5 ml = 10 mg)

Dosierung: initial 0,05 mg/kg KG. Im allgemeinen beginnt man mit 2–4 mg = 1–2 ml.

Wiederholungsdosen: 1,5–0,5 ml = 3–1 mg.

Imbretil ist 3–5fach so stark wirksam wie d-Tubocurarin. Die Wirkung ist lang anhaltend. Imbretil eignet sich deshalb sehr gut für Dauerbeatmungen; während seine Anwendung bei Operationen weniger indiziert ist. Das Präparat besitzt eine Dualnatur, es wirkt initial depolarisierend, nach wenigen Minuten langanhaltend nichtdepolarisierend (Dualblocker). Imbretil passiert ebenfalls die Placenta. Wie bei nahezu allen nichtdepolarisierenden Muskelrelaxantien ist Vorsicht bei der Anwendung von Ganglienblockern geboten.

Im weitesten Sinne gehören zu den Muskelrelaxantien auch die Substanzen der Myanesingruppe, die im Bereich des Rückenmarkes angreifen. Bei den früher in der Klinik verwendeten Präparaten handelte es sich um Guajacolglycerinäther oder -ester.

7.4. Cholinesteraseinhibitoren

Etwa 30 Minuten vor Ende der Operation sollten langwirkende Muskelrelaxantien nicht mehr injiziert werden, damit bald nach Beendigung der Operation die Spontanatmung des Patienten wieder einsetzt. Deshalb eignen sich im allgemeinen Präparate mit einer relativ kurzen Halbwertzeit besser, als solche mit langanhaltender Wirkung.

Auf jeden Fall muß vermieden werden, am Schluß der Operation (z. B. zum Verschluß der Bauchdecken) noch einmal Succinyl zu injizieren. Die Folge dieser Injektion kann eine langdauernde Relaxation mit Apnoe sein, von der nicht zu beurteilen ist, ob die Wirkung der depolarisierenden oder der nichtdepolarisierenden Substanz überwiegt.

Acetylcholin verdrängt nichtdepolarisierende Muskelrelaxantien von der motorischen Endplatte, so daß Muskelkontraktionen wieder möglich sind. Dabei entscheidet die Höhe des Acetylcholinspiegels, der durch Hemmung der Cholinesterase ansteigt.

Als Cholinesterasehemmer werden synthetische Substanzen verwendet, die chemisch dem Physostigmin (= Eserin; aus dem Samen der Kalabarbohne = Gottesurteilsbohne) ähnlich sind. Physostigmin wird in der Augenheilkunde lokal bei Glaukom angewendet. Die intravenöse Anwendung ist kontraindiziert, da sie eine starke Bradycardie und Hypermotorik des Darmes auslöst.

Im Rahmen der Anaesthesie werden die folgenden Präparate verwendet:

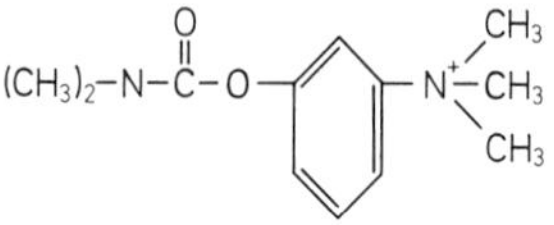

Neostigmin

1. Neostigmin = Prostigmin
Ampullen zu 1 ml = 0,5 mg und
Ampullen zu 5 ml = 12,5 mg («forte»)

Für die *(langsame!)* intravenöse Injektion sind nur Ampullen zu 0,5 mg indiziert.

Einzeldosis: 0,5–1 mg langsam i. v.

Maximaldosis: 2,5 mg.

Auf die folgenden Nebenwirkungen ist zu achten:

Bradycardie (insbesondere nach Halothan-Inhalation) und gesteigerte Bronchialsekretion. Vor der Gabe von Prostigmin muß Atropin (0,25–0,5 mg, am besten i. v.) injiziert werden. Erst nach deutlicher Pulssteigerung darf das Prostigmin, bei laufender Pulskontrolle, gegeben werden. Streng kontraindiziert ist es, Cholinesterasehemmer und Atropin in einer Mischspritze zu verabfolgen. Atropin besitzt primär, wenn auch sehr kurzzeitig, eine zentral vagusaktivierende Komponente, die im Zusammenwirken mit einem Esterasehemmer einen Herzstillstand auslösen kann.

Gegebenenfalls sollen Nachinjektionen von Prostigmin intramuskulär erfolgen.

2. Pyridostigmin = Mestinon
Ampullen zu 1 ml = 1 mg; Injektionsflaschen zu 5 ml = 25 mg.
Zur Aufhebung der Curarewirkung = Einzeldosis 1–2 mg; Höchstdosis 5–8 mg langsam i. v., fraktioniert.

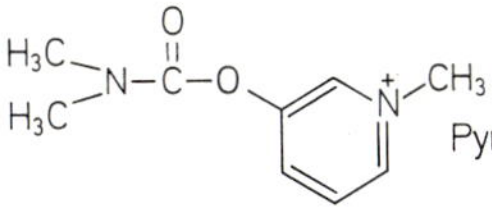

Die Wirkung durch Pyridostigmin (Mestinon) tritt langsamer als nach Neostigmin (Prostigmin) ein und hält länger an. Obgleich die Nebenwirkungen nicht so ausgeprägt sind wie bei Neostigmin, muß auch bei der Anwendung von Pyridostigmin die vorherige Injektion von Atropin erfolgen.

Das in manchen Lehrbüchern angegebene Edrophonium = Tensilon ist in der deutschen «Roten Liste» nicht aufgeführt.

8. Applikation der Inhalations-Anaesthetika

Historisches:

1844 Wells verwendet reines Lachgas ohne Sauerstoffzusatz. Anmerkung: Bei Atmung von reinem Lachgas treten nach spätestens 2 Minuten hypoxische Schäden auf.

1846 Morton benutzt für seine Äthernarkose einen Glaskolben als Verdampfer.

1853 Snow entwickelt den ersten Spezialverdampfer für Äther.

1868 Andrews und Bert erkennen die entscheidende Bedeutung des Sauerstoffgehaltes der Narkose-Gasgemische und verwenden erstmals Lachgas-Sauerstoff-Mischungen.
Wegen der damals noch umständlichen und kostspieligen Gewinnung von Sauerstoff konnte sich diese Methode jedoch nicht durchsetzen.

Über länger als 50 Jahre wurde im deutschsprachigen Bereich die von Schimmelbusch (1860–1895) konstruierte Maske verwendet (siehe S. 79). Witzel bezeichnete 1902 die Äthertropfnarkose mit Hilfe der Schimmelbusch-Maske als «die» Narkoseform.

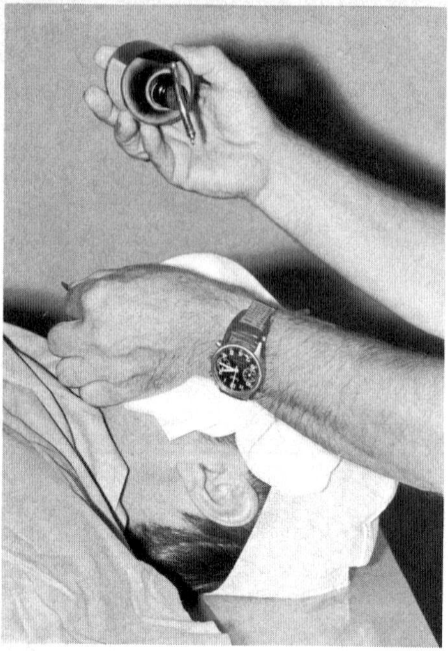

Abb. 12: Äthertropfnarkose mit Hilfe der Schimmelbusch-Maske.

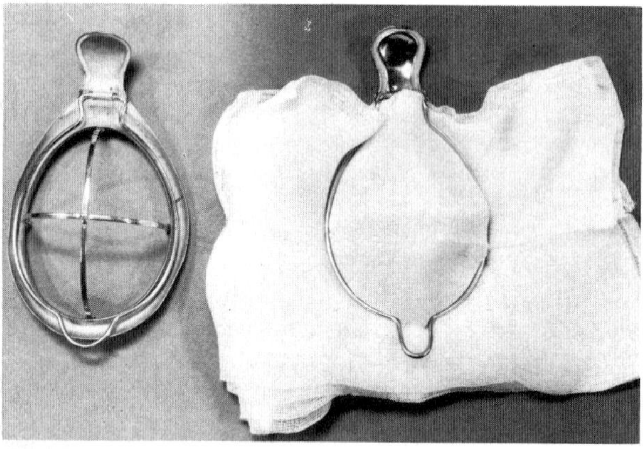

Abb. 13: Schimmelbusch-Maske aus sterilisierbarem Metallgestell.

1887 Linde publiziert sein Verfahren zur Verflüssigung von Luft und damit zur rationellen Gewinnung von Sauerstoff.

1901 Sudeck gibt den «Ätherrausch» an; bekannt als «Stadium Analgetikum Sudeck». – Gemeinsam mit seinem Mitarbeiter Schmidt erfolgt eine überaus sorgfältige Beobachtung der Narkosestadien, die zu einer Einteilung, nahezu synonym der von Guedel, führt.

1902 Prof. Roth, Lübeck, entwickelt zusammen mit Heinrich und Bernhard Dräger ein Narkosegerät, bei dem Lachgas und Sauerstoff sowie Äther und Chloroform (diese nach Tropfen dosierbar) appliziert werden können.

8.1. (Äther-)Tropfnarkose unter Atmung von atmosphärischer Luft (Abb. 12)

Physiologische bzw. pathophysiologische Bedingungen:
Einerseits vergrößert die Maske den schädlichen Totraum, andererseits vermindern die Ätherdämpfe den Sauerstoffanteil im Inhalationsgemisch. Da die atmosphärische Luft nur etwa 20% Sauerstoff enthält, kann während der Äthertropfnarkose eine kritische Senkung des Sauerstoffgehaltes in den Alveolen auftreten.

Wegen der häufig zu beobachtenden vegetativen Irritationen ist die Äthertropfnarkose heute in der Klinik absolut überholt. In Katastrophen-Situationen kann jedoch ihre Anwendung segensreich sein. Aus diesem Grunde darf sie nicht in Vergessenheit geraten. Mit Rücksicht auf die Patienten, die die Vorteile der modernen Narkoseführung kennen, kann diese Methode in der Klinik nicht geübt werden. Da aber die Technik einfach ist, wird der in der Anaesthesie auch nur einigermaßen Geübte aufgrund einer Anweisung die Äthertropfnarkose relativ leicht und sicher durchführen können. Sie bedarf nur eines geringen Aufwandes:

1. einer Schimmelbusch-Maske, die aus einem sterilisierten Metalldrahtgestell besteht (Abb. 13).
2. einer 4–6fachen Gaze-Kompresse, die in die Maske eingespannt wird,
3. einer Ätherflasche (pro narcosi) mit Tropfkorken (Abb. 14).

Die Äthertropfnarkose wird wie folgt durchgeführt:

1. Der Patient muß sorgfältig angeschnallt werden: an beiden Handgelenken und mit einem breiten Gurt, der über das untere Drittel der Oberschenkel gelegt wird.
2. Legen einer Schutzkompresse über die Augen, damit nicht flüssiger Äther Schäden (Ulcus cornae) verursacht.

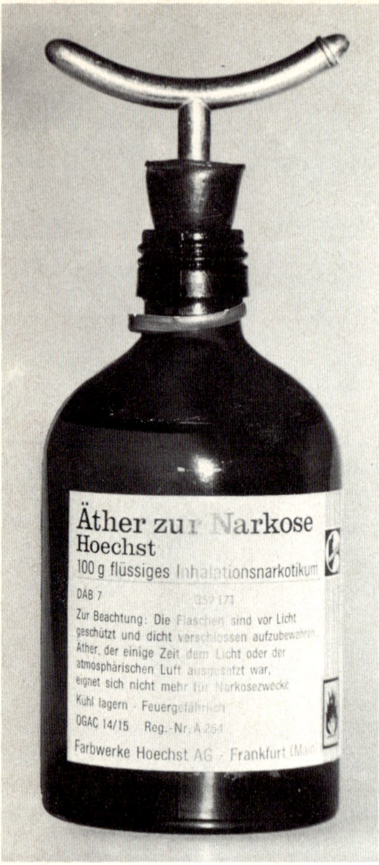

Abb. 14: Ätherflasche «pro narcosi» mit Tropfkorken.

3. Einleitung am besten mit Divinyläther, der wegen seiner stärkeren Wirkung die Narkoseeinleitung beschleunigt. Zur Beurteilung des Narkosestadium beim Einschlafen hat es sich bewährt, den Patienten zählen zu lassen, am besten von 1000 ab rückwärts. Sobald sich der Patient «verzählt», wechselt der Anaesthesist vom Divinyl- auf den Diäthyläther über. Wichtig ist dabei, daß beim Tropfen der gesamte Bereich der Maske benetzt wird, und nicht nur der Mittelpunkt. Reifbildung an der Maske deutet darauf hin, daß zuviel Äther aufgetropft wurde.

Falsch ist es dann, zur Erwärmung die Hand auf die Maske zu halten. Dadurch wird die Sauerstoffzufuhr weiter gedrosselt, und der Patient ist gezwungen, die sauerstoffarme und stark kohlensäurehaltige Ausatemluft wieder einzuatmen.

Sofern der Patient noch ansprechbar ist, soll er zu ruhigem Ein- und Ausatmen laufend ermuntert werden.

4. Meist ist das Erregungsstadium bei der reinen Äthertropfnarkose deutlich ausgeprägt. Helfer müssen bei dieser Methode unbedingt am Operationstisch stehen, um den Patienten gegebenenfalls festzuhalten. Auch sorgfältig angeschnallte Patienten haben noch eine erhebliche Bewegungsfreiheit mit ihrem Körper, so daß der Anaesthesist allein nicht in der Lage ist, die heftigen, ungeordneten Bewegungen des Patienten zu verhindern.

Der Anaesthesist tropft – insbesondere während des Erregungsstadiums – möglichst etwas schneller, bis sich der Patient allmählich beruhigt. Im allgemeinen wird eine Tropfenfolge von 30–60 Tropfen/min angezeigt sein, jedoch sind große Variationsbreiten nach oben und unten zu erwarten.

5. Das langsame Anfluten des Äthers fordert sowohl vom Chirurgen als auch vom Anaesthesisten Geduld. Der operative Eingriff sollte erst beginnen, wenn die Zeichen für die entsprechende Narkosetiefe (Guedel-Schema) sicher erreicht sind. Eine tiefe Äthernarkose wird erst nach 15–20 Minuten erreicht.

6. Sofern Sauerstoff zur Verfügung steht, sollte dieser durch einen dünnen Schlauch unter die Maske geleitet werden, und zwar in einer Dosierung von 50 % des geschätzten Atem-Minuten-Volumens (etwa 4–6 l/min). Eine exakte Berechnung ist nicht möglich und in Katastrophensituationen sicher auch nicht notwendig. Jede Erhöhung der Sauerstoffzufuhr aber bedeutet größere Sicherheit.

Während der Aufwachphase nach einer Äthernarkose bedarf der Patient sorgfältigster Überwachung (Sitzwache), da durch die vegetativen Irritationen häufiger Erbrechen auftritt als bei anderen Narkotika. Kinder sollten unmittelbar post operationem unbedingt in stabiler Seitenlage gelagert werden, um bei Erbrechen eine Aspiration zu vermeiden und auch bei Salivation, die nach Äthernarkosen meist stark ist, den Abfluß des Speichels aus dem Mund zu gewährleisten. Nicht selten tritt beim Aufwachen aus einer Äthernarkose eine starke motorische Unruhe auf. Dabei besteht die Gefahr, daß der Patient von der Trage oder aus dem Bett fällt.

8.2. Apparat-Narkose

Die Verwendung von Narkosegeräten erlaubt es, gleichzeitig mit dem Narkosegas die erforderliche Konzentration von Sauerstoff zuzuführen.

Die Einteilung der Narkoseapparate bzw. -systeme ist nach verschiedenen Gesichtspunkten möglich.

1. nach dem Konstruktionsprinzip:
a) Nichtrückatmungssystem
b) Pendelsystem
c) Kreislaufsystem.

2. nach dem Ausmaß des ausgeatmeten bzw. teilweise rückgeatmeten Narkosegasgemisches.

Für diese Einteilung hat sich die englische Nomenklatur im wesentlichen durchgesetzt, die den Sitz der Ausatemventile, die Größe des zugeführten Narkosegas-Volumens bzw. die von Zeit zu Zeit erfolgende Neuauffüllung des Narkosesystems mit Narkosegas berücksichtigt:

a) *offenes System,*

bei dem das gesamte Narkosegasgemisch nach jedem Atemzug in Patientennähe in die freie Luft abgegeben wird.

Sowohl die sog. «Nichtrückatmungssysteme» als auch die Tropfnarkose gehören zum «offenen» System.

b) *halboffenes System:*

Sowohl beim Pendel- als auch beim Kreislaufsystem kann dies angewendet werden. Entscheidend ist der Sitz des Ausatemventils, das sich bei diesem System nahe der Narkosemaske befindet. Der Flow des Narkosegasgemisches ist so gehalten, daß jeweils nur ein Teil ab-, der restliche Teil aber rückgeatmet wird.

Das früher für Kinder häufig verwendete halboffene Pendelsystem mit Kohlensäure-Absorber sollte heute nicht mehr verwendet werden. Gefahren: Totraumvergrößerung, Unhandlichkeit, Erhitzung der Inspirationsluft durch exotherme chemische Reaktionen im Absorber, Gefahr der Aspiration von Absorberstaub mit nachfolgendem Lungenödem.

c) *halbgeschlossenes System:*

(das für Erwachsene am häufigsten verwendete System, sowohl für «Masken»- als auch «Intubations»-Narkosen).

Hierbei wird ein konstanter Strom von Narkosegasgemisch zugeführt, etwa in einer Größenordnung von 3–4,5–6 l (2–3–4 l N_2O : 1

–1,5–2 l O_2). Bei jeder Ausatmung wird ein Teil der Exspirationsluft abgeatmet, während ein Teil den Kohlensäure-Absorber passiert. Vom Konstruktionsprinzip her wird das sog. «Kreislaufsystem» verwendet, insbesondere auch bei der maschinellen Beatmung.

d) *geschlossenes System:*

(es wurde bis zum Anfang der 60er Jahre häufig verwendet; heute ist es praktisch verlassen).

Alle 15 Minuten wurde bei dieser Narkoseführung das System mit einem frischen Narkosegasgemisch gefüllt. Zwischenzeitlich erfolgte nur eine Zufuhr von Sauerstoff entsprechend seinem Verbrauch (etwa 0,5–0,7 l/min). – Eine konstante Zusammensetzung des Narkosegasgemisches war bei dieser Narkoseführung nicht gegeben, da sich zwischen den Füllungen jeweils die Narkosegas-Konzentration zugunsten des Sauerstoffes oder der Kohlensäure verschob.

Zu 1.: *Einteilung nach Konstruktionsprinzipien:*

a) Nichtrückatmungssysteme (= offene Systeme).

Sie werden insbesondere für die Narkose bei Neugeborenen, Säuglingen und Kleinkindern verwendet. Wegen der kleinen Atemzugvolumina (unter 20 ml sind sie nicht exakt meßbar), andererseits des relativ großen oberen Totraumes erfordert diese Patientengruppe ein spezielles, offenes Narkosesystem ohne Rückatmung. Narkosesysteme für Erwachsene haben einen zu großen Totraum und sind deshalb für Neugeborene, Säuglinge und Kleinkinder absolut kontraindiziert.

Verwendet werden heute vorwiegend:

aa) Zwischenstück nach Digby-Leigh (Abb. 15).

Dieses Zwischenstück ist ein «Nicht-Rückatmungsventil» mit einem minimalen Totraum (3–4 ml). Der Ventilverschluß erfolgt durch dünne Gummiplättchen, die praktisch widerstandslos sind. Hinter dem Ventil (b) befindet sich der Atembeutel als Reservoir. Der Frischgasstrom muß also so gehalten werden, daß sich der Beutel bei der Einatmung

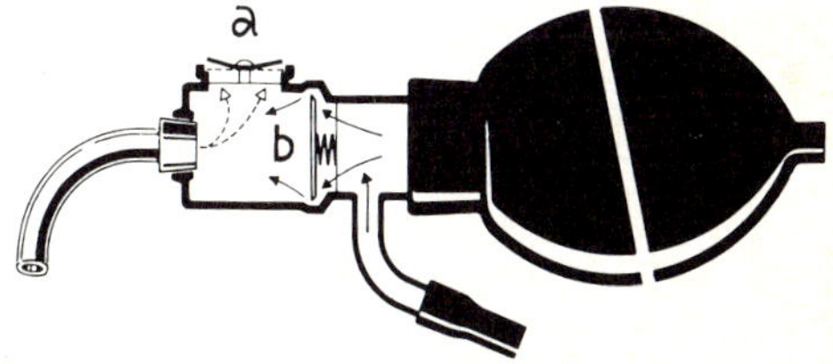

Abb. 15: Zwischenstück nach Digby-Leigh (s. Text). (Dräger)

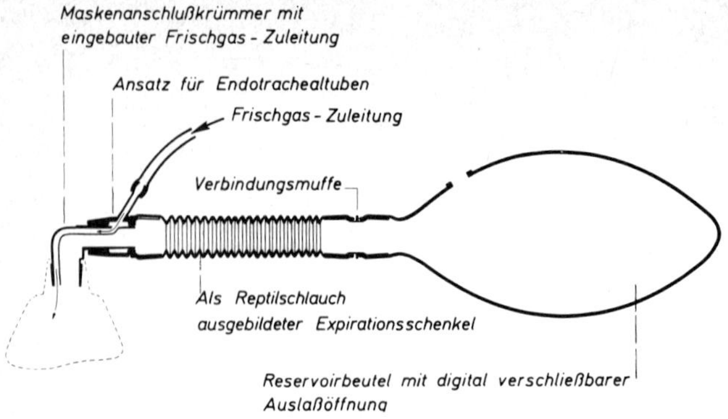

Abb. 16 a: Narkose- und Beatmungsvorrichtung nach Kuhn (Dräger)

nicht entleert. Zur künstlichen Beatmung verschließt man das Gummiplättchen (a) rhythmisch, während die andere Hand den Atembeutel leicht komprimiert. Bei der Ausatmung schließt sich das Ventil (b) vor dem Atembeutel durch den Rückstrom des abgeatmeten Gasgemisches. Bei entsprechend günstiger Einstellung des Frischgasstromes kann der geübte Anaesthesist auf die Kompression des Atembeutels verzichten und die Beatmung nur durch den rhythmischen Verschluß des Ausatemventils (a) erreichen.

bb) Die gleiche Konstruktion weist das Ventil nach Stephen-Slater auf.

cc) Ähnlich ist das Ruben-Nicht-Rückatmungsventil konstruiert. Dieses Ventil besteht aus einer Kammer, durch deren Steuermechanismus die Notwendigkeit des Ventilverschlusses durch einen Finger entfällt. Der Totraum bei diesem Ventil beträgt etwa 10 ml.

Gebräuchliche Verbindungsstücke für Erwachsene haben einen durchschnittlichen Totraum von 15–20 ml; hinzu kommt noch der Totraum durch die Faltenschläuche (etwa 100 ml).

dd) Narkose- und Beatmungsvorrichtungen nach Kuhn (Abb. 16 a+b). Im Prinzip handelt es sich hierbei um eine Modifikation des früher häufig verwendeten Ayre'schen Zwischenstückes. Der Frischgasstrom wird direkt in die Maske oder den Tubus geleitet. Damit existiert hierbei praktisch kein Totraum. Wird der Flow auf das 2–3fache des Atem-Minuten-Volumens eingestellt, erfolgt keine Rückatmung.

Bei Verwendung des Systems nach Kuhn ist unbedingt darauf zu achten, daß *der Atembeutel,* der sich am Ende eines kurzen Faltenschlauches befindet, *eine Öffnung* zum Entweichen der Ausatemluft besitzt. An den Bewegungen des Atembeutels läßt sich die Spontan-

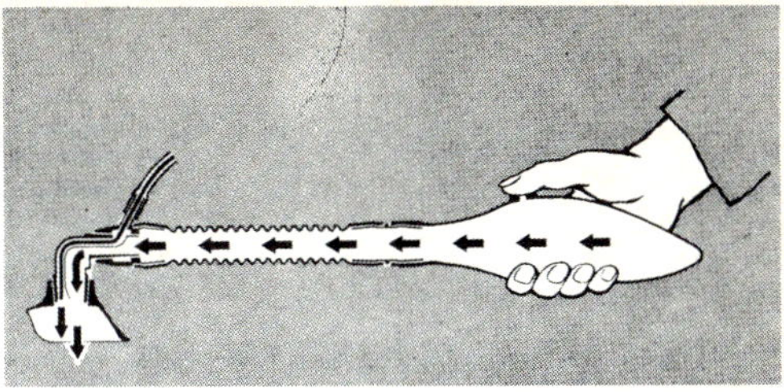

Abb. 16 b: Beatmung mit Hilfe des Kuhn'schen Systems (Dräger)

atmung gut beobachten. Ist assistierte oder kontrollierte Beatmung erforderlich, verschließt der Daumen bei der Einatmung das Loch des Atembeutels (Abb. 16 b).

Bei allen hier genannten Systemen erfolgt die Ausatmung spontan.

2. *Pendelsystem mit Kohlensäure-Absorption* (Abb. 17).

Der einzige Vorteil dieses Systems besteht in der Einsparung von Narkosegas. Demgegenüber sind die Nachteile schwerwiegend:

a) der Totraum vergrößert sich zu sehr.

b) durch die im Kohlensäure-Absorber freiwerdende Wärme tritt eine starke Erwärmung der Einatmungsluft auf, so daß eine Hyperthermie beim Kind induziert werden kann.

c) Staubpartikelchen der (stark alkalischen) Absorbersubstanzen können in die Luftwege gelangen und so zum tödlichen Lungenödem führen.

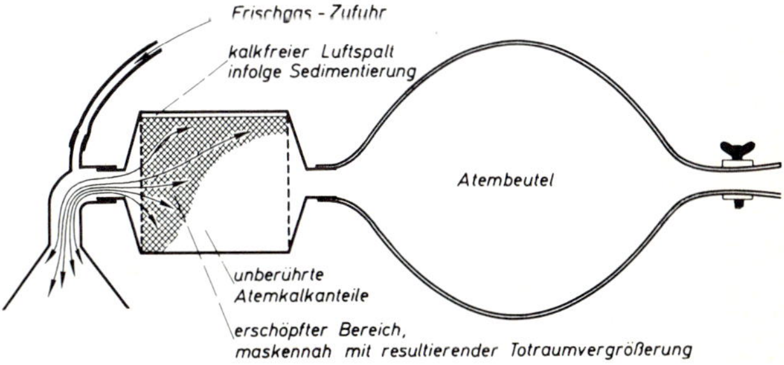

Abb. 17: Pendelsystem mit Kohlensäure-Absorption (Dräger)

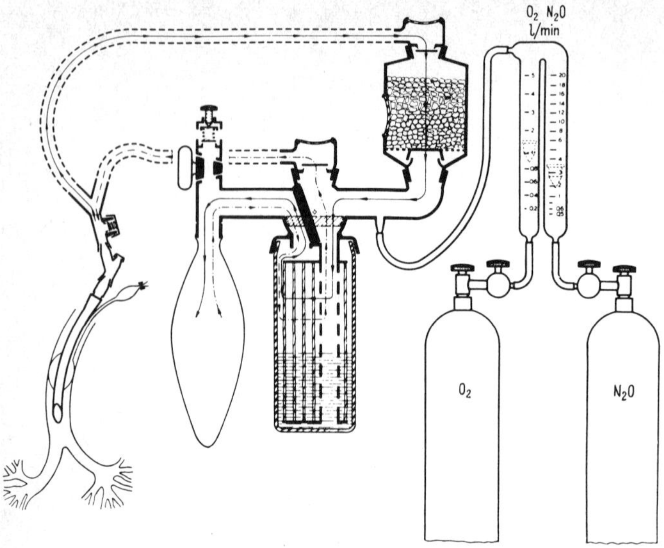

Abb. 18: Narkose-Kreislaufsystem (Dräger)

3. *Kreislaufsystem* (Abb. 18).

Es besitzt einen Ein- und einen Ausatemschenkel. Die Ventile, die das Narkosegasgemisch im Kreis strömen lassen, befinden sich aus konstruktiven Gründen und wegen der Betriebssicherheit am Narkosegerät. Hierdurch tritt zwar eine gewisse Vergrößerung des Totraumes auf, der aber durch die Intubation wieder verringert bzw. aufgehoben wird. – Durch Verlegung der Ventile in Patientennähe würde das System unhandlich und zu stark störanfällig werden. Das Kreislaufsystem ist die Voraussetzung für die «halbgeschlossene» Narkoseführung.

Vorteile des Kreislaufsystems sind:

a) Völlige Unabhängigkeit von der atmosphärischen Luft, so daß eine ausreichende Sauerstoffsättigung des Narkosegasgemisches möglich ist.
b) kontinuierlich konstante Zufuhr von Narkosegasgemischen, damit sehr gute Steuerung der Narkosen.
c) Einsparung von Narkosemitteln.
d) Überdruckbeatmung ist möglich.
(a + b gilt für alle Narkosen, die mit Hilfe moderner Geräte durchgeführt werden.)

Einzige Nachteile:

a) Relativ großer Totraum; für Kinder sind Spezialgeräte notwendig.

b) CO_2-Absorption ist absolut erforderlich.

Eine ungenügende CO_2-Absorption löst eine respiratorische (als Spätfolge eine metabolische) Acidose aus.

Zur Absorption der Kohlensäure wird Atemkalk verwendet. Dieser besteht aus: etwa 5–10 % NaOH + 80 Ca $(OH)_2$ + Silikate + etwas H_2O [in Amerika teilweise anstatt Ca $(OH)_2$ = Ba $(OH)_2$].

Der Atemkalk soll mindestens 25 % seines Eigengewichtes an CO_2 absorbieren.

Chemische Reaktionen des Atemkalkes:

I = Sofortreaktion, bei der Wärme frei wird.
$H_2CO_3 + 2NaOH \longrightarrow Na_2CO_3 + 2H_2O$ + Wärme (14000 Kal auf 22 l CO_2).
Eine Absorberfüllung kann – je nach Atemminutenvolumen – bei ununterbrochener Benutzung für etwa 2–3 Stunden, bei intermittierender Verwendung 6–8 Stunden CO_2 aufnehmen.

II = «Regeneration» des Atemkalkes im Verlauf von etwa 8 Stunden, bei der NaOH frei wird. Diese Reaktion ist endotherm. Die Zimmertemperatur ist ausreichend für den Ablauf der Reaktion.
$Na_2CO_3 + Ca(OH)_2 \longrightarrow CaCO_3 + 2\,NaOH$.

Der Atemkalk enthält einen Indikator, der sich nach Verbrauch des Kalkes blaufärben soll. Dieser Indikator spricht meist erst sehr spät an. Ein besseres Kriterium für den Verbrauch des Atemkalkes ist die Erwärmung des Absorberbehälters. Diese Erwärmung ist insbesondere bei Atemkalkbehältern aus Metall durch die aufgelegte Hand gut zu fühlen.

Niemals sollte bei Narkosen unter Verwendung des Kreislaufsystems nur *ein* Absorber verwendet werden. Die Hintereinanderschaltung eines zweiten Absorbers stellt einen erheblichen Sicherheitsfaktor dar, wenn das erste Filter bereits so stark belastet ist, daß CO_2 hindurchtritt.

Verschiedene Systeme haben unterschiedliche Durchflußrichtungen, so daß entweder der untere oder der obere Behälter zuerst gewechselt werden muß. Unbedingt sind hierbei die Hinweise der Herstellerfirmen zu beachten, um nicht durch Unkenntnis einen Durchtritt von CO_2 fahrlässig zu bewirken.

8.3. Moderne Narkose-Geräte

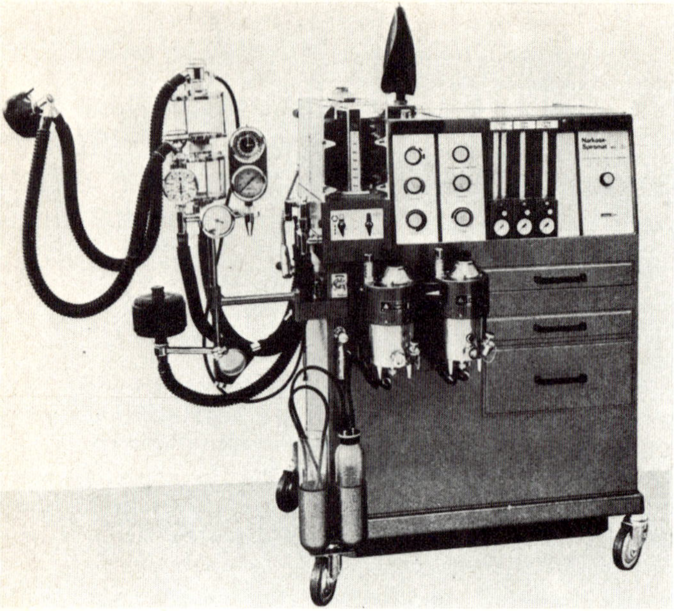

Abb. 19: Narkose-Spiromat (Dräger)

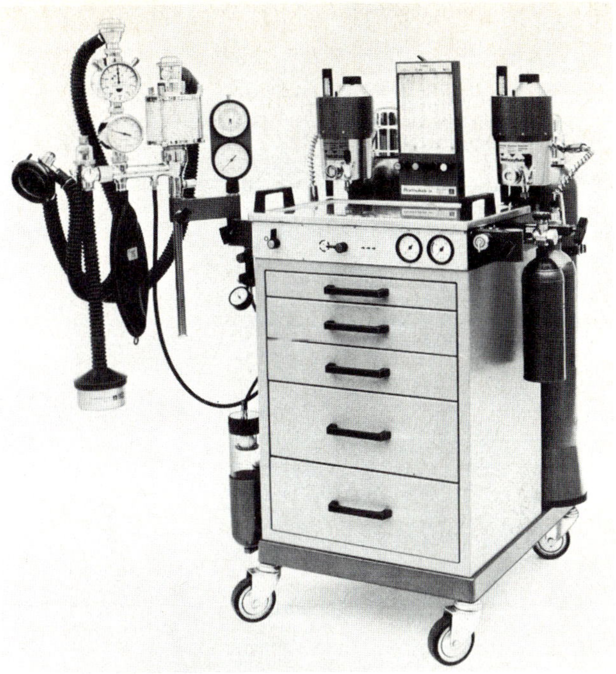

Abb. 20: Narkosegerät Romulus 19 (Dräger)

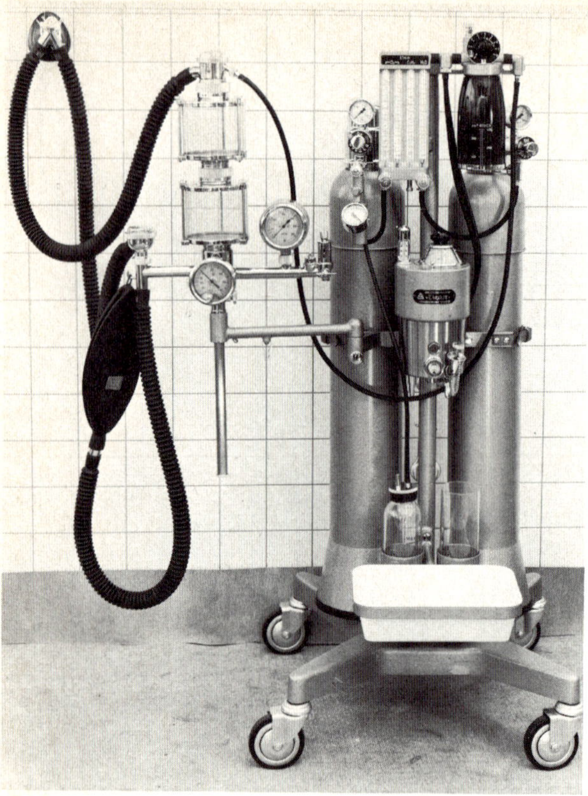

Abb. 21: Narkosegerät Sulla (Dräger)

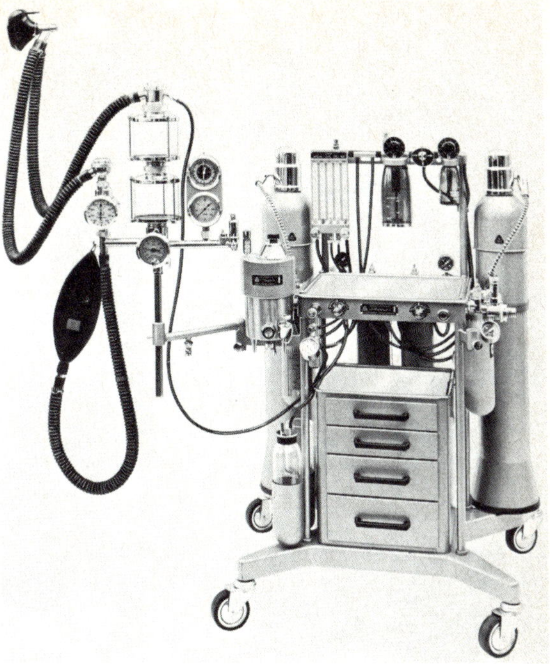

Abb. 22: Narkosegerät «Tiberius» (Dräger)

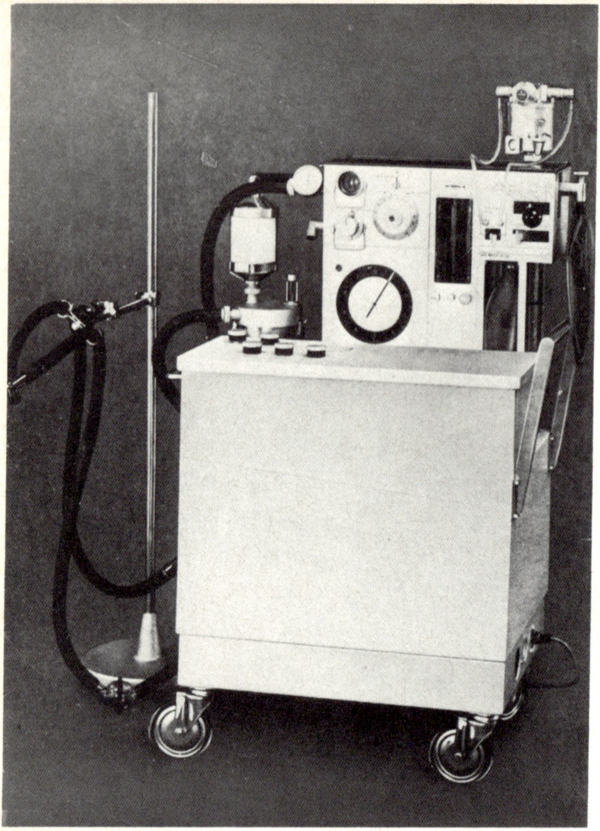

Abb. 23: Engström-Respirator

Abb. 24: Bird Mark 8, kombiniert mit Mark 4, zum Anschluß an ein Narkosegerät.

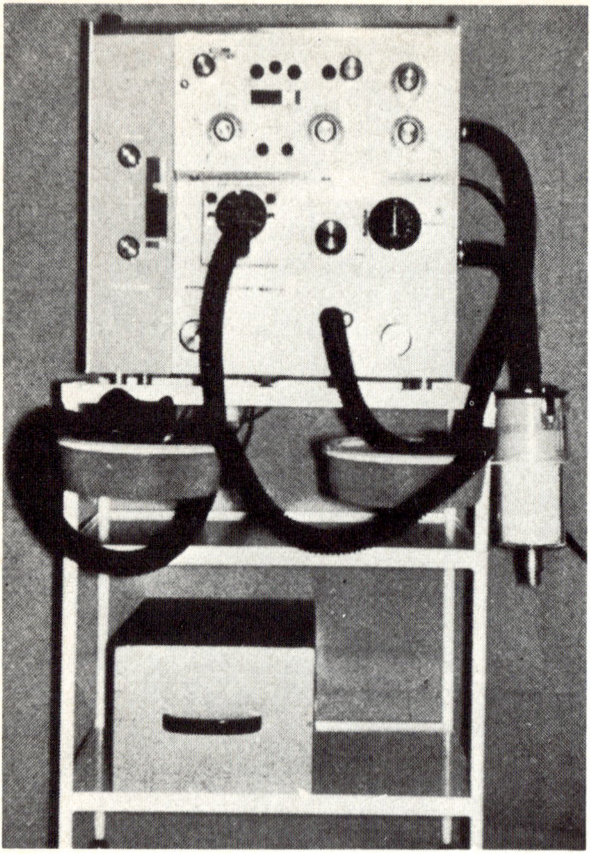

Abb. 25: Barnett-Narkosegerät

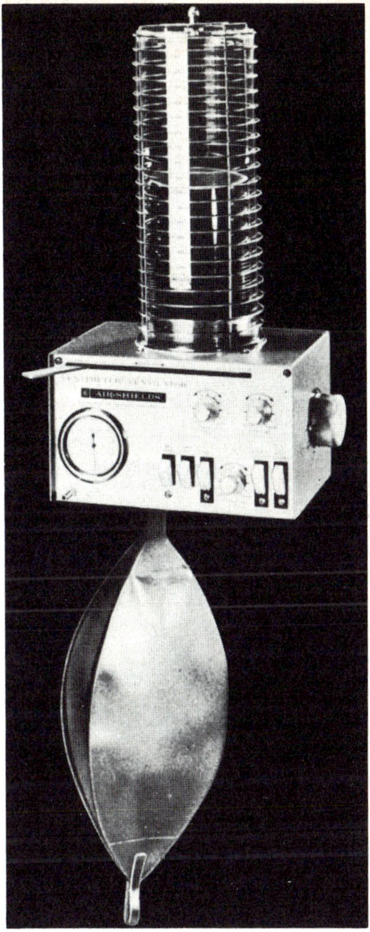

Abb. 26: Air-Shields-Ventimeter-Ventilator

8.4. Maskennarkosen mit Hilfe moderner Narkosegeräte

Für nur kurzdauernde Narkosen kann man den Patienten spontan atmen lassen; eine assistierte Beatmung ist meist nicht erforderlich.

Die Einleitung erfolgt entweder durch ein Injektionsnarkotikum oder durch Inhalation, meist mit Lachgas-Sauerstoff. Hierzu wird die

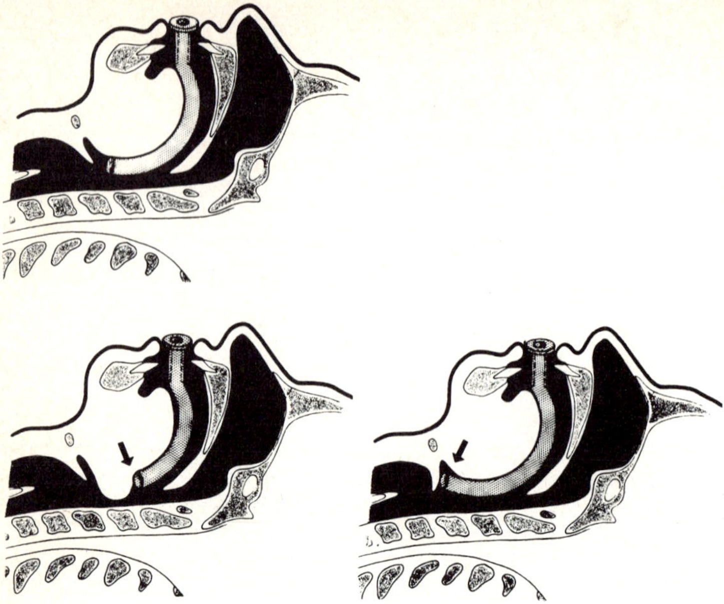

Abb. 27 a–c: Guedel-Tuben in situ.
Sowohl ein zu kurzer als auch ein zu langer Tubus verlegt die Atemwege (s Text).

Narkosemaske dem Patienten nicht sofort aufgesetzt, sondern etwas auf Distanz gehalten. Da Lachgas schwerer als Luft ist, fällt es nach unten. Bei Beginn ist es ratsam, einen hohen Flow einzustellen, damit der Patient nicht «Nebenluft» atmet (Flow etwa 4–8 l N_2O/min und 1–2 l O_2/min; = 80 % N_2O: 20 % O_2). Wichtig ist hierbei eine psychische Führung des Patienten und absolute Ruhe im Raum. Bereits nach den ersten Atemzügen tritt eine Hyperakusis auf, die auch nur leise Geräusche (Sprechen, Instrumentengeklirr) als extrem laut empfinden läßt. Wird der Patient müde und benommen, erreicht er also das Stadium der Analgesie, wird dem Lachgas-Sauerstoff-Gemisch ein starkwirkendes Inhalationsnarkotikum (z. B. Halothan) hinzugefügt. Von diesem Zeitpunkt ab darf ein N_2O-O_2-Quotient von 2:1 ($66^2/_3$ % N_2O:$33^1/_3$ % O_2) nicht unterschritten werden. In praxi wird ein Flow von 2 l N_2O/min:1 l O_2/min oder besser, um «Nebenluft» zu vermeiden, von 4 l N_2O/min:2 l O_2/min eingestellt. – Entscheidend für einen guten Schluß der Maske ist die Wahl der richtigen Größe.

Zur Freihaltung der Luftwege muß der Unterkiefer gehalten werden. Beim Erwachsenen gelingt es dem Geübten meist, Maske und Unterkiefer mit einer Hand zu halten. Manchmal, insbesondere bei Säuglingen und Kleinkindern, ist der Esmarch-Heidberg'sche Handgriff notwendig, der beiderseits an den aufsteigenden Ästen des Unterkiefers ansetzt. Zur besseren Freihaltung der Atemwege und als «Beißschutz» (auch bei intubierten Patienten) eignen sich Guedel-Tuben. Ihre Anwendung erfordert eine gewisse Erfahrung, da nur die richtig gewählte Größe eine freie Atempassage ermöglicht. Bei zu klein gewähltem Tubus quillt der Zungengrund hinter dem distalen Ende des Tubus hervor und verlegt die Atemwege. Ein zu großer Tubus drückt die Epiglottis nach unten und behindert so die Atempassage (Abb. 27 a bis c). Ein Patient mit liegendem Guedel-Tubus darf nie ohne Aufsicht gelassen werden, da beim Erwachen durch den Reiz des Tubus am Gaumen und an der Uvula Erbrechen ausgelöst werden kann. In der Aufwachphase darf niemals ein Guedel-Tubus fixiert sein, weder durch Leukoplast noch durch ein um den Nacken geführtes Band. Mit Wiederkehren der Schluck- und Brechreflexe werden Guedel-Tuben meist spontan ausgespuckt, ehe sie ein Erbrechen auslösen.

Beim Erbrechen ist der Kopf tief zu lagern und leicht nach einer Seite zu drücken. Dies darf nur im Temporal- und nie im Unterkieferbereich erfolgen, da sonst der Patient zur Aspiration gezwungen wird. Ist diese erfolgt, muß sofort endobronchial abgesaugt werden. Schon geringste angesäuerte Speisepartikelchen können einen Bronchospasmus auslösen.

Gewarnt werden muß davor, die Narkosemaske mit Hilfe eines Gummibandes zu fixieren, um den Unterkiefer nicht halten zu müssen. Durch dieses Gummiband wird nicht selten der Unterkiefer nach unten gedrückt, so daß dadurch eine Verlegung der Atemwege eintritt.

9. Endotracheale Intubation

Historisches:

1573 gibt Vesalius die endotracheale Intubation an. Er konnte bei Versuchstieren, deren Thorax eröffnet war, nach Einführung eines Bambusrohres in die Trachea, die Lungen wieder entfalten, so daß die Tiere überlebten. Vesalius beobachtete auch am offenen

Thorax, daß durch die rhythmische Beatmung der Lungen das stillstehende Herz des Hundes wieder zum Schlagen gebracht werden kann.

Ende des 18. Jahrhunderts empfiehlt Leroy die endotracheale Insufflation als Wiederbelebungsmaßnahme bei Ertrunkenen und Erstickten.

1850 nimmt Snow an Kaninchen Intubationen nach Tracheotomie vor.

1871 führt Trendelenburg in Berlin erstmalig eine Intubation nach Tracheotomie beim Menschen durch, um einen Zungentumor operieren zu können.

1878 McEwen (Edinburgh) intubiert als erster peroral. In diesem Fall handelt es sich ebenfalls um eine Operation am Zungengrund.

1893 Maydl (Prag) operiert mehrfach nach peroraler endotrachealer Intubation.

1895 Kirstein (Deutschland) konstruiert ein Laryngoskop mit direkter Sicht für die endotracheale Intubation.

1910 Kuhn (Kassel) schreibt eine Monographie über die endotracheale Intubation. Er verwendet ein Überdruckgerät von Dräger und das Laryngoskop von Kirstein.

Kuhn scheitert an den folgenden Problemen:

a) zu großer Widerstand in den zuführenden Schläuchen, die zu eng und zu lang gewählt waren (Hagen-Poiseulle'sches Gesetz)

b) Totraum des Systems

c) mangelnde Kohlensäure-Absorption. Damals wurde zur Kohlensäure-Absorption NaOH verwendet. Die Gefahr von Lungenödemen war außerordentlich groß, wenn Spuren dieses Alkalis in die Luftwege gelangten.

1920 Einführung der endotrachealen Intubation im modernen Sinn in England durch Magill und Rowbotham,
in USA durch Guedel und Waters.

Ab 1945 werden auch in Deutschland die entscheidenden Vorteile der Intubationsnarkose erkannt.

9.1. Anatomie und Physiologie

1. Die Entfernung von der Zahnreihe bis zur Stimmritze beträgt beim Erwachsenen 11–14 cm, die Länge der Trachea 10–12 cm.

Im allgemeinen darf ein Tubus nicht tiefer als 21 cm eingeführt werden. Abweichungen nach oben und unten sind allerdings nicht selten. Sollten Zweifel am richtigen Sitz des Tubus bestehen, müssen beide Lungen auskultiert werden. – Beim Erwachsenen geht der rechte Hauptbronchus nahezu senkrecht aus der Trachea ab, so daß die rechte Lungenseite (60 % der Atemfläche) ventiliert wird. Demgegenüber erfolgt bei Kindern eine symmetrische Teilung der Bifurkation, so daß sowohl der linke als auch der rechte Hauptbronchus intubiert werden können.

2. Die Weite der Trachea und damit die Größe des Tubus sind von entscheidender Bedeutung für die Ventilation. Nach dem Hagen-Poiseulle'schen Gesetz nimmt der Strömungswiderstand bei laminarer Strömung umgekehrt zur dritten Potenz des Radius mit der Länge des durchströmten Rohres (Tubus) bei gleicher Viskosität und gleichem Durchflußvolumen des durchströmenden Mediums zu. Wird die Strömung durch Kaliberschwankungen oder Abknickungen des Luftstromes turbulent, wie dies im Narkosesystem zwangsläufig der Fall ist, steigt der Strömungswiderstand in die vierte Potenz. Die Größe des Tubus muß also so gewählt werden, daß einerseits der Widerstand nicht zu groß ist, andererseits nicht durch einen zu großen Tubus ein

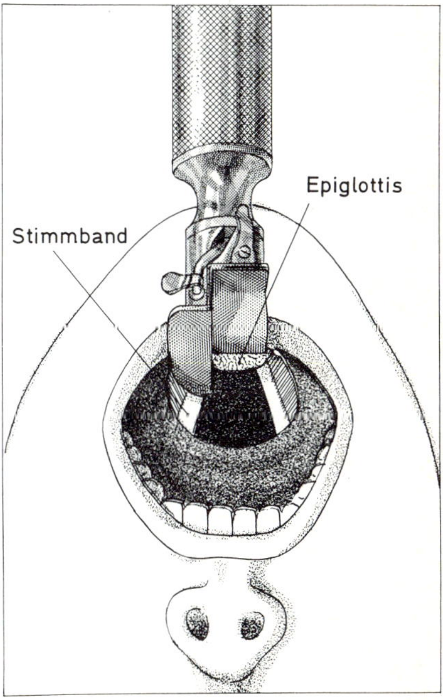

Abb. 28: Glottisöffnung bei der Einstellung mit Hilfe eines Laryngoskopes nach Macintosh.

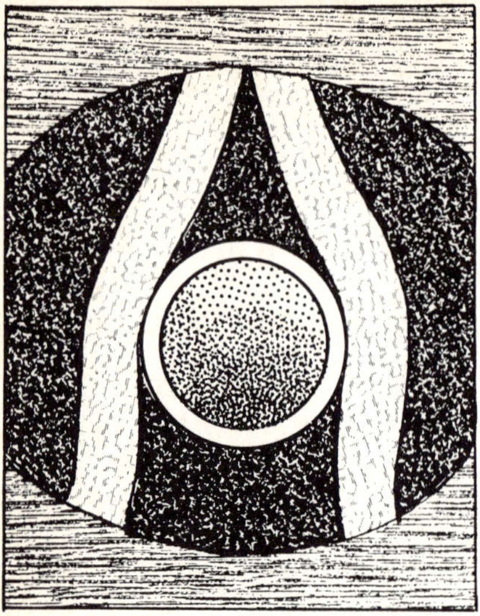

Abb. 29: Überdehnung der Stimmbänder durch einen Tubus

Trauma im Bereich der Luftwege gesetzt wird. Dies gilt insbesondere für die engste Stelle der oberen Luftwege,
die bei *Erwachsenen die Stimmritze*
und bei *Kindern der Ringknorpel* ist.

Die Glottisöffnung (Abb. 28) stellt ein gleichschenkeliges Dreieck dar mit einer Basis von etwa 8 mm und einer Schenkellänge von rund 25 mm (beim Erwachsenen). Daraus resultiert eine Öffnung von durchschnittlich 98 mm^2.

Die Größe der Tuben wird im allgemeinen nach Charrière gemessen (= Umfang des Tubus). Ein Tubus von Charrière 34 hat einen Durchmesser von 11,3 mm und damit eine Fläche von 101 mm^2. Durch die Einführung des (runden) Tubus werden die Stimmbänder in jedem Fall gedehnt (Abb. 29). Während also durch zu enge Tuben der Widerstand sehr stark ansteigt (Hagen-Poiseulle'sches Gesetz), können zu große Tuben Traumen an den Stimmbändern hervorrufen. Spätfolgen, insbesondere bei Frauen, sind Stimmbandgranulome.

Assistierte oder kontrollierte maschinelle Beatmung überwindet Widerstände im Narkosesystem sowohl bei der Inspiration als auch der Exspiration. Dadurch erübrigt sich die Verwendung maximal großer Tuben.

Gebräuchliche Tuben für Frauen: Ch. 32–34;
für Männer: Ch. 34–36;

für nasale Intubation erwachsener Patienten: im allgemeinen Ch. 28 bis 32; für Neugeborene Ch. 14 (Tabelle 2 für Größe der Tuben in verschiedenen Kindesaltern siehe S. 110).

9.2. Vor- und Nachteile der endotrachealen Intubation

1. *Vorteile:*

a) Freihalten der Luftwege, Möglichkeit des Absaugens von Sekret und aspirierter Flüssigkeit.
b) Kontrolle der Atmung bzw. Beatmung.
c) Abrücken des Anaesthesisten vom Operationsfeld.
d) Freihalten der Hände des Anaesthesisten für andere (Hilfs-)Maßnahmen.

2. *Nachteile:*

(die auch bei lege artis durchgeführten Intubationen auftreten können)
a) direkte Traumen an Zähnen, Lippen, Rachen, Kehlkopf. Verletzungen oder Ausbrechen von Zähnen gilt bei der Intubation als sog. «unvermeidbares Ereignis» und ist kein «Kunstfehler»! Dies gilt aber nur, wenn der Intubationsversuch nicht zu brüsk gehandhabt wurde.
b) Glottis- oder subglottisches Ödem (besonders bei Kleinkindern).
c) Infektionen von Trachea, Bronchien, Lungen (häufiger nach nasaler Intubation).
d) Spätfolgen: Stimmbandgranulome, insbesondere bei Frauen. Intubierte Patienten können post operationem manchmal für lange Zeit beim Singen die früher erreichten hohen Töne nicht mehr erreichen. Größte Zurückhaltung ist bei der Intubation von Sängern und Schauspielern zu üben!!!

9.2.1. Indikationen

1. *Indikationen von seiten der Operation:*

a) Lokalisation der Operation: intrathorakale Eingriffe, Gehirnoperationen, Operationen im Halsbereich usw.
b) Lagerung des Patienten: Seiten-, Bauchlage.
c) Dauer und Schwere des Eingriffes.

2. *Indikationen von seiten des Patienten:*

a) hohes Alter,

b) schlechter Allgemeinzustand,
c) reduzierte Atemkapazität (z. B. Emphysem).

3. *Indikationen von seiten der Narkosemittel:*

a) Verwendung langwirkender Muskelrelaxantien,
b) Hypothermie,
c) Blutdrucksenkung,
d) Neuroleptanalgesie.

4. *Indikationen zur Intubation ohne Operation:*

a) zur Diagnostik: Bronchoskopie, Oesophagoskopie
b) zur Therapie: Beatmung, Absaugung: Blutungen in den Rachenraum, um Aspirationen zu verhüten.

9.2.2. Kontraindikationen:

absolute: akute Entzündungen der oberen Luftwege.

Gefahren der Intubation, die insbesondere bei mangelnder Erfahrung auftreten:

1. endobronchiale (also zu tiefe) Intubation. Es kommt zum Auftreten von Shuntblut, da die «blockierte» Seite der Lunge zwar durchblutet,

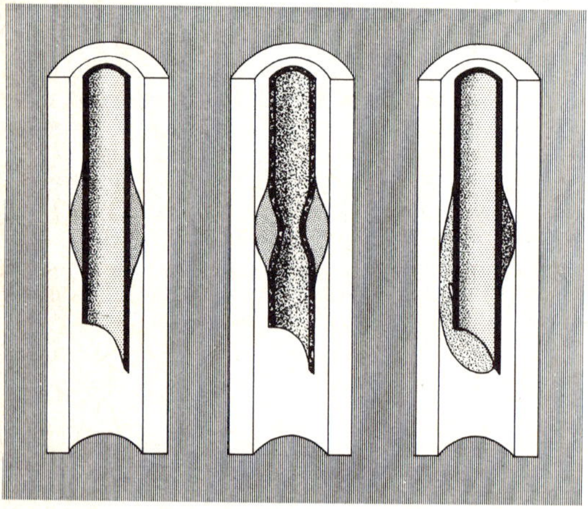

Abb. 30: Auftreten «innerer» (Mitte) und «äußerer» Hernien (rechts). Innere Hernien treten bei alten Tuben und zu brüskem Aufblasen der Manschette auf. Äußere Hernien entstehen durch zu starkes Aufblasen der Manschette und gegebenenfalls Zurückziehen des Tubus, manchmal auch durch ungleiche Dicke der Manschette. Beide Störungen stellen eine ernste Gefahr für den Patienten dar.

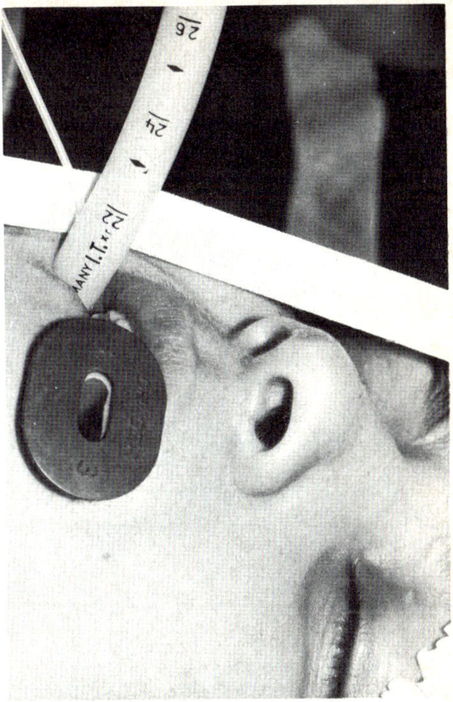

Abb. 31: Der Abgang des Schlauches zum Aufblasen der Manschette muß in den meisten Fällen außerhalb der Zahnreihe liegen. Dort erfolgt die Fixation, um ein Verrutschen des Tubus zu vermeiden.

aber nicht ventiliert wird. Die Folge ist eine Hyperkapnie, die bei einer langdauernden Operation, insbesondere bei alten Patienten, tödlich sein kann.

2. Riß der Pars membranacea der Trachea durch zu brüskes Aufblasen der Manschette des Tubus. Vorsicht bei Kindern und Greisen!

Die Manschette darf nur unter dauernder Hörkontrolle bei Druck auf den Atembeutel vorsichtig (!) aufgeblasen werden.

3. Innere und äußere Hernien der Tuben (Abb. 30).

4. Verrutschen des Tubus.

Deshalb Fixieren des Tubus im allgemeinen proximal des Abganges des Schlauches zum Aufblasen der Manschette (Abb. 31). Einführen eines Guedel-Tubus als Beißschutz. Dieser muß getrennt fixiert wer-

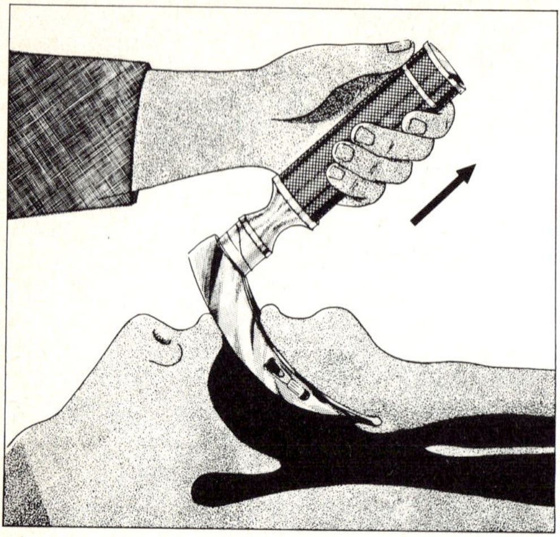

Abb. 32: Haltung des Laryngoskopes nach Macintosh für die Intubation. Die Epiglottis darf nicht mit gefaßt werden (s. Text).

den, um ein Verrutschen zu vermeiden. Nach Anschluß der zum Narkosegerät führenden Schläuche werden diese mit Leukoplast (o. ä.) am Kopf des Patienten festgeklebt, so daß eine feste Verbindung zwischen dem Tubus, den Schläuchen des Narkosegerätes und dem Kopf des Patienten besteht. Dadurch ist bei Lageänderungen ein Verrutschen oder eine ungewollte Extubation nicht möglich.

5. Nekrosen bei Dauerintubation.

Hierfür sind (Einmal-)Plastik- und nicht Gummituben zu verwenden. Gummituben müssen alle 24 Stunden gewechselt werden, da der bei der Vulkanisierung zugesetzte Schwefel aus dem Gummi freigesetzt wird, und so eine starke Reizung der Schleimhaut der Trachea auftritt.

Plastiktuben können bei Erwachsenen bis zu 3 Tagen (und länger), bei Kindern u. U. über Wochen belassen werden. Allerdings empfiehlt es sich, wegen der Gefahr der Verlegung durch Speichel oder Inkrustation, regelmäßig eine Bronchialtoilette vorzunehmen. Gegebenenfalls muß häufiger (alle 1–3 Tage) neu intubiert werden.

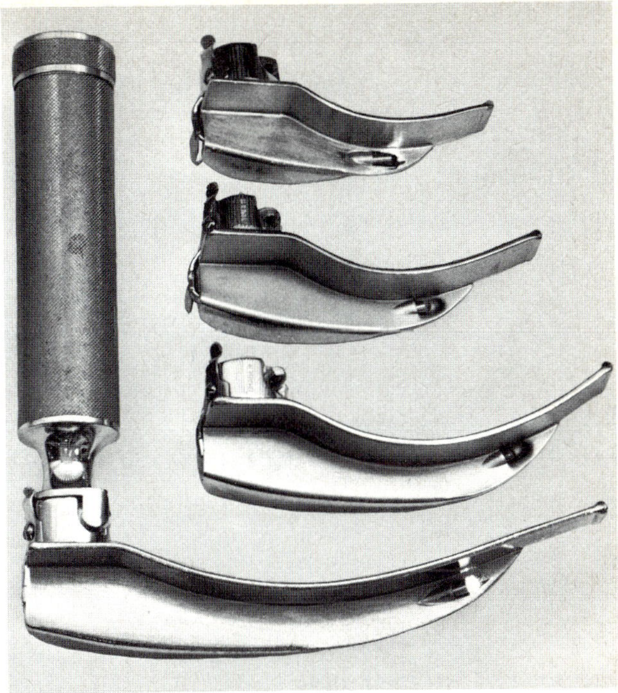

Abb. 33: Laryngoskop nach Macintosh

9.3. Technik der Intubation

1. *orale Intubation*

a) Lagerung des Kopfes auf ein flaches, etwa 3 cm hohes, Kissen.
b) Das Laryngoskop wird mit der linken Hand gefaßt (Abb. 32) und vorsichtig vom rechten Mundwinkel aus zum Zungengrund geführt. Hierbei ist darauf zu achten, daß die Zunge nicht über den seitlichen rechten Rand des Spatels gleitet, da hierdurch die Sicht auf die Stimmritze völlig verlorengeht.
c) Der Spatel nach Macintosh (Abb. 33) reicht bis zur Falte vor der Epiglottis. Durch Strecken nach ventral wird die Sicht auf die Stimmritze in den meisten Fällen freigegeben (Abb. 28).

Der von Foregger entwickelte Spatel (Abb. 34) faßt die Epiglottis mit. Nur in wenigen Fällen bietet dieser Spatel einen Vorteil. Die

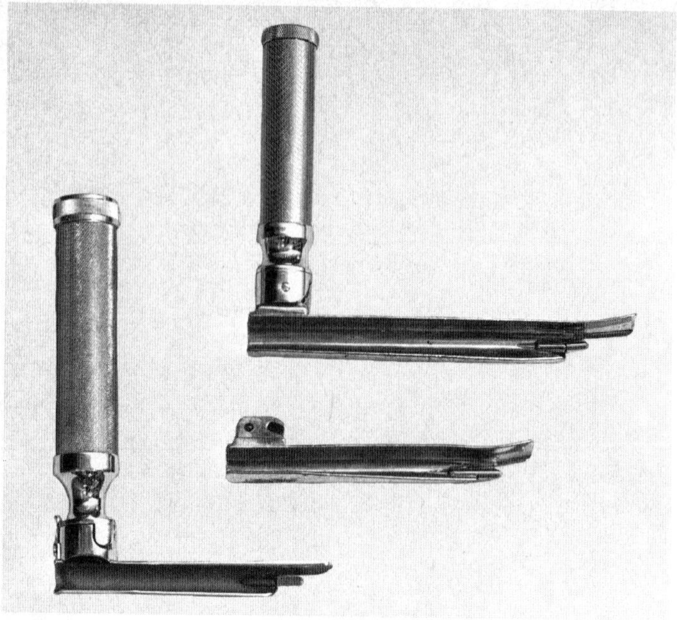

Abb. 34: Laryngoskop nach Foregger

Nachteile bei der Verwendung des Spatels nach Foregger bestehen einerseits darin, daß die Epiglottis traumatisiert werden kann, andererseits stärkere, unerwünschte vagale Reflexe auftreten, da die Epiglottis durch den Nervus laryngeus superior (Ast des Nervus vagus) innerviert wird. Die Sicht auf die Stimmritze ist bei Verwendung dieses Laryngoskopes meist schlechter als bei dem nach Macintosh. – Nur der weniger Geübte wird dies anfangs nicht verstehen.

Für Säuglinge und Kleinstkinder wurde von Saling ein spezieller Spatel entwickelt, der sich überaus gut bewährt hat (Abb. 35).

d) In einzelnen Fällen gelingt es nicht, die Stimmritze darzustellen. Dann muß gegebenenfalls mit Hilfe eines in den Tubus eingeführten Mandrins der Tubus vorsichtig um die Epiglottis herum durch die Stimmritze geführt werden. Ein Zug am rechten Mundwinkel und ein leichter (!) Druck auf den Kehlkopf durch die Narkoseschwester erleichtern gegebenenfalls die Intubation erheblich.

2. *nasale Intubation*

a) Lagerung des Kopfes wie zur oralen Intubation

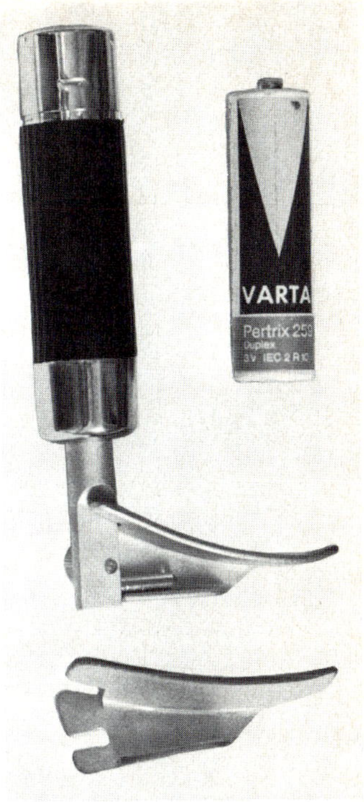

Abb. 35: Laryngoskop für Neugeborene und Säuglinge nach Saling

b) Einführung eines gut gleitfähig gemachten Tubus durch das größere Nasenloch bis zum Epipharynx.
c) Einführung des Spatels wie zur oralen Intubation
d) Einstellen der Stimmritze
e) Fassen der Tubusspitze mit Hilfe einer Magill- oder einer gebogenen Kornzange.
f) Vorsichtiges Einführen des Tubus durch die Stimmritze mit Hilfe der Zange. Gegebenenfalls muß ein Helfer den Tubus sehr vorsichtig nachschieben.

Bei Kindern kann durch den höher stehenden Kehlkopf und die überhängende Epiglottis die Intubation erschwert sein. Für die Intubation bei Kindern sollte der Spatel eher zu groß als zu klein gewählt werden, damit gegebenenfalls die (überhängende) Epiglottis mit gefaßt werden kann.

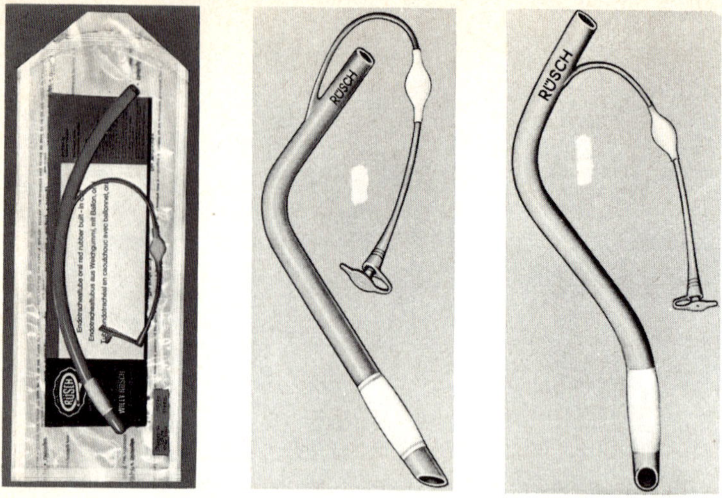

Abb. 36 a – c:
a: Tubus nach Magill b: Oxford-Tubus c: Tubus nach Kuhn

9.3.1. Verschiedene Arten von Tuben:

1. *für Erwachsene:*

Am häufigsten wird hierfür der Magill-Tubus verwendet (Abb. 36 a).
Weiter sind gebräuchlich:
Oxford-Tubus (Abb. 36 b).
Tubus nach Kuhn (Abb. 36 c), der entsprechend der physiologischen Krümmungen der oberen Luftwege geformt ist.

2. *für Kinder* (s. Abb. 37 a–d; Tab. 2)

Tubus nach Cole, Deming, Kuhn und Latex-Spiraltuben (in verschiedenen Längen, mit und ohne aufblasbare Manschette).

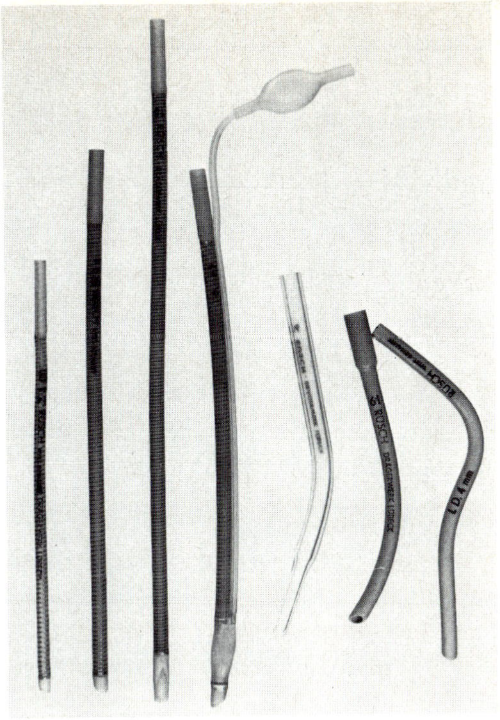

a b c d

Abb. 37 a – d: Tuben für Säuglinge und Kleinkinder
a: Latex-Spiraltuben verschiedener Länge ohne und mit Manschette
b: Tubus nach Cole
c: Tubus nach Deming
d: Tubus nach Kuhn

Tab. 2: Typ und Größe der Tuben für Neugeborene, Säuglinge und Kinder

Alter	*Typ*	*Tubus* *Größe (Charrière)*
Frühgeborene	Cole	12
Neugeborene und Säuglinge bis 6 Monate	Cole	14 — 16
6.—12. Monat	Cole	16 — 18
1 — 2 Jahre	Cole	18
	Deming	18 — 20
2 — 3 Jahre	Cole	18
	Deming	20 — 22
	Spiraltubus	20 — 22
3 — 5 Jahre	Cole	18
	Deming	22 — 24
	Spiraltubus	22 — 24
5 — 7 Jahre	Deming	24 — 26
	Spiraltubus	24 — 26
	Kuhn	24 — 26
7 — 9 Jahre	Deming	26 — 28
	Spiraltubus	26 — 28
	Kuhn	26 — 28
	Magill	26 — 28
9 —12 Jahre	Spiraltubus	28 — 30
	Kuhn	28 — 30
	Magill	28 — 30

Anmerkung: 1. Cole-Tuben, deren kurzes, endotracheales Segment Durchmesser von Charrière 16 und 18 haben, besitzen einen Durchmesser des weiten Segmentes von Charrière 28.

2. Spiraltuben mit Manschette nur bei Operationen im Nasen-Rachenraum, wenn die Gefahr der Aspiration von Blut besteht.

9.4. Elimination von Narkosegasen bzw. -dämpfen aus der Raumluft wegen möglicher Schädigung aller im Operationssaal tätigen Personen

Alle Inhalationsanaesthetika werden vom Patienten nur zu einem geringen Teil aufgenommen. Der weitaus größere Teil gelangt in die Raumluft und wird aus dieser von dem im Operationssaal tätigen Personal eingeatmet. Nicht nur durch die halogenierten Inhalationsanaesthetika werden schädliche Auswirkungen auf den menschlichen Organismus vermutet, sondern auch durch das in relativ hoher Konzentration verwendete Lachgas (N_2O). Nicht selten herrscht in der Raumluft des Operationssaales eine Lachgaskonzentration von 1 Vol.-% (1 Vol.-% = 10000 ppm = parts per million).

Die fünffache Halogenierung des Halothans, und auch die entsprechende Halogenierung des Penthranes, ließen immer wieder Diskussionen darüber aufkommen, ob nicht, ähnlich wie beim Chloroform, toxische Leberschädigungen zu befürchten seien. Während gravierende Leberschädigungen nach Chloroform-Narkosen im wesentlichen durch toxische Metaboliten ausgelöst wurden, ergab sich zunächst kein Anhalt für eine Spaltung des Halothan-Moleküls im Körper.

Erste Beobachtungen über Leberschäden nach Halothan-Narkosen wurden 1963 in den USA gemacht (Lindenbaum und Leifer; Bunker und Blumenfeld). Eine daraufhin durchgeführte retrospektive Auswertung von fast einer Million Halothan-Narkosen erbrachte jedoch keinen Beweis für eine leberschädigende Wirkung des Halothans. Nicht allein narkotisch wirkende Substanzen, sondern auch das Operationstrauma können zu Leberschäden führen. Postoperative Lebernekrosen nach Halothan-Narkosen wurden vermehrt registriert, wenn intraoperativ Hypoxie, Hyperkapnie und starker Blutdruckabfall auftraten, aber auch nach großzügigen Katecholamingaben und nach Oberbaucheingriffen. Einen Fingerzeig auf die Ätiologie der vermuteten Leberschädigung durch Halothan gab die Tatsache, daß Kranke mit nachgewiesenen, erheblichen Leberschäden und solche, deren Leber aufgrund ihres Leidens – z. B. ausgedehnter schwerer Verbrennungen – besonders empfindlich gegen Narkotika sein sollte, oft zahlreiche Halothan-Narkosen ohne Verschlechterung ihrer Leberleistung, ja ohne erkennbare Beeinträchtigung ihres Allgemeinbefindens überstanden. Andererseits erkrankten oder verstarben sogar gesund erscheinende Personen im Anschluß an wenig eingreifende Operationen und störungsfreie Narkosen nach Latenzzeiten von Tagen bis Wochen unerwartet an Lebernekrosen.

Aufgrund dieser Beobachtungen und Erkenntnisse erscheint es drin-

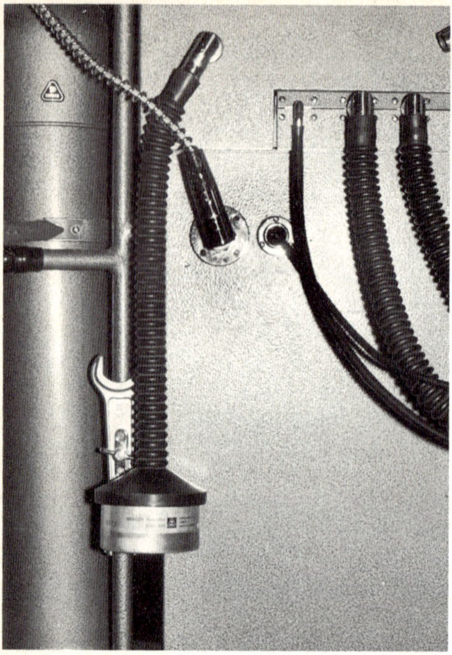

Abb. 38: Dräger-Narkotika-Filter am Narkosegerät

gend geboten, wirkungsvolle Maßnahmen zur Vermeidung der chronischen (unterschwelligen) Halothan- und Penthraneaufnahme aller in Operationssälen tätigen Personen zu ergreifen. Denn bei den zahlreichen und entscheidenden Vorteilen, die das Halothan dem Patienten bei der Narkose bietet, kann auf die Anwendung dieses nahezu idealen Narkotikums in naher Zukunft sicher nicht verzichtet werden.

Zur Verhütung der Anreicherung der Raumluft von Operationssälen mit Halothan und Penthrane sind folgende Maßnahmen möglich:

1. die Verwendung von Filtern (Abb. 38).

Im Prinzip ist dies die einfachste Möglichkeit, die ohne jeden technischen Aufwand an jedem Ort, an dem eine Narkose durchgeführt wird, zu realisieren ist.

Der Nachteil dieser Methode besteht darin, daß

a) das Lachgas nicht mit gefiltert wird, sondern ungehindert in die Raumluft gelangt;

b) die Filter relativ häufig erneuert werden müssen, wenn sie einen wirklichen Schutz bedeuten sollen.
2. Absaugen der Ausatmungsluft des Patienten:
a) durch Absaugen mittels einer Pumpe (Oehmig),
b) durch Absaugen mittels eines Ejektors (Dräger, Jörgensen),
c) durch Vacuum-Absaugung mittels der zentralen Gas-Anlage (ZGA).
Von vielen Seiten werden aber Bedenken dagegen erhoben, eine Vacuum-Anlage durch Gase, gleich welcher Art, zu «verseuchen». Die Absaugung von brennbaren Gasen oder Dämpfen über die Vacuum-Anlage scheidet ohnehin aus.

Eine sichere Ableitung der Narkosegase ist nur mit Hilfe der endotrachealen Intubation möglich, da sich bei Durchführung von Masken-Narkosen ein Abströmen des Narkosegases durch undichten Sitz der Maske nicht immer vermeiden läßt. Einen teilweisen Schutz vor der Einatmung zu hoher Halothankonzentrationen durch den Anaesthesisten bietet die von Clauberg angegebene Tülle. Durch einen angeschlossenen Faltenschlauch werden die ausgeatmeten Narkosegase auf den Boden geblasen. Hierbei gelangt jedoch ein Teil der Halothan-Dämpfe durch Aufwirbelung wieder in die Raumluft.

Da nach Möglichkeit überhaupt kein Inhalationsanaesthetikum in die Operationssaalluft gelangen soll, wird zunehmend die Forderung erhoben, sämtliche im Operationssaal anfallenden Narkosegase in die freie Luft abzugeben. Insbesondere bei Neuplanungen von Operationssälen ist eine entsprechende Anlage mit Umsicht zu planen! Sofern eine Absaugung nicht sofort realisiert werden kann, sollte wenigstens ein Halothan- bzw. Penthrane-Absorptionsfilter verwendet werden. Filter stellen eine sofort wirksame Verhütungsmaßnahme gegen eine Abgabe dieser halogenierten Substanzen in der Raumluft dar.

Die z. Z. erhältlichen Filter (Dräger-Narkotikafilter 633) sind in der Lage, etwa 100 g Halothan oder Penthrane aufzunehmen. Die sichere Wirkung des Filters hängt davon ab, ob die Beladung innerhalb von 1–2 Tagen erfolgt oder auf mehr als 2 Tage verteilt wird. – Bei einer Beladung innerhalb von 1–2 Operationstagen kann eine optimale Aufnahme bis zu etwa 100 g erreicht werden, ohne daß Halothan oder Penthrane das Filter passieren. Hängt ein Filter jedoch länger am Narkosegerät, diffundieren Halothan oder Penthrane bereits innerhalb der Kohleschicht, so daß das Aufnahmevermögen bis zum Durchbruch der Substanz geringer wird.

Für den praktischen Gebrauch bedeutet dies, daß ein Filter auch dann für Halothan oder Penthrane durchlässig ist, wenn es zwar nur gering beladen, jedoch längere Zeit am Narkosegerät belassen wurde.

Es ist nicht zu verantworten, die Absättigung des Filters danach zu

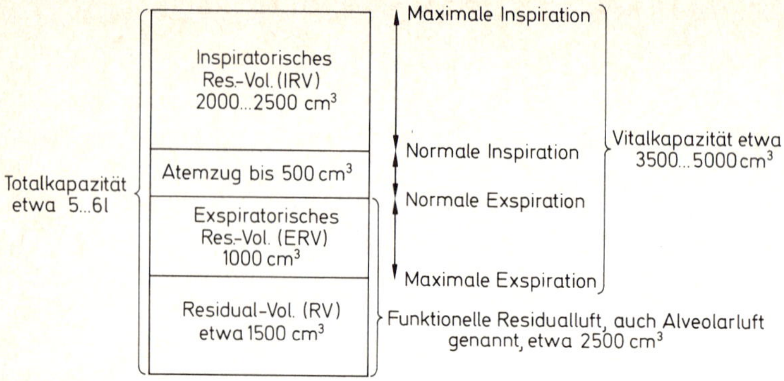

Abb. 39: Zusammensetzung der Atemkapazität

beurteilen, ob bereits Halothan durch Geruch wahrnehmbar ist. Die Geruchsschwelle für Halothan ist sicher mit 80–100 ppm anzusetzen. Geruchsempfindliche Personen riechen Halothan bereits ab etwa 50 bis 60 ppm. Damit dürfte die zulässige MAK sicher überschritten sein, auch wenn diese z. Z. noch nicht festgelegt ist.

Noch liegen keine exakten Angaben vor, ab welcher Halothankonzentration in der Operationssaalluft mit Schäden des dort tätigen Personals durch chronische Einatmung gerechnet werden muß. Die «Maximale Arbeitsplatz-Konzentration» (MAK) wurde für Halothan und Penthrane noch nicht angegeben, während sie für chemisch verwandte Substanzen längst festgelegt wurde. Die erwähnten Beobachtungen, insbesondere amerikanischer Autoren, lassen es jedoch dringend geboten erscheinen, die Operationssaalluft völlig frei von sämtlichen Narkosegasen bzw. -dämpfen zu halten.

10. Prinzipien der künstlichen Beatmung

10.1. Allgemeines:

In vielen Bereichen der modernen Medizin ist die künstliche Beatmung über kurze oder auch lange Zeiträume erforderlich, wenn pulmonale oder extrapulmonale Ateminsuffizienz eine Lebensgefährdung darstellt.

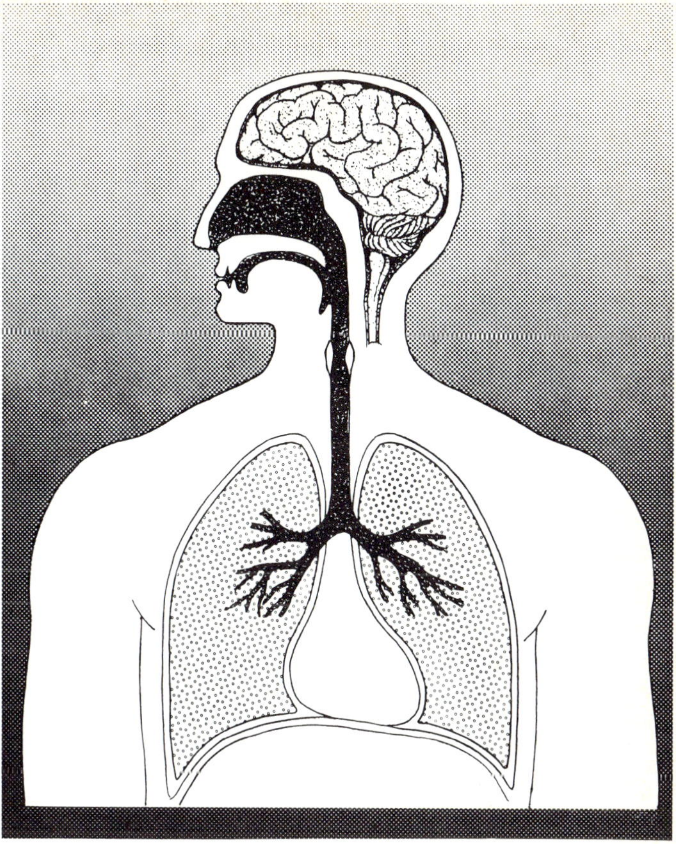

Abb. 40: Oberer Totraum der Atemwege, in dem kein Gasaustausch erfolgt.

Die Atemkapazität setzt sich zusammen aus (Abb. 39):

1. dem Atemzugvolumen (AZV) von etwa 500 ml; davon müssen 150 ml des oberen Totraumes abgezogen werden, da in diesem Bereich ein Gasaustausch nicht erfolgt (Abb. 40),
2. dem inspiratorischen Reservevolumen (IRV) durch maximale Inspiration (2000–2500 ml oder mehr),
3. dem exspiratorischen Reservevolumen (ERV) durch maximale Exspiration (etwa 1000 ml),
4. dem Residualvolumen von etwa 1500 ml. Dieses Volumen verbleibt

auch nach maximaler Exspiration in den Lungen, so daß diese entfaltet bleiben.

Grundsätzlich unterscheidet man folgende Formen der künstlichen Beatmung:

1. die *assistierte Beatmung*, bei der das Atemzentrum intakt, das Atemvolumen jedoch unzureichend ist. Jeder – frustane – Atemzug des Patienten löst einen vollen Atemhub durch das Gerät aus, bzw. der Anaesthesist beatmet im entsprechenden Rhythmus.

2. die *kontrollierte Beatmung*. Hierbei beatmet der Anaesthesist von Hand, oder das Beatmungsgerät übernimmt die Beatmung völlig, nachdem gegebenenfalls die Spontanatmung durch Muskelrelaxation ausgeschaltet wurde (z. B. in Narkose, bei Tetanus usw.). Setzt die Spontanatmung des Patienten wieder ein, kann eine asynchrone Beatmung auftreten, die u. U. zu schweren Zwischenfällen führt. Diese Gefahr bannt ein eingebauter «Trigger» (Dräger-Spiromat, -Assistor), durch den sich das Gerät mit Hilfe einer pneumatischen oder elektronischen Steuerung auf die Atemfrequenz des Patienten einstellt. Aus der kontrollierten wird automatisch eine assistierte Beatmung.

Die Durchführung der künstlichen Beatmung verlangt physiologische Grundkenntnisse. Insbesondere darf dabei die Tatsache nicht übersehen werden, daß *jede künstliche Beatmung unphysiologisch ist*, auch wenn diese oft eine lebensrettende Maßnahme darstellt.

Unterschiede zwischen der Spontanatmung und der künstlichen Beatmung: Während der *Spontanatmung* erweitert sich der Brustraum bei der Inspiration. Dadurch entsteht ein Druckgefälle zwischen dem atmosphärischen Druck der Außenluft und dem aus der Erweiterung des Thorax entstehenden Unterdruck. Die Ausatmung erfolgt im wesentlichen passiv durch die Elastizität der Thoraxwand und der Lungen. Das Druckgefälle kehrt sich dabei durch die Verkleinerung des Thorax um. Die atemsynchron auftretenden Druckschwankungen im Thorax sind gleichzeitig von großer Bedeutung für den Kreislauf. Bei der Einatmung entsteht infolge des negativen, intrathorakalen Drukkes ein Druckgefälle von allen Körpervenen zum Thoraxinnern. Durch diesen «Sog» wird der venöse Rückfluß zum Herzen begünstigt. Bei der *künstlichen Beatmung* kehren sich die Druckverhältnisse um: Bei der Inspiration wird das Ventilationsgemisch in die Lungen hineingepreßt. Dies führt zu einer Kompression des Lungengewebes, damit zu einer Zunahme des Strömungswiderstandes und einer Verminderung der Lungendurchblutung. Das Blutvolumen im kleinen Kreislauf nimmt ab. Der Druck im rechten Vorhof und in den thorakalen Venen steigt an, so daß der Rückfluß zum Herzen, wegen Abnahme des Druckgradienten zwischen extrathorakalen und intrathorakalen Venen, herabgesetzt wird. Beim gesunden Menschen wird der venöse Rückstrom durch kompensatorischen Druckanstieg in den peripheren Venen aufrechterhalten. Dem geschädigten Organismus wird diese Regulation nicht oder nicht lange möglich sein.

Bei der künstlichen Beatmung müssen die folgenden Widerstände überwunden werden:

1. elastische

a) durch die Lunge
b) durch die Thoraxwand

2. mechanische

a) durch die Luftwege des Patienten
b) durch das Beatmungssystem.

Der elastische Widerstand ist abhängig von der jeweiligen Lungenausdehnung, von pathologischen Zuständen der Lunge (Emphysem, Ödem) und der Elastizität der Thoraxwand, die mit dem Alter abnimmt und damit eine Zunahme des Widerstandes bedingt.

Die Dehnbarkeit des Lungengewebes wird als *Compliance* bezeichnet. Sie wird gemessen in Liter (l) Volumenzunahme pro cm H_2O Druckanstieg. Man unterscheidet:
1. die totale Compliance (Dehnbarkeit der Lunge plus Brustkorb); beim Erwachsenen = 0,1 l/cm H_2O
2. die Lungencompliance (bezogen auf die isolierte Lunge), beim Erwachsenen = 0,2 l/cm H_2O.

Durch künstliche Beatmung vermindert sich die totale Compliance um etwa die Hälfte (nach Barth und Meyer). Mit der Dauer der künstlichen Beatmung nimmt die Compliance kontinuierlich ab.

Zur künstlichen Beatmung ist also – je nach Alter und Krankheit – ein entsprechender Beatmungsdruck notwendig. Dieser soll aber aus hämodynamischen Gründen möglichst niedrig sein; er soll ohne besondere Indikation 15–20 cm H_2O nicht überschreiten.

Nach Schneider tritt bei einem intrapulmonalen Druck von 30 cm H_2O ein Stillstand der venösen Strömung im Thorax ein, während bei 40 cm H_2O eine rückläufige Strömung und damit ein «Leerlaufen» der Alveolarkapillaren erfolgt. Der Zufluß zum rechten Herzen nimmt dadurch kritisch ab. Maßgebend für den hämodynamischen Effekt der Beatmung ist nach Barth und Meyer jedoch nicht der Höchstwert des Beatmungsdruckes, sondern der mittlere intrapulmonale Druck (= mittlerer Beatmungsdruck). Dieser errechnet sich aus einer durch die Nulllinie begrenzte oder sie nach negativ überschreitende Fläche, dividiert durch die Dauer des Atemzyklus im Verhältnis Inspiration : Exspiration.

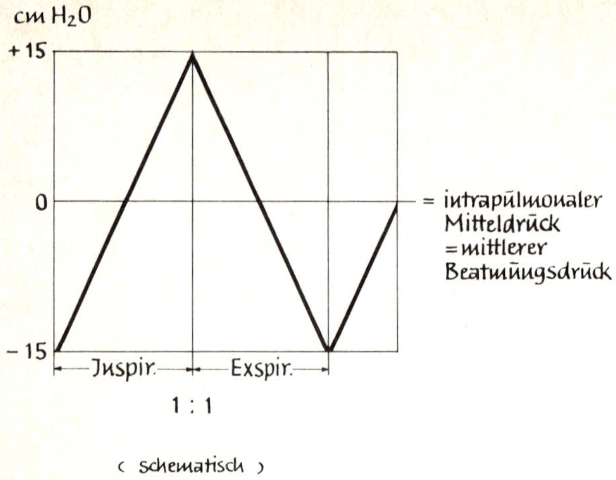

Abb. 41 a+b: Schemata für die künstliche Beatmung
a): Wechseldruckbeatmung mit gleichen positiven und negativen Werten. Verhältnis von Inspiration:Exspiration = 1:1; intrapulmonaler Mitteldruck = mittlerer Beatmungsdruck = 0; wegen zu hohen negativen Druckes kann ein «air-trapping» auftreten.

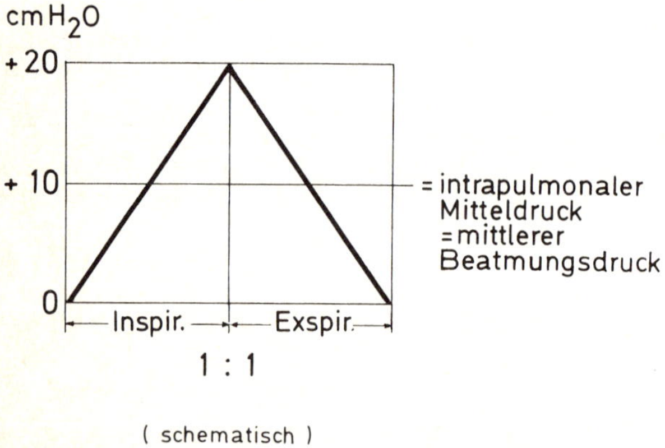

b): Überdruckbeatmung;
Verhältnis von Inspiration:Exspiration = 1:1; intrapulmonaler Mitteldruck = mittlerer Beatmungsdruck = etwa 8 cm H_2O.

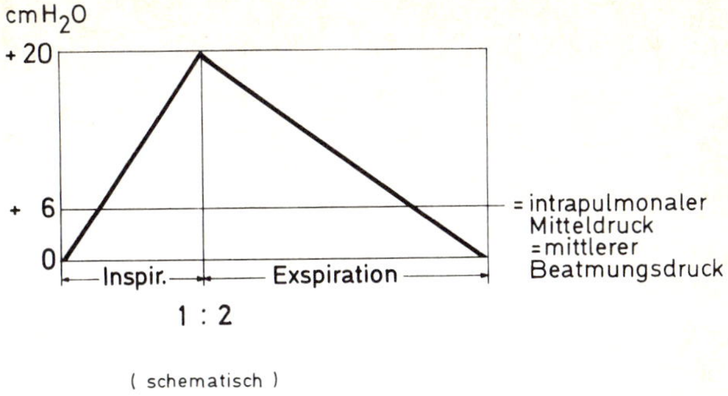

Abb. 42: Intermittend Positive Pressure Breathing (IPPB). Durch Verlängerung der Exspiration wird der intrapulmonale Mitteldruck = mittlerer Beatmungsdruck gesenkt.

Der mittlere intrapulmonale Druck kann also entweder durch
1. ein verlängertes Exspirium oder
2. eine negative Druckphase
gesenkt werden (Abb. 41 a+b).

Physiologisch beträgt das Verhältnis von Inspiration zu Exspiration 1:1,3. Bei künstlicher Beatmung sollte wegen des höheren intrapulmonalen Mitteldruckes ein Verhältnis von 1:2 möglichst nicht unterschritten werden. Bei manchen Erkrankungen (Emphysen, Asthma bronchiale) kann eine Verschiebung bis 1:4 erforderlich sein.

Die künstliche Beatmung kann durchgeführt werden als:
1. intermittierende Überdruck-Beatmung (Abb. 42). (Intermittend Positive Pressure Breathing = *IPPB*.)

Hierbei wird nur mit Überdruck beatmet, die Ausatmung erfolgt rein passiv. Beatmungsdruck (sofern nicht durch besondere Indikationen anders erforderlich): 0–20 cm H_2O. Theoretischer intrapulmonaler Mitteldruck bei einem Verhältnis von Inspiration:Exspiration = 1:2 = etwa 6 cm H_2O.
2. intermittierende positiv-negative Druckbeatmung (Abb. 43). (Positive-Negative Pressure Breathing = *PNPB* oder Alternating Pressure Breathing = *APB*).

Bei dieser Beatmung wird die Ausatmung durch einen negativen Druck erleichtert, die depressiven Auswirkungen auf den Kreislauf sind weniger ausgeprägt.

Beatmungsdruck: –5 bis +15–20 cm H_2O; intrapulmonaler Mitteldruck (s. o.) = + 3–6 cm H_2O.

Bei IPPB beobachtete Schneider im Tierversuch (Hund) Kompres-

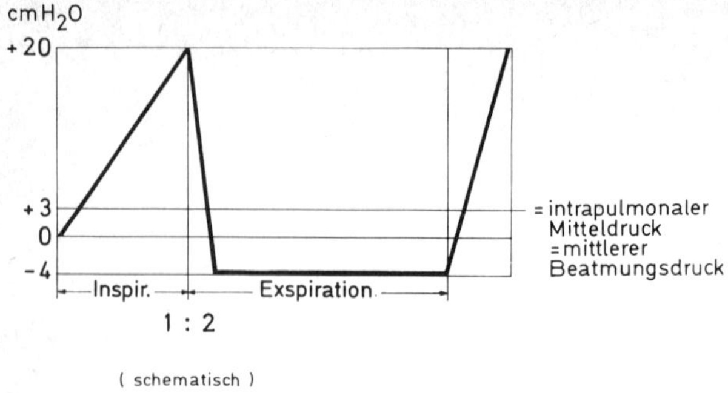

Abb. 43: Positive – Negative Pressure Breathing (PNPB). Durch einen geringen negativen Druck (Sog) werden bei der Ausatmung Widerstände im System leichter überwunden. Der intrapulmonale Mitteldruck = mittlerer Beatmungsdruck wird weiter gesenkt.
Verhältnis von Inspiration : Exspiration = 1 : 2.

sionsatelektasen in den Lungenabschnitten, die bei der Beatmung gegen die Rippen gepreßt wurden. Nach diesen Untersuchungen ist die PNPB der IPPB überlegen, da Gasaustauschstörungen und restriktive Lungenveränderungen bei der PNPB später auftraten als bei der IPPB. Die Tiere überlebten bei der PNPB länger. Die negative Druckphase vermeidet auch weitgehend ein erhöhtes funktionelles Residualvolumen und verhindert eine zu starke Verschiebung der Atemmittellage nach oben, so daß der venöse Rückstrom nicht behindert wird. Bei niedrigem Beatmungsdruck sind die Auswirkungen auf die terminale Strombahn gering, so daß unerwünschte Kreislaufdepressionen mit Abfall des arteriellen und Ansteigen des venösen Druckes als Zeichen einer Verminderung des Schlagvolumens ausbleiben. Wird allerdings der negative Druck überhöht, nehmen durch Verengerung der Luftwege, insbesondere der Interlobärbronchien, die viskösen Widerstände zu, und die Compliance nimmt ab; ein «air-Trapping» kann auftreten. So zeichnet sich bei der Entwicklung von Beatmungsgeräten z. B. die Tendenz zur IPPB bzw. bei der PNPB mit nur einer niedrigen negativen Druckphase ab.

Wichtige Faktoren für die künstliche Beatmung sind noch *Beatmungsvolumen und -frequenz*. Beide müssen so bemessen sein, daß eine Sauerstoffsättigung des Blutes in den Alveolen erreicht wird, gleichzeitig aber auch genügend Zeit zur Elimination der Kohlensäure vorhanden ist. Nach Roughton muß die Kontaktzeit bei normalen Diffusionsverhältnissen mindestens 0,3 sec für den Austausch betragen. Wie jedoch

Oberer Totraum 150 ml

60 Atemzüge zu 250 ml

$$= (250\ ml - 150\ ml) \times 60 = 100\ ml \times 60 = 6\,000\ ml$$

7 Atemzüge zu 1 000 ml

$$= (1\,000\ ml - 150\ ml) \times 7 = 850\ ml \times 7 = 5\,950\ ml$$

Abb. 44: Bedeutung des Atemzugvolumens für den Effekt der Atmung. 60 flache Atemzüge zu 250 ml haben den gleichen Effekt wie 7 tiefe Atemzüge zu 1000 ml, die bei einem Atemzug mühelos geatmet werden können bei der Atemspende (s. S. 213) und nicht zu einem «Hyperventilationssyndrom» führen.

bereits ausgeführt, darf das Plateau des Inspirationsdruckes nicht zu lange gehalten werden, um den intrapulmonalen Mitteldruck nicht zu stark ansteigen zu lassen. Da bei jedem Atemzug die Totraumluft mitgeatmet werden muß, ergibt sich bei gleichem Atem-Minuten-Volumen (AMV) eine schlechtere Ventilation, wenn das Atemvolumen zugunsten einer Frequenzsteigerung klein gehalten wird. Abb. 44 zeigt, welch entscheidende Rolle der Totraum (s. Abb. 40) bei flacher oder tiefer Atmung spielt. Allerdings nimmt bei der Beatmung der physiologische Totraum durch Intubation oder Tracheotomie ab. Die Ermittlung des Beatmungsvolumens in Abhängigkeit von der Frequenz kann nach dem Nomogramm von Radford (Abb. 45), für den Engström-Respirator nach dem Nomogramm von Herzog und Engström vorgenommen werden. Die in dem Nomogramm von Radford angegebenen Werte stellen die unteren Grenzwerte dar, so daß es sich empfiehlt, das Atemvolumen für die künstliche Beatmung um 30 % zu erhöhen. Fieber bedingt eine weitere Erhöhung um 7–10 % pro Grad Temperatur-Erhöhung. – Eine leichte *Hyper*ventilation ist günstiger, als eine Hypoventilation, jedoch ist eine kritiklose Hyperventilation zu vermeiden. Für Langzeitbeatmungen sind CO_2-Messungen in der Ausatemluft und Blutgasanalysen, außerdem Bestimmungen des Bicarbonates und der Elektrolyte im Serum, erforderlich. Auch bei volumengerechter, künstlicher Beatmung werden nicht alle Lungenabschnitte gleichmäßig ventiliert, so daß ein Alveolenkollaps mit Verminderung der Compliance auftritt (Mead und Collier). Intermittierende tiefe Atemzüge als Nachahmung der physiologischen «Seufzer-Atmung» (SIGH) verhindern die Atelektasenbildung.

Zusammenfassend ist festzustellen, daß für die meisten Fälle von künstlicher Langzeitbeatmung die PNPB mit niedriger Atemfrequenz,

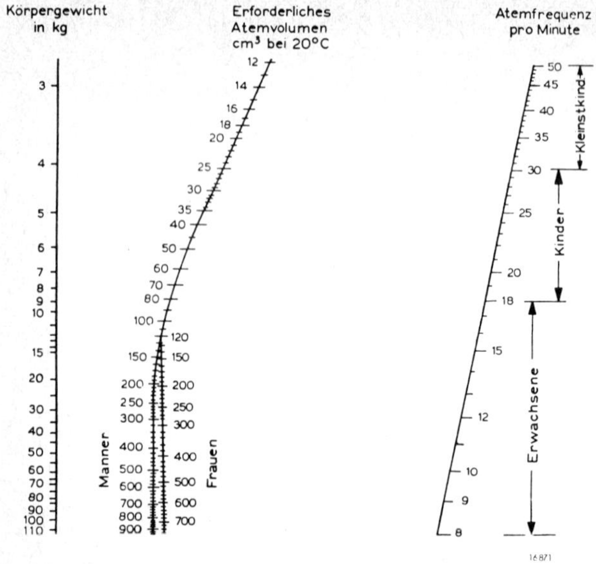

Bei fiebernden Kranken muß für jeden Grad C über 37° mit 10 % des ermittelten Atemvolumens **mehr** beatmet werden.

Abb. 45: Radford-Nomogramm (Dräger).
Es empfiehlt sich, die abgelesenen Werte (wegen des Totraumes) um 30 % zu erhöhen, da sonst die Gefahr einer Hypoventilation besteht.
Durch Anlegen eines Lineals an den Eckwerten «Körpergewicht» und «Atemfrequenz» läßt sich das erforderliche Atemhubvolumen an der mittleren Skala ablesen.

großem Atemzugvolumen, relativ langer Insufflationszeit und niedrigem Insufflationsdruck die günstigste Beatmungsform darstellt. Dies gilt vor allem für hypovolämische Zustände.

Kontraindiziert ist die PNPB und durch die IPPB zu ersetzen bei:
1. drohendem akuten Linksversagen mit Lungenödem,
2. starkem Emphysem mit stark verlängerter Exspirationsphase, da hierbei ein negativer Druck zu einem bronchialen Kollaps und damit zum «Air-Trapping» führen kann.

10.2. Beatmungsgeräte

In immer stärkerem Maße werden Geräte für die künstliche Beatmung verwendet. Der Indikationsbereich erstreckt sich dabei nicht nur auf die Narkosebeatmung, sondern auch zunehmend auf die intermittierende oder Dauerbeatmung bei respiratorischer Insuffizienz jeglicher Genese und auf die durch assistierte Beatmung unterstützte Inhalationsbehandlung chronisch pathologischer Lungenprozesse (Asthma, Emhysembronchitis, fibrotische und obstruktive Lungenveränderungen). Bereits jetzt liegt eine «verwirrende und immer noch anwachsende Vielfalt von Apparatetypen vor» (Bergmann), so daß es nicht möglich ist, in einer orientierenden Übersicht sämtliche angebotenen Geräte aufzuführen. Das Weglassen einzelner Geräte stellt also kein Werturteil dar.

Wesentlich für die Benutzung von Beatmungsgeräten sind vor allem die folgenden Kriterien:
1. technisch ausgereifte und auch über einen langen Zeitraum hinweg betriebssichere Konstruktionen, die die angegebenen Volumina und Zusammensetzungen des Beatmungsgases exakt applizieren,
2. einfache Bedienung, um das Pflegepersonal nicht zu verwirren und
3. ein vollkommener Service. Sofern nicht innerhalb kürzester Frist ein Schaden behoben werden kann, ist auch das technisch am besten ausgereifte Gerät nicht zu empfehlen.

Nur bei Kenntnis der Physiologie und Pathophysiologie der Atmung sowie der Prinzipien der künstlichen Beatmung und der Funktionsweise der verschiedenen Beatmungsgeräte ist es möglich, zu entscheiden, welches Gerät jeweils erforderlich ist. Dabei haben sowohl die Geräte für die positiv-negative Druckbeatmung (PNPB) als auch die für intermittierende Überdruckbeatmung (IPPB) ihre Existenzberechtigung. Während einige Autoren (Bergmann, Schneider, Nachtwey u. a.) auf die gute Kreislaufbeeinflussung durch die PNPB hinweisen und sie für die Beatmung bei physiologischen Lungenverhältnissen empfehlen, berichtete Dudziak, daß beim Menschen auch über lange Zeit mit IPPB beatmet werden kann, ohne daß Schäden bzw. ungünstige Kreislaufbeeinflussungen auftreten. Dudziak stellte bei seinen Untersuchungen an Patienten im Anschluß an Herzoperationen sogar fest, daß durch die IPPB die Sauerstoffsättigung des Blutes besser war, als durch die PNPB.

Geräte für die IPPB sind im allgemeinen einfacher im konstruktiven Aufbau, während Geräte für die PNPB universeller in der Anwendung sind. Bei Bedarf kann auch mit ihnen eine IPPB durchgeführt werden. Aus technischer Sicht ist wichtig zu wissen, ob der Antrieb

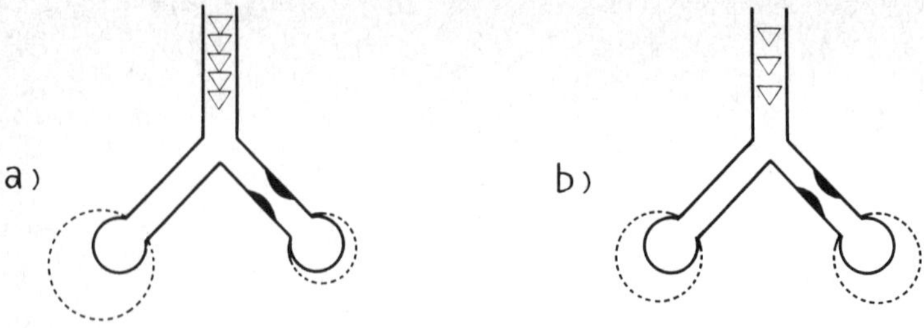

Abb. 46a+b: Die Bedeutung eines langsamen Flows zur Überwindung von Stenosen.
a): bei hohem Flow werden hinter einer Stenose liegende Alveolen kaum belüftet.
b): ein geringer Flow überwindet Stenosen gut und führt zu einer gleichmäßigen Belüftung der Alveolen.

durch ein eigenes, elektrisch betriebenes Gebläse oder durch Druckgas (Sauerstoff oder Preßluft) erfolgt. Das Überwachungspersonal hat bei der Kontrolle entsprechend auf Stromzufuhr oder Gasdruck zu achten, um Störungen bei der Beatmung zu vermeiden. Beim Dräger-Pulmomat ist ein getrenntes Antriebsgas erforderlich, während der elektrisch betriebene Barnet-Ventilator zusätzlich einen Gasdruck von 0,3 atü benötigt.

Für die Wahl eines bestimmten Beatmungsgerätes sind zuerst die folgenden Überlegungen entscheidend:

1. *Voraussichtliche Dauer der Beatmung:*

a) Narkosebeatmung
b) Beatmung für kurze Zeit (Wiederbelebung, Transport)
c) Beatmung für längere bzw. lange Zeit (postoperative Ateminsuffizienz, Rippenserienfrakturen, Tetanus, Polyneuritis, Poliomyelitis)
d) intermittierende Beatmung zur Therapie chronisch pathologischer Lungenprozesse.

Eine strenge Abgrenzung zwischen b) und c) ist nicht möglich. Die Dauer der Beatmung kann bei allen Formen der respiratorischen Insuffizienz sehr variabel sein.

2. *Funktion der Lungen:*

a) normal (Narkose- oder postoperative Beatmung, nach Unfall u. a.)
b) pathologisch verändert (Emphysem, Asthma bronchiale, Fibrose, obstruktive Lungenprozesse. Natürlich kann auch bei Patienten mit Lungenveränderungen eine Narkosebeatmung erforderlich werden.

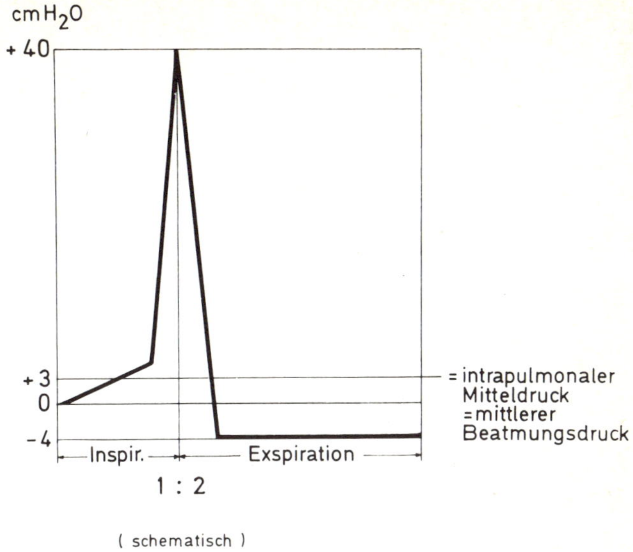

Abb. 47: Idealer Druckverlauf für die künstliche Beatmung. Durch einen anfangs nur geringen Druckanstieg werden auch hinter einer Stenose liegende Alveolen ventiliert. Durch die daran anschließende, relativ steile Drucksteigerung wird das erforderliche Atemvolumen zugeführt. – Der intrapulmonale Mitteldruck = mittlerer Beatmungsdruck wird durch die kurzfristige Drucksteigerung («Druckreserve» zur Applikation des erforderlichen Atemvolumens) in praxi nicht beeinflußt, da die in der Zeiteinheit überstrichene *Fläche* im Verhältnis von Inspiration: Exspiration, begrenzt durch die Nullinie oder einen geringen negativen Druck, den intrapulmonalen Mitteldruck bestimmt. (Dräger Spiromaten.)

Die Dauerbeatmung von Patienten mit pathologischen Lungenbefunden, wie sie überwiegend auf internistischen Intensivpflegestationen zu finden sind, stellt an ein Beatmungsgerät andere Forderungen als die Beatmung, die infolge extrapulmonaler Ursachen notwendig ist. So treten bei obstruktiven Lungenveränderungen Verteilungsstörungen auf, wenn bei der Einatmung ein steiler Druckanstieg erfolgt: die hinter der Stenose befindlichen Lungenanteile werden dann kaum belüftet (Abb. 46). Nur bei flachem Druckanstieg erfolgt eine gleichmäßigere Verteilung des Atemgases. Am günstigsten ist ein zu Beginn des Atemhubes flacher Anstieg der Druckkurve, die von einem bestimmten Punkt ab steiler verläuft (Abb. 47). Der Engström-Respirator (Verdichtung durch Kolbenhub) besitzt einen sinusförmigen Verlauf der

Durckkurve, während beim Dräger-Spiromat (Verdichtung durch Gebläse) ein Drosselventil am Anfang der Inspiration wirksam ist.

3. *Welche Beatmungsform ist erforderlich?*

a) kontrollierte,
b) assistierte,
c) kann die Umstellung von der assistierten in die kontrollierte Beatmung (durch «Trigger») oder umgekehrt von der kontrollierten in die assistierte Beatmung (durch «Timer») erforderlich werden?

Post operationem, nach einem Unfall oder bei Intoxikationen kann eine frustane – assistierte – Atmung zum Stillstand kommen. Dann muß das Beatmungsgerät ohne jeden Zeitverlust automatisch die kontrollierte Beatmung übernehmen. – Andererseits kommt es bei einer unter Muskelrelaxation durchgeführten Beatmung durch Nachlassen der Relaxantienwirkung und damit Wiedereinsetzen der Spontanatmung nicht selten zu einer asynchronen Atmung zwischen Patient und Beatmungsgerät. Diese asynchrone Beatmung führt zu schweren Atemstörungen, außerdem zu einer erheblichen psychischen Belastung für den Patienten, sofern er bei Bewußtsein ist (z. B. Beatmung bei Rippenserienfrakturen). «Trigger» und «Timer» stellen also wichtige Bauelemente von Beatmungsgeräten dar.

Für jeden künstlichen Atemzug oder besser «Atemhub» sind 4 Arbeitstakte des Respirators erforderlich (nach Bergmann):

1. Inspiration = Einblasen des Gasgemisches.
2. Umschalten von Inspiration auf Exspiration. Diese kann durch Druck, Flow, Zeit (Frequenz), Volumen oder mehrere dieser Faktoren gesteuert werden.

Nach dieser Steuerung erfolgt im allgemeinen die Grundeinteilung der Respiratoren.

3. Exspiration.

Bei den Geräten für die IPPB erfolgt diese passiv, d. h. nur durch die Elastizität des Brustkorbes, während die Geräte für die PNPB die Ausatmung durch einen negativen Druck (= aktiver Sog) erleichtern. Dadurch werden Widerstände im System besser überwunden.

4. Umschaltung von Exspiration auf Inspiration.

10.3. Steuerung der Respiratoren:

Je nach den Steuermechanismen sind die Kompensationsmöglichkeiten der Respiratoren unterschiedlich, so daß eine genauere Betrachtung unumgänglich ist. Zum besseren Verständnis erfolgt die Einteilung rein schematisch. Dabei bleibt unberücksichtigt, daß bei nahezu allen Geräten, unabhängig von den Steuermechanismen, andere Parameter der Beatmung variiert werden können, die aber keinen oder nur mittelbaren Einfluß auf die Umschaltung haben.

Die Umschaltung von Inspiration auf Exspiration kann erfolgen durch:

1. *Druck:* Bei Erreichen eines fixierten oder vorher eingestellten Enddruckes schalten druckgesteuerte Geräte von Inspiration auf Exspiration um. Diese Umschaltung erfolgt zu früh bei

a) Zunahme von Widerständen im Beatmungssystem,
b) auftretenden Stenosen in den Luftwegen und
c) abnehmender Compliance.

Die Atemhubvolumina werden dadurch zwangsläufig kleiner; gleichzeitig steigt aber auch die Beatmungsfrequenz, da der die Umschaltung auslösende Enddruck früher erreicht wird. So tritt ein gewisser Kompensationsmechanismus ein, der allerdings unvollkommen ist, denn durch die hohe Atemfrequenz, bei kleinem Atemhubvolumen, nimmt der funktionelle Totraum erheblich zu.

Liegt im System ein Leck vor (mangelnde Abdichtung in der Trachea, Undichtigkeit in den Schläuchen oder Verbindungsstücken), schalten druckgesteuerte Geräte zu spät oder gar nicht um. Der Effekt der Beatmung ist wiederum unzureichend. (Dräger-Assistoren; Bird-Respiratoren).

2. *Flow:* = Durchflußmenge des Beatmungsgases in einer bestimmten Zeiteinheit. Das Nachlassen des Flows – durch Erreichen eines eingestellten Enddruckes – bestimmt das Ende der Inspiration. Z. B. schaltet der Bennet-Respirator PR 2 um, wenn der Flow 1 l/min unterschreitet. Flowgesteuerte Geräte überwinden Stenosen etwas besser als druckgesteuerte Geräte, erzielen aber bei einem Leck ebenfalls nur einen verminderten Beatmungseffekt, da der Flow anhält, und der Druckaufbau zum Umschalten verzögert oder gar nicht erfolgt.

3. *Frequenz:* Eine einstellbare Zeit bestimmt das Ende der Inspiration und löst dadurch die Umschaltung auf Exspiration aus. Veränderungen der Compliance oder des Widerstandes beeinflussen nicht den Beatmungseffekt. (Dräger-Spiromat 650 und 661; Engström-Respirator).

4. *Volumen:* Das Inspirationsende tritt nach Abgabe eines eingestellten Volumens ein. Damit ist auch diese Steuerung unabhängig von der Compliance und von Widerständen (Dräger-Pulmomat).

Mapleson und Bird teilen die Respiratoren nach anderen Gesichtspunkten ein, die jedoch für den mit diesem Gebiet nicht völlig Vertrauten verwirrend wirken.

Der Steuermechanismus allein entscheidet aber nicht über vielseitige Verwendungsmöglichkeiten und damit den Einsatzbereich eines Respirators, sondern vor allem auch die Möglichkeit, andere Parameter der künstlichen Beatmung variieren zu können. Eindeutig liegen hier die Dräger-Spiromaten (650 für Narkosebeatmung und 661 für Dauerbeatmung) an der Spitze. Je nach dem erforderlichen Beatmungstyp können hierbei variiert werden:

1. Frequenz (Steuerung),
2. Druck (positiv und negativ),
3. Volumen,
4. Verhältnis von Inspiration zu Exspiration, das von 1:1 bis 1:4 variabel ist (physiologisch = 1:1,3).

Übergang auf manuelle oder Spontanatmung ist auch bei angeschlossenem Gerät durch einfache Umschaltung möglich. Darüber hinaus verfügt das Gerät über einen «Trigger», dessen Einbau beim Engström-Respirator wegen seines technischen Prinzips (Kolben-Kompressor) leider nicht möglich ist. – Zur Verhinderung von Atelektasen wird beim Spiromaten 661 bei den jeweils letzten drei von 100 Atemzügen der Ausatemwiderstand auf einen vorher eingestellten Wert erhöht, um die Lunge aufzublähen. Dies entspricht der physiologischen «Seufzeratmung» («Sigh»). Sämtliche Werte sind getrennt einstellbar und übersichtlich abzulesen (Abb. 48). Damit bieten Einstellung und Überwachung auch für den weniger Geübten keine Schwierigkeiten. Dies bedeutet Erhöhung der Sicherheit bei der Dauerbeatmung, die beim Spiromaten durchgeführt werden kann als:

1. assistierte oder kontrollierte Beatmung,
2. IPPB oder PNPB, außerdem
3. mit positivem End-Exspirationsdruck (z. B. beim Lungenödem).

Zwingend notwendig bei der maschinellen Beatmung ist die Anfeuchtung der Atemluft, bei der gleichzeitig Aerosole zur Medikamenten-Applikation hergestellt werden können. Unterschreitet die relative Luftfeuchtigkeit in den Luftwegen den Wert von 70 %, stellt das Flimmerepithel seine Tätigkeit ein. Verschleimung und Tracheitis führen schließlich zur Pneumonie, außerdem können durch Borkenbildung die Atemwege verlegt werden. – Erwärmung der Luft führt zur Abnahme der relativen Luftfeuchtigkeit: Beträgt sie z. B. in Luft von + 20° C 100 %, geht dieser Wert durch Erwärmung auf 37° C (Körpertemperatur) bis auf etwa 40 % zurück.

Zur Luftbefeuchtung kommen im wesentlichen die drei folgenden Verfahren in Betracht:

1. Vernebelung durch Düsen (Dräger-Assistor, Bird-Respiratoren)
2. Vernebelung durch Ultraschall (de Vilbiss u. a.). Diese Geräte müssen zusätzlich an die Respiratoren angeschlossen werden. – Durch Ul-

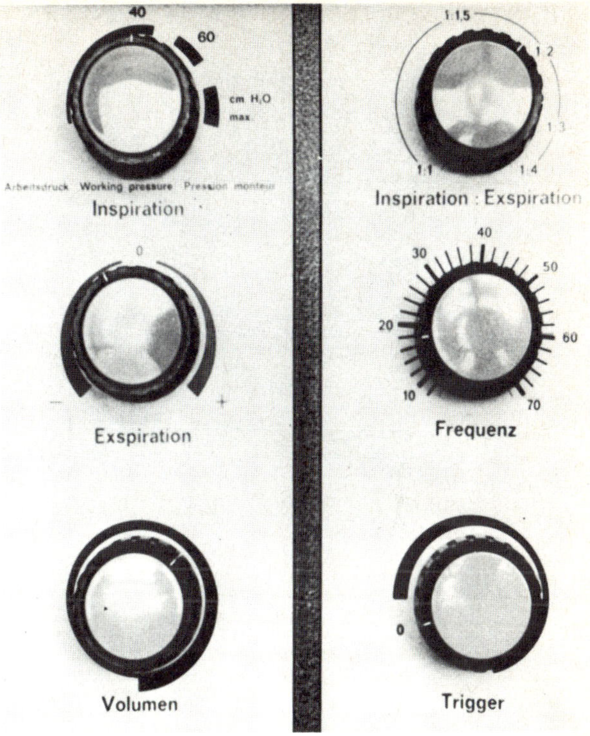

Abb. 48: Schalttafel des Dräger Spiromaten

traschall darf weder ein zu grob- noch ein zu feindisperses Aerosol entstehen. Zu große Tröpfchen fallen bereits in den oberen Luftwegen aus, während ein zu feindisperses Aerosol so «stabil» ist, daß es sich auch in den tiefen Luftwegen nicht niederschlägt und zum größten Teil wieder ausgeatmet wird.

3. Verdampfung (Dräger-Spiromaten 661 und 662 [Abb. 49]); Dräger-Assistor 644 (Abb. 50a+b); Bennet-Respirator PR 2 (Abb. 51).

Durch die Erwärmung der Einatemluft auf Körpertemperatur wird hierbei der günstigste Grad an relativer Luftfeuchtigkeit erzielt. – Zur schnelleren Verdampfung wird beim Dräger-Spiromat 661 das Wasser aus einer Düse auf eine erhitzte Prallplatte gespritzt.

Ob über einen Trachealtubus oder über eine Trachealkanüle beatmet wird, hängt vom Krankheitsbild und damit von der zu erwar-

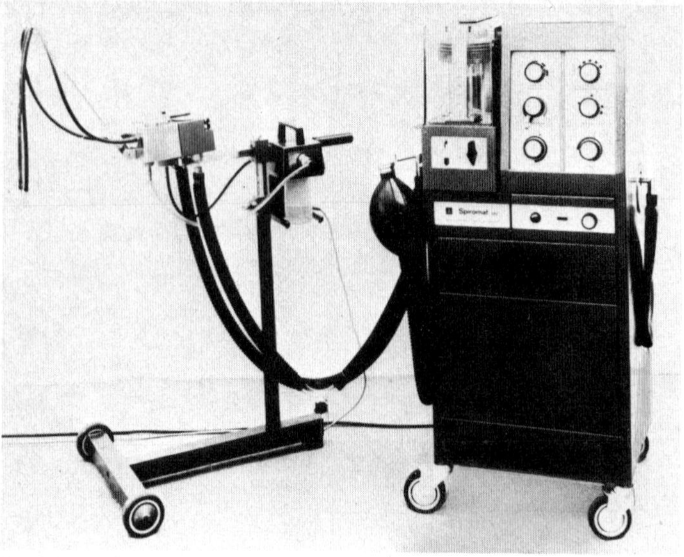

Abb. 49: Beatmungs-Spiromat (Dräger) hier mit Stativ für die Beatmung von Kleinkindern. Anfeuchtung der Beatmungsluft durch Verdampfung.

tenden Dauer der Beatmung ab. Vor allem durch die Verwendung von Tuben aus Kunststoff, die auf die Trachealschleimhaut weniger reizend wirken als Gummituben, kann durch einen oral oder besser nasal gelegten Tubus über die bisher als Frist geltende Zeit von 72 Stunden hinaus beatmet werden. Auch von den meisten wachen Patienten wird die Intubation erstaunlich gut toleriert.

Der Tracheotomie steht man heute zurückhaltender gegenüber, als noch vor einigen Jahren. Dies gilt ganz besonders für Kleinkinder, bei denen eine Tracheotomie wegen ihrer Spätfolgen (Stenosen) wenn irgend möglich vermieden werden sollte. Für jeden Fall muß aber individuell entschieden werden. – Zur Kontrolle des Atemhubvolumens – und damit des Atem-Minuten-Volumens – ist ein Volumeter im Beatmungssystem unentbehrlich (Abb. 52).

Ohne häufig durchgeführte Blutgasanalysen, der Bestimmung der Serumelektrolyte, der Kontrolle des Säure-Basen-Gleichgewichtes und – bei langdauernder Beatmung – auch der ausreichenden enteralen oder parenteralen Ernährung darf niemals eine Dauerbeatmung durchgeführt werden! Ein beatmeter Patient bedarf einer kontinuierlichen Überwachung, denn der Ausfall eines Respirators bedeutet den siche-

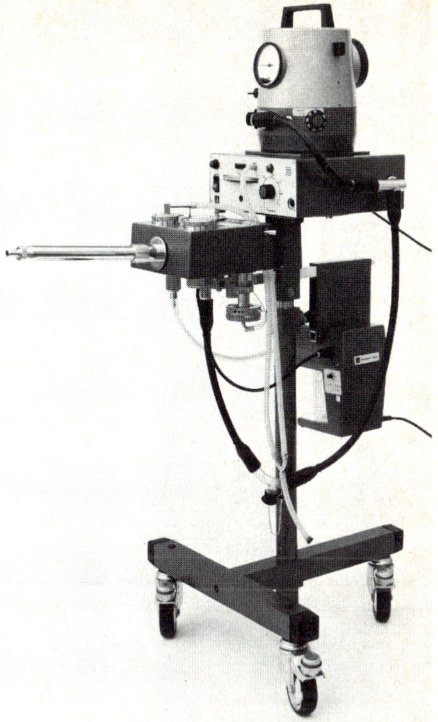

Abb. 50 a + b: Assistor 644 (Dräger)
a): Gerät mit Beatmungskopf für Erwachsene. Anfügen eines Beatmungskopfes für Kleinkinder möglich.

ren Exitus letalis, wenn nicht sofort geholfen wird. Eine Dauerbeatmung erfordert also auch einen hohen personellen Aufwand. – Schließlich gehört zur selbständigen Durchführung einer künstlichen Beatmung eine ausreichende Erfahrung, die sich weder durch Lesen einer kurzen Darstellung der Technik und Problematik noch durch eine einfache Unterweisung erwerben läßt. Wer ohne subtile, theoretische und praktische Kenntnisse eine Dauerbeatmung durchführt. schadet den ihm anvertrauten Patienten und bringt diese, in der Hand des Erfahrenen segensreiche, therapeutische Methode in Mißkredit.

Technische Daten verschiedener Respiratoren gibt Tab. 3 wieder.

Abb. 50b): Trigger- und Frequenzeinstellung.

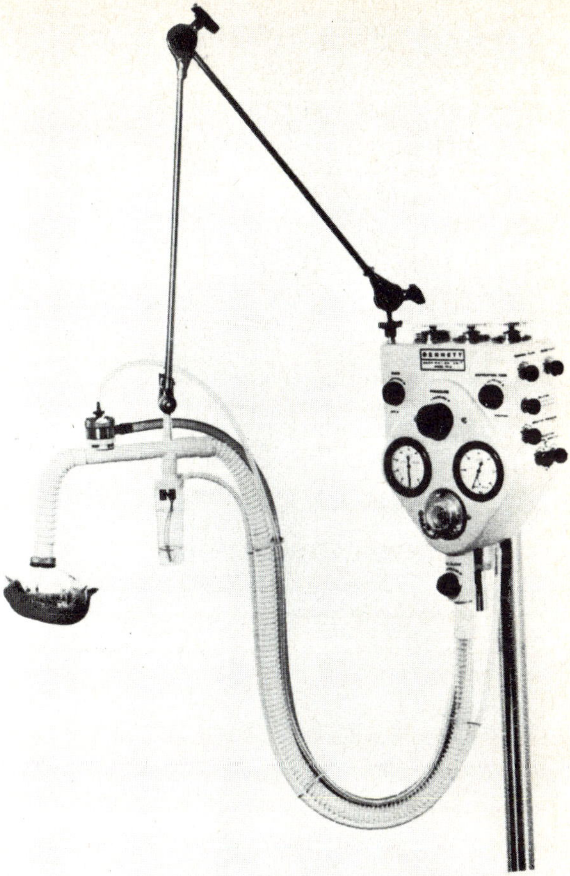

Abb. 51: Bennet-Respirator PR 2

Abb. 52: Volumeter (Dräger)

Tab. 3: Technische Daten (schematisch) verschiedener Respiratoren (in alphabetischer Reihenfolge)

	Antrieb			Beatmungsform					Steuerung durch				
	Druckgas	Antr.-gas getr.	elektr.	Kontr.	assist.	Nark.-Beatmg. (Kreis-System)	IPPB	PNPB	Druck	Flow	Zeit	Volumen	Volumenkonst. dch. Druckreserve
1. Air-Shields Ventim.-Ventil	–	–	+	+	+	+[1]	+	+	–	+	+	–	–
2. Barnet Mark 3	+	–	+	+	+	+[1]	+	–	–	–	+	–	–
3. Bennet Resp. PR 2	+	–	–	+	+	–	+	+	–	+	–	–	–
4. Bird Mark 7, 8	+	–	–	+	+	+[1]	+	+	+	–	–	–	–
5. Bird Mark 10	+	–	–	+	–	–	+	–	+	–	–	–	–
6. Dräger Pulmotor	+	–	–	+	–	–	–	+	+	–	–	–	–
7. Dräger Poliomat	+	–	–	+	–	–	–	+	+	–	–	–	–
8. Dräger Pulmomat	+	+	–	+	–	+[1]	+	+	–[2]	–	–	+[2]	–
9. Dräger Spiromat 650	–	–	+	+	+	+	+	+	–	–	+	–	+
10. Dräger Spiromat 661	–	–	+	+	+	–	+	+	–	–	+	–	+
11. Dräger Assistor 641	+	–	+[3]	+	+	+[1]	+	–	+	–	–	–	–
12. Dräger Assistor 644	+	–	+[3]	+	+	–	+	–	+	–	–	–	–
13. Engström Resp.	–	–	+	+	–	+	+	–	–	–	+	–	+
14. Servo-Ventilator 900 (Dräger)	+	–	+	+	+	–	+	+	–	–	+	–	+

[1]) Narkosebeatmung möglich durch Anschluß an ein Narkosegerät, bei den Bird-Respiratoren durch Kombination mit «Mark 4»
[2]) druckbegrenzt auf 30 cm H_2O
[3]) für E-Timer

10.4. Anti-Atelektase-Faktor (AAF)

Entscheidend für die Entfaltung der Lungenalveolen ist der Anti-Atelektase-Faktor (AAF).

Jede Flüssigkeit will ihre Oberfläche verkleinern. Dabei ist der Druck umso größer, je stärker die Oberfläche gekrümmt ist. Der gleiche Druck gilt für mit Flüssigkeit ausgekleidete Hohlräume, wie sie die Lungenalveolen darstellen. Kleine Alveolen haben das Bestreben, sich stärker zu kontrahieren als große Alveolen. Ohne das Vorhandensein des AAF würde ein Kollaps großer Lungenteile entstehen, und schließlich sich die Luft in einer einzigen großen «Blase» ansammeln. Damit wäre der übrige Bereich der Lunge völlig atelaktisch geworden.

Diesem Vorgang der Atelektasenbildung wirken in der Lunge entgegen:

1. die elastischen Fasern des Lungengewebes. Sie erschlaffen beim Kleinerwerden der Alveolen, sie spannen sich beim Größerwerden an.
2. Der negative Pleuradruck (Donder'scher Druck) und der Lungenkapillardruck.
3. Die oberflächenaktiven Substanzen (AAF) setzen die Oberflächenspannung herab. Dadurch wird der Druckunterschied zwischen kleineren und größeren Alveolen vermindert. Trotz Verkleinerung der Alveolen steigt der Druck in ihnen nicht an. Dies ist für die gleichmäßige Belüftung der Lunge ein außerordentlich wichtiger Faktor.

Der Wirkung des AAF spricht man etwa $^{2}/_{3}$ der Retraktionswirkung auf die Lunge zu. Ohne den AAF, der aus Phospholipiden, Proteinen und Mucopolysacchariden besteht, würde die Lunge sofort atelektatisch werden.

Morphologisch handelt es sich beim AAF primär um eine monomolekulare Schicht. Bei Verkleinerung der Alveole entsteht eine zweischichtige Membran; gegebenenfalls werden Moleküle in die Grundschicht zurückgeschoben. Das Alveolarepithel wird als Entstehungsort des AAF angesehen. Von dort wird er als flüssiges Häutchen zur Auskleidung der Alveolen abgegeben. Beim Föten wird der AAF kurz vor der Geburt gebildet. Nur dadurch kann sich die Lunge nach der Geburt entfalten. – Durch Vagotomie geht die Bildung des AAF verloren.

Eine Verminderung des AAF tritt auf durch:

1. *endogene Faktoren:*

a) Fett- und Fibrinembolien
b) Erhöhung der Kapillarpermeabilität (Lungenödem)

c) Erythrozyten-Aggregationen in den Lungenkapillaren (Sludge-Syndrom)
d) pathologisch-anatomische Bedingungen (z. B. Fallot'sche Tetralogie, Emphysem)
e) vorübergehende Überlastung des linken Ventrikels
f) pulmonale hyaline Membranen.

2. *exogene Faktoren:*

a) Fruchtwasser-Aspiration
b) Aspiration von Mageninhalt
c) extrakorporale Zirkulation
d) Zigarettenrauch (obgleich dieser an sich zu einer Verminderung der Oberflächenspannung führt).
e) Bronchusverstopfung jeglicher Genese
f) Pilz- und Bakterienbesiedlung
g) flüssige Agentien (z. B. bei der Inhalations-Therapie).

10.5. Pflege, Reinigung und Desinfektion bzw. Sterilisation der Narkoseinstrumente, der Narkosegeräte und des Zubehörs

Die Sterilisation der bei Operationen benutzten metallischen Instrumente, der Operationswäsche und der Handschuhe ist zufriedenstellend geregelt, nicht jedoch die Desinfektion des Operationssaales und aller darin befindlichen Gegenstände. Im allgemeinen werden die Oberflächen von Geräten, Behältern u. a. nur mechanisch gereinigt und mit einer Desinfektionslösung behandelt. Dieses Verfahren ist mühselig und von der individuellen Sorgfalt des Einzelnen abhängig. An schwer zugänglichen Flächen, wie Bedienungsknöpfen, Vertiefungen und Hohlräumen versagt dieses Verfahren. Betroffen sind nicht nur Operationstische und Narkoseapparate, sondern auch alle anderen im Operationssaal und in der Nachsorge benutzten Geräte wie Respiratoren, Insufflatoren, Absaugegeräte u. a.

Im Laufe der Jahre haben sich mehrere Autoren mit der Sterilisation von Instrumenten für die Narkose und Großgeräten befaßt, da die mangelnde Desinfektion allgemein als unbefriedigend, ja gefährlich empfunden wurde. Immer wieder gelang der Nachweis einer Keimverschleppung innerhalb der Geräte (Mosler, Lehmann, E. und H. Pfeiffer, Just und Henschel). Diese Keime können bei folgenden Narkosen auf weitere Patienten übertragen werden, wobei die Dauer der Narkose keine Rolle spielen muß. Insbesondere wiesen Just und Henschel darauf hin, daß der Kreislaufteil zwar in seiner ganzen Ausdehnung von Keimen befallen wird, eine Vermehrung aber besonders im Bereich der Gummiteile stattfindet. Von keinem der Autoren wurde die äußere Oberfläche der Geräte in die Untersuchungen mit einbezogen. – Die Notwendigkeit der Desinfektion wurde aufgrund der erhobenen bakteriologischen Befunde betont. Schwierigkeiten bei der Keimbeseitigung treten allerdings dadurch auf, daß mehrere Teile der Geräte hitze- und chemikalienempfindlich sind. Diese Forderung nach einer absoluten Sterilisation ist dadurch nicht leicht zu erfüllen. Außerdem entscheidet die angewendete Methode der Reinigung und Sterilisation weitgehend über Lebensdauer und sichere Gebrauchsfähigkeit der verwendeten Instrumente.

Zur Herstellung elastischer Instrumente (Schläuche, Tuben, Trachealkanülen) werden vorwiegend die folgenden Materialien verwendet:

1. Weichgummi = mineralisierter Kautschuk
2. Latex; sie entstehen durch vielfaches Tauchen von Formen (z. B. Stahlspiralen) in Latexmilch und entsprechenden Zwischenbehandlungen.
3. Kunststoffe; vorwiegend Polyvinylchlorid (PVC).

   Geräte aus diesem Material setzen sich zunehmend als sogenannte «Einmalgeräte» durch.
4. Geräte aus Baumwoll- oder Kunststoffgeweben, die in organische oder anorganische Lake getaucht werden (z. B. dünne Absaugkatheter).

Jeder Desinfektion sollte als Vorstufe eine mechanische Reinigung der Instrumente vorausgehen. Verwendet werden hierzu Seife und neutrale Reinigungsmittel in Verbindung mit guter Durchspülung. Für die Pflege des Instrumentariums sind die Hinweise der Hersteller zu beachten, um einen vorzeitigen Verschleiß zu vermeiden.

Zur *Desinfektion* bzw. *Sterilisation* werden die folgenden Methoden angewendet:

1. *Auskochen;* Dauer 20 min.

   Die Instrumente müssen dabei völlig mit Wasser bedeckt sein. Durch Verwendung destillierten Wassers werden Kalkablagerungen vermieden. Latex- und PVC-Instrumente nehmen bei dieser Methode geringe Mengen an Wasser auf. Dies ist an einer milchig-weißen Trübung der Instrumente zu erkennen, die beim «Nachtrocknen», bei einer Temperatur bis zu 70 Grad und einer Dauer von 30 Minuten bis 2 Stunden, verschwindet.

   Die Instrumente haben beim Auskochen die längste Lebensdauer, die Sterilisation ist jedoch nicht immer voll gesichert.
2. *Heißdampfsterilisation,*

   insbesondere für Geräte aus Weichgummi, Latex oder PVC. Zur Anwendung kommen Temperaturen von 120° C mit 1 atü und 124° C mit 2 atü; Dauer 20 min. Jede Heißdampfsterilisation bewirkt eine Nachvulkanisation und damit eine vorzeitige Alterung der aus Gummi bestehenden Instrumente. Aus praktischen Gründen empfiehlt es sich, Instrumente (wie z. B. Tuben oder Absaugschläuche) vor der Dampfsterilisation in dampfdurchlässige Folien einzuschweißen. Nach der Desinfektion lassen sich diese Geräte steril aufbewahren. – Bei automatischen Sterilisatoren, die mit Schnellbelüftung am Ende der Sterilisation arbeiten, kann der plötzliche Druckabfall bei Tuben mit Ballon, insbesondere aus Latex, zur Zerstörung des Ballons führen. Geräte aus PVC erlangen durch Temperatursteigerung eine weichere Konsistenz; sie verformen sich meist durch Heißdampfsterilisation.

3. *Keimfreimachung* durch Einlegen in chemische Desinfektionsmittel, die meist Phenol- oder Phenylverbindungen enthalten oder quartäre Ammoniumbasen darstellen.

Die Gebrauchsanweisung der Hersteller dieser Präparate ist streng zu beachten, vor allem auch in bezug auf eine möglicherweise einzuhaltende Lagerungszeit nach der Desinfektion. Diese ist bei manchen Präparaten erforderlich, um Reste des Desinfektionsmittels, die auf Schleimhäute reizend wirken können, verdampfen zu lassen.

Ein Wechsel der Desinfektionsmittel ist zu vermeiden, da die Behandlung mit chemischen Substanzen, z. B. Weichgummi «klebrig» werden läßt. Dies tritt nicht auf, wenn kontinuierlich nur ein Präparat verwendet wird.

4. *Äthylendioxyd* (explosiv) ist geeignet für kleinere Teile aus Metall oder Kunststoffen (z. B. aus der Herz-Lungen-Maschine).

Wegen der Kleinheit der Kammer und des hohen Preises des verwendeten Gases ist diese Methode nicht wirtschaftlich für alle im Operationssaal benutzten Instrumente.

5. Neuerdings werden besonders Großgeräte durch *Formalin* desinfiziert. Formalin besitzt eine sichere bactericide, fungicide, virucide und sogar sporocide Wirkung.

Die folgenden Probleme mußten vor der Anwendung von Formalin gelöst werden:

a) lückenlose Benetzung der zu desinfizierenden Oberflächen
b) der stechende Geruch während und nach der Desinfektion
c) die Gefahr einer schweren Gesundheitsschädigung durch Fixierwirkung oder Ödembildung auf Schleimhäuten bei nicht vollständiger Entfernung oder Neutralisation von Formalinrückständen.

Diese Probleme werden von dem Desinfektionsschrank «Aseptor» (Dräger) gelöst (Abb. 53).

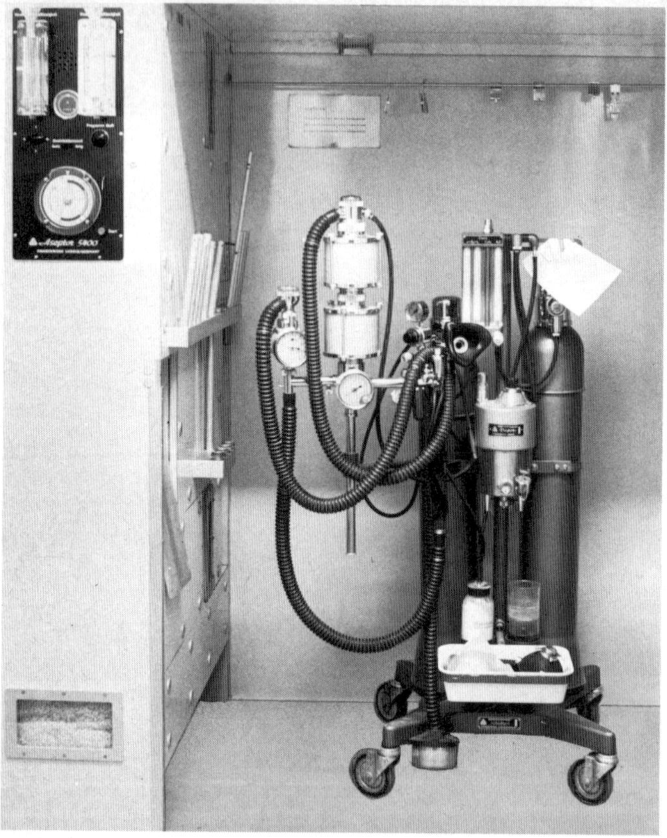

Abb. 53: Dräger-Aseptor

In diesem Gerät werden Kreislaufteile von Verbindungsschläuchen aus durchströmt, während Atembeutel, Faltenschläuche und Volumeter auf Anschlußstutzen gesteckt bzw. geschraubt werden. Die gute und gleichmäßige Benetzung der Oberflächen wird durch eine Wasserdampf-Formaldehydvernebelung erreicht.

Die Desinfektion kann gewählt werden zwischen 140 Minuten und 12 Stunden. Danach erfolgt die Neutralisierung durch Ammoniakdampf und anschließende Luftspülung. Durch die Neutralisierung bildet sich Hexamethylentramin. Es empfiehlt sich, Wände, Boden und Decke des Schrankes wöchentlich einmal mit einem feuchtwarmen Lappen auszuwischen, damit sich nicht durch Spaltung wieder Formaldehyd bildet. Außerdem ist es ratsam, das Gerät nach der Desinfektion über Nacht stehen zu lassen oder zwei Stunden lang mit Preßluft oder Sauerstoff durchzuspülen, damit auch die letzten Reste von Chemikalien aus den Gummischläuchen entfernt werden.

Folgender *Turnus für die Sterilisation bzw. Desinfektion* ist notwendig:

1. Nach jeder Narkose müssen gewechselt werden:

a) die zum Kreislaufteil gehörenden Faltenschläuche und der Atembeutel

b) Absaugschlauch

c) Glas der Absaugevorrichtung, das frisches Spülwasser enthält. Wird dieses Glas nicht nach jeder Operation gewechselt und sterilisiert, kommt es zu einer Keimverschleppung von Patient zu Patient. Innerhalb der Metallteile der Kreislaufsysteme wurden bei häufigeren Untersuchungen keine Bakterien gefunden. Offenbar wirken sowohl das Metall an sich als auch Spuren von Atemkalk bactericid.

d) In einem regelmäßigen Turnus von 1–2 Wochen müssen alle innerhalb der Anaesthesie benutzten Geräte, insbesondere die Narkosegeräte desinfiziert werden. Im allgemeinen genügt die Kurzzeit-Desinfektion (140 min). Darüber hinaus erfolgt eine Desinfektion nach septischen Operationen (z. B. Ileus mit Durchwanderungsperitonitis, Coli-Abszessen u. a.) und nach Beatmung von Patienten mit offener Tuberkulose. In diesen Fällen empfiehlt es sich, die Langzeit-Sterilisation (12 Stunden) anzuwenden.

Im Vergleich zu den anderen erwähnten Methoden bietet das Formaldehydverfahren eine Reihe entscheidender Vorteile: Neben der einfachen Bedienung und Handhabung ist die Möglichkeit einer Desinfektion des *ganzen* Gerätes bei niedriger Temperatur in ihrem Wert nicht hoch genug zu veranschlagen. Während sich früher die Bemühungen darauf konzentrierten, nur die Gegenstände und Flächen zu desinfizieren, die durch einen Patienten infiziert sein könnten, wird jetzt die gesamte innere und äußere Oberfläche des Gerätes gleichmäßig desinfiziert. Zudem ist diese Methode noch außerordentlich wirtschaftlich.

Der Desinfektionsschrank «Aseptor» wird in zwei verschiedenen Größen und in zwei Ausführungen, ein- und zweitürig, geliefert. Wenn die baulichen Möglichkeiten es erlauben, sollte ein zweitüriger Schrank bevorzugt werden, der in die Trennwand zweier Räume eingebaut wird. Während die benutzten Geräte von dem einen Raum aus in den Schrank gestellt werden, entnimmt man sie nach der Desinfektion auf der anderen Seite.

Einen wesentlichen Beitrag zur Keimfreiheit im Operationssaal leistet eine zentrale Gas-Anlage (ZGA). – Durch Sauerstoff- und Lachgas-Flaschen, die im allgemeinen im Freien gelagert werden, gelangen zahlreiche Bakterien in den Operationssaal. Während des Auswechselns berührt der Helfer die schmutzigen und bakterienhaltigen Oberflächen der Hochdruckflaschen, dann faßt er Flaschenmäntel, Ventilräder und Bedienungsknöpfe an. Der Weg der Bakterien von den gelagerten Sauerstoffflaschen bis zu den Narkosegeräten läßt sich verfolgen. Aus diesem Grund wurden auch die stärksten Bakterienbesiedelungen an den Außenflächen und den Bedienungsknöpfen der Geräte gefunden. Der Vorteil einer ZGA macht sich aber erst dann voll bemerkbar, wenn ein ausreichender Vorrat an Sauerstoff und Lachgas vorhanden ist, daß also die Flaschen nicht allzu häufig gewechselt werden müssen. Zu empfehlen ist ein automatischer Umschaltblock mit Warnanlage, die anspricht, sobald eine Hälfte der ZGA entleert ist.

Neben Sauerstoff und Lachgas sollte in eine ZGA auch ein Kompressor für Preßluft installiert werden: 5 atü zum Betrieb von Respiratoren, Absaugungen und Pumpen sowie 10 atü zum Betrieb von Bohrern für die Neuro- und Knochenchirurgie. Außerdem empfiehlt sich der Einbau einer Vacuum-Anlage, die sich für Absaugungen (Bronchialtoilette und Dauersaugungen), aber auch für intraoperative Blutabsaugung eignet.

Die Gaszufuhr erfolgt im Operationssaal am besten über Deckenpendel, die gleichzeitig noch getrennte Stromkreise mit Steckdosen (220 Volt) enthalten. – Das «Narkosependel» enthält im allgemeinen Anschlüsse für Sauerstoff und Lachgas, während das «Chirurgenpendel» die Anschlüsse für Preßluft und Vacuum, außerdem auch Steckdosen mit verschiedenen Stromkreisen enthält. Es ist ratsam, zusätzlich zu den Deckenpendeln noch sog. «Versorgungsleisten» an Wänden anzubringen, um bei Defekten an den Anschlußstücken Ausweichmöglichkeiten zu haben.

11. Künstliche Blutdrucksenkung

Das in der Chirurgie übliche Sprichwort gilt nach wie vor: Das eigene Blut ist mehr wert, als das doppelte aus der Konserve. Aus diesem Grund bestand schon immer der Wunsch, möglichst blutsparend zu operieren und zum besseren Präparieren auch das Operationsfeld blutleer zu halten. – Als Beispiele seien angeführt: Die Esmarch'sche Blutleere gegen Ende des 19. Jahrhunderts und die Hinzufügung von Adrenalin zu Lokalanaesthetika zu Beginn des 20. Jahrhunderts durch Braun.

Durch ganglienblockierende Substanzen, die an den Synapsen des Rückenmarkes angreifen, läßt sich eine spinale, sympathische Blockade erzeugen. Daraus resultiert eine Aufhebung der Regulierung des Blutstromes im Bereich der Arteriolen. Nach Ganglienblockade verlieren die Arteriolen vorübergehend ihre Fähigkeit, sich zu kontrahieren und damit den Blutdruck durch Vasokonstriktion anzuheben. Bei entsprechender Lagerung «sackt» das Blut in die peripheren Bereiche ab. Entscheidend ist also für ein möglichst blutfreies Operationsfeld die sog. «Neigungslagerung». Das Operationsfeld muß den höchsten Punkt des gelagerten Körpers darstellen.

1951 wurden von Bein und Meier Methoniumsalze synthetisiert, die eine Blockade der Synapsen an den paravertebralen Ganglien erzeugen. Diese Substanzen enthalten auch das 5wertige Stickstoff-Atom im Abstand zwischen 12 und 15 Å.

Früher verwendete Präparate waren in ihrer pharmakologischen Wirkung zu unsicher, so daß sie heute nicht mehr im Arzneimittelschatz geführt werden.

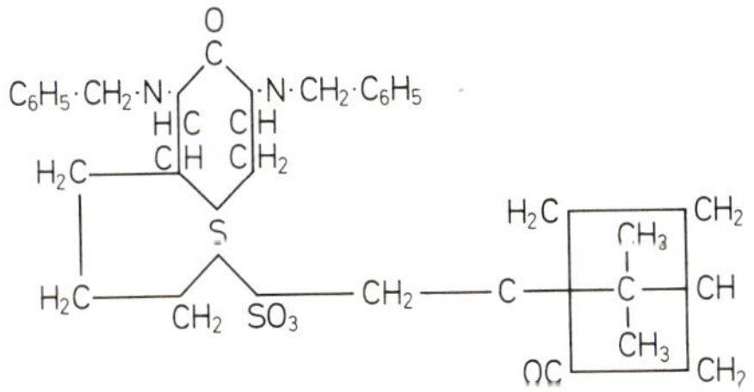

Arfonad

1952 synthetisierte Sarnoff einen Campherabkömmling, der unter dem Medikamentennamen «Arfonad» heute noch verwendet wird.

Eine Ampulle enthält 250 mg Trockensubstanz, die am besten in 250 ml isotonischer Kochsalz- oder Ringerlösung aufgelöst wird, so daß jetzt jeder ml 1 mg Arfonad enthält. Diese Lösung wird dann langsam infundiert, am besten über einen Bypass.

Zu Beginn der Blutdrucksenkung dürfen – bei praktisch kontinuierlicher Blutdruckkontrolle – nur ganz wenige Tropfen pro Minute infundiert werden. Auch für die gesamte Operationsdauer muß der Blutdruck in sehr kurzen Abständen überwacht werden. Nach Ermittlung der benötigten Tropfenzahl läßt sich der Blutdruck meist recht exakt einstellen. Sofort nach Abstellen des Arfonads steigt der Blutdruck im allgemeinen spontan wieder auf seinen Ausgangswert an. Sollte dies nicht der Fall sein, dürfen nicht Kreislaufmittel injiziert werden, die zentral der Synapsen des Rückenmarkes angreifen. Geeignet sind also hier nur Vasokonstriktoren, die ihren Angriffspunkt an den Arteiolen haben. Dies sind Präparate wie Nor-Adrenalin oder Novodral u. a.

Der Blutdruck muß seine Ausgangshöhe *vor* Wundverschluß erreicht haben, um eine sorgfältige Blutstillung zu ermöglichen. In Hypotension nicht blutende Gefäße können nach der Normalisierung des Blutdruckes gegebenenfalls zu einem massiven Blutverlust führen.

12. Kontrollierte Hypothermie

Während der letzten Jahre hat die kontrollierte Hypothermie in der Chirurgie, insbesondere als prophylaktische Hypothermie für Operationen, einen festen Platz eingenommen, besonders in der Herzchirurgie, aber auch im Rahmen der Neuro- und Gefäßchirurgie. In der Neurochirurgie beeindrucken immer wieder die in Unterkühlung nur sehr abgeschwächt auftretenden, zentralen Regulationsstörungen bei Operationen im Bereich lebenswichtiger Zentren oder – bei der therapeutischen Hypothermie – nach schwersten Schädel-Hirn-Traumen.

Die anfangs sehr stürmische Entwicklung in der kontrollierten Hypothermie, in der eine kaum mehr zu überblickende Vielzahl an Veröffentlichungen mit oft widersprechenden Ergebnissen erschienen ist, hat sich beruhigt, aber noch immer bedürfen eine große Zahl von Fragen der Beantwortung. Gerade die therapeutische Hypothermie erhielt in letzter Zeit neue Impulse aus den USA, aus England und Rußland (Kouwenhoven, Jude und Knickerbocker, Hamilton, Negovski, Aldjemoff, Weinberg und Alkalay), nachdem sie durch kritiklose Anwendung und nicht strenge Indikationsstellung vorübergehend in Zweifel gezogen worden war.

Schon 1876 wies J. R. Mayer darauf hin, daß der Organismus auf äußere Reize nicht passiv reagiert, sondern seine Reaktionen auf verschiedene Irritationen entsprechend seinen anlagemäßigen Potenzen stattfinden, wobei «dann die Ursache der Wirkung nicht nur nicht proportional ist, sondern überhaupt zwischen Ursache und Wirkung gar keine quantitative Beziehung besteht, vielmehr in der Regel die Ursache der Wirkung gegenüber eine verschwindend kleine Größe zu nennen ist».

Auch Laborit faßte alle Regulationsstörungen nicht als eine direkte Folge des äußeren Reizes, seien es Operation oder Trauma, auf, sondern nahm an, daß der Reiz Regulationsmechanismen mit ausschließlich katabolischer Wirkung auslöse. Werden nun einem bereits erschöpften Organismus Reaktionen abverlangt, die die Erhaltung der «Homoeostase» (Canon) zum Ziele haben, führen gerade diese Reaktionen zur endgültigen Erschöpfung. Die geordneten Funktionen brechen zusammen, und schließlich tritt der Tod des Individuums ein. Laborit prägte hierzu die Begriffe «Läsionssyndrom» und «Reaktionssyndrom». Seien beim Läsionssyndrom die krankhaften Erscheinungen vorwiegend Folgen des schädlichen *äußeren* Reizes, so entstünden sie beim Reaktionssyndrom als Folge der Reiz*beantwortung* durch den Organismus.

Die kontrollierte Hypothermie stellt nun die ausgeprägteste und vielseitigste Form einer neuen therapeutischen Grundeinstellung dar, nämlich der, bei der prophylaktischen Hypothermie sowohl das Läsions- als auch das Reaktionssyndrom zu beherrschen und bei der therapeutischen Hypothermie (nach Schädel-Hirn-Traumen, bei Intoxikationen u. a.) wenigstens das Reaktionssyndrom zu beeinflussen.

Die kontrollierte Hypothermie erfordert also ein völliges Umdenken gegenüber früheren Auffassungen, die versuchten, die Abwehrreaktionen des Körpers zu unterstützen, dabei gelegentlich den Körper überforderten und so schließlich die Katastrophe herbeiführten. Der entscheidende Wert der Hypothermie liegt darin, den Patienten über einen Zeitraum hinwegzubringen, in dem sein Organismus durch den «Streß» und die dadurch ausgelösten Gegenregulationen zusammenbrechen könnte. Zum Vergleich: ein explosionsartig ablaufender Vorgang soll in eine langsame Verbrennung umgewandelt werden. Allerdings darf die Tatsache nicht übersehen werden, daß der Patient nach der Unterkühlung noch den gleichen schädlichen Noxen gegenübersteht wie vorher, z. B. pathogenen Keimen, Toxinen u. a. Jedoch wird nach Decourt nicht nur der Stoffwechsel des Organismus gesenkt, sondern auch der der pathogenen Keime (ausschließlich der Viren). Dies bedeutet nach Haumann eine gegen Bakterien gesteigerte Wirksamkeit der Antibiotika, ohne deren Schutz keine Hypothermie durchgeführt werden sollte.

Der kritische Moment ist die Wiedererwärmung. Sie muß bei der therapeutischen Unterkühlung u. U. über mehrere Tage hinausgezögert werden und darf erst erfolgen, wenn mit großer Wahrscheinlichheit die Gewähr gegeben ist, daß der Organismus den Anforderungen wieder gewachsen ist, die bei Normothermie exogen auf ihn zukommen.

Die therapeutische Hypothermie ist dann angezeigt, wenn der Patient als verloren gilt, wenn also die Überwindung der Regulationsstörungen mit den bis dahin angewendeten Mitteln unmöglich erscheint oder wenn nach einem länger als drei Minuten bestehenden Herzstillstand mit cerebralen Schäden zu rechnen ist. Altersmäßig gibt es keine Kontraindikationen: In der Literatur sind Hypothermien von Frühgeborenen bis zu Greisen beschrieben. Der Entschluß zur Durchführung der Hypothermie soll schnell gefaßt und konsequent und energisch durchgeführt werden. Es ist falsch, erst nach längerem Zögern zu beginnen, nachdem sich der Körper durch seine überschießenden Gegenregulationen völlig erschöpft hat. Dann ausbleibende Erfolge dürfen nicht der Methode zur Last gelegt werden. Entscheidend ist hier eine verständnisvolle Zusammenarbeit zwischen Chirurgen und Anaesthesisten. Die Durchführung der Hypothermie muß aber unbedingt in einer Hand bleiben, da gerade hier ein Durch- und Gegeneinander der Therapie unweigerlich zum Mißerfolg führt.

Für indiziert wird die therapeutische Hypothermie heute gehalten bei:

1. Schwersten Schädel-Hirn-Traumen mit Streckkrämpfen und Pupillenstarre (Remé, Just, Bergmann, Laborit, Röttgen, Mayrhofer und Kühlmayer u. v. a.).
2. Zentraler Hyperthermie gleich welcher Ursache
3. Subarachnoidalblutungen (rupturierte Aneurysmen)
4. Hirnabszessen mit Ventrikeleinbruch
5. Status epilepticus bei Narbenepilepsie (möglicherweise auch bei genuiner Epilepsie)
6. Lebensbedrohlichen Schockzuständen («polytraumatischer Schock» nach Remé; von ihm wurde die erste therapeutische Unterkühlung in Deutschland bei einer dreifachen traumatischen Amputation mit vollem Erfolg durchgeführt).
7. Ausgedehnten Verbrennungen (Laborit).
8. Schwersten Infektionen und Intoxikationen: Peritonitis (Rehn), Säuglingsintoxikationen (Sorel, Bardier, Riemann, Auban, Dalons und Karpinski), CO-Vergiftung (Craig, Hunt und Akinson).
9. Thyreotoxischen Krisen (Gregl und Weber).
10. Zustand nach Herzstillstand, wenn der Patient zentral geschädigt ist (Knickerbocker und Jude, Lutz, Negovski).
11. Massiver Fettembolie (Hamilton, Aldjemoff, Weinberg und Alkalay).

Nach Zindler unterscheidet man:

1. die mittelgradige Unterkühlung auf	30–29° C rektal
2. die tiefe Unterkühlung auf	25–20° C rektal
3. die sehr tiefe Unterkühlung auf	unter 20° C bis auf etwa 8° C rektal.

Die mittelgradige Hypothermie, die sowohl für die prophylaktische als auch für die therapeutische Hypothermie infrage kommt, wird durch Oberflächenabkühlung erreicht.

Hierbei werden die folgenden Methoden angewendet:

1. Eiswasserbad
2. Eispackungen
3. flüssigkeitsdurchströmte Kühlmatten
4. Luftkühlung.

Da es bei Temperaturen um 28° C und darunter zu Herzrhythmusstörungen bzw. zum Herzstillstand kommen kann, ist für die tiefe und sehr tiefe Hypothermie ein extrakorporaler Kreislauf erforderlich.

Die Temperaturabhängigkeit chemischer Reaktionen (RGT-Regel nach van t'Hoff und Arrhenius) gilt auch für die komplizierten chemischen Vorgänge biologisch hochdifferenzierter Lebewesen, so daß durch die Auskühlung an sich auch eine Verminderung der zentralen Ansprechbarkeit auf physiologische und pathophysiologische Reize eintritt. Somit nimmt auch der Sauerstoffverbrauch mit absinkender Temperatur ab.

Absolut entscheidend für die Durchführung der kontrollierten Hypothermie ist die völlige Ausschaltung der Gegenregulationen, die sich vor allem in einer Frierreaktion äußern. Der Sauerstoffverbrauch kann dann auf das 7fache ansteigen, so daß eine Sauerstoffschuld eintritt; außerdem wird durch die bei dieser Muskelarbeit entstehende Wärme die Abkühlungszeit verlängert. Gerade diese soll aber möglichst kurz sein, da nach Untersuchungen von Pichotka, Veghely u. a. zwischen einer Temperatur von 36–34° C eine erhöhte Reflexbereitschaft und auch ein erhöhter Grundumsatz bestehen, deren Ursachen noch nicht im einzelnen geklärt sind.

Zur Ausschaltung der Gegenregulationen verwendeten Laborit und sein Anaesthesist Huguenard eine Mischung aus folgenden Medikamenten:

1. das Analgetikum Dolantin
2. die Phenothiazine Atosil und Megaphen.

Phenothiazine bewirken bekanntlich – ähnlich wie Ganglienblokker – eine Herabsetzung der Aktivität an den Synapsen des vegetativen Nervensystems und dessen übergeordneten Zentren im Zwischenhirn.

Abweichend von der «Standardmischung» wurde in letzter Zeit an

Stelle des Megaphens das Phenothiazin «Neurocil» in stärkerem Maße verwendet, da dessen neuroleptische und neuroplegische Wirkung stärker ist, außerdem eine weniger starke Steigerung der Pulsfrequenz auftritt als nach der Gabe von Megaphen. Ihrem Wirkungscharakter nach eignen sich die Präparate der Neuroleptanalgesie Dehydrobenzperidol und Fentanyl ideal für die Durchführung der Hypothermie. Allerdings muß hierbei, im Gegensatz zur Verwendung von Phenothiazinen, relativ häufig nachinjiziert werden.

Die anfangs von Laborit und Huguenard vertretene Meinung, daß die Phenothiazinabkömmlinge eine Senkung des Stoffwechsels unter den Grundumsatzwert bewirken können, hat sich nicht bestätigt. Ihr Irrtum beruhte darauf, daß sie zu ihren Untersuchungen niedere, kleine Säugetiere verwendeten, die im Vergleich zu ihrem Körpervolumen eine große Oberfläche, außerdem eine schlechte Wärmeregulation besitzen, so daß die Tiere bei Zimmertemperatur schon auskühlten. Benitte stellte die gleichen Untersuchungen mit dem gleichen Ergebnis an. Beim Hund gelang ihm dies nur, wenn er geschoren war. Bei Nachprüfung dieser Angaben wurde an nicht geschorenen Hunden festgestellt, daß in tiefer Sonnifen-Narkose bei einer Raumtemperatur von 20° C die Körpertemperatur nach 4 Stunden unter 30° C rektal betrug, wenn die Tiere auf den, durch Eis gekühlten, Metallboden einer Trage gelegt wurden. Gegenregulationen traten dabei nicht auf. Dies bestätigt die Angaben von Thauer und Brendel, daß nicht nur durch die «lytische Mischung», sondern auch durch
1. tiefe Narkose und
2. komplette Muskellähmung
die Gegenregulationen ausgeschaltet werden.

Im allgemeinen wird eine sinnvolle Kombination der 3 Möglichkeiten am wirksamsten sein, jedoch steht bei der Durchführung der therapeutischen Hypothermie die Anwendung der lytischen Mischung im Vordergrund. Da in Hypothermie eine schlechte Resorption aller Pharmaka bei intramuskulärer Applikation zu erwarten ist, erfolgt diese intravenös, wobei als Basislösung 5,25%ige Glukoselösung unter Zusatz von einem Vit.-B-Komplex und Berolase (gegen Acidose) verwendet wird. Es ist kaum möglich, ein allgemein gültiges Schema über die Dosierung anzugeben, da die Patienten nach Allgemeinzustand, Schwere der Verletzungen, Alter und Geschlecht sehr verschieden reagieren. Entscheidend sind Erfahrungen und laufende Beobachtungen des Patienten. Eher soll man anfangs zu hoch als zu niedrig dosieren, um Gegenregulationen unter allen Umständen zu vermeiden. Nach Erreichen einer ausreichenden Dämpfung ist es relativ leicht, ein Gleichgewicht aufrechtzuerhalten. Während der Einleitung soll der Patient nicht, nach Erreichen der gewünschten Temperatur bei der therapeutischen Hypothermie höchstens soeben ansprechbar sein. Der Hustenreflex ist verschwunden, die Pupillen sind mittelweit, reagieren nur schwach auf Licht, der Cornealreflex ist nicht oder gerade noch auslösbar, aber die Lippen und Ohrläppchen sind rosig, sie dürfen keinesfalls livide verfärbt sein.

Es ist deshalb in jedem Fall zu empfehlen, eine Sauerstoffsonde zu legen und im Durchschnitt 4 l O_2/min zu insufflieren. – Zwingend notwendig ist die laufende Überwachung der Herzaktionen nach Frequenz, Rhythmus und Qualität.

Bestimmend für die Abkühlungszeit sind sowohl physiologische Faktoren als auch physikalische Maßnahmen.

Die *physiologischen* Faktoren sind:

1. Relation zwischen Körpergewicht und Oberfläche
2. Dicke des Unterhautfettgewebes
3. Kreislaufverhältnisse und Stoffwechsellage
4. Alter des Patienten (nach Gillmann kühlen junge Patienten wegen der kürzeren Blutumlaufzeit schneller ab).
5. Periphere Durchblutung und Aufhebung der Vasokonstriktion durch Einreiben mit einem wäßrigen Hyperämikum und kräftiges Bürsten mit einer Perlonbürste. Erst nach Auftreten einer starken Hyperämie wird mit der Unterkühlung begonnen. Bewährt hat sich das Präparat «Rubriment-Essenz».
6. Ausreichende medikamentöse Blockung oder Narkose.

Optimale *physikalische* Bedingungen können auch ohne Unterkühlungsmaschinen geschaffen werden. Die Unterkühlung bei der Behandlung schwerster Verletzungen und Intoxikationen bietet aber so entscheidende Vorteile zum Wohle des Patienten, daß auch der Anaesthesist in einem größeren und mittleren Krankenhaus die therapeutische Hypothermie in den Fällen, die sonst als verloren anzusehen wären, durchführen sollte.

Bei Beobachtung der physiologischen Gegebenheiten und aller physikalischen Möglichkeiten, auch der scheinbar nebensächlichen, kann durch deren Summation auch mit verhältnismäßig einfachen technisen Mitteln eine Abkühlungszeit erreicht werden, die der mit Hilfe der Maschine entspricht. Voraussetzung ist, daß zur Temperatursenkung, auch bei der therapeutischen Hypothermie, der Patient nicht im Bett mit seinem Wärmestau verbleibt, sondern entkleidet auf den Metallboden einer Trage gelegt wird. Als Eisbehälter haben sich für die Abkühlung mit zerkleinertem Roheis gefüllte Trikotschlauchbinden bewährt, da diese sich der Körperform besser anpassen als Gummiblasen. Außerdem kühlt das herabfließende Schmelzwasser den Körper des Patienten und die metallene Bodenplatte. Das Eis wird besonders auf gut durchblutete Körperregionen wie Herzgegend, Hals, Innenseite der Oberschenkel und Achselhöhlen gelegt. Nach Erreichen der gewünschten Temperatur wird der Patient wieder ins Bett gelegt, und die Temperatur mittels Eisblasen in der gewünschten Höhe gehalten. Ideal eignet sich dafür auch das Dräger-Unterkühlungszelt «Hypotherm», das vor allem eine erhebliche Entlastung für das Pflegepersonal bringt.

Während Operationen läßt sich die Temperatur durch aufgelegte Eisblasen oder Wärmflaschen einregulieren. Da die Temperatur «nachhinkt», müssen 2° vor der gewünschten Temperatur alle Unterkühlungsmaßnahmen gestoppt werden, dann muß die Tendenz zum An- oder Abstieg laufend kontrolliert werden.

Es ist immer wieder eindrucksvoll, zu beobachten, wie in Hypothermie schwerste zentrale Symptome wie Streckkrämpfe, Spontanbabinski und Pupillenstarre verschwinden und die Cheyne-Stock'sche Atmung in einen physiologischen Atemtypus übergeht. Eigene Beobachtungen beim Menschen und im Tierversuch (Hund) ergaben, daß zentrale Irritationen, insbesondere Streckkrämpfe, noch bei einer Rektaltemperatur von 32° C anhalten können, wenn auch abgeschwächt und in größeren Intervallen auftretend. Es empfiehlt sich, die Temperatur bis zum Durchbrechen des Krampfstatus zu senken.

Nach vorliegenden Erfahrungen geschieht dies bei Temperaturen von 30–29° C rektal. Es gilt heute als Grundsatz: die Temperatur lieber tiefer, dafür kürzer zu senken (1–3 Tage).

Der flachgelagerte Patient bedarf einer dauernden Überwachung. Messungen von Puls, Blutdruck und Atemfrequenz müssen durch Monitore laufend kontrolliert werden. Blutdruck, Puls und Atemfrequenz sowie das Atemvolumen nehmen mit fortschreitender Hypothermie mäßig ab, so daß sie bei 30° C etwa an der unteren Grenze der Norm liegen. Unbedingt sind Maßnahmen zur Verhinderung eines Dekubitus zu ergreifen. Ein Dauerkatheter verhindert das Einnässen, das leicht Mazerationen der Haut verursacht, ermöglicht außerdem eine exakte Kontrolle der Urinausscheidung, die am ersten Tag stündlich, dann dreistündlich durchgeführt wird. Während der ersten Zeit der Unterkühlung ist eine verminderte Ausscheidung hochgestellten Urins zu beobachten. Mit dem Anstieg der Temperatur setzt dann eine überschießende Ausscheidung ein, die bei längerdauernden Unterkühlungen erst mit einem Tag Verzögerung einsetzt. Von mehreren Autoren wird dies auf die höhere Gabe von Phenothiazinen zurückgeführt. – Ein- und Ausfuhrkontrolle sind also unentbehrlich, ebenso wie tägliche Kontrolle der Blutgase, des Standardbikarbonates, des Elektrolythaushaltes, gegebenenfalls auch von Hämoglobin, Hämatokrit und der Bluteiweißfraktionen. In Hypothermie besteht eine Neigung zur Acidose! Nach einem genau festgelegten Infusionsschema wird die notwendige Flüssigkeitsmenge und während der ersten 3 Tage die parenterale Ernährung (s. S. 191) festgelegt. Die entsprechenden Mengen schwanken in großen Grenzen. Es empfiehlt sich, nicht vor dem 3. Tag nach Einleitung der Hypothermie, eine Magensonde zu legen, da die Darmtätigkeit besonders während der ersten Tage stark herabgesetzt ist. Dann werden durch die Sonde zuerst stündlich 30 ml Tee, später Haferschleim und anschließend Sondenkost in Höhe von etwa 1500 Kal. gegeben. Am besten eignen sich die fertigen Sonden wie «Braun's Oral» oder «Biosorbin», da sie leichter verdaulich sind als die von Küchen gelieferte Sondenkost. Fast völlig schlackenfrei und daher besonders zu empfehlen ist die sog. «Astronautennahrung» = «Vivasorb».

Als ganz außerordentlich wichtig ist eine optimale Ventilation zu betrachten. Bewußtlose können bis zu 72 Stunden mit Plastiktuben intubiert werden. Nach Langzeitintubationen sind häufig Tracheitiden mit Schleimhautnekrosen zu beobachten, so daß bei längerer Dauer der Unterkühlung meist eine Tracheotomie erforderlich wird. Der entscheidende Wert dieses Eingriffes liegt in der Verkleinerung des Totraumes, im Wegfall mechanischer Behinderung der Atmung durch die Zunge oder Schleim und in der Möglichkeit, die Luftwege leicht freizuhalten. Dies muß unter aseptischen Kautelen geschehen. Die Tracheotomie sollte – auch im Bewußtsein ihrer Gefahren – bei der Hypothermie nicht zu spät angelegt werden. Im Zweifelsfall sollte man sich *für* die Tracheotomie entscheiden.

Während der Dauer der Unterkühlung ist auf folgende Komplikationen zu achten:

1. *Tachycardie:* dann muß evtl. von den Phenothiazinen auf hydrierte Mutterkornalkaloide übergegangen werden (Hydergin). Vorher erscheint ein Versuch mit Gaben von Novocainanmid in die Infusionslösung angezeigt.
2. *Blutdruckabfall:* bisher war die Anwendung von Kreislaufmitteln in Hypothermie immer problematisch. Besonders bei der beginnenden Wiedererwärmung kann die Tonisierung des Kreislaufes erforderlich werden, wenn durch Nachlassen des peripheren Widerstandes ein plötzlicher Blutdruckabfall auftritt. Hierauf hat Horatz besonders hingewiesen. Wie viele Pharmaka, so z. B. Lobelin, verändern auch Adrenalin und Nor-Adrenalin in Hypothermie ihren Wirkungscharakter, sie sind also kontraindiziert. Ein in jeder Hinsicht auch in Hypothermie gut anwendbares Kreislaufmittel stellt das Präparat «Akrinor» dar, das aus 2 synthetischen Theophyllinen besteht. Grundsätzlich ist

während der kontrollierten Hypothermie zu beachten, daß der systolische Blutdruck abfällt, während der diastolische ansteigt, daß also die Amplitude kleiner wird, und der periphere Widerstand zunimmt. Dieses Nachlassen des peripheren Widerstandes führt dann zu dem oben erwähnten Blutdruckabfall.

3. *Thrombophlebitis* von der liegenden Kanüle ausgehend. Die Ursache sind hauptsächlich hypertonische und vom Blut-pH abweichende Infusionslösungen. Es empfiehlt sich deshalb, Venenkatheter in großkalibrige Venen zu legen und die entsprechende Extremität sofort prophylaktisch mit heparinhaltiger Salbe und Alkoholumschlägen zu behandeln.

4. *Pneumonie:* die rechtzeitige Tracheotomie stellt die beste Prophylaxe dar. Auf die Gabe hoher Dosen von Antibiotika kann in Hypothermie nicht verzichtet werden. Zu erwähnen ist hier noch das bei der Wiedererwärmung manchmal auftretende *Lungenödem,* dessen Ursache noch nicht geklärt ist. Es ist dies nur nach längerdauernder therapeutischer und nicht nach prophylaktischer Hypothermie zu beobachten.

Zu beherrschen ist dieses Lungenödem durch Gaben von 20%igem Albumin, intravenöse Gaben von Sorbit oder Mannit und Diuretika, Anlegen von Staubinden an den Extremitäten und komplette Muskelrelaxation mit maschineller Überdruckbeatmung von +25 : +10 mm H_2O.

5. *Ulcus cornea:* dies tritt bei nicht sorgfältiger Augenpflege auf, da der Lidreflex meist erloschen ist. Regelmäßiges Einstreichen von Augensalbe verhindert die Austrocknung am besten.

6. *Acidose,* die gegebenenfalls täglich mehrfach kontrolliert werden muß.

Über den Zeitpunkt der Wiedererwärmung läßt sich keine Norm aufstellen. Erst wenn mit großer Wahrscheinlichkeit die Gewähr gegeben ist, daß der Organismus den Anforderungen bei normaler Körpertemperatur wieder gewachsen ist, soll die Hypothermie abgebrochen werden. Nach den heutigen Erfahrungen sollte primär bis auf 30° C rektal abgekühlt und die Hypothermie nach 1–3 Tagen beendet werden. Bei längerdauernder Unterkühlung muß mit zunehmenden Lungenkomplikationen, Neigung zur Acidose und Störungen im Elektrolythaushalt gerechnet werden.

Erwärmt wird bis zu einer Temperatur von 34° C rektal, da dann mit Sicherheit die Wärmeregulation wieder intakt ist. Es besteht jetzt sogar eine Neigung zur Hyperthermie, so daß es ratsam ist, die Temperatur für die folgenden 24 Stunden nicht über 37° C ansteigen zu lassen.

Zusammenfassend ist festzustellen, daß der Wert der kontrollierten Hypothermie darin liegt, einen schwerstgeschädigten Patienten über einen Zeitraum hinwegzubringen, in dem sonst, ausgelöst durch das «Läsions»- und «Reaktionssyndrom» der Organismus zusammenbrechen würde. Die Hypothermie setzt bei vermindertem Sauerstoffbedarf den cerebralen Stoffwechsel herab, und die zentralen Regulationsstörungen gehen zurück oder treten nur abgeschwächt auf, so daß auch Krisenzustände überwunden werden, die in Normothermie den sicheren Tod bedeuten. Die Indikation für die therapeutische Hpothermie soll aber nur gestellt werden, *wenn der Patient bei der Behandlung mit den bisher üblichen Mitteln als verloren anzusehen ist.* Dann aber bedeutet die therapeutische Hypothermie einen entscheidenden Fortschritt zum Wohle der Patienten.

Die Unterkühlung ist nicht ganz einfach zu handhaben und erfordert sorgfältigste Überlegung und Planung; sie kann nicht überall und von jedermann durchgeführt werden. In der Hand des erfahrenen Anaesthesisten aber kann sie auch mit relativ einfachen technischen Mitteln eine entscheidende Hilfe in der Behandlung schwerster akuter Krankheitsbilder sein.

13. Hyperthermie

Temperatursenkung bei spontaner Hyperthermie; therapeutische Anwendung (kontrollierte Hyperthermie).

Historisches:

1886 Herstellung von Normalthermometerglas durch die Firma Karl Zeiß, Jena.

1886 Synthese eines Phenacetinkörpers durch K. Hinzberg.

Jeder Anaesthesist muß physiologische, pharmakologische und klinische Kenntnisse über die Hyperthermie besitzen:

1. zur Beherrschung der spontanen Hyperpyrexie
2. zur Erkenntnis der physiologischen Grenzen bei der (fraglichen) Überwärmungsbehandlung bösartiger, nichtoperabler Geschwülste.

Zu 1. *Spontane Hyperpyrexie:*

Aufgrund von Infektionen oder auch zentral ausgelöst kann eine spontane Hyperpyrexie auftreten. Zu beachten dabei ist, daß pro

1 Grad Steigerung der Körpertemperatur der Grundumsatz um 7 bis 10 % ansteigt und damit auch der Sauerstoffverbrauch entsprechend zunimmt. Das Herz hat eine anteilmäßige, zusätzliche Belastung zu übernehmen. Temperaturen über 38° C bedürfen sowohl der kausalen Therapie des Grundleidens als auch physikalischer Maßnahmen zur Temperatursenkung. Im Fieberzustand ist das Verhältnis zwischen Wärmeproduktion und Wärmeelimination gestört. Zur gezielten Temperatursenkung müssen sich medikamentöse und physikalische Maßnahmen ergänzen.

1. *Medikamentöse Maßnahmen:*

a) Gaben antipyretisch wirkenden Substanzen (Salicylsäure und ihre Derivate, Phenacetin, Amidopyrin, Aminophenazon u. a.). Diese Substanzen bewirken eine stärkere Wärmeabgabe durch bessere Durchblutung der peripheren (Haut-)Gefäße und gesteigerte Schweißsekretion.
b) Verhinderung der Gegenregulation bei kontrollierter Hypothermie (s. S. 144).

Nicht bei jeder Temperatursteigerung Antibiotika geben!

2. *Physikalische Maßnahmen:*

Wadenwickel, die besonders bei Kindern eine ausgezeichnete Wirkung haben. Voraussetzung ist allerdings die richtige Anwendung. Wadenwickel kühlen durch «Verdunstungskälte». Die eingewickelten Extremitäten müssen frei liegen, so daß das Wasser verdunsten kann. Zur schnelleren Verdunstung empfiehlt es sich, dem kalten oder Eiswasser etwas Alkohol zuzusetzen und die Wickel alle 10 Minuten zu wechseln. Keinesfalls dürfen Wadenwickel mit Tüchern bedeckt werden, die die Verdunstung des Wassers verhindern und nur eine «feuchte Kammer» schaffen. – Wadenwickel werden meist nur zu Anfang als unangenehm, dann aber als wohltuend empfunden, auch von Kindern.

Die Temperatursenkung bei drastischer und dramatischer Steigerung der Körpertemperatur muß mit Hilfe von Eis bzw. Eisblasen erfolgen. Dabei genügt es nicht, nur wenige Eisblasen zu verwenden, sondern der gesamte Körper muß möglichst voll bedeckt sein. Dies gilt besonders für Körperpartien, in deren Bereich große Gefäße verlaufen (Hals, Herz, Innenseite der Oberschenkel usw.). Um eine Wärmeproduktion durch Muskeltätigkeit (Frieren) zu verhindern, müssen die «Gegenregulationen» ausgeschaltet werden (s. Hypothermie S. 144). Insbesondere bei Temperaturen über 40° C rektal muß die antipyretische Therapie konsequent einsetzen, da mit folgenden Störungen zu rechnen ist: Vorhofflimmern, Acidose und die Gefahr der Zentralisation des Kreislaufes, analog einem fortgeschrittenen Schockstadium. –

Ab 42° C rektal muß mit Kammerflimmern und einer exzessiven Kaliumfreisetzung aus den Zellen gerechnet werden. Der Exitus letalis tritt dann unter den Zeichen irreversiblen Kammerflimmerns ein.

Jede Temperatursteigerung läßt sich durch konsequente medikamentöse und physikalische Therapie senken!

Zu 2. *Überwärmungsbehandlung bösartiger, nichtoperabler Geschwülste*

Bereits 1903 wurde von Loeb diese Methode vorgeschlagen und
1913 von Müller,
1940 von Vollmar und
1966 von v. Ardenne, Kirsch und Schmidt wieder aufgegriffen.

Aufgrund eigener Untersuchungen erscheint es ausgeschlossen zu sein, die von den zuletzt genannten Autoren geforderte Temperatur von 44° C beim Menschen ohne Schaden zu erreichen. Für den menschlichen Organismus dürfte eine Temperatur von über 42° C nicht mit dem Überleben vereinbar sein.

Da aber nach Kirsch und Schmidt die Temperatur zur Zeitkonstanten durch eine e-Funktion definiert werden kann, sollte höchstens bis auf 42° C, dafür aber länger überwärmt werden. Aber auch bereits bei dieser Temperatur muß mit ernsthaften Störungen der Körperfunktionen gerechnet werden. Erreicht der Körper eine Temperatur von 44° C (oesophageal gemessen) treten Zustände auf, die dem des irreversiblen Schocks entsprechen und so zwangsläufig zum Exitus letalis führen. Im Überwärmungsbad kann die Temperatur sicher nur mit Hilfe eines Oesophagusthermometers bestimmt werden, da im heißen Bad der Sphinkter ani klafft und damit die Wasser- und nicht die Körpertemperatur gemessen wird.

14. Lokalanaesthesie

Historisches:

1646 Severino (Italien) erreicht durch Eis- und Schneepackungen eine Lokalanaesthesie der Extremitäten.

1807 Larrey (Frankreich) amputiert in der Schlacht bei Preußisch-Eylau bei einer Temperatur von — 19° C zahlreiche Extremitäten schmerzlos infolge der eingetretenen «Kälteanaesthesie».

1860 Niemann (Deutschland) synthetisiert das Kokain.

1884 Der Wiener Augenarzt C. Koller führt das Kokain zur (Oberflächen-)Lokalanaesthesie in die Augenheilkunde ein.

1892 Infiltrationsanaesthesie von C. L. Schleich (Deutschland). Das nicht sehr glückliche Auftreten von Schleich auf dem deutschen Chirurgenkongreß 1893 in Berlin verhinderte die Verbreitung seiner Infiltrationsanaesthesie. Schleich hatte erklärt, daß sich jeder Arzt strafbar machen würde, der noch weiterhin in Vollnarkose operiere. Dabei benötigte Schleich relativ hohe Dosen von Kokain, da er jede einzelne Gewebsschicht nacheinander infiltrieren mußte. Aus den – atonischen – Gefäßen kam es zu einem erheblichen Blutverlust, der nicht selten zu Zwischenfällen führte.

1891 Erste Lumbalpunktion durch Quincke in Kiel.

1899 Lumbalanaesthesie durch Bier in Kiel.

1900 H. Braun setzt der Kokainlösung Adrenalin zu, um eine Vasokonstriktion und damit geringeren Blutverlust zu erreichen.

1904 Synthese des Procains (Novocain) durch Einhorn (Deutschland).

1905 H. Sellheim in Deutschland gibt die Paravertebralanaesthesie an.

1909 Bier verwendet Novocain intravenös zur Lokalanaesthesie.

1910 Laewen (Königsberg) führt die erste Sakralanaesthesie durch.

1920 Pages (Peru) verwendet zum ersten Mal bei einer Operation Peridualanaesthesie.

1931 Dogliotti (Italien) verbessert die Technik der Periduralanaesthesie.

1940 Lemmon (USA) führt die kontinuierliche Spinalanaesthesie ein.

Allgemeines:

Nach wie vor hat die Lokalanaesthesie ihre Bedeutung:

1. in der kleinen Chirurgie, vorwiegend als Infiltrationsanaesthesie (z. B. für Wundversorgungen).
2. in der großen Chirurgie (hier meist in Form der Leitungsanaesthesie, wie Lumbal- und Periduralanaesthesie).

Nach der Art der Durchführung der Lokalanaesthesie unterscheidet man:

1. Oberflächenanaesthesie
2. Infiltrationsanaesthesie
3. Leitungsanaesthesie
4. intravenöse Lokalanaesthesie
5. Lumbal- und Periduralanaesthesie.

Zu 1. *Oberflächenanaesthesie*

Sie wird meist angewendet als Oberflächen-Schleimhautanaesthesie für die Harnröhre (Cystoskopie, Bougierung, gelegentlich zum Ka-

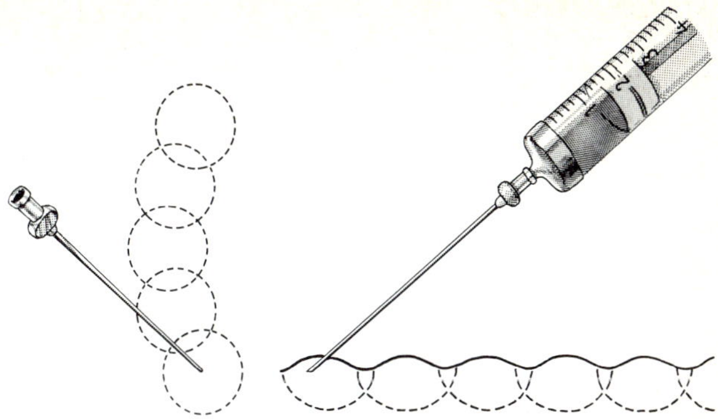

Abb. 54: Infiltrations-Anaesthesie

theterisieren) und in der Augenheilkunde für Oberflächenanaesthesie des Bulbus (Entfernung von Fremdkörpern u. a.).

Benötigt werden als Anaesthesie-Lösung 10 ml einer 0,5%igen Pantocainlösung oder besser 2%iges Xylocain-Gel.

Zu 2. *Infiltrationsanaesthesie*

Zu unterscheiden ist hierbei zwischen der direkten, der eigentlichen Infiltrationsanaesthesie (Abb. 54) und der indirekten Infiltrations- oder Umspritzungsanaesthesie (Abb. 55). Bei der direkten Infiltrationsanaesthesie wird von einer Hautquaddel oder mehreren Quaddeln aus das Operationsgebiet schichtweise infiltriert. Keinesfalls darf hierbei intravasal injiziert werden. Dies ist dadurch zu vermeiden, daß man immer nur bei Bewegung der Kanüle injiziert, andererseits sich durch häufiges Aspirieren davon überzeugt, daß die Kanülenspitze nicht in

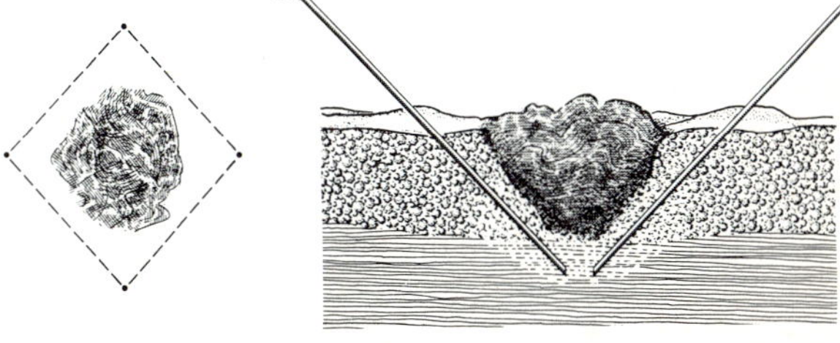

Abb. 55: Umspritzungs-Anaesthesie

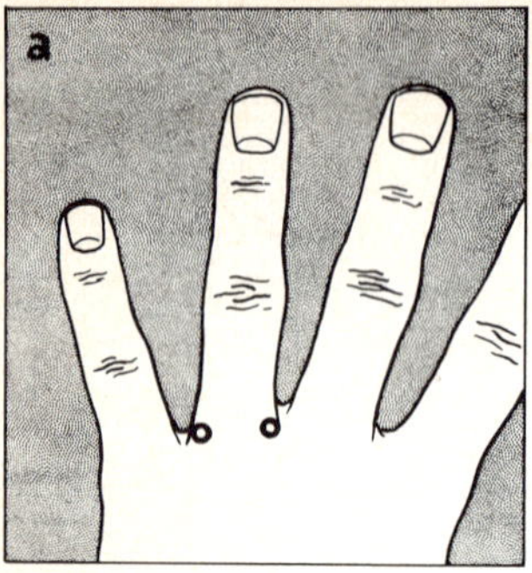

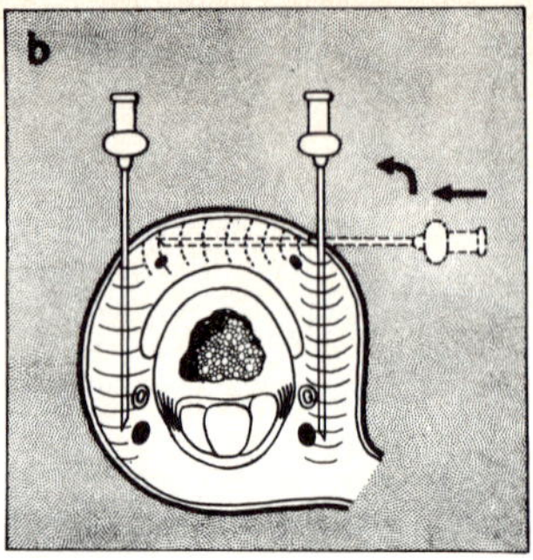

Abb. 56 a+b: Oberst'sche Leitungs-Anaesthesie (s. Text)

ein Gefäß gelangt ist. Zur Verminderung der Blutung und zur längeren Wirksamkeit wird dem Lokalanaesthetikum Adrenalin (Suprarenin) als Vasokonstringens zugesetzt, wodurch die Resorption verlangsamt wird.

Bei der Umspritzungsanaesthesie bleibt das eigentliche Operationsgebiet ohne Lokalanaesthetikum. Der Bereich wird von allen Seiten um- bzw. unterspritzt. Die Diffusionsfähigkeit des verwendeten Präparates spielt hierbei eine entscheidende Rolle.

Zu 3. *Leitungsanaesthesie*

Sie wird sowohl in der kleinen als auch in der großen Chirurgie verwendet.

a) Oberst'sche Anaesthesie (Abb. 56 a + b)
b) Anaesthesie des N. medianus
c) Anaesthesie des N. radialis
d) Anaesthesie des N. ulnaris
e) Anaesthesie des Plexus brachialis
f) Stellatum-Anaesthesie
g) Anaesthesie des lumbalen Grenzstranges

Zu a) *Oberst'sche Leitungsanaesthesie an Fingern und Zehen.*

Verwendet werden etwa 5 ml einer 2%igen Procain-(Novocain-), Scandicain- oder Xylocain-Lösung ohne Adrenalinzusatz.

Durchführung: Die vier, die Phalangen versorgenden, sensiblen Nerven müssen ausreichend anaesthesiert werden. Hierzu wird zuerst auf der Dorsalseite in Höhe der Schwimmfalten, seitlich eine Hautquaddel gesetzt, von der aus dann der volar gelegene Nerv umspritzt wird. Nach Zurückziehen der Kanüle wird diese aus der senkrechten in eine waagerechte Lage gebracht und nach der anderen Seite, unter stetem Vorspritzen, vorgeschoben. Auf diese Art wird auch die gesamte Dorsalseite infiltriert. Dann wird auf der anderen Seite in gleicher Höhe senkrecht eingestochen. Durch die vorherige Unterspritzung ist dieser Einstich schmerzlos. Jetzt wird nur noch in die Tiefe ein kleines Depot von Lokalanaesthetikum injiziert (siehe Abb. 52 a + b).

Für verschiedene Eingriffe, z. B. Sehnenverletzungen, eignet sich die Oberst'sche Leitungsanaesthesie nicht. Hierfür müssen, je nach Lokalisation, der N. medianus, radialis oder ulnaris anaesthesiert werden.

Zu b) *Blockade des N. medianus am Handgelenk.*

Die Sehne des M. palmaris longus dient als Markierungslinie. Der N. medianus liegt sehr oberflächlich und unmittelbar radial dieser Sehne. Nach Tasten der Sehne sticht man unmittelbar radial der Sehne ein, 2–3 cm proximal der Handbeugefalte. Bei richtigem Sitz der Kanüle gibt der Patient einen elektrisierenden Schmerz an. Dann werden etwa 5–10 ml einer 1–2%igen Novocain-, Scandicain- oder Xylocain-Lösung mit Suprareninzusatz injiziert. Die Anaesthesie tritt langsam, im Verlauf von 15–20 Minuten ein und umfaßt die Volarseite von Daumen, Zeige- und Mittelfinger. Für die Ausschaltung der Streckseiten muß zusätzlich der N. radialis umspritzt werden (s. dort). In vereinzelten Fällen sind durch die endoneurale Injektion Medianusneuralgien beschrieben worden. Als Spätfolge der Injektion kann es zu Kompressionserscheinungen des N. medianus im Canalis carpi kommen (Carpaltunnel-Syndrom).

Zu c) *Blockade des N. radialis am Handgelenk.*

Die Endverzweigung des N. radialis erfolgt in Höhe des Handgelenkes. Zur Blockade tastet man sich an der ausgestreckten Hand die Region der Tabatière zwischen den Sehnen des M. extensor radialis und des M. extensor pollicis longus ab. Ratsam ist es, auch noch die Pulsation der Arteria radialis zu tasten, die etwas lateral des M. flexor carpi ulnaris nach dorsal zieht und die Tiefe der Tabatière passiert. Um eine Punktion der Arteria radialis zu vermeiden, soll beim Vorführen der Kanüle an der Tabatière der N. radialis nur subcutan blokkiert werden. Eine Injektion in die Tiefe ist zu vermeiden.

Zu d) *Blockade des N. ulnaris am Ellenbogengelenk.*

Wird, z. B. bei ausgedehnteren Verletzungen, eine Anaesthesie der gesamten Hand benötigt, muß neben der Blockade des N. medianus und des N. radialis am Handgelenk auch noch der N. ulnaris im Bereich des Ellenbogens blockiert werden.

Der N. ulnaris verläuft im Sulcus nervi ulnaris hinter dem Epicondylus ulnaris humeri. Vorsicht: Während Operationen kann er bei fehlender Polsterung durch die Seitenschienen des Operationstisches geschädigt werden.

Injiziert werden, ebenso wie beim N. medianis oder N. radialis, etwa 5 ml einer 2%igen Lokalanaesthesie-Lösung mit Adrenalin-Zusatz. Der Nerv wird umspritzt und *nicht punktiert.*

Die Wirkung tritt, ebenso wie bei den zuerst genannten Nerven, nach etwa 20 Minuten ein.

Zu e) *Blockade des Plexus radialis.*

Sie wird ebenfalls bei Eingriffen an der Hand (z. B. Operation der Dupuytren'schen Kontraktur oder von Sehnennähten im Bereich der Hand durchgeführt.

Zu unterscheiden ist hierbei die eigentliche Leitungsanaesthesie des Plexus brachialis (supraclaviculäre Plexusanaesthesie nach Kulenkampff) und die subaxilläre Leitungsanaesthesie (nach Accardo und Adreani).

Zur supraclaviculären Plexusanaesthesie läßt man den sitzenden oder liegenden Patienten den Kopf zur Gegenseite neigen. Beim liegenden Patienten empfiehlt es sich, den Kopf um etwa 30° anzuheben. Durch die geringe Muskelanspannung wird die Palpation erleichtert. Danach tastet man sich supraclaviculär lateral des M. sternocleidomastoideus die Arteria subclavia. Zwischen dieser und dem lateralen Rand des M. sternocleidumastoideus wird etwa 2–2,5 cm tief, nach medial-dorsal unten eingestochen. Dabei kommt man mit der Nadelspitze auf die erste Rippe. Nach erreichtem Knochenkontakt tastet man sich entlang der Rippe, bis der Patient den typischen, lanzinierenden Schmerz in die Hand angibt. Hiernach werden etwa 20 ml einer 2%igen Lokalanaesthetika-Lösung *ohne Adrenalin-Zusatz* injiziert. Mepivacain bzw. Xylocain eignen sich besser als Procain, bei dem es wegen der schlechteren Diffusionsfähigkeit häufiger Versager gibt als bei den anderen Lokalanaesthetika.

Als nicht unbeträchtliche Komplikationsmöglichkeiten dieser Methode können auftreten:

aa) Pneumo- und Hämothorax
bb) Mediastinal- und Hautemphysem
cc) Hämatombildung durch Anstechen der Arteria subclavia
dd) direkte Verletzung des Plexus und evtl. spätere Atrophie des Armes.
ee) Parese des N. phrenicus.

Vor der supraclaviculären Plexusblockade muß der Patient darüber aufgeklärt werden, daß in etwa 70–90% eine Blockade des Ganglion stellatum mit auftritt. In den meisten Fällen kommt es hierbei zur Auslösung des Horner'schen Symptomenkomplexes. Dieser kann den Patienten, sofern er nicht vorher darüber aufgeklärt wurde, stark irritieren. Jedoch ist der Horner'sche Symptomenkomplex harmlos und geht bald zurück.

Besser erscheint es, die subaxilläre Leistungsanaesthesie nach Accordo und Adreani zu verwenden. Der Patient liegt hierbei möglichst entspannt auf dem Untersuchungstisch. Ein Assistent hält den Arm im Schultergelenk rechtwinklig abduziert, während der Arm im Ellenbogen um 90° gebeugt ist. Der Arm soll nicht vom Patienten aktiv in dieser Stellung gehalten werden, weil dann die Armmuskeln zu angespannt sind, und die Arteria axillaris, die hier ein Leitsymptom darstellt, schlechter zu tasten ist. Dann tastet man sich zum Ansatz des M. deltoideus am Oberarm. An der medialen Furche des M. bizeps tastet man die Arteria brachialis, die man gegen den Knochen drückt. Hierbei erreicht man eine gewisse Fixation der Arterie. Unmittelbar vor der Arterie wird subcutan eingestochen. Vorsicht! Unbedingt überzeugen, daß die Kanüle nicht intraarteriell liegt! Injiziert werden 10 ml einer 2%igen Anaesthesielösung *ohne Suprarenin.* Nach Setzen dieses Depots wird die Kanülenspitze etwas zurückgezogen und um die Arterie herum nach hinten geführt, um ein zweites Depot von etwa 10 ml zu setzen. Um den dort bereits getrennt verlaufenden N. radialis zu erreichen, muß die Nadel etwas weiter nach dorsal geführt werden.

Die Anaesthesie tritt nach etwa 20 Minuten ein.

Zu f) *Stellatum-Anaesthesie.*

Eine vorübergehende Blockade des Ganglion stellatum kann erforderlich sein bei:
aa) Durchblutungsstörungen
bb) beim Sudeck-Syndrom
cc) Schmerzzuständen der oberen Extremität
dd) versehentlicher intraarterieller Injektion

Zur Lokalisation:

Der Truncus sympathicus cervicalis tritt am unteren Ende des Halses in das scaleno-vertebrale Dreieck ein, das von den beiden Muskeln longus colli und scalenus arterior begrenzt wird. An der Spitze des scaleno-vertebralen Dreiecks schwillt der Grenzstrang zum Ganglion cervicale medium an, dem sich das größere Ganglion cervicale caudalis (inferius) anschließt. Das Ganglion cervicale medium kann sowohl fehlen oder auch mit dem Ganglion cervicale caudale (inferius) vereinigt sein. Das Ganglion cervicale inferius seinerseits ist sehr häufig mit dem Ganglion thorakale I und II zum Ganglion stellatum ver-

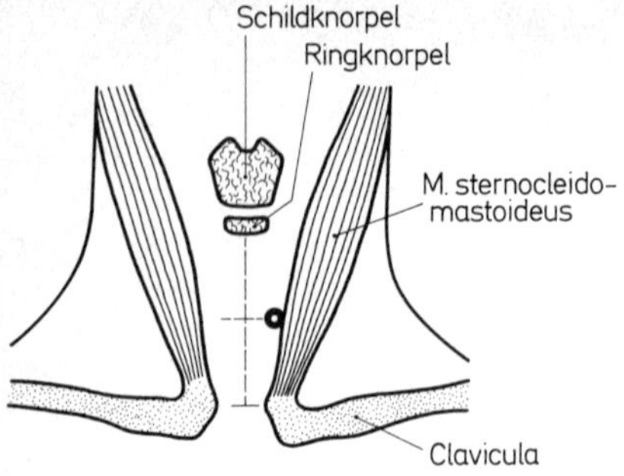

Abb. 57: Stellatum-Anaesthesie nach Herget

schmolzen. Dieses liegt vor dem Köpfchen der ersten Rippe. Bewährt hat sich die Anaesthesie des Ganglion stellatum nach Herget (1943).

Der Patient liegt auf dem Rücken in horizontaler Lage, die Halswirbelsäule wird leicht überstreckt, am besten durch Unterlegen einer Nackenrolle. Mit einer etwa 10 cm langen, ganz dünnen Nadel erfolgt ein senkrechter Einstich in der Mitte zwischen dem Krikoidknorpel und dem oberen Rand des sternalen Teiles der Clavicula (Abb. 57), dicht am medialen Rand des M. sternocleidomastoideus. Bei senkrechtem Vorgehen trifft die Nadelspitze in einer Tiefe von 6–7 cm das Köpfchen der ersten Rippe, das sich in unmittelbarer Nähe des Ganglion stellatum befindet. Nach dem deutlich fühlbaren Auftreffen der Nadelspitze auf den Knochen der ersten Rippe und (unbedingt beachten!), vorherigem Ansaugen, werden 10 ml einer 1%igen Procain- oder Xylocain- oder auch 6–8 ml einer 0,5%igen Pupivacain-Lösung (Carbostesin, Marcain) oder auch 50 mg Mepivacain injiziert. Sofort danach wird die Kanüle, von der die Spitze nicht abgenommen werden darf, wieder entfernt. Nach etwa 5 Minuten kommt es fast regelmäßig zum Auftreten eines Horner'schen Symptomenkomplexes mit Verengerung der Lidspalte. Zurücksinken des Bulbus, Verengerung der Pupille, Tränen des Auges, Rötung der Bindehaut und zu vasomotorischen Veränderungen des oberen Quadraten einschließlich der Erwärmung von Gesicht, Schulter und oberer Brustgegend sowie des Armes und der Hand mit deutlicher Zunahme der Hauttemperaturen um mehrere Grade der entsprechenden Seite.

Die Anaesthesie des Ganglion stellatum sollte nur vom Erfahrenen durchgeführt werden! Große Sorgfalt ist bei der Durchführung erforderlich, da mit verschiedenen Komplikationen zu rechnen ist:

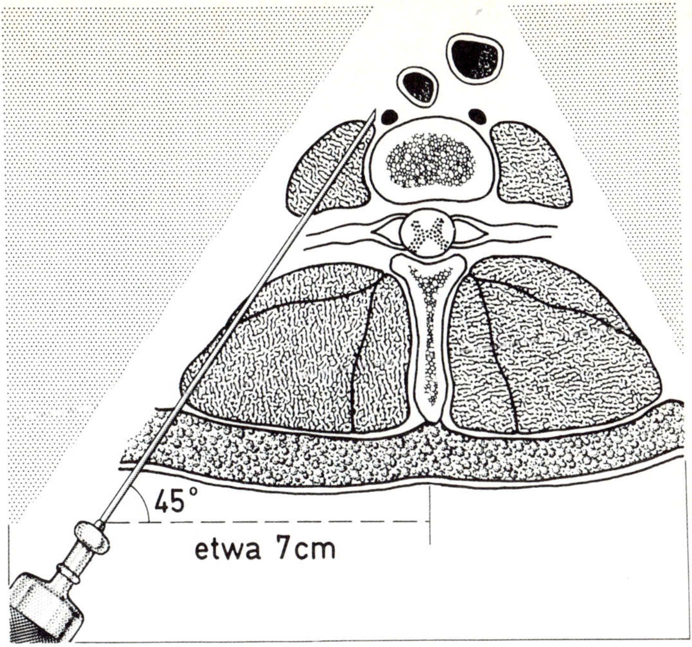

Abb. 58: Anaesthesie des lumbalen Grenzstranges nach Leriche

aa) Anstechen des Plexus brachialis
bb) „ von Spinalnerven
cc) „ der Trachea
dd) „ des Oesophagus
ee) „ des Duralsackes
ff) „ eines Pneumothorax

Die Stellatum-Anaesthesie sollte deshalb nicht ambulant, sondern nur in der Klinik durchgeführt werden.

Kontraindikationen:

aa) lokale Infektionen
bb) Herzblock
cc) akutes Glaukom (hier evtl. Ophthalmologen vorher konsultieren).

Zu g) *Anaesthesie des lumbalen Grenzstranges:*

Der N. sympathicus lumbalis verläuft unmittelbar auf der Vorder- und Seitenfläche der Lendenwirbel und der Intervertebralscheiben, medial von den Zacken des M. psoas. Die Zahl der Ganglien schwankt zwischen 3 und 5. Unter den Sehnenbündeln verlaufen die Rami communicantes, die die einzelnen Befestigungsstellen des M. psoas major an der Wirbelsäule miteinander verbinden. Unter den Befestigungsstellen des M. psoas gelangen sie nach dem Durchtritt der Rami communicantes in den mit lockerem Bindegewebe ausgefüllten Winkel zwischen Körper und Querfortsatz der Wirbel, um dann in die Spinalwurzel zu führen. Die Rami communicantes liegen unmittelbar den Wirbelkörpern an.

Meist wird zur Anaesthesie des lumbalen Grenzstranges die Technik nach Leriche angegeben (Abb. 58).

Technik:

aa) Bei dem in Bauchlage befindlichen Patienten wird 6–7 cm neben dem zweiten Lendenwirbelkörper in einem Winkel von 45° zur Saggitalebene mit einer 0,6–0,8 mm dicken und mindestens 10 cm langen Hohlnadel eingestochen. In einer Tiefe von etwa 7–8 cm trifft man seitlich auf den Wirbelkörper auf, an dem man sich nun unter geringem Richtungswechsel der Nadel weiter vortastet, bis man seitlich vorn gerade vom Wirbelkörper abgleitet. Hier wird in unmittelbarer Knochenfühlung ein Depot des Lokalanaesthetikums gesetzt:

30–40 ml einer 0,5%igen Procain-, 5–10 ml einer 1%igen Xylocain- oder, wenn eine sehr langdauernde Anaesthesie beabsichtigt ist, 8 bis 10 ml einer 0,25- oder 0,5%igen Pupivacain-Lösung. Vorsicht: Die Injektion darf nur erfolgen, wenn sich beim Ansaugen oder bei einem Hustenstoß des Patienten nicht Liquor oder Blut aus der Kanüle in die Spritze entleeren.

Stößt man vorher (etwa in 4 cm Tiefe) auf einen knöchernen Widerstand, sitzt die Kanüle einem Wirbelquerfortsatz auf. Sie muß dann unter teilweisem Herausziehen etwas gehoben oder gesenkt werden. Wieder Vorsicht: Hat man bis 8 cm Tiefe einen knöchernen Widerstand nicht verspürt, ist die Nadel seitlich am Wirbelkörper vorbeigewichen; sie muß unter Änderung des Winkels zur Saggitalebene neu eingeführt werden.

bb) Bei einer anderen Technik lagert man den Patienten auf die kontralaterale Seite und läßt Hüfte und Knie stark anbeugen. Der Beckenkamm und die 12. Rippe werden markiert. In der Mitte dieser Markierung sticht man 10–12 cm lateral der dorsalen Querfortsätze eine 12–15 cm lange Kanüle in medio-ventraler Richtung ein. Die Kanüle befindet sich in Höhe des 3. Lendenwirbelkörpers. In 6–10 cm Tiefe trifft die Kanüle auf diesen Lendenwirbelkörper, an dem sie – nach vorherigem leichten Zurückziehen – unmittelbar an diesem vorbeigeführt wird, so daß nun die Kanülenspitze ventrolateral vom Wirbelkörper liegt.

Dosis: 5 ml 1%iges Mepivacain oder ein anderes Lokalanaesthetikum ohne Adrenalin (= 50 mg).

Mögliche Komplikationen:

aaa) Spinal- oder Epiduralanaesthesie
bbb) Punktion der Aorta
ccc) Punktion der Vena cava
ddd) Punktion der Nieren
eee) Injektion in den Ureter bzw. in seine Wand.

Von Volkmann wurden Todesfälle bei dieser Methode beschrieben.

Zu 4. *Intravenöse Lokalanaesthesie*

1930 nahm Holmes die bereits 1909 von Bier und Hertel angegebene intravenöse Lokalanaesthesie wieder auf. Empfohlen wurde sie im deutschsprachigen Schrifttum während der letzten Jahre auch von Mayrhofer und Feurstein.

Der Indikationsbereich umfaßt alle Operationen an den Extremitäten, die unter Blutleere durchführbar sind, und bei denen die Infiltrationsanaesthesie nicht oder nur schwierig anzuwenden ist.

Spezielle Indikationsbereiche:

a) Amputationen
b) Sehnenplastiken
c) Operation der Dupuytren'schen Kontraktur.

Kontraindikationen:

a) Durchblutungsstörungen
b) Infektiöse Prozesse an den Extremitäten
c) Ausgedehnte Verletzungen
d) Operationen, die voraussichtlich länger als 2 Stunden dauern.

Aus Sicherheitsgründen empfehlen Feurstein und Scholl, zur Prämedikation Barbiturate zu geben, da diese Antagonisten gegen die Nebenwirkungen der Lokalanaesthetika sind.

Technik nach Feurstein und Scholl:

a) Leichte Stauung und Punktion einer Vene. Aus Sicherheitsgründen sollten zwei nebeneinanderliegende Manschetten angelegt und beide aufgepumpt werden. Bei nur einer liegenden Manschette besteht die Gefahr, daß bei unbeabsichtigtem oder einem durch Defekt bedingten Nachlassen der Stauung das Lokalanaesthetikum in den gesamten Körper gerät. Dies könnte zu schweren Zwischenfällen führen.

b) Auswickeln der Extremitäten.

c) Anlegen einer Esmarch'schen Blutleere. Für die einzelnen Extremitäten gibt es Empfehlungen, bis zu welcher Höhe die Stauung für die Esmarch'sche Blutleere angelegt werden soll. Strenge Kontrolle, daß die Blutleere sich nicht öffnet!

d) Injektion des Lokalanaesthetikums mit 10 mg Effortil.

e) 5–10 Minuten nach der Injektion ist die Anaesthesie eingetreten.

f) Danach Anlegen einer Esmarch'schen Blutleere distal der zuerst angelegten Staubinde, also im anaesthesierten Bereich. Die erste Staubinde wird entfernt, damit nicht durch Abschnürung Schmerzen auftreten.

Verwendete Lokalanaesthetika:

Feurstein und Scholl sowie Mayrhofer verwendeten 0,5%iges Procain ohne Vasokonstrigentienzusatz.

Dosierung:

a) Für Ober- und Unterschenkel	80–100 ml (!)
b) Für Unterschenkel	50– 60 ml
c) Für Ober- und Unterarm	50– 70 ml
d) Für Unterarm	30– 40 ml.

Eine erhebliche Gefahr der intravenösen Lokalanaesthesie besteht darin, daß der Überdruck in der zuerst angelegten Stauungsmanschette abfällt, das Lokalanaesthetikum in den Kreislauf und damit in das Zentral-Nervensystem gerät. Die Folgen können schwerste Zwischenfälle mit Krämpfen und Atemstillstand sein.

Dabei soll nicht vergessen werden, daß Ärzte, die völlig auf sich gestellt sind (Ärzte in Entwicklungsländern, Schiffsärzte) den Indikationsbereich für operative Eingriffe durch diese Methode deutlich erweitern können. Jedoch muß gefordert werden, daß diese Ärzte sowohl die intravenöse Narkose mit Barbituraten, als auch die Technik der Intubation beherrschen!

Zu 5. *Lumbal- und Periduralanaesthesie*

Sie ist eine besondere Form der Leitungsanaesthesien (segmentäre Nervenblockade). Bei beiden Techniken werden die Nervenwurzeln dicht am Rückenmark anaesthesiert. Dieses erstreckt sich beim Erwachsenen vom Foramen occipitale magnum bis zum 2. Lendenwirbel; bei Neugeborenen reicht es etwas tiefer. Der Subarachnoidalraum endet in Höhe des 2. Sacralwirbels, der Extraduralraum im Hiatus sacralis. Am breitesten ist der Subarachnoidalraum in Höhe des 3. und 4. Lendenwirbelkörpers und damit dort am leichtesten zugänglich (Abb. 59). Cranial endet der Periduralraum am Foramen occipitale

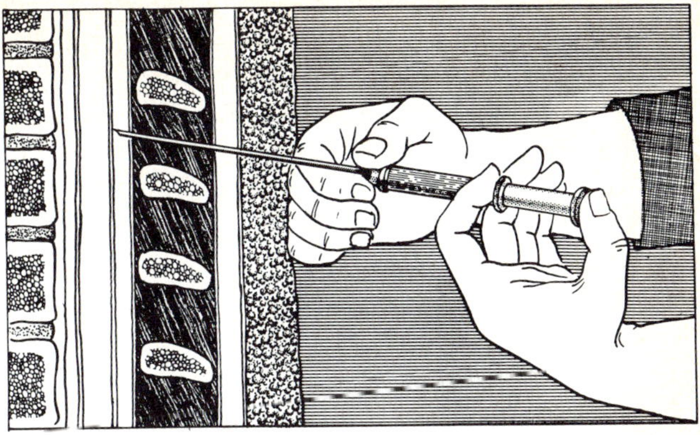

Abb. 59: Lage der Kanüle für die Periduralanaesthesie. Kurz angeschliffene Kanüle!

magnum, so daß also auf diesem Weg kein Anaesthetikum in den Bereich des Cerebrums gelangen kann.

Nachdem Ende der fünfziger Jahre sowohl die Lumbal- als auch die Periduralanaesthesie weitgehend zugunsten der Allgemeinanaesthesie verlassen wurde, propagierten in neuerer Zeit verschiedene Autoren diese Methode wieder (Auberger, Bergmann, Hutschenreuter u. a.).

Als Vorteile, die auch gleich die Indikationsbereiche darstellen, sind anzusehen:

a) Mangel an qualifizierten Anaesthesisten. Der Operateur selbst kann die Anaesthesie anlegen oder ein in der Technik der Lumbal- oder Periduralanaesthesie erfahrener Anaesthesist kann hintereinander mehrere Anaesthesien anlegen und dann die Überwachung ausgebildetem Hilfspersonal überlassen.

b) blutarmes Operationsfeld, damit gute Übersicht.

c) in der Geburtshilfe schmerzfreie Geburt ohne Irritation des kindlichen Atemzentrums.

d) therapeutische Lumbal- oder Periduralanaesthesie (z. B. bei Nucleus-pulposus-Hernien, Megacolon, Pankreatitis, postoperativen Schmerzzuständen.

Kontraindikationen:

a) pathologische Veränderungen des Zentral-Nervensystems

b) Bewegungseinschränkungen der Wirbelsäule

c) Infektion im Bereich der Haut des Rückens

d) kachektische, hypovolämische Patienten stellen eine absolute Kontraindikation dar (Blutdrucksturz)
e) pathologische Veränderungen des cardio-vasculären Systems (Schockzustände, Coronarerkrankungen, Hypotension)
f) Ateminsuffizienz auch schon mittleren Grades mit leichter Hypoxie
g) bei Lumbalanaesthesie Aspiration von Blut nach Einführen der Kanüle; bei Periduralanaesthesie Aspiration von Liquor.

Zum besseren Verständnis:

a) Bei der *Lumbalanaesthesie* wird der Intraduralraum punktiert. Das Lokalanaesthetikum vermischt sich mit dem Liquor. Je nach Lagerung muß eine hypo- oder hyperbare Lösung verwendet werden.

Etwa isobar mit dem Liquor ist eine 3%ige Lokalanaesthetikum-Lösung. Soll das Lokalanaesthetikum im Intraduralraum nach caudal steigen (hypobare Lösung), muß der Beckenbereich hoch gelagert werden, das Lokalanaesthetikum wandert nach dem (hochliegenden) sacralen Bereich. Wird jedoch der Oberkörper hoch gelagert, muß eine hyperbare (5%ige) Lösung verwendet werden, so daß das Lokalanaesthetikum der Schwerkraft folgend nach der (tieferliegenden) Sacralseite absinkt. Fast ausnahmslos sollte man sich für die hyperbare Lösung entscheiden, da bei Verwendung hypobarer Lösungen die Gefahr von Zwischenfällen größer ist.

b) Bei der *Periduralanaesthesie*, für die eine *kurz angeschliffene Nadel* verwendet werden muß, wird die Kanüle nur bis durch das Ligamentum flavum geführt und liegt dann im Periduralraum. In diesen wird das Lokalanaesthetikum injiziert. Wegen des Verschlusses des Periduralraumes in Höhe des Foramen occipitale magnum besteht keine Gefahr (s. o.), daß das Lokalanaesthetikum in den Bereich des Cerebrums gerät. Dies kann jedoch der Fall sein, wenn versehentlich der Intraduralraum mit punktiert wird.

Da für die Periduralanaesthesie eine höhere Dosis benötigt wird, als für die Lumbalanaesthesie, kann bereits die Injektion einer geringen – für den Periduralraum bestimmten – Lokalanaesthesiemenge einen schweren Zwischenfall auslösen. In jedem Fall muß der Patient vor der Lumbal- oder Periduralanaesthesie über die Technik der Methode aufgeklärt werden.

Bei neurologischen Erkrankungen führt der Patient u. U. eine spätere Verschlimmerung seines Leidens auf diese Art der Anaesthesie zurück.

c) *Technik der Lumbal-(Spinal-)Anaesthesie*

Seitenlagerung des Patienten mit maximal angezogenen Knieen und nach vorn gebeugtem Kopf (Katzenbuckel). Um ein Durchhängen der Wirbelsäule zu vermeiden, müssen feste Kissen unter Hals, Kopf und

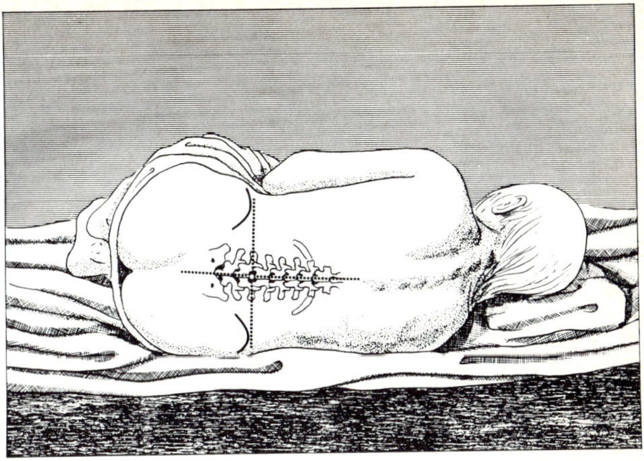

Abb. 60: 4. LWK in Höhe des Beckenkammes.

Flanke gelegt werden. Abtasten der Beckenkämme und Dornfortsätze der Lendenwirbelsäule. Als Anhalt kann gelten: der 4. LWK befindet sich in Höhe des Beckenkammes (Abb. 60). Zwischen dem 2. und 3. oder 3. und 4. LWK wird eine Hautquaddel gesetzt. Danach durchsticht man die Haut mit einer dünnen Lumbalnadel, anschließend die Ligamenta supra- und intraspinosa. Den nächsten Widerstand spürt man am Ligamentum flavum. Bei weiterem Vorschieben verspürt man einen zweiten Widerstand, wenn die Kanüle die Dura erreicht hat. Die Nadel wird zwischen den Dornfortsätzen der Wirbelkörper leicht nach cranial geführt, gegebenenfalls muß man sich mit der Nadelspitze zwischen zwei Wirbelkörpern «hindurchtasten». Um ein ungewolltes, zu schnelles Vorschieben zu vermeiden, kann der ausgestreckte kleine Finger einer oder beider Hände auf die Rückenhaut des Patienten aufgestützt werden. Nach Durchstoßen der Dura tropft Liquor aus der Kanüle ab. Dann wird die Nadel noch vorsichtig um 1 mm vorgeschoben, dabei gegebenenfalls um 180° gedreht. Ist der Liquor blutig oder tropft reines Blut aus der Kanüle, darf eine Lumbalanaesthesie zu diesem Zeitpunkt nicht durchgeführt werden.

Dosierung:

Bis 80 mg Procain (Novocain) oder auch Xylocain, am besten in der Form «schwer» = 5⁰/₀ig.

d) *Technik der Periduralanaesthesie:*

Der Patient wird in gleicher Weise gelagert wie für die Lumbalanaesthesie. In ebenso gleicher Weise wird eine Hautquaddel mit dem Lokalanaesthetikum angelegt. Die verwendete Lumbalnadel muß *kurz* angeschliffen sein. Sie wird nur bis zum Ligamentum flavum vorsichtig vorgeschoben, das dann durchstochen wird.

Vor Injektionen des Lokalanaesthetikums muß man sich davon überzeugen, daß kein Liquor abtropft. Liegt die Nadel im Periduralraum, wird ein am Konus der Kanüle angebrachter Wassertropfen nach innen gesaugt. – Bewährt hat es sich, auf die Lumbalnadel eine mit isotonischer Kochsalzlösung gefüllte 5 ml Rekord- oder Glasspritze aufzusetzen. «Einmalspritzen» eignen sich hierfür nicht so gut, wie Rekordspritzen, da der Stempel der Einmalspritzen bei der Bewegung einen zu großen Reibungswiderstand hat. Nach Perforation des Ligamentum flavum gibt der Druck nach, so daß die Lösung sich leicht in den Periduralraum injizieren läßt. Bei Abnahme der Spritze fließen nur wenige Tropfen der Kochsalzlösung aus dem Lumen ab. Befindet sich die Nadel jedoch intrathekal, fließt deutlich laufend Liquor ab. In diesem Fall darf die Anaesthesie nicht durchgeführt werden.

Gesamtmenge: bis 400 mg Mepivacain oder 1–4 ml Xylocain «schwer» = 5%ig;
oder: Xylocain-Epinephrin 1%ig = 25–30 ml;
oder: Xylocain-Epinephrin 2%ig = 10–20 ml.

Vorsicht vor intrathekaler Injektion! In dieser Höhe der Dosierung sind Zwischenfälle schwer, so daß es meist zum (tödlichen) Kreislauf- und Atemstillstand kommt.

e) *Dauer-Periduralanaesthesie*

Mit ihrer Hilfe ist es möglich, Dauer und Ausdehnung der Anaesthesie zu beeinflussen. Durch unterschiedliche Konzentrationen von Mepivacain oder Xylocain kann man isoliert die vegetativen, sensiblen oder motorischen Nerven (oder auch beide zusammen) anaesthesieren.

Technik:

Im Prinzip ist sie die gleiche wie für die Periduralanaesthesie. Man verwendet jedoch eine Spezial-Kanüle nach Tuohy. Im allgemeinen wird ein höherer Einstichpunkt gewählt, als für die übliche Lumbalanaesthesie, und zwar zwischen dem 2. und 3. oder 1. und 2. LWK. Manche Anaesthesisten bevorzugen auch die Injektion zwischen dem 12. Brustwirbel und dem 1. LWK. Durch die im Periduralraum liegende Nadel wird ein Polyvinylchlorid-Katheter eingeführt. Nach Zurückziehen der Nadel wird der PVC-Katheter an der Haut befestigt. Je nach Bedarf kann dann die entsprechende Menge und Konzentration des Lokalanaesthetikums, gegebenenfalls über mehrere Tage, injiziert werden.

Gesamtmenge: Sie ist abhängig von der Dauer der Behandlung und der Nervenbahnen, die ausgeschaltet werden sollen.

Die Injektion erfolgt im allgemeinen fraktioniert. Nach einer Initialdosis soll man nicht früher als 3–4 Stunden nachinjizieren. Über Zeitraum und Dosis der Nachinjektion entscheidet weitgehend die analgetische Wirkung des applizierten Präparates. Meist wird $1/3$ der Initialdosis nachinjiziert.

Kontraindikationen:

Die gleichen wie für die Lumbal- oder Periduralanaesthesie; Gefahr der Infektion über den liegenden Katheter und mögliche toxische Reaktionen durch Überdosierung.

f) *Sacralanaesthesie* (Sonderform der Periduralanaesthesie)

Anwendungsgebiete:

aa) Geburtshilfe
bb) Eingriffe am Perineum
cc) Durchführung von Cystokopien
dd) nach Operationen an oder in der Vagina oder im Rectum.

Technik:

Bauchlage des Patienten mit angehobenem Becken. Palpieren des Canalis caudalis mit dem Zeigefinger. Unmittelbar distal des Zeigefingers Anlegen einer Hautquaddel, danach Einstechen mit einer 5 bis 8 cm langen Kanüle in einem Winkel von 30° nach sagittal-cranial. Die Kanüle wird vorsichtig vorgeschoben und damit das Ligamentum sacrococcygicum durchstochen. Danach wird die Nadel gesenkt, so daß sie nahezu in die Waagerechte zu liegen kommt und nun weiter 1 bis 1,5 cm vorgeschoben. Danach werden 8–10 ml Luft injiziert. Tritt ein Hautemphysem auf, befindet sich die Kanüle nicht im Caudalkanal. Tritt jedoch ein Hautemphysem nicht auf, kann das Lokalanaesthetikum injiziert werden.

Gesamtmenge: 100–200 mg Mepivacain oder eine adäquate Dosis eines anderen Lokalanaesthetikums.

Kontraindikationen:

pathologische Veränderung des Os sacrum.

Vorsicht: es besteht die Gefahr einer Spinal-Anaesthesie durch Punktion einer Nervenwurzel!

Allgemeines zur Lokalanaesthesie

Wenn eine Lokalanaesthesie keine Wirkung zeigt, muß zwangsläufig entweder die Operation abgesetzt oder eine Allgemein-Narkose durchgeführt werden, die zweckmäßigerweise mit einem Barbiturat eingeleitet wird. Manche Anaesthesisten geben grundsätzlich zur Lokalanaesthesie eine Einschlafdosis eines Barbiturates und weiterhin ein Lachgas-Sauerstoff-Gemisch, um den Patienten während der Operation schlafen zu lassen und damit psychisch zu schonen. Hierbei ergibt sich aber bereits die Frage, ob man nicht primär überhaupt eine Allgemein-Anaesthesie durchführen sollte.

Nicht übersehen werden darf die Lebertoxizität mancher Lokalanaesthetika. Die von den Herstellerfirmen angegebenen Konzentrationen und Maximaldosen für die Zeiteinheit dürfen keinesfalls überschritten werden, insbesondere wenn das Lokalanaesthetikum in stark durchblutete Körperbereiche (z. B. Kopf) injiziert wird. Die dann auftretenden Erscheinungen können der einer intravenösen Injektion gleichen. Bei versehentlicher intravenöser Injektion oder Resorption einer Lokalanaesthetikumlösung in stark durchbluteten Körperregionen können die folgenden Erscheinungen auftreten:

1. bei langsamer Resorption:
Symptomatik: Nervosität, Benommenheit, Sehstörungen, Brechreiz, Tremor, Krämpfe und später Atemlähmung.

2. bei schneller Resorption oder intravenöser Applikation:
Symptomatik: Atemlähmung, Blutdruckabfall, Herzstillstand. Diese Symptome können sehr rasch und praktisch ohne warnende Vorzeichen auftreten.

Die Therapie besteht in folgenden Maßnahmen:

1. Unter allen Umständen Aufrechterhaltung der Atmung. Am wirkungsvollsten ist eine endotracheale Intubation und Beatmung mit reinem Sauerstoff. Zumindest sofort Atemspende!
2. Anlegen einer intravenösen Infusion. Vorzugsweise kommen Volumenersatzlösungen infrage.
3. Bei Auftreten von Krämpfen intravenöse Gabe von kleinen Dosen eines Barbiturates. Hexobarbital hat sich besonders bewährt.
4. Bei schweren Krämpfen gegebenenfalls Muskelrelaxation.
5. Sorgfältige Kreislaufüberwachung und gegebenenfalls weitere stabilisierende Maßnahmen.

Meist ist nach etwa 20 Minuten die akute Gefahr vorüber, da dann das Lokalanaesthetikum abgebaut ist.

Wegen der parasympathikomimetischen Wirkung mancher Lokalanaesthetika muß grundsätzlich die Prämedikation genauso sorgfältig erfolgen wie für eine Vollnarkose. Zumindest ist die Gabe eines Vagolytikums (Atropin) zwingend erforderlich! Aber auch zur psychischen Sedierung des Patienten sollte ein entsprechendes Pharmakon gegeben werden.

Tab. 4: Wirksamkeit, Dauer der Anaesthesie und Maximaldosen verschiedener Lokalanaesthetika

Präparat	Wirksamkeit/Toxizität Größe im Verhältnis zum Procain		Wirkungseintritt nach Minuten	Dauer der Lokalanaesthesie	Maximaldosen/Tag ohne Adrenalin-Zusatz	Maximaldosen/Tag mit Adrenalin-Zusatz
1. Procain (Novocain)	1	1	5 — 10	45 — 60 min	500 mg	1000 mg
2. Butacetoluide (Hostacain)	4×	1×	2	1 — 2 std	500 mg	1000 mg
3. Tetracain (Pantocain)	10×	10 — 20× (nur Oberfl.-Anaestes.!)	5 — 10	1 — 2 std	20 mg (!)	20 mg (!)
4. Lidocain (Lignocain, Xylocain)	4×	2×	1	2 — 4 std	200 mg	500 mg
5. Prilocain (Xylonest, Citanest)	4×	2×	1	2 — 3 std	300 mg	500 mg
6. Mepivacain (Scandicain, Carbocain)	4×	2×	1	2 — 3 std	300 mg	500 mg
7. Bupivacain (Marcain, Carbostesin)	16×	8×	1	5 — 12 std	75 mg	150 mg

Gebräuchliche Lokalanaesthetika:

Die heute gebräuchlichsten Lokalanaesthetika sind:

Procain, Butacetoloide, Tetracain, Lidocain, Prilocain, Mepivacain sowie Bupivacain (s. Tab. 4).

a) *Procain* (Novocain) p-Aminobenzzoyl-diaethylamino-aethenol.
Hersteller: Farbwerke Hoechst.
Es kann zur Infiltrations- (0,5–1%ige Lösung) und zur Leitungsanaesthesie (2%ige Lösung) verwendet werden.
Es ist ungeeignet zur Oberflächenanaesthesie.
Maximaldosis: 500 mg ohne Adrenalin, 1000 mg mit Adrenalin.
Wirkungseintritt nach 5–10 Minuten.
Dauer der Anaesthesie bis zu 45 Minuten ohne Adrenalin, über 60 Minuten mit Adrenalin.

b) *Butacetoluide* (Hostacain) Hydrochlorid des N-butylaminoessigsäure-6-methyl-2-chloranilid.
Hersteller: Farbwerke Hoechst.
Verwendung zur Infiltrations- (0,5%ige Lösung) und zur Leitungsanaesthesie (1%ige Lösung).
Ungeeignet zur Oberflächenanaesthesie.
Maximaldosis: 120 ml der 0,5%igen, 50 ml der 1%igen Lösung.
Wirkungseintritt nach 2 Minuten.
Anaesthesiedauer: 1–2 Stunden.

c) *Tetracain* (Pantocain) p-Butylamino-benzoyl-dimethylaminoäthanol.
Hersteller: Farbwerke Hoechst.
Es ist etwa 10mal wirksamer, jedoch auch 10–20mal toxischer als Procain. Eignung zur Oberflächen-, Infiltrations- und Leitungsanaesthesie. Tetracain wird jedoch fast nur noch zur Oberflächenanaesthesie verwendet, z. B. im Tracheobronchialraum (bis zu 2 ml 2%ig, 4 ml 1%ig oder 8 ml 0,5%ig).
Oberflächenschleimhautanaesthesie der Urethra: 10 ml 0,5‰ig (!!!)
Anaesthesie der Harnblase: 40 ml 2‰ig (!!!)
Maximaldosis: 20 mg (!!!)
Wirkungseintritt nach 5– 10 Minuten.
Anaesthesiedauer: 1–2 Stunden.

d) *Lidocain* (Lignocain, Xylocain) 2-Diaethylamino-2, 6-dimethylazetanilid.
Hersteller: Astra, Stockholm; in Deutschland: Pharma-Stern, Wedel/Holstein.
Zur Infiltrationsanaesthesie 0,25%ige Lösung,
zur Leitungsanaesthesie 1- oder 2%ige Lösung.
Maximaldosis: 200 mg ohne Adrenalin, 500 mg mit Adrenalin.
Wirkungseintritt etwa nach 1 Minute.

Dauer der Anaesthesie: 2–4 Stunden.
e) *Prilocain* (Xylonest, Citanest) o-Methyl-α-propylamino-propioanilid.
Hersteller: Astra, Stockholm; in Deutschland: Pharma-Stern, Wedel/Holstein.
Es eignet sich zur Infiltrations- und Leitungsanaesthesie.
Maximaldosis: 400 mg ohne Adrenalin, 600 mg mit Adrenalin.
Wirkungseintritt nach etwa 1 Minute.
Dauer der Anaesthesie: 2–3 Stunden.
f) *Mepivacain* (Scandicain, Carbocain).
Hydrochlorid des d, 1-N-methyl-hexahydropicolinyl-2,6-dimethylanilid).
Hersteller: AB Bofers, Nokekrut/Schweden; in Deutschland: M. Woelm/Eschwege.
Es eignet sich zur Infiltrations- und Leitungsanaesthesie.
Maximaldosis: 300 mg ohne Adrenalin, 500 mg mit Adrenalin.
Wirkungseintritt nach 1–2 Minuten.
Dauer der Anaesthesie: 2–3 Stunden.
g) *Bupivacain* (Marcain, Carbostesin).
DL-1-n-Butyl-piperidin-2-carbonsäure-2,6-dimethylamilid-Hydrochlorid.
Hersteller: AB Bofers, Nobekrut/Schweden; Lizenzhersteller in der Bundesrepublik: M. Woelm, Eschwege).
Anwendungsbereich: Leitungsanaesthesien und therapeutische Schmerzblockaden einschließlich Stellatum-Anaesthesie.
Die Lösungen werden in 5-ml-Ampullen mit Konzentrationen von 0,25 % und 0,5 %, ohne und mit Adrenalinzusatz, geliefert.
Maximaldosis: 75 mg ohne Adrenalinzusatz, 150 mg mit Adrenalinzusatz.
Wirkungseintritt etwa 1 Minute nach Injektion.
Dauer der Anaesthesie je nach Konzentration, Zusatz von Adrenalin und Applikationsort (Grad der Durchblutung): 5–12 Stunden.

Noch allgemeine Hinweise zur Lokalanaesthesie:

Die Qualität der Lokalanaesthesie ist in anämischen Bezirken besser, und ihre Dauer verlängert. Aus diesem Grund werden den Lokalanaesthetika gefäßverengende Mittel zugefügt. Von diesen Adjuvatien ist vor allem das Adrenalin (Präparat: Suprarenin) zu erwähnen. Suprarenin wird heute synthetisch als saures Salz in Lösung von 1:1000 oder als Tabletten zu 1 mg hergestellt. Die Substanz ist gegen Alkalien sowie gegen Luft und Licht unempfindlich. Zum Sterilisieren durch Kochen ist Salzsäurezusatz (8 Tropfen verdünnte Salzsäure auf 1 l) erforderlich. Zersetzte (gelbliche oder rötliche) Lösungen sind unzuverlässig wirksam, vielleicht sogar gewebsschädigend und toxisch.

Toxische Nebenerscheinungen des Suprarenins sind:

Oppressionsgefühl, Schweiß, Kollaps, Zittern, Pulsbeschleunigung, Herzklopfen, Herzschwäche u. a.

Die Therapie besteht in:

Sauerstoffbeatmung, Blutdrucksenkung oder gefäßerweiternden Pharmaka und Gaben von Sedativa.

Kontraindikationen gegen Suprarenin:

Hochdruck, Herzklappenfehler, Hyperthyreose und gegebenenfalls Diabetes. Beim Vorliegen dieser Grundleiden verzichtet man am besten auf gefäßverengende Mittel oder entschließt sich, den Eingriff in Allgemeinanaesthesie durchzuführen. Wegen des Grundleidens ist dann in jedem Fall eine stationäre Behandlung der ambulanten vorzuziehen, auch bei Eingriffen in der kleinen Chirurgie.

15. Postoperative Infusionstherapie

«Es verdursten mehr Menschen im Bett, als in der Wüste».

Ein kranker Mensch bedarf, insbesondere post operationem, einer ausreichenden Flüssigkeitssubstitution. Dies gilt vor allem für den alten Patienten, dem das Durstgefühl fehlt.

Die postoperative Infusionstherapie dient:

1. dem Ersatz von Flüssigkeit (Wasser)
2. der Zufuhr von Salzen (Kat- und Anionen)
3. der Regulierung des Säure-Basen-Status.

Die Prinzipien der Infusionstherapie sind besser verständlich, wenn man sich das Modell verschieden konzentrierter Lösungen vergegenwärtigt, die durch eine semipermeable Membran getrennt sind. Nach dem Gesetz des osmotischen Druckes haben Moleküle das Bestreben, in die konzentriertere Lösung einzuwandern. Die Wanderung kommt erst zum Stillstand, wenn ein Ausgleich beider Konzentrationen eingetreten ist. – So unterscheidet man hypertone, hypotone und isotone Lösungen.

Im Organismus sind die drei verschiedenen Räume zu unterscheiden:

1. Intrazellulärraum,

2. Extrazellulärraum und
3. Intravasalraum.

Zwischen dem Intrazellulär- und dem Extrazellulärraum besteht das sog. Donnan-Gleichgewicht. Das Kriterium für den Intrazellulärraum ist der Kaliumgehalt, für den Extrazellulärraum der Natriumgehalt.

Der onkotische Druck im Intravasalraum wird im wesentlichen durch die Albumine, zu 30% aber auch durch die Natrium-Konzentration bestimmt. Der arterielle Blutdruck preßt im arteriellen Bereich der Kapillaren Wasser in das Gewebe, das im venösen Schenkel, bedingt durch den onkotischen Druck und die Natrium-Ionen, wieder rückresorbiert wird. Bei einem Mangel an Albuminen kommt es zum Auftreten des sog. «Eiweißmangelödems». Hierbei wird das in das Gewebe abgepreßte Wasser nicht wieder durch den onkotischen Druck rückresorbiert.

Je nach dem Vorliegen einer Wasserhaushaltsstörung unterscheidet man:

1. *Hypotone Dehydration* (Salzmangelexsikkose)
Therapie: Zufuhr von Natriumchlorid
2. *Hypertone Dehydration* (Durstexsikkose)
Therapie: Zufuhr von hypotoner bzw. salzfreier Lösung (z. B. Glukose oder Laevulose).
3. *Hypotone Hyperhydration* (Wasservergiftung)
Therapie: Zufuhr von konzentrierten Lösungen, insbesondere Natriumchlorid + Diuretika
4. *Hypertone Hyperhydration* (zu großes Angebot von salzhaltigen Flüssigkeiten)
Therapie: Zufuhr von hypotonen bzw. salzfreien Lösungen (z. B. Glukose oder Laevulose).

Zu unterscheiden ist bei der Zufuhr zwischen Kationen ($^+$) und Anionen ($^-$).

Die wichtigsten Kationen sind:
Natrium, Kalium, Calcium und Magnesium;
die wichtigsten Anionen:
Bicarbonat, Chlorid, Phosphat, Sulfat, organische Säuren und Proteine.

Zusammensetzung des Organismus:

Der erwachsene Mensch besteht zu etwa 40% aus fester und zu 60% aus flüssiger Substanz (Wasser). Der Extrazellulärraum beträgt $^1/_5$ des Körpergewichtes.

Bei einem 70 kg schweren Menschen sind dies 14 kg. Die Normalwerte der Elektrolyte gibt man in mval/l an.

$$\text{Äquivalentgewicht} = \frac{\text{Atomgewicht}}{\text{Wertigkeit}}$$

Normalwerte in mval/l	Na^{+}	138–142
	K^{+}	4,0–5,0
	Ca^{++}	4,5–5,5
	Mg^{++}	1,5–3,0
	Cl^{-}	98–104
	HCO_3^{-}	22–27

Es handelt sich dabei um Näherungswerte, die von verschiedenen Autoren etwas abweichend angegeben werden.

Die durchschnittliche *Elektrolytausscheidung*, also die Menge, die auch substituiert werden muß, beträgt im 24-Stunden-Harn:

Na^{+} 100–140 mval/l
K^{+} 50–80 mval/l (= etwa 1 mval/l/kg KG; wichtig für die Substitution)
Cl^{-} 100–140 mval/l
Ca^{++} 4,5–5,5 mval/l

Die *Urinmenge pro Tag* beträgt beim Erwachsenen etwa 1000 ml, im Alter 700–800 ml. Das spezifische Gewicht des Urins soll zwischen 1017–1020 ml betragen. Werte über 1025 lassen auf einen Wassermangel des Organismus schließen, sofern das spezifische Gewicht des Urins nicht durch Zufuhr höhermolekularer Substanzen (Sorbit, Mannit, Rheomacrodex u. a.) angestiegen ist. Werte von 1050 und höher sind dann nicht selten zu messen. Beträgt das spezifische Gewicht des Urins nur 1007–1010, liegt eine Isosthenurie vor; die Nieren sind nicht mehr in der Lage, den Urin in erforderlichem Maße zu konzentrieren.

Der tägliche Flüssigkeitsbedarf beim Erwachsenen beträgt 25–30 ml Wasser/kg KG oder pro m² Oberfläche = 1500 ml. Da die Körperoberfläche des Erwachsenen rund 1,7 m² beträgt, errechnet sich daraus ein täglicher Wasserbedarf von etwa 2500 ml.

Der Wasserverlust durch Perspiratio sensibilis und insensibilis beträgt

bei normaler Körpertemperatur	etwa 500–800 ml/Tag;
durch Tracheotomie zusätzlich	500–600 ml/Tag;

durch Fieber pro Grad Temperaturerhöhung = 8–10 % mehr.

Im Senium reduziert sich die Infusionsmenge um etwa 1/3.

Vorsicht ist bei der Substitution von Kalium geboten, da eine Irritation der Herztätigkeit auftreten kann. Pro Tag sollten möglichst nicht mehr als 160 mval/l und stündlich maximal 20 mval/l zugeführt werden.

Für die Berechnung des Defizits (für Na, K und das Standardbikarbonat bei Acidose) gilt die einfache Formel:

$$\text{Soll} - \text{Ist} \times \frac{\text{Körpergewicht in kg}}{5} (= \text{EZR}) =$$

Berechnung des Defizits bei Alkalose:

$$\text{Ist} - \text{Soll} \times \frac{\text{Körpergewicht in kg}}{5} = \text{Substitution durch NaCl oder KCl}$$

Berechnung des Wasserdefizits aus dem Na-Wert:
(ergibt angenähertes Resultat)

$$\text{Wasserdefizit} = \frac{\text{Na-ist} - \text{Na-soll}}{\text{Na-soll}} \times \frac{\text{Körpergewicht in kg}}{5}$$

Beispiele:

1. Patient von 70 kg KG; K = 3 mval/l (K-soll = 5 mval/l)
$5 - 3 = 2 \times 14 = 28$ mval/l + Tagesbedarf 70 mval/l
$= 98 = 100$ mval/l

2. *Wasserdefizit:* Patient von 70 kg KG: Na-ist = 150 mval
Na-soll = 142 mval

$$= \frac{150-142}{142} \times 14 = 0{,}788\ \text{l}$$ (+ errechneter täglicher Bedarf).

Es empfiehlt sich, schon aus Gründen einer rationellen Vorratshaltung, nur einige wenige Lösungen vorrätig zu halten, die gegebenenfalls durch Elektrolytkonzentrate angereichert werden. Elektrolytlösungen nach Darrow oder Cook u. a. enthalten eine zu geringe Elektrolytkonzentration, um den Tagesbedarf auch nur annähernd decken zu können.

Empfohlene Lösungen für die Vorratshaltung:

1. Ringer-Traubenzucker-Lösung im Verhältnis 1:1
2. 5,25%ige Laevulose- oder Glukoselösung (isotonisch)
3. Ringer- oder Tyrodelösung
4. 7,85%ige KCl-Lösung (= 1 molar)
5. 5,85%ige NaCl-Lösung (= 1 molar)
6. 11,2%ige Na-Lactatlösung (= 1 molar)
7. 8,5%ige Na-Bicarbonatlösung (= 1 molar), *besser verträglich und leichter herzustellen = 6%ige Lösung.*
8. Isotonische NaCl-Lösung (enthält 154 mÄq Na und 154 mÄq Cl/l. Es besteht also ein Cl-Überschuß von 51 mÄq.

(Cave Acidose, besonders bei Diabetes; kann zum diabetischen Koma führen.)
9. 12,8%ige K-Lactatlösung (= 1 molar).

15.1. Praxis der Infusionstherapie

Allgemeines:

Infusionen dienen der Aufrechterhaltung der Körperfunktionen, wenn der Patient nicht in der Lage ist, selbst Flüssigkeit zu sich zu nehmen; sie können aber auch Ursachen schwerer Allgemeininfektionen sein. Die Desinfektion der Punktionsstelle und ihre spätere «Sauberhaltung» während der Infusion sind wichtige Voraussetzungen für die Verhütung von Infektionen. Zum Beispiel stellen blutverkrustete Tupfer einen Nährboden für Bakterien dar. Disponierend für das Auftreten von Infektionen können Reizungen der Intima der Venen sein, die bedingt sind durch die Art der Lösungen (z. B. wirken kaliumhaltige Lösungen stark reizend), ihre Konzentration, aber auch eine hohe Infusionsgeschwindigkeit, die das physiologische, intravasale Milieu beeinträchtigen. – Auch ohne zusätzliche Infekte treten nicht selten Thrombosen in den für die Infusion benutzten Venen auf. Bevorzugt sind hierbei eindeutig die unteren Extremitäten, während an den oberen Extremitäten nur relativ selten Thrombosen mit Emboliegefährdung vorkommen.

Nach Möglichkeit sind nur großvolumige Venen für Dauertropfinfusionen zu wählen. Im allgemeinen eignen sich alle für die Narkose verwendeten Venen. – Ist mit einer längerdauernden Infusionstherapie zu rechnen, sollte – entweder nach Venenpunktion oder nach Venae sectio – ein Venenkatheter (Abb. 61) gelegt werden. Dieser soll von der Einführungsstelle aus nicht allzuweit vorgeschoben werden, um durch seine Fremdkörperwirkung die Vene nur auf eine möglichst kurze Strecke zu reizen. – Für eine längere Liegedauer (bis zu drei Wochen) eignen sich Katheter, die über die Vena subclavia zur Vena cava cranialis oder von Armvenen aus vorgeschoben werden. (Nach neuesten Publikationen nicht mehr von caudal infundieren!) Empfohlen wird in letzter Zeit auch wieder die Punktion der Vena jugularis *interna rechts,* von der aus ein geradliniger Zugang zur Vena cava cranialis besteht. Zwar ist die Vena jugularis *externa* leichter zu punktieren, jedoch verläuft diese nicht geradlinig zur Vena cava cranialis, so daß die Gefahr einer Perforation an der Stelle der «Abknickung» besteht. Bei der Verwendung von Kathetern ist darauf zu achten, daß sie bei der Entfernung vollständig sind. Abgerissene und abgeschwemmte

a

b

c

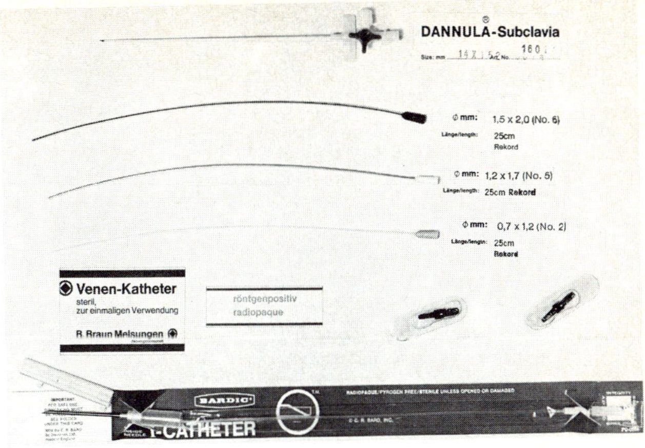

Abb. 61a–c:
a: Subclavia-Kanüle
b: Venen-Katheter verschiedenen Kalibers (Braun, Melsungen)
c: Venen-Katheter für percutane Einführung. Die Punktionskanüle dient als Mandrin.

Katheter – die zwar ein seltenes Ereignis darstellen – führen nicht selten zu schweren, wenn nicht tödlichen, Zwischenfällen.

Für die Berechnung der zuzuführenden Flüssigkeit gilt folgende Faustregel: 1000 ml einer Elektrolytlösung laufen bei einer Tropfenfolge von 60 Tropfen/min innerhalb von 5 Stunden ein. – Sind nur Medikamente (z. B. Kreislaufmittel) zuzuführen, muß jedoch andererseits eine zu große Flüssigkeitszufuhr unbedingt vermieden werden, sollten Infusionspumpen (Abb. 62) verwendet werden. Durch Verwendung dieser Pumpen ist es möglich, bei Zufuhr nur geringster Flüssigkeitsmengen, die erforderliche Medikamentendosis exakt zu applizieren.

Verwendete Kanülen:

Für die percutane Punktion der Venen werden vorwiegend Flügelkanülen mit einem Kaliber von 0,9–1,5 mm oder Braunülen (Abb. 63) Nr. 1 oder 2 für Erwachsene und 0,5 für Kinder verwendet.

Handelt es sich im wesentlichen nur um die Zufuhr von Flüssigkeit in Form von Ringer- oder Tyrodelösung oder auch 5,25 $^0/_0$iger Glukose- oder Laevuloselösungen, ist die subcutane Infusion (an der Vorderseite der Oberschenkel) möglich. Zur beschleunigten Resorption sollte dann diesen Lösungen Hyaluronidase (Kinetin®, Luronase®)

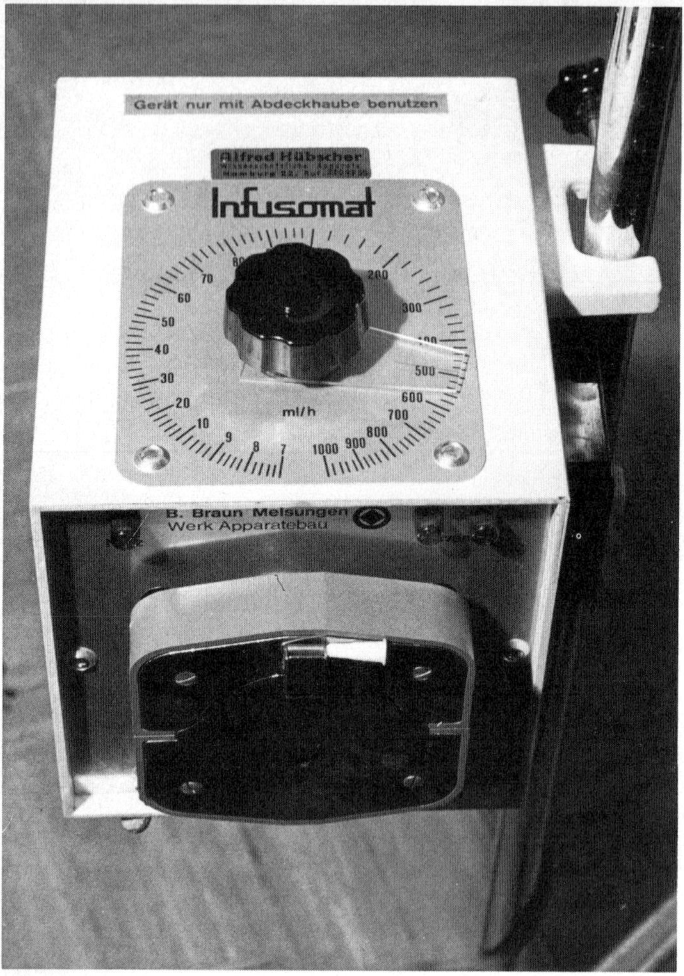

Abb. 62: Infusionspumpe «Infusomat» (Braun, Melsungen), für konstante Infusion bei Verwendung üblicher Infusionsbestecke.
Sind nur kleinste Infusionsmengen angezeigt, empfiehlt sich die Verwendung von Infusionspumpen, in die eine (oder mehrere) 50-ml-Spritzen eingesetzt werden.

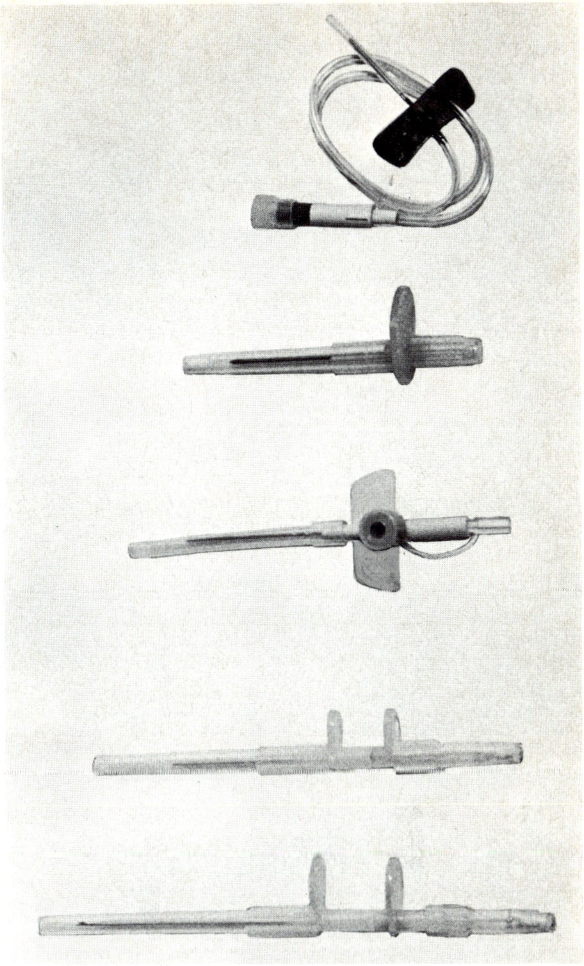

a

b

c

d

Abb. 63 a – d:
a: «Butterfly»-Kanüle mit Schlauchstück
b: Flügelkanüle
c: Flügelkanüle nach Gordh (mit Injektionsstutzen)
d: Braunülen verschiedenen Kalibers.
Nach Zurückziehen des Mandrins aus Metall verbleibt in der Vene nur eine Kunststoffkanüle; es besteht nicht die Gefahr der Perforation und damit der paravenösen Injektion bzw. Infusion.

zugesetzt werden. Diese Substanzen lockern das Protoplasma der Zellen auf und erleichtern so die Resorption. Die subcutane Infusion bietet, insbesondere für alte Patienten, die folgenden Vorteile:
1. Die Resorption erfolgt relativ langsam; damit ist die Volumenzunahme in der Zeiteinheit gering, so daß eine nennenswerte Belastung des Herzens durch Hypervolämie nicht auftritt.
2. Durch die langsame Resorption wird nicht sofort ein Teil der infundierten Flüssigkeit über die Nieren wieder ausgeschieden, wie dies bei einer schnellen, intravenösen Infusion durchaus möglich ist.

Mäßige Reizzustände können jedoch bei der subcutanen Infusion durch Glukose- und Laevuloselösungen auftreten. In diese – salzfreien – Lösungen strömt aus dem Organismus salzhaltige Flüssigkeit ein, so daß nun daraus eine relativ hypertone Lösung resultiert. Durch das oben erwähnte Zufügen von Hyaluronidase treten aber kaum größere Flüssigkeitsdepots im Bereich der subcutanen Infusionsstelle auf, die sonst auch ein Spannungsgefühl am Oberschenkel erzeugen können.

15.2. Das Säure-Basen-Gleichgewicht

In der Wechselwirkung von Lungenatmung und intermediärem Stoffwechsel sind die folgenden Störungsmöglichkeiten gegeben:
1. Acidose,
2. Alkalose,
die beide
a) atmungsbedingt (respiratorisch)
b) stoffwechselbedingt (metabolisch) sein können.

Diese Störungen verändern primär das Blut-pH nicht, sondern nur die Werte des Standardbicarbonates im Blut in gewissen Grenzen und den CO_2-Druck in der Alveolarluft.

Es resultieren daraus also 4 Möglichkeiten der Störungen:

1. *Respiratorische Acidose:*

Durch Hypoventilation entsteht eine CO_2-Retention im Blut.

Ursachen: Narkose, postoperative Hypoventilation bei Eingriffen im Thorax oder Abdomen, Emphysem und pulmonale Diffusionsstörungen wie Fibrose, Bronchitis, Pneumonie.

Kompensation durch den Organismus: Beseitigung der Ursache der Hypoventilation, sofern der Organismus von sich aus dazu noch in der Lage ist; Steigerung der renalen Bicarbonat-Produktion.

Therapie: O_2-Zufuhr, gegebenenfalls assistierte oder kontrollierte Beatmung.

2. *Metabolische Acidose:*

Sie tritt auf, wenn die zur CO_2-Bindung nötigen Basen vermindert sind oder andere («fixere») Säuren das CO_2 vom Bicarbonat verdrängt haben. Das freie CO_2 wird (sofort) durch Hyperventilation abgeatmet (Kussmaul'sche Atmung bei Acidose), und es wird renal mehr Bicarbonat produziert (im weiteren Verlauf), bis das pH wieder normalisiert ist. Die Störung wird kompensiert.

Ursachen der metabolischen Acidose:

a) Zunahme der organischen Säuren (z. B. bei Diabetes: Acetessigsäure, Beta-Oxybuttersäure,

b) Abnahme der Kationen (Na- und K-Verlust durch Diarrhoe, Darmfisteln u. a.)

c) Zunahme der Anionen (Cl^-, PO_4^{---}, SO_4^{--}), z. B. bei Niereninsuffizienz,

d) Milchsäurebildung im Schockzustand.

Kompensation durch den Organismus: Hyperventilation, Bildung von Bicarbonat in der Niere.

Therapie: Infusion von Na-Bicarbonat (am besten in der 6%igen Lösung), Trispuffer (bei nichtrenal bedingten Störungen). Anregung der Nierentätigkeit (Mannit, Sorbit, Saluretika), Dialyse. Oftmals tritt schon nach Beseitigung einer Hypoxie eine beachtliche Diurese auf.

3. *Respiratorische Alkalose*

Sie entsteht durch Hyperventilation bei psychischer Erregung, Hirntrauma, Tetanie oder O_2-Mangel in größerer Höhe (Tachypnoe), aber auch durch Hyperventilation bei künstlicher Beatmung.

Kompensation durch den Organismus: Atemdepression zur Verminderung der CO_2-Ausscheidung. Vermehrte Alkaliausscheidung durch die Niere, später verminderte Bicarbonat-Produktion in den Tubuluszellen der Nieren.

Therapie: Causale Therapie, evtl. künstliche Beatmung mit Verminderung des AMV.

4. *Metabolische Alkalose*

Sie entsteht durch Verlust von Anionen (Chlorionen), z. B. durch Erbrechen, so daß ein Überschuß an Bicarbonat resultiert, oder durch zu reichliches Zuführen von Bicarbonat (kritiklose Korrektur einer Acidose). Kompensation durch den Organismus: Sofort durch Hypoventilation (CO_2-Anstieg) später durch vermehrte renale Alkali-Ausscheidung und Verminderung der Bicarbonatproduktion in den Tubuluszellen der Niere.

Therapie: Zufuhr von NaCl, KCl, HCl oder NH_4Cl (Ammonium-Chlorid).

Zusammenhänge von pH, pCO_2 und Bicarbonat bei den Grundformen der Azidose und Alkalose.

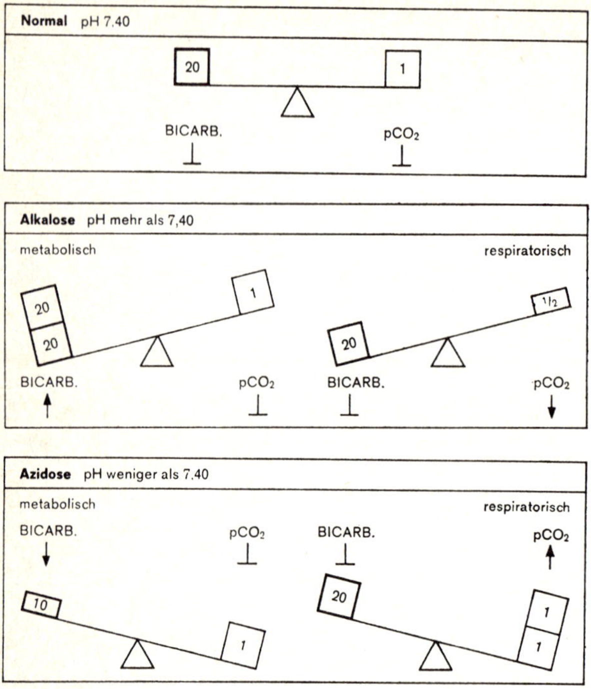

Abb. 64: Verhalten von Acidose und Alkalose
Aus: Muhar in Deutsch – Geyer, Laboratoriumsdiagnostik Berlin, Schering AG, 1969

Bis zu einem gewissen Grad verfügt also der Organismus über Gegenregulationsmechanismen, die ihren Ausdruck in einem erhöhten oder verminderten Wert des Standard-Bicarbonates finden.

Das Standard-Bicarbonat ist *vermindert* bei metabolischer Acidose, *normal* bei respiratorischer Acidose und respiratorischer Alkalose, *erhöht* bei metabolischer Alkalose.

Im Verhältnis dazu ist der $PaCO_2$ *vermindert* bei respiratorischer Alkalose, *normal* bei metabolischer Acidose und metabolischer Alkalose, *erhöht* bei respiratorischer Acidose.

Adrenalin

BE · $\frac{\text{KG}}{3}$ (mval)

Respiration

30 × KG (mval)

+ 30 g ($\frac{1}{10}$ 1 735)

144. Tag - 21. Woche

8

9

10

11

12

13

14

15

16

17

2869

24

Mai - Montag

Daraus ergeben sich die in Abb. 64 und Tab. 5 dargestellten Relationen.

Termini technici

Aktuelles pH = tatsächliche H^+-Ionenkonzentration im Plasma des Vollblutes bei 38° C (Normalwerte: 7,38–7,41; Grenzwerte, nach deren Überschreiten der Exitus letalis eintritt: 6,80 und 7,80).

Tab. 5: Veränderungen bei den verschiedenen Formen der Acidose und Alkalose

	art. pH-Wert = 7,38 — 7,41	$PaCO_2$ 38 — 48	Stand.-Bicarbonat 22 — 27 mval/l
1. *Respiratorische Acidose* (Hypoventilation)	erniedrigt	erhöht	normal oder ansteigend
2. *Metabolische Acidose*	erniedrigt	normal oder abfallend	erniedrigt
3. *Respiratorische Alkalose* (Hyperventilation)	erhöht	erniedrigt	normal bis abfallend
4. *Metabolische Alkalose*	erhöht	normal oder ansteigend	erhöht

Durch die Kompensation metabolischer Störungen über die Atmung verhalten sich dann die Werte wie folgt:

	pH	$PaCO_2$	Stand.-Bicarbonat
Zu 2.: Metabolische Acidose (nach Hyperventilation)	normal	erniedrigt	erniedrigt
Zu 4.: Metabolische Alkalose (nach Hypoventilation)	normal	erhöht	erhöht

Hyperkapnie = Erhöhung des $PaCO_2$
Hypokapnie = Erniedrigung des $PaCO_2$
Hypoxie = Erniedrigung des PaO_2 (durch insuffiziente Atmung, Atmung eines sauerstoffarmen Gemisches, Höhenatmung)
Hyperoxie = Erhöhung des PaO_2 (durch Hyperventilation, O_2-Insufflation, künstliche Beatmung, besonders hyperbare Sauerstofftherapie)
Hypoxämie = nicht vollständige Sättigung des Hb (bezieht sich nicht auf den absoluten O_2-Gehalt)
Standard-Bicarbonat = Konzentration des Bicarbonates im Plasma des bei einem $PaCO_2$ von 40 mm Hg = Torr (bei 37° C) und mit O_2 zur vollen Sättigung des Haemoglobins äquilibrierten Blutes. Normalwerte: 22–27 mval/l.
Aktuelles Bicarbonat = tatsächliche Bicarbonatkonzentration in dem (aus anaerob entnommenem Vollblut) gewonnenem Plasma (Normalwert: 24 mval/l).
Basenüberschuß: Wert = O für Blut mit pH 7,38 bei einem PvO_2 von 40 mm Hg und 38° C (Normalwert: ± 3 mval/l).
Positive Werte zeigen an: entweder einen Überschuß an Base oder einen Mangel an gebundener Säure;
Negative Werte zeigen an: entweder einen Mangel an Base oder einen Überschuß an gebundener Säure.
Puffer – Basen = die Summe der Konzentrationen der Puffer-Anionen
1. des Bicarbonates
2. der Plasma-Proteine und
3. des Haemoglobins im Gesamtblut (im praktischen Gebrauch wird auf die Bestimmung der Puffer-Basen im allgemeinen verzichtet).

Die Bestimmung der Werte von PaO_2, $PaCO_2$, pH, Standard-Bicarbonat, aktuellem Bicarbonat und dem Basenüberschuß wird als «Blutgasanalyse» bezeichnet. Hieraus läßt sich der Wirkungsgrad der Atmung ablesen:
1. das Ausmaß des O_2-Defizits
2. eine respiratorische oder metabolische Acidose oder Alkalose; $PaCO_2$; Erhöhung = Hypoventilation; Erniedrigung = Hyperventilation.
3. das Basendefizit oder der Basenüberschuß.

Die Messung erfolgt entweder mit:
1. dem Combi-Analysator von Eschweiler
2. dem Astrup-Gerät

3. der van Slike'schen Methode
4. dem Kipp-Zonen-Analysator u. a. (Inzwischen sind neue Geräte auf dem Markt erschienen.)

Sofern eine PaO_2-Bestimmung nicht möglich ist, sollte wenigstens mit Hilfe eines Oxymeters die O_2-Sättigung bestimmt werden.

Maßgebend für einen normalen Austausch von O_2 und CO_2 in der Lunge sind folgende Kriterien:

1. gleichmäßige Verteilung der eingeatmeten Luft,
2. keine Diffusionsstörungen zwischen Alveolen und Kapillaren,
3. gute Durchblutung der Lungen (ausreichendes Herz-Minuten-Volumen),
4. ausreichender Hb-Gehalt des Blutes.

Als klinische Zeichen für Sauerstoffmangel sind im allgemeinen anzusehen:

1. Tachycardie
2. Extrasystolie
3. Hyperpnoe
4. Müdigkeit bis zur Störung des Bewußtseins
5. gegebenenfalls Zyanose.

Nach Gruber sind alle diese Symptome als unspezifisch anzusehen, sie geben keine zuverlässigen Anhaltspunkte für das Vorliegen einer wirklichen Hypoxie. Es müssen mindestens 5 g-% reduzierten Haemoglobins vorliegen, bevor eine Zyanose klinisch feststellbar ist. So kann ein Polycythämiker mehr als 5 g-% reduzierten Haemoglobins und damit eine Zyanose aufweisen, ohne an Sauerstoffmangel zu leiden. Demgegenüber kann ein Verletzter im hämorrhagischen Schock nicht mehr genügend Hb besitzen, um das klinische Erscheinungsbild der Zyanose zu bieten.

15.3. Osmotherapie und Steigerung der Diurese

Diuretika bewirken eine vermehrte Harnausscheidung. Neben Wasser werden auch Salze, insbesondere Natrium, ausgeschieden (Saluretika). Der Extrazellulärraum wird durch Flüssigkeitsausscheidung vermindert. Eine drastische Steigerung der Diurese sollte insbesondere bei alten Menschen vermieden werden, da hierdurch Blutdrucksenkung (unter den notwendigen «Erhaltungsdruck»), Plasmaverminderung und Bluteindickung mit Neigung zu Thrombo-Embolien entstehen können (Kuschinsky und Lüllmann).

Man unterscheidet folgende Diuretika:

1. Osmotisch wirkende Diuretika:
6wertige Alkohole (Mannit und Sorbit).

Diese binden Wasser, werden aber im Gegensatz zur Glukose nicht rückresorbiert. So erfolgt eine erhöhte Ausscheidung von Wasser, in geringerem Maße auch von Salzen.

Die Infusion osmotisch wirkender Diuretika ist besonders angezeigt bei Hirn- und Lungenödemen, aber auch bei Vergiftungen (z. B. durch Barbiturate).

Kontraindikationen:

Völlige Anurie und hochgradige cardiale Dekompensation.

Dosierung: 10–20%ig, 500–1000 ml in 24 Stunden.

Präparate: Osmofundin 10 und 20%ig®, Osmosteril 10 und 20%ig®, Tutofusin M 15®, Tutofusin ML 30® u. a.

2. Carboanhydrasehemmstoffe (Sulfonamide)

Carboanhydrase bewirkt in den Tubuli eine Rückresorption von Bicarbonat. Verwendet wird das Präparat Acetazolamid (Diamox®) zur Senkung des intraocularen Druckes bei Glaukom und bei cerebralen Krampfanfällen. Dosierung von Diamox (parenteral): 1 Amp. = 500 mg nach Vorschrift langsam intravenös.

3. «Thiazide» (Benzothiadiazinderivate).

Die Wirkung ist ähnlich wie die der Carboanhydrasehemmstoffe.

Präparat: Hydrochlorothiazid (Esidrix®).

Dosierung: 1–3 Tab. täglich (keine parenterale Anwendung).

4. Benzothiazinanaloga.

Sie wirken ähnlich wie die Thiazide.

Präparate: Chlorthalidon (Hygroton®); Mefrusid (Baycaron®); Quinethazon (Aquamox®); und Furosemid (Lasix®). Am stärksten hemmt Furosemid (Lasix®) die Natrium-Rückresorption. Die Wirkung von Furosemid tritt rasch ein und klingt auch rasch wieder ab, insbesondere nach intravenöser Injektion.

Indikationen: Ödeme jeglicher Genese, insbesondere auch bei Lungen- und Hirnödemen. Gegebenenfalls in Kombination mit 6wertigen Alkoholen.

Cave Exsikkose!

Dosierung: Nach Angaben der Hersteller.

5. Aldosteronantagonisten

Spironolacton (Aldactone®) hemmt die Wirkung des Aldosterons im Bereich der distalen Tubuli. Dadurch werden Natrium- und Chlor-Ionen vermehrt ausgeschieden, während die Ausscheidung von Kalium-, Wasserstoff- und Ammonium-Ionen vermindert wird.

Indikationen: Kardiale Ödeme, Aszites bei Leberzirrhose. – Evtl. Kombination mit anderen Diuretika.

Tagesdosen: 0,2–0,4 g über 24 Stunden verteilt. Langsam einsetzende Wirkung nach 2–3 Tagen, die etwa am 5. Tag voll ausgeprägt ist. Gefahr der Hyperkaliämie bei Niereninsuffizienz. Vereinzelt tritt Gynäkomastie und bei nierenkranken Frauen gelegentlich Amenorrhoe auf.

Bei bestehenden Ödemen, vor allem Lungen- und Hirnödem, kann die Therapie durch intravenös injizierte, hypertone Lösungen eingeleitet werden. Bewährt hat sich hierfür 20%iges Albumin, das langsam intravenös injiziert wird. Der Extrazellulärraum wird hierdurch drastisch entwässert. Vorsicht bei Herzinsuffizienz!

Bei Hirnödem läßt sich ein flüchtiger, osmotischer Effekt durch die intravenöse Injektion 40%iger Laevulose erzielen. (Dosis 50–100 ml). Laevulose eignet sich besser als Glukose, da Laevulose die Blutliquorschranke nicht passiert (Wanke).

Einen osmotischen Effekt erzielen auch 10%ige niedermolekulare Dextran-Lösungen. Durch Infusion von 500 ml einer 10%igen Rheomacrodexlösung werden dem Extrazellulärraum etwa 200–300 ml Wasser entzogen.

Der früher verwendete Harnstoff (1 g/kg KG pro 24 Stunden) ist heute praktisch verlassen.

16. Postoperative enterale und parenterale Ernährung

Post operationem hat jeder Organismus einen hohen Energiebedarf. Neben dem Ersatz von Wasser und Elektrolyten müssen «Kalorienträger» zugeführt werden. Einen durch Krankheit und Operation geschwächten Organismus noch in einen Zustand negativer Energiebilanz geraten zu lassen, muß als therapeutische Fehlleistung gewertet werden.

Die physiologische Nahrung für den menschlichen Organismus besteht aus Kohlenhydraten, Fetten und Eiweiß. Dies muß, auch post operationem, sowohl für die enterale als auch parenterale Ernährung berücksichtigt werden. Nur die enterale (perorale) Zufuhr ist physiologisch, so daß zum frühest möglichen Zeitpunkt die perorale Ernährung aufgenommen werden sollte. Bei bewußtlosen Patienten jedoch, aber auch nach Operationen im Bereich des Magen-Darm-Traktes kann eine parenterale Ernährung notwendig werden, um den erforderlichen Kalorienbedarf zu decken. In jedem Fall sollte diese Zufuhr aber als unphysiologisch betrachtet werden, auch wenn sie oft lebensrettend wirkt.

Ein Minimalbedarf läßt sich durch Infusion von Kohlenhydrat-Lösungen (Glukose, Laevulose) decken. Der Kaloriengehalt der Infusionslösungen läßt sich steigern durch Hinzufügen des fünfwertigen Alkohols Xylit und gegebenenfalls geringer Mengen von Äthylalkohol (bis zu 5 %). – Die Infusionslösung ALX enthält ein Gemisch von Glukose, Laevulose, Xylit und 5 % Äthylalkohol (der pro 1 g 7 Kalorien liefert, die vom Organismus sofort verwertet werden). Mit der Infusionslösung ALX lassen sich pro 1 ml eine Kalorie zuführen.

Glukose (Traubenzucker) ist die im menschlichen Organismus natürliche Transportform der Kohlenhydrate im Blut und deshalb zur Substitution vorwiegend geeignet. Jedoch wird Glukose nur mit Hilfe von Insulin abgebaut, so daß dies bei Diabetes zu berücksichtigen ist.

Laevulose (Fruktose) wird unabhängig vom Insulin im Kohlenhydratstoffwechsel verwertet. Bei intravenöser Zufuhr von Laevulose steigt der Blutzuckerspiegel kaum an. Für Diabetiker und zur Leberschutztherapie ist daher die Zufuhr von Laevulose angezeigt, die vom Organismus leicht zu Glykogen aufgebaut wird.

Der *Eiweißbedarf* läßt sich *nicht* durch Zufuhr von Plasma, Serum oder Blutkonserven decken. Die Halbwertzeit für Fremdeiweiß beträgt etwa 3 Wochen, so daß eine energetische Ausnutzung zugeführten Spendereiweißes in praxi ausgeschlossen ist. Plasma oder Serum dienen lediglich der Anhebung des Albuminspiegels bei Hypalbuminämie und damit Steigerung des onkotischen Druckes. – Die Zufuhr von Eiweiß zur Deckung des Energiebedarfes muß in Form von Aminosäure-Gemischen erfolgen, die weitgehend die essentiellen (oder möglichst alle) Aminosäuren enthalten. Dabei ist es erforderlich, konzentrierte Lösungen anzuwenden, um den Energiebedarf zu decken. Sogenannte «einfache» Lösungen sind zur Substitution nahezu wertlos. – Stickstoffbilanzen ergaben, daß linksdrehende Aminosäuren vom Organismus besser verwertet werden als Racemate.

Zur Deckung des *Fettbedarfs* läßt sich parenteral feinemulgiertes Fett zuführen, das z. Z. aus Sojabohnen gewonnen wird. Die Tröpfchengröße der Fettemulsion beträgt zwischen 0,25 und 1 mü. Zum Vergleich: 1 Erythrozyt hat einen Durchmesser von etwa 8 mü. – Bei einer Infusionsgeschwindigkeit von 30 Tropfen/min ist also nicht mit einer Fettembolie zu rechnen. Fettlösungen liegen in Konzentrationen von 10, 15 und 20 % vor. Erfahrungsgemäß setzt der Organismus

Fettlösungen am besten um, wenn sie gleichzeitig mit Aminosäurelösungen (im bypass) infundiert werden. Jede dieser Infusionslösungen sollte eine Geschwindigkeit von 30 Tropfen/min nicht überschreiten. – Beim Beginn einer Fettinfusion ist streng auf die vom Hersteller angegebene Infusionsgeschwindigkeit zu achten (Uhrenvergleich!). Treten Reaktionen in Form von Allergien oder Rückenschmerzen auf, ist die Infusion zu unterbrechen und gegebenenfalls später neu zu beginnen. – Ein Organismus im Hungerzustand verwertet Fettlösungen weitaus besser, als ein abgesättigter Organismus.

Zum frühest möglichen Zeitpunkt sollte von der parenteralen auf die enterale Ernährung, gegebenenfalls durch eine Magensonde, übergegangen werden. Vor allem bei bewußtlosen Patienten, ohne Störungen im Bereich des Magen-Darm-Traktes, sollte die parenterale Ernährung nur für wenige Tage durchgeführt werden.

Insbesondere fertig hergestellte Sondenkosten (wie «Biosorbin» oder «Braun's oral») eignen sich für die enterale Sondenernährung. Im Gegensatz zu den in Klinikküchen gefertigten Sondenkosten erfolgt bei den vorgefertigten Sondennahrungen die Anreicherung im wesentlichen zugunsten von Eiweiß (durch Sojamehl) und nicht durch Fett. Durch die Kalorienanreicherung mit Hilfe von Fett treten leicht Diarrhoen oder auch Bakterieninfektionen auf, die zur Enteritis führen.

Die enterale Sondenernährung sollte nach folgendem Schema begonnen werden, während gleichzeitig die parenteralen Infusionen schrittweise zu reduzieren sind:

1. am 1. Tag: stündlich 30 ml Tee über etwa 12 Stunden
2. am 2. Tag: zusätzlich zur stündlichen Teemenge 20–30 ml Sondennahrung (evtl. verdünnt). Um eine Verstopfung der Sonde zu vermeiden, sollte in jedem Fall mit Tee «nachgespült» werden.
3. vom 3. Tag ab erfolgt die Verteilung der notwendigen Kalorienmenge auf 5 Mahlzeiten. – Dauertropfinfusionen von Sondennahrung führen manchmal zu einer Magenatonie, da der Magen physiologisch auf die Verdauung größerer Einzelportionen eingestellt ist.

Um eine Regurgitation zu vermeiden, sollte bei der Durchführung von Sondenernährungen der Oberkörper aufgerichtet werden. Da durch die liegende Magensonde die Cardea nicht dicht abschließen kann, erfolgt bei einem total flachliegenden Patienten nicht selten eine Regurgitation der Nahrung.

17. Schockbehandlung, zentraler Venendruck, Volumenersatzflüssigkeiten

Das Aufgabengebiet des Anaesthesisten hat sich um die Wiederbelebung erweitert. Nach der Sorge um die Atmung bzw. die Beatmung (s. S. 211) steht hierbei die Bekämpfung des Schocks im Vordergrund.

Der Schock, gleich welcher Genese, muß primär als eine Verminderung des Stromzeitvolumens definiert werden, d. h., es besteht ein Mißverhältnis zwischen dem zur Aufrechterhaltung des Blutdruckes erforderlichen und dem in der Gefäßbahn befindlichen Blutvolumen. Dabei ist es belanglos, ob ein Blutverlust nach außen, in Körperhöhlen oder – durch Fehlregulationen – in große Venensysteme erfolgt. Die Folge sind Störungen in der peripheren Blutbahn in Form von Prästase und Stase, die Thrombozyten- und Erythrozytenagregationen im Gefolge haben («Sludge»-Syndrom). Durch das «Sludge»-Syndrom tritt eine Störung der Sauerstoffversorgung der peripheren Gewebe auf.

Hinweise darauf, ob sich ein Patient in einem Schockzustand befindet, geben die folgenden Symptome:
Schwacher und frequenter Puls,
bleiche Lippen, blasse und schweißbedeckte Haut,
kalte Akren,
Zyanose der Nägel,
Übelkeit und Durst,
kaum meßbarer Blutdruck,
getrübtes Sensorium,
keine Urinproduktion.

Ursachen des Schocks können sein:

1. Verminderung des Blutvolumens (hämorrhagischer Schock). Der Blutverlust kann nach außen, in Körperhöhlen, große Venen oder in Hämatome erfolgen.

Zum Beispiel befinden sich in einem Hämatom nach einer Oberschenkelfraktur nicht selten ein Liter oder mehr Blut; durch eine Beckenfraktur kann ein Hämatom von etwa zwei Litern Inhalt auftreten.

2. Verlust von Plasma, Wasser oder Elektrolyten
a) bei Verbrennungen
b) bei gehäuftem Erbrechen.

3. Verminderte Herzleistung (cardialer Schock)
a) durch Störungen der Herzkontraktion oder des Herzrhythmus
b) durch mechanische Hindernisse im kleinen Kreislauf.

4. Peripher – vaskuläres Versagen

a) toxischer Schock durch Bakteriengifte (Sepsis)
b) allergischer anaphylaktischer Schock
c) durch Intoxikationen.
5. Neurogener Schock
a) reflektorischer Schock
b) vasovagaler Schock (nach Frey).

Die im Verlauf sämtlicher Arten des Schocks auftretenden Kreislaufstörungen sind aber schließlich alle auf die folgenden Ursachen zurückzuführen:

1. Blutvolumenmangel durch Blutverlust oder Dysregulation,
2. Gefäßinsuffizienz
3. Herzversagen.

Durch eine Reihe von Kompensationsmechanismen versucht der Organismus, die Sauerstoffversorgung der lebenswichtigen Organe sicherzustellen. So wird ein Blutverlust bis zu 10% durch Vasokonstriktion der Speicher ohne weiteres kompensiert. Bei stärkerem Blutverlust tritt eine Anpassung des Organismus an die entstandenen pathophysiologischen Bedingungen ein: Der Sympathikotonus nimmt zu, er führt zu Tachycardie und Vasokonstriktion nicht nur der venösen, sondern auch der arteriellen Strombahn. Die Blutdruckamplitude nimmt dabei ab; es tritt ein Zustand ein, in dem Körpergewebe weitgehend aus der Zirkulation ausgeschaltet werden, die auf Sauerstoffmangel weniger stark empfindlich sind. Nach Duisberg und Schroeder wird dieser Zustand als «Zentralisation» bezeichnet, wenn die Amplitude des peripheren Blutdruckes 20 mm Hg unterschreitet. Herz und Gehirn werden noch ausreichend durchblutet; dabei tritt eine Drosselung der Splanchnicus-, Haut- und auch bereits der Nierengefäße ein.

Sofern der Blutverlust unter 30% des Gesamtvolumens bleibt, ist eine Kompensation durch den Organismus ohne Zufuhr von außen noch dadurch möglich, daß eiweißarme Extrazellulärflüssigkeit in die Kapillargefäße einströmt. Der Schock ist noch spontan reversibel.

Bei Fortbestehen der Schockursache steigt mit zunehmender Gewebshypoxie die Milchsäurekonzentration an. Man spricht dann vom *zweiten Stadium des Schocks,* in dem, bedingt durch die Acidose, die Ansprechbarkeit auf Katecholamine, also der Adrenalinkörper, stark abnimmt. Im Zustand der Acidose muß die Nebenniere bis zum 30fachen der Katecholamine ausschütten. –
Zu Beginn des zweiten Stadiums ist im allgemeinen der periphere Puls noch gut zu tasten. Spätestens in diesem Augenblick sollte eine Vene punktiert und eine Infusion angelegt werden.

Die Dekompensation kündet sich durch weitere Verfärbung der Gesichtshaut von grau bis zyanotisch an. Puls und Atmung bleiben frequent. Tritt jedoch ein Umschlag in Bradycardie und verlangsamte Atmung ein, bedeutet dies fast immer den Übergang in das Finalstadium. Das bisher meist nur getrübte Sensorium des Patienten erlischt. Die Messung des arteriellen Druckes durch Mikrokatheter, des zentralen Venendruckes, der Messung des Herzzeitvolumens, Durchführung von Blutgasanalysen und die Bestimmung der Serum-Elektrolyte sind Maßnahmen, die zwingend notwendig sind.

Zentraler Venendruck (ZVD):

Primär sagt der ZVD aus über das Verhältnis zwischen dem venösen Angebot und der Leistungsfähigkeit des Herzens. – Der ZVD ist aber auch ein Gradmesser für Ausmaß und Wirkung des Volumenersatzes.

Zum besseren Verständnis sei auf die unterschiedlichen Bedingungen zwischen der venösen und der arteriellen Strombahn hingewiesen:

In der venösen Strombahn befinden sich etwa 85 % des Gesamt-Blutvolumens. Der Druck in diesem System ist niedrig, er beträgt (in horizontaler Lage) in Höhe des rechten Vorhofes (hier wird der ZVD gemessen) nach Burri und Mitarb. zwischen 3 und 10 cm H_2O, im Durchschnitt 5 cm H_2O. Heerden und Lawin geben einen Druck zwischen 4 und 8 cm H_2O, andere Autoren zwischen 3 und 6 cm H_2O an. Als kritische Grenze müssen Werte unter 3 und über 15 cm H_2O angesehen werden.

Die arterielle Strombahn enthält nur etwa 15 % des Gesamt-Blutvolumens. Um eine ausreichende Sauerstoffversorgung in der Peripherie sicherzustellen, muß der Druck höher sein als im venösen Schenkel. Aus diesem aber erfolgt bei Blutverlusten ein Ausgleich zur Volumen- und Druckerhaltung im arteriellen Schenkel. Der Füllungszustand im venösen Bereich der Strombahn läßt also – mit gewissen Einschränkungen – eine Aussage über das vorhandene Blutvolumen zu. Insbesondere eine Senkung des ZVD läßt fast sicher auf eine Hypovolämie schließen.

Eine *Erhöhung des ZVD kann* (u. a.) durch die folgenden Faktoren auftreten:

a) Insuffizienz des rechten Herzens

b) Herzvitien (Ventrikelseptumdefekt, Mitralinsuffizienz u. a.)

c) Einengung der Lungenstrombahn durch Pneumonektomie, Lungen- oder Fettembolien

d) Druckerhöhung im Thorax (Erguß, Spannungspneumothorax)

e) Intraabdomielle Druckerhöhung (z. B. bei Neugeborenen nach Operationen von Omphalocelen oder großen Zwerchfellhernien)
f) Respiratorische Druckschwankungen (Pressen, Husten, Respiratorbeatmung)
g) Gabe von Vasopressoren
h) Zu schnellem Volumenersatz nach Blutverlusten, wenn das linke Herz das in der Zeiteinheit angebotene, zu große, Volumen nicht abtransportieren kann. Durch den erzeugten Rückstau in der Lunge kann als erstes klinisches Zeichen ein Lungenödem auftreten.

Erniedrigt wird der ZVD durch:
a) Hypovolämie (fast sichere Aussage)
b) Vasadilatatorisch wirkende und alpha-receptoren-blockierende Substanzen, Analgetica u. a.

Veränderung der Körperlage kann sowohl Erhöhung als auch Erniedrigung bedingen.

Die Anwendung des ZVD in der Klinik erfolgt zur:
a) Schocküberwachung
b) Intra- und postoperativen Überwachung
aa) in der Herzchirurgie
bb) bei Operationen von Omphalocelen und großen Zwerchfellhernien.

Durchführung der ZVD-Messung:

Befindet sich der Patient in flacher Rückenlage, liegt der rechte Vorhof (Nullpunkt der Messung des ZVD), bei anterior-posteriorer Betrachtung, an der Grenze zwischen dem zweiten und dritten Fünftel (von anterior gemessen). Der Einfachheit halber mißt man mit Hilfe einer «Thoraxschublehre» (Abb. 65).

Messungen:
a) Nach dem Prinzip der kommunizierenden Röhren (in der Klinik am häufigsten verwendet) «Venotonometer» (Braun, Pfrimmer);
b) Durch elektrische Druckumwandler (Statham-Element).

Das Einführen des Katheders zur Messung des ZVD erfolgt über die Vena basilica oder eine ihrer Varianten in der Ellenbeuge, die Vena subcalvia, Vena femoralis oder Vena jugularis *interna* (!). Die Vena jugularis externa ist zwar leichter zu punktieren, jedoch verläuft sie, auch rechts, nicht geradlinig in die Vena cava. Durch das erforderliche Abbiegen des einzuführenden Mikrokatheters können Komplikationen (Perforationen) auftreten. – Das Einlegen muß *unter streng*

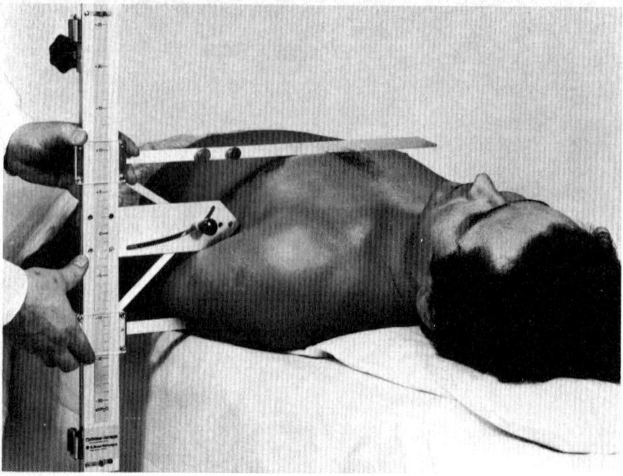

Abb. 65: Messung des Zentralen Venendruckes mit Hilfe einer «Thoraxschublehre» (Braun, Pfrimmer).

aseptischen Kautelen perkutan erfolgen, beim Säugling und Kleinstkind am besten nach einer Venae sectio.
Die exakte Lage des Katheders wird röntgenologisch kontrolliert entweder durch Einführen eines röntgenschattengebenden Katheders oder durch Injektion kleiner Dosen eines Kontrastmittels. Über einen Dreiwegehahn wird eine Infusionsflüssigkeit langsam infundiert, um eine Verstopfung des Katheders zu verhindern. Die Verwendung einer Infusionspumpe läßt, z. B. bei Kindern, mit geringsten Flüssigkeitsmengen auskommen. – Eine exakte Nullpunkteinstellung des «Venotonometers» ist zwingend erforderlich, um Fehlmessungen zu vermeiden.

17.1. Zur Therapie des Schocks

Das Kernproblem jeder Form des Schocks liegt in der Verminderung des Stromzeitvolumens und die dadurch in der peripheren Strombahn auftretende Prästase und Stase (s. o.). Eine akute Lebensbedrohung tritt primär infolge Volumenmangels auf. Durch das schließlich ausgelöste «Sludge»-Syndrom ist die Sauerstoffversorgung in der Peripherie nicht mehr gewährleistet. Der Volumenmangel ist also das entscheidende Ereignis, nicht die Abnahme der Erythrozyten, der Sauerstoffträger. Nach Ahnefeld und Allgöwer ist es von größter Bedeutung, den Schock frühzeitig, möglichst innerhalb der ersten 30 Minuten, zu durchbrechen. Nach ihrer Meinung treten bereits nach 2 Stunden irreversible Organveränderungen in der Leber und der Niere auf, die zwar nicht sofort, aber im weiteren Verlauf zum Tode führen. Wenn irgend möglich, sollte also die Behandlung des Schocks sehr früh erfolgen, bei einem Unfall bereits am Unfallort.

Welche Flüssigkeit eignet sich nun primär zum Auffüllen des Gefäßsystems?

1. *Vollblut* steht wegen der erforderlichen Blutgruppenbestimmungen und der serologischen Vorproben, selbst unter klinischen Bedingungen, nicht sofort zur Verfügung, so daß kostbare, entscheidende Zeit verstreicht, ehe ein bedrohliches Volumendefizit durch eine Transfusion ausgeglichen werden kann. Vollblut ist außerdem nur beim akuten hämorrhagischen Schock das ideale Ersatzmittel, nicht aber bei anderen Formen des Schocks (z. B. dem Verbrennungs- oder dem toxischen Schock).
2. *Plasma* käme wegen der geringen Lagerungsbeständigkeit nur in Form des Trockenplasmas in Frage, es müßte erst mit sterilem, pyrogenfreien Wasser aufgelöst werden. – Der Volumeneffekt des Plasmas ist synthetischen Volumen-Ersatzmitteln unterlegen.
3. *Elektrolytlösungen* (Ringer- oder Tyrodelösung) haben nur einen kurzen Kreislaufeffekt und führen wegen Herabsetzung des kolloidosmotischen Druckes zu Ödembildungen, besonders zum Lungenödem. Nach amerikanischen Angaben sollen 2,5 l Elektrolytlösung das Blutvolumen um 500 ml kurzzeitig, für etwa 20 Minuten, auffüllen. Diese Maßnahme käme wohl nur bei wirklichen Not- und Mangelzuständen in Betracht.
4. *Kolloidale Volumenersatzflüssigkeiten* (der Ausdruck «Plasma-Expander» wird nicht mehr gebraucht) haben im Organismus eine längere Verweildauer. Diese soll genügend lang sein, um den notwendigen Effekt zu erzielen, wobei aber 3–4 Stunden völlig ausreichen, ja geradezu wünschenswert sind, um einer überschießenden Hypervolämie vorzubeugen, wenn eine Bluttransfusion anschließend notwendig wird.

Als kolloidale Volumenersatzflüssigkeiten (VE) werden heute im wesentlichen verwendet:

1. VE auf Polysacchararid-Basis (Macrodex, Rheomacrodex, Longasteril, Onkovertin, Neo-Subcidal u. a.).
2. VE auf Gelatine-Basis (Haemaccel, Plasmagel, Gelifundol, Physiogel u. a.).

Da es sich aber bei all diesen Lösungen ausnahmslos um mehr oder minder körperfremde Stoffe handelt, drängt sich die Frage auf, ob nicht durch die VE selbst Störungen auftreten bzw. Schäden gesetzt werden können. Abgesehen von der Struktur der VE spielt sicher auch die totale und die in der Zeiteinheit infundierte Menge eine entscheidende Rolle. Im allgemeinen geht man heute – von Ausnahmen abgesehen – nicht über eine Einzeldosis von 1000 ml hinaus. Die einzige kolloidale VE, der die Bezeichnung «Expander» zugesprochen werden kann, ist das Rheomacrodex. Bei dieser 10%igen, hypertonen Lösung niedermolekularen Dextrans mit einem mittleren Molekulargewicht von 39000, tritt bei Infusion von 500 ml ein Volumeneffekt von etwa 700 ml auf. Allerdings geht diese intravasale Zunahme auf Kosten der Gesamtflüssigkeit des Organismus, dem schließlich diese Flüssigkeit entzogen wird. Eine baldige Substitution zur Auffüllung des Extrazellulärraumes ist also zwingend notwendig. Rheomacrodex sollte ausschließlich zur Behandlung des «Sludge»-Syndroms verwendet werden und nicht routinemäßig als VE!

Auf Grund der Publikationen verschiedener Autoren treten nach Infusionen von VE die folgenden positiven oder auch negativen Erscheinungen auf, die aber nicht so schwerwiegend sind, daß von der Infusion von VE abgeraten werden müßte:

1. Nach Infusion von Haemaccel kommt es zu einer überschießenden Urinausscheidung bei normalem spezifischen Gewicht. Nach Mertz handelt es sich hierbei um eine Verbesserung der Nierenhämodynamik. Demgegenüber kommt es nach Infusion von Macrodex und Rheomacrodex zu einer Oligurie mit einem signifikanten Anstieg des spezifischen Gewichtes. Dieser Anstieg wird bedingt durch die Ausscheidung der niedermolekularen Anteile dieser Lösungen.
2. Die BSG nach Westergreen ist nach Infusion von Haemaccel und Rheomacrodex gering bis mäßig, aber signifikant erhöht, auch noch nach 24 Stunden. Eine starke Beschleunigung der BSG tritt durch Infusion von Macrodex auf, sie beträgt nach 24 Stunden noch etwa 30/55. Diese erhöhte BSG darf nicht zu diagnostischen Irrtümern führen.
3. Bei Infusion großer Mengen von Polysacchariden wurden Störungen im Blutgerinnungssystem beobachtet, insbesondere durch Verminderung der Faktoren VIII und IX (antihämophiles Globulin A und B).

Als *Prinzipien der Schocktherapie* gelten somit:

1. *Für sämtliche Arten des Schocks:* Auffüllen des Gefäßsystems und damit weitgehende Normalisierung der Gewebsdurchströmung. Die

Infusionsgeschwindigkeit der VE muß möglichst hoch sein, um das Stromzeitvolumen wiederherzustellen. Der Zeitfaktor spielt eine entscheidende Rolle! Es ist geradezu erstaunlich, wie oft sich Patienten schon durch die primäre Infusion erholen.

2. Je nach Art und Ausmaß des Schocks ist
a) Stützung des Herzens
b) Dämpfung nervaler Faktoren
c) Bekämpfung toxischer Faktoren (evtl. Gabe von Methylprednisolon u. a.)
erforderlich.

18. Blutersatz

Historisches:

Im 17. Jahrhundert wurde versucht, Lammblut zu transfundieren.
1901 Landsteiner entdeckt die Blutgruppen A, B und O.
1911 van Dungern und Hirschfeld entdecken die A-Untergruppen A_1, A_2, A_1B und A_2B.
Christlich, Günther und Messerschmidt weisen darauf hin, daß bei Transfusion von Blut der Gruppe A häufiger Zwischenfälle auftreten als bei den anderen Blutgruppen.
1914 Hustin (Belgien) macht das Blut mit Hilfe von Citrat ungerinnbar.
1940 Entdeckung des Rh-Faktors durch Landsteiner und Wiener.

Indikationen und Nebenwirkungen:

Sorgfältige Untersuchungen ergaben, daß jede Bluttransfusion eine durchaus nicht indifferente Maßnahme ist, und die Gefahr möglicher Transfusionszwischenfälle wird in der Praxis eher unter- als überschätzt. Neben Inkompatibilitätsreaktionen und der Möglichkeit der Serumhepatitis (etwa 3,5 % bei Transfusion einer Konserve, drastisches Ansteigen bei Transfusion mehrerer Konserven), kann es nach Rügheimer und Green zum Schnellinfusionsschock kommen. Da die Differenz zwischen der Körpertemperatur und der dem Kühlschrank entnommenen Konserven mehr als 30° Celsius beträgt, können intravasale Kälteschäden und auch Überleitungsstörungen am Herzen auftreten. Außerdem führt u. U. eine passagere Citratüberdosierung zu einer kritischen Senkung des Plasma-Calciums und damit zu einer Hemmung der Blutgerinnung. Nach Schneider bilden sich im Konservenblut schon vom 4. Tag ab Erythrozytenaggregate (Sludging), so daß die Viskosität des Blutes zunimmt. Vor der Transfusion sollte das Blut ein Filter passieren. – Handelt es sich um schon länger gelagerte Konserven, die transfundieret werden müssen, kann eine kritische Erhöhung des Serum-Kaliums eintreten, da Kalium aus den Erythrozyten austritt und durch äquivalente Mengen von Natrium-Ionen ersetzt wird. Erythrozyten enthalten 105 mval/l Kalium, das Serum 4–5,5 mval/l. Die Kaliumwerte im Plasma einer Konserve haben nach 24 Tagen bereits das 4fache des Ausgangswertes erreicht. Während der Lagerung nimmt der Blutzuckergehalt kontinuierlich ab, dagegen die Milchsäurekonzentration entsprechend zu. Es kommt zu einer starken Verschiebung des pH-Wertes zur sauren Seite (innerhalb von 23 Tagen sinkt das pH von 7,3 auf 6,4 ab).

Der Bicarbonatgehalt sinkt in dieser Zeit von etwa 22 mval/l auf etwa 4 mval/l ab, so daß die im Schock bestehende metabolische Acidose noch erheblich verstärkt wird (Dohrmann, Weber). Wird die Kühlkette in der Blutkonservierung unterbrochen, z. B. Rückgabe einmal ausgegebener Konserven an die Blutbank, geht nach Spielmann die Überlebenszeit der transfundierten Erythrozyten erheblich zurück. Außerdem kann es zu einer Vermehrung von Bakterien bereits bei der Abnahme verunreinigter Konserven kommen. Nach Möse sind 1–3 % aller Konserven mit – meist apathogenen – Keimen verunreinigt. Fieberanstieg, Hämolyse und anaphylaktische Reaktionen können die Folge sein. – Alle diese Gründe sprechen dafür, auch im Schock die Indikation für die Bluttransfusion streng zu stellen.

Durchführung der Bluttransfusion:

1. Abnahme des Blutes in ein *vorher* mit dem Namen des Patienten versehenes Röhrchen
2. Blutgruppenbestimmung
3. Kreuzprobe
4. Die Konserve mindestens 30 Minuten (bis zu 2 Stunden) bei Zimmertemperatur lagern, damit sie sich erwärmen kann. Dann aber muß die Transfusion durchgeführt werden, und die Konserve darf keinesfalls wieder abgekühlt werden. Bei notwendigen Schnelltransfusionen empfiehlt es sich, die Konserve mit Hilfe eines erwärmten Wasserbades (Durchlauferwärmung) oder spezieller Geräte (Diathermie) innerhalb weniger Minuten auf 37° C zu erwärmen.
5. Durchführung der Vorprobe nach Oehlecker.

10–20 ml werden relativ schnell transfundiert, dann wird eine Pause von 10 Minuten eingelegt. Liegt eine Unverträglichkeit vor, tritt eine – abgeschwächte – Reaktion in Form von Schüttelfrost oder Unwohlsein auf, die aber bei der geringen Menge transfundierten Blutes keine Dauerschäden hinterläßt. Die Transfusion einer gesamten Konserve mit falscher Blutgruppe führt zu einer anaphylaktischen Reaktion mit nachfolgendem Nierenversagen und schließlich Exitus letalis. – Lebensrettend kann bei Transfusion einer Konserve mit falscher Blutgruppe die Durchführung einer therapeutischen Hypothermie sein.

Die Blutgruppe 0 darf nicht unbedingt als «Universalspender» angesehen werden. Nur in wirklichen Notfällen sollte, bei Vorliegen einer vitalen Indikation, Blut der Gruppe 0, rh – negativ, als *absolute Ausnahme* transfundiert werden.

Nach massiven Transfusionen muß mit einem Sludge-Syndrom in der Peripherie gerechnet werden. Wird dieses beobachtet, ist die Infusion einer niedermolekularen VE angezeigt.

19. Intensivpflege

Die sogenannte «Intensivpflege» beginnt, wenn bei einem Patienten Vitalfunktionen auszufallen drohen oder bereits ausgefallen sind. Die Intensivpflege ist aufwendig und stellt hohe Anforderungen an das Pflegepersonal, sowohl in physischer als auch psychischer Hinsicht.

Oft steht der behandelnde Arzt vor einer überaus schwierigen Entscheidung, ob noch reelle Chancen für den Patienten zum Überleben bestehen, und die Intensivpflege eingeleitet werden soll. Es ist nicht Aufgabe der Intensivpflege, das Sterben nach einem erfüllten Leben hinauszuzögern! Aber auch bei aller klaren Entscheidung wird es sich nicht vermeiden lassen, daß immer häufiger Patienten nach Ausfall des Großhirnes nicht mehr als Menschen, sondern nur noch als ein in den vegetativen Funktionen existierender Organismus ohne Bewußtsein weiterleben. Auch dies stellt für den Anaesthesisten eine schwere psychische Last dar. Er hat zwar das Leben als vegetative Funktion erhalten können, aber die Schädigung des Großhirns, gleich aus welcher Ursache, war irreparabel. Wer aber kann dies bei Einleitung der Behandlung voraussagen? So sind Schwere und Ausmaß der Hirnbeteiligung bei der Einlieferung eines Verletzten, nämlich dann, wenn die Wiederbelebungsmaßnahmen einsetzen müssen, nicht zu beurteilen. Die primäre ärztliche Aufgabe ist, das Leben zu erhalten.

So darf also niemand dem Anaesthesisten daraus einen Vorwurf machen, wenn er seiner Aufgabe, das Leben zu erhalten, gerecht wird. Ein Arzt hat nicht das Recht, dann über Leben und Tod zu entscheiden, wenn die seelischen und geistigen Funktionen nicht wiederkehren.

In der Intensivpflege muß unterschieden werden zwischen der eigentlichen «Intensivpflege», z. B. nach schweren Unfällen, post operationem oder nach frischen Herzinfarkten, und der «Intensivüberwachung» (z. B. mehrere Tage nach einem Herzinfarkt in der Phase der Konsolidierung und Ausheilung).

Zur Klarstellung des Begriffes «Intensivpflege» muß auf die organisatorischen Unterschiede der folgenden Einrichtungen hingewiesen werden.:

1. Aufwachraum
2. Wachstation
3. Intensiv-Behandlungseinheit

Zwischen der Deutschen Gesellschaft für Chirurgie und der Deutschen Gesellschaft für Anaesthesie und Wiederbelebung wurde folgende Aufgabenteilung und Zusammenarbeit vereinbart:

1. Jeder Patient in einem Aufwachraum, der Wachstation oder der Intensiv-Behandlungseinheit verbleibt in der Zuständigkeit der Ärzte, die ihn wegen seines Grundleidens behandeln. Nur so ist eine kontinuierliche Therapie bei diesen schwerstkranken Patienten möglich.
2. Aufwachraum, Wachstation und Intensiv-Behandlungseinheit bedürfen, unabhängig von der Zuständigkeit des Facharztes, einer interdisziplinären Leitung durch einen Arzt, der die Verantwortung für die ordnungsgemäße ärztliche und pflegerische Betreuung der Patienten übernimmt. Dieser Arzt trägt die Verantwortung für die Instandhaltung der technischen Einrichtungen und der organisatorischen Leitung. Für die ärztliche Behandlung ist der leitende Arzt im Rahmen seines Fachgebietes zuständig. Er hat für die rechtzeitige Zuziehung der fachlich zuständigen Ärzte zu sorgen und die reibungslose Zusammenarbeit zwischen Operateur und Anaesthesist sicherzustellen.
3. Die *Aufwachräume* unterstehen dem Anaesthesisten.
Chirurgische Wachstationen sollten unter Leitung des Chirurgen stehen, interdisziplinäre operative *Intensiv-Behandlungseinheiten* unter der Leitung des Anaesthesisten.
4. Eine sinnvolle und für den Patienten optimale Pflege ist nur durch eine gute Zusammenarbeit möglich. Prestigefragen stören in jedem Fall die Behandlung und schaden dem Patienten.

Bei der Organisation in den verschiedenen Krankenhäusern ist die Entstehung der einzelnen Stationen zu berücksichtigen.

Während der letzten 5–6 Jahre rückte die *internistische Intensivpflege* stärker in den Vordergrund. Dies führte zum Teil zu einer völligen Abtrennung von internistischen Intensivpflege-Einheiten. – In der Deutschen Gesellschaft für Innere Medizin wurde deshalb eine Sektion für Internistische Intensivpflege gegründet.

Grundsätzlich ist die Problematik der internistischen Intensivpflege eine andere als in den operativen Disziplinen. Bei der internistischen Intensivpflege steht die Behandlung von
a) pulmonalen (Emphysem, Fibrose, Asthma usw.) und
b) cardiologischen Störungen
im Vordergrund.

Organisationsstruktur und Leitung:

1. Die Intensivmedizin soll in besonderen Bereichen des Krankenhauses durchgeführt werden. Schon wegen des großen Raumbedarfes, den hohen Anforderungen an die Personalbesetzung und der entsprechenden Einrichtung und Ausstattung dieser Einheiten sollte eine möglichst weitgehende, räumliche Zusammenfassung aller Intensivpflege-Einheiten in einem Krankenhaus erfolgen.
Je nach der Größe der Krankenhäuser bieten sich die folgenden Lösungen an:
a) für größere Krankenhäuser und Kliniken über 650 Betten:
2 Pflegeabteilungen für Intensivmedizin, und zwar eine für den operativen und eine für den konservativen (internistischen) Bereich, gegebenenfalls mehrere weitere Pflegegruppen.
Darüber hinaus können weitere, fachgebundene, Intensivpflege-Einheiten notwendig sein (z. B. Dialyse, Verbrennungs- oder Vergiftungszentralen usw.). Nach Möglichkeit, insbesondere bei Neuplanungen, sollte eine sogenannte «Apparatzentrale» erstellt werden, an die sich, gewissermaßen sternförmig, die Pflegeeinheiten anschließen. Auf diese Weise läßt sich in gewissen Grenzen eine Rationalisierung erreichen.
b) für kleinere Krankenhäuser wird im allgemeinen eine zentrale Intensivbehandlungseinheit ausreichend sein, die sowohl Patienten aus dem operativen als auch dem internistischen Bereich aufnimmt.

Indikationsbereich für die Intensivbehandlung:

Intensivbehandlung kann notwendig werden bei Patienten mit folgenden Krankheitsbildern:
1. Respiratorische Insuffizienz.
2. Tiefe Bewußtlosigkeit infolge zerebraler Traumen, Hirnoperationen oder -erkrankungen, akute Stoffwechseldekompensation.

3. Postoperative Komplikationen wie Magen-Darm-Atonie, Ileus, Peritonitis, Pankreatitis, Gerinnungsstörungen.
4. Nach Herzoperationen.
5. Schwere Störungen des Wasser-, Elektrolyt- und Säure-Basen-Haushaltes,
6. Blutungen aus dem Magen-Darm-Trakt.
7. Akute Niereninsuffizienz.
8. Schockzustände verschiedener Genese.
9. Schwere Verletzungen.
10. Verbrennungen.
11. Tetanus.
12. Schwere Eklampsie.
13. Akute cardiovasculäre Erkrankungen (Herzinfarkt, dekompensiertes Cor pulmonale, bedrohliche Rhythmusstörungen, Lungenembolie.
14. Hypo- und Hyperthermie.
15. Nach Wiederbelebung.

Vorteile der Intensiv-Behandlungseinheiten sind:

1. Sie stellen eine echte «Notfallzentrale» dar.
2. Eine kontinuierliche Betreuung durch erfahrene Ärzte ist sicher gewährleistet.
3. Geschultes Personal sorgt für vorzügliche Pflege und Behandlung.
4. Eine sinnvolle Konzentration teurer Geräte und Einrichtungen ist rationell gewährleistet.
5. Komplizierte Therapiemethoden werden durch erfahrene Mitarbeiter routinemäßig angewendet.
6. Durch stetige Laborüberwachung ist sofortige Umsetzung von Kontrollwerten zur gezielten Therapie gewährleistet.
7. Die Intensivpflege-Einheit stellt eine hervorragende Ausbildungsmöglichkeit für Ärzte und Schwestern dar.
8. Interdisziplinäre, konsiliarische Tätigkeit ist auf der Intensivpflege-Einheit leichter möglich als bei Patienten, die verstreut über das Krankenhaus verteilt sind.

Zusammengefaßt: Diese Pflege-Einheiten helfen, das Leben schwerstkranker Patienten zu erhalten.

Nachteile der Intensiv-Behandlungsstationen:

1. Sofern der Patient bei Bewußtsein ist, wird er einer starken psychischen Belastung allein dadurch ausgesetzt, daß er auf diese Einheit velegt wird.
2. Die Kontinuität der Behandlung wird u. U. unterbrochen.

3. Das gesamte Pflegepersonal, Ärzte und Schwestern, sind auf Dauer psychisch überlastet.
4. Gefahr der Polypragmasie, auch bei sterbenden Patienten nach einem erfüllten Leben.
5. Senkung des Ausbildungsniveaus auf den allgemeinen Pflegestationen.
6. Hohe Kosten!
7. Gefahr der Querinfektion.

Von der baulichen Konzeption her unterscheidet man sogenannte «geschlossene» und «offene» Stationen. Bei den «geschlossenen» Stationen handelt es sich um kleine, aber geschlossene Zimmer mit ein oder zwei Behandlungsbetten, während bei der sogenannten «offenen» Einrichtung eine Unterteilung lediglich durch halbhohe Wände oder Vorhänge erfolgt. Das «geschlossene» System verlangt einen höheren Aufwand an Pflegepersonal, während eine Behandlung im «offenen» System für Patienten, die bei Bewußtsein sind, psychisch sehr belastend sein kann. Aus diesem Grunde hat sich für viele Intensivpflege-Einheiten das sogenannte «gemischte» System durchgesetzt. Es dürfte zur Zeit der günstigste Kompromiß sein.

Für eine Intensivpflege-Einheit müssen sowohl in apparativer als auch in personeller Hinsicht Mindestvoraussetzungen erfüllt sein. In mehreren Bundesländern wurden Richtlinien erlassen, die leider noch nicht auf Bundesebene koordiniert worden sind.

Für das Land Schleswig-Holstein gelten die folgenden Mindestvoraussetzungen:

Gemäß § 7 Abs. 2 der Landespflegeverordnung vom 30. Juli 1971 (GVOBl. Schl.-H. S. 412) in der Fassung der Ersten Änderungsverordnung vom 28. März 1972 (GVOBl. Schl.-H. S. 34) gelten ab sofort nachstehende *Mindestvoraussetzungen für eine Anerkennung als Intensivstation:*

1. Intensivstationen sind spezielle, von den anderen Abteilungen abgegrenzte Betteneinheiten für Schwerstkranke, deren vitale Funktionen lebensbedrohlich gestört sind und wiederhergestellt bzw. durch besondere Maßnahmen für gewisse Zeit künstlich aufrechterhalten werden müssen.

Aufwachräume und Wachstationen gehören nicht dazu.

2. Medizinisch-technische Einrichtungen:
a) elektronische Anlagen zur Dauerüberwachung und Registrierung der Körperfunktionen für jedes anzuerkennende Bett.

Mindestens 50 v. H. der Betten sollen mit 3- bzw. 4-Kanal-Geräten ausgerüstet sein, die neben der EKG-Kontrolle auch die Atmung und die Temperatur registrieren. Bei künstlicher Beatmung soll nach Ausfall des Gerätes sofort Alarm gegeben werden.

Auf jeder Intensivstation soll ein Gerät vorhanden sein, das neben der EKG-Aufzeichnung die blutige Messung des Blutdruckes und auch eine EEG-Aufzeichnung ermöglicht.
b) maschinelle Beatmungsgeräte und Absauggeräte
c) Defibrillator und Schrittmacher
d) Möglichkeiten zur Unterkühlung
e) zentrale Gasversorgungsanlage
f) Apparatur zur Blutgasanalyse
g) Mikrohämatokrit-Zentrifuge
h) eine laufende Laborüberwachung muß gewährleistet sein.
3. Für eine durchgehende ärztliche und pflegerische Betreuung der Patienten über 24 Stunden ist eine entsprechende personelle Besetzung nachzuweisen.
a) Der Bedarf an Intensivpflegepersonal orientiert sich am Bettenschlüssel von mindestens 1:1, daneben eine leitende Stationsschwester für die Einheit.
b) für jeweils zwei Betten soll ein Assistenzarzt zur Verfügung stehen, dazu ein Oberarzt für die Einheit.
4. Die Leitung von Intensivstationen des operativen Fachbereichs obliegt grundsätzlich, die von interdisziplinären Stationen in der Regel dem Anaesthesisten, im konservativ-internen Bereich obliegt die Leitung dem Internisten.
5. Die Bettenzahl der Intensivstationen soll 5 % der allgemeinen chirurgischen und internistischen Betten nicht überschreiten.
6. Die Intensivstationen zählen zur allgemeinen Pflegeklasse.
Diese Mindestvoraussetzungen gelten auch für Intensivstationen auf pädiatrischen Abteilungen bzw. in vergleichbaren Kliniken.
Ergänzende Hinweise zur Einrichtung von Intensivpflege-Betten:
Bettseitig empfiehlt es sich, sogenannte «Wandschienen» anzubringen, auf denen sämtliche benötigten Geräte befestigt sind. Eine ausreichende technische und elektrische (besonders geerdete) Ausrüstung gewährleistet auch den Anschluß erforderlicher Überwachungs- und Therapie-Geräte: Pro Bett sollten mindestens vier Steckdosen vorhanden sein, außerdem als Anschluß der zentralen Gasanlage (ZGA) zwei Anschlüsse für Sauerstoff, zwei für Vakuum, ein Anschluß für Preßluft und einer für Lachgas.
Auf Grund der VDE-Vorschriften muß der Fußboden leitend sein. In älteren Intensivpflege-Einheiten müssen als absolut unterste Grenze für den Flächenbedarf pro Bett (ohne Nebenräume) 9 qm angesetzt werden. Für Neuplanungen von Krankenhäusern rechnet man heute (einschließlich der zwingend erforderlichen Nebenräume) pro Bett 55–75 qm.

20. Hyperbare Sauerstofftherapie

Historisches:

Bereits 1662 erfolgte durch den Engländer Henshaw die Anwendung von komprimierter Luft.

1837 befaßte sich Pravaz mit dem Bau von Überdruckkammern.

1869 verunglückte Fontaine bei seinen Sauerstoff-Überdruckversuchen tödlich.

1878 bewies Paul Bert die Toxizität des komprimierten Sauerstoffes für Nervengewebe.

Seit 1963 wurden in Amsterdam, Glasgow, Durham und vor allem an der Anaesthesie-Abteilung der Universität Lüttich durch Lamy u. a. umfangreiche Untersuchungen über die hyperbare Sauerstofftherapie durchgeführt.

Allgemeines und Indikationen:

Die hyperbare Sauerstofftherapie stellt eine Behandlungsform dar, deren Indikationen noch nicht abgegrenzt sind. Nach Seemann unterscheidet man absolute, relative und mögliche Indikationen (Tab. 6).

Jeder in einem Krankenhaus im Bereich der Intensivpflege tätige Arzt sollte die Indikationsstellung für die hyperbare Sauerstofftherapie kennen, um Patienten rechtzeitig in eine Klinik verlegen zu können, die eine Überdruckkammer besitzt.

Die Entscheidung, bei einem Patienten die hyperbare Sauerstofftherapie durchzuführen, muß sehr *rasch* gefällt werden. Der Patient muß schonend, möglichst ohne jede zusätzliche physische Belastung, transportiert werden. Damit kommt für die meisten Transporte nur der Hubschrauber in Frage.

Wegen der großen Explosionsgefahr werden die heute benutzten Sauerstoffüberdruckkammern nicht mit reinem Sauerstoff beschickt, sondern mit Preßluft. Der Patient jedoch atmet über eine Maske reinen Sauerstoff. Dies hat den Vorteil, daß der Druck rasch gesenkt werden kann. Ein komprimierte Luft atmender Taucher muß langsam «austauchen», damit nicht Stickstoffblasen auftreten, die im zentralen Nervensystem Zerstörungen (Lähmungen) auslösen können.

Reiner Sauerstoff wirkt bereits nach kurzer Zeit toxisch, so daß als Anhaltspunkt gilt: Innerhalb von 24 Stunden darf 2 Stunden mit 3 atü oder 3 Stunden mit 2 atü reiner Sauerstoff geatmet werden. Dabei sollen die einzelnen Sitzungen 20 Minuten möglichst nicht überschreiten.

Besondere Hinweise für die Therapie:

Wenn die Entscheidung zu Gunsten der hyperbaren Sauerstofftherapie gefallen ist, soll keine andere Therapie durchgeführt werden, insbesondere bei Gasbrandinfektionen nicht Gasbrandserum injiziert werden. Dies führt nur zu einer drastischen Verringerung der Heilungsquote.

Tab. 6: Absolute, relative und mögliche Indikationen für die hyperbare Sauerstofftherapie (nach SEEMANN).

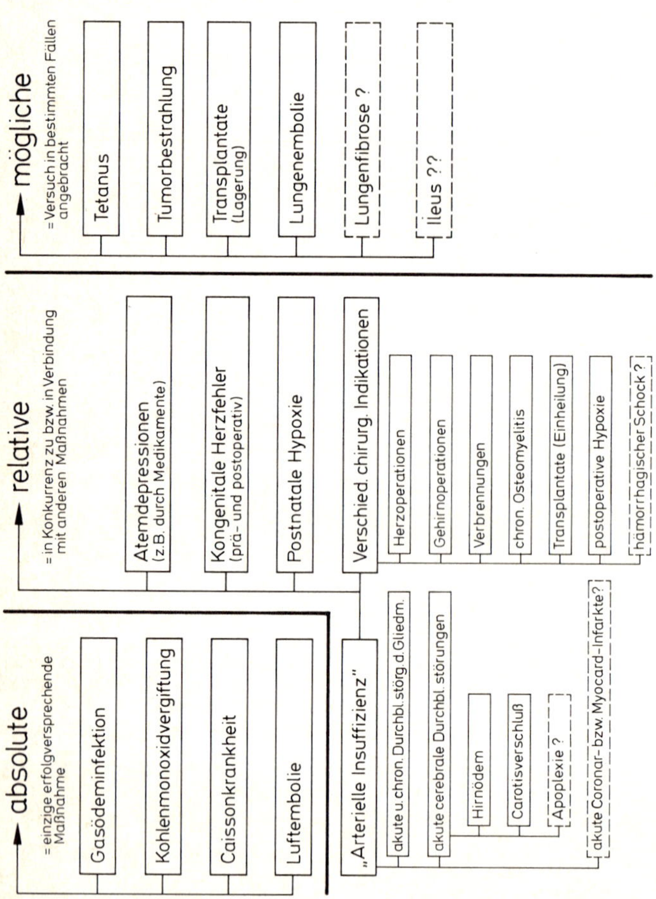

21. Wiederbelebung: Atemspende und äußere Herzmassage

Sämtliche Maßnahmen in der Ersten Hilfe müssen aus wenigen Handgriffen bestehen, die aber gezielt und wirksam sein müssen. Jeder Helfer muß von der Notwendigkeit der einzelnen Handgriffe und Maßnahmen absolut überzeugt sein, da sonst eine zielvolle Durchführung der Wiederbelebung in Frage gestellt ist.

21.1. Atemspende

Der Wert der verschiedenen Beatmungsmethoden stand während der letzten Jahre immer wieder im Mittelpunkt von Diskussionen. Insbesondere in der DLRG entschied man sich nur zögernd, die Atemspende zu übernehmen. – Die weltweit gewonnenen Untersuchungsergebnisse lassen es aber notwendig erscheinen, die verschiedenen Beatmungsmethoden abzuwägen, um Empfehlungen für die beste, leistungsfähigste und dabei am leichtesten durchzuführende zu geben.

Was müssen wir von den Methoden der künstlichen Beatmung verlangen? Sie müssen:

1. eine ausreichende Beatmung mit genügender Sauerstoffsättigung bewirken,
2. vom Spender lange genug körperlich durchgehalten werden können,
3. leicht genug erlernbar sein, um ohne großen Zeitaufwand alle Handgriffe richtig zu lehren und zu lernen. Sie sollen damit auch lange genug im Gedächtnis haften bleiben, um nach langer Pause sofort wieder fehlerfrei ausgeführt werden zu können, denn jeder Fehler bedeutet eine insuffiziente oder gar keine Beatmung.

Aus diesen Gründen ist es notwendig, alle gebräuchlichen manuellen Methoden und die Atemspende kurz gegenüberzustellen. Während der letzten Jahre waren vor allem die folgend aufgeführten Methoden Gegenstand gründlicher Untersuchungen:

1. nach Sylvester (Rückenlage)
2. nach (Schäfer (Bauchlage)
3. nach Eve (Bauchlage, Schaukelbewegungen durch Wippe)
4. nach Holger-Nielsen (Bauchlage)
5. nach Emerson (Bauchlage)
6. nach Thomsen (Rückenlage)

Bei den Methoden, die eine Rückenlage des Verunglückten verlangen, besteht die Gefahr, daß die zurückfallende Zunge die Atemwege verlegt, und auch Mageninhalt, Schleim, Blut oder Wasser nur schwer entfernt werden können. In Bauchlage bleiben zwar die Atemwege leichter frei, jedoch sind hierbei die Atemvolumina kleiner als in Rückenlage.

Aus der Zahl der Methoden ist ersichtlich, daß eigentlich keine zu befriedigenden Resultaten geführt hat, daß also die Ventilationsgrößen offensichtlich nicht ausreichten, eine genügende Sauerstoffsättigung herbeizuführen. Wichtig für die Beatmung ist die Tiefe eines Atemzuges, da bei jedem Atemzug 150 ml Totraumluft der oberen Luftwege mitgeatmet werden müssen. So entsprechen 60 flache Atemzüge zu 250 ml dem Effekt von 7 tiefen Atemzügen zu 1000 ml:
250–150 = 100 × 60 = 6 000 ml;
1000–150 = 850 × 7 = 5 950 ml.

Bei den manuellen Beatmungsverfahren tritt nun je nach Alter und Körperbautyp eine Wirkungsabnahme ein, die beim Habitus «dick und klein» bis zu 50 % beträgt. Der Helfer hat aber bei den manuellen Methoden keine Möglichkeit, die Atemgröße zu kontrollieren, er hat auch keine Hand frei, um durch das Vorziehen des Unterkiefers die Atemwege bei der künstlichen Beatmung freizuhalten. Selbst bei den Methoden nach Sylvester und Thomsen, bei denen durch Unterstützung der Schulter ein weitgehendes Strecken des Kopfes nach hinten möglich ist, genügt dies bei Bewußtlosen nicht, um in allen Fällen ausreichend weite Atemwege zu sichern, wie röntgenologische Reihenuntersuchungen bewiesen. Ulmer und Mitarbeiter beatmeten einen 47jährigen, übergewichtigen Patienten mit der Methode nach Thomsen. Dabei nahm die Sauerstoffsättigung im Blut laufend ab und erreichte bald kritische Werte. In diesem Fall war also – bei absolut korrekter Durchführung – diese manuelle Methode sicher nicht ausreichend. Andere Meßergebnisse dieser Autoren sprechen auch dafür, daß bei den manuellen Methoden eine ungleichmäßige Ventilation der Lungen zustande kommt, daß gewissermaßen nur «Prädilektionsstraßen» belüftet, während andere Gebiete kaum beatmet werden.

Die manuellen Methoden der Beatmung besitzen also in praxi große Unsicherheitsfaktoren!

Die Atemspende ist keine Entdeckung der Neuzeit, sondern ist schon in der Bibel erwähnt und wurde von Hebammen seit Menschengedenken zur Beatmung asphyktischer Neugeborener angewendet. Seit etwa 1955 haben vor allem amerikanische Autoren wie Safar, Elam, Gordon u. a. die direkte Beatmung untersucht und propagiert. Zu unterscheiden ist hier zwischen den Nuancen der Mund-zu-Mund- und Mund-zu-Nasen-Beatmung. Bei Kindern wird gleichzeitig durch Mund und Nase beatmet.

Die Mund-zu-Nasen-Beatmung ist etwas hygienischer und auch leichter durchzuführen als die Mund-zu-Mund-Beatmung. Auch der Beatmungsdruck ist bei der Mund-zu-Nasen-Beatmung niedriger als bei der Mund-zu-Mund-Beatmung, so daß bei der Mund-zu-Nasen-Beatmung die Gefahr des gleichzeitigen Aufblasens des Magens nicht in dem Maße besteht. Durch einen zu hohen Druck im Magen kann es leicht zum Rückfluß von Mageninhalt kommen.

Diese Überlegungen waren Gegenstand von Diskussionen auf internationalen Rettungskongressen, auf denen schließlich beschlossen wurde, der Mund-zu-Nasen-Beatmung eindeutig den Vorrang zu geben. Nur in einem von dreitausend Fällen soll die Nasenbeatmung behindert sein.

Da es sich bei der Atemspende aber um die Ausatemluft des Spenders handelt, drängt sich die Frage auf, ob mit dieser Luft auch eine ausreichende Sauerstoffsättigung zu erreichen ist.

Die atmosphärische Luft enthält etwa 21 % Sauerstoff und die Alveolarluft 14,5 %. Es besteht also eine Differenz von etwa 6,5 %. Die Ausatemluft die sich aus der Alveolar- und Totraumluft mischt, enthält etwa 17,5 % Sauerstoff. Das Sauerstoffgefälle in der Lunge des Verunglückten beträgt also bei direkter Mund-Beatmung nur 3 %. Somit wird etwa das doppelte Atemzugvolumen benötigt wie bei der Beatmung mit Frischluft, anstatt 5 l also etwa 10 l. Bei einer empfohlenen Atemfrequenz von 18–20 l/min würden pro Atemzug $^1/_2$ l = 500 ml = cm^3 ausreichen. Mühelos wird aber bei einem bewußt durchgeführten Atemzug 1 l geatmet. Damit besteht noch eine ausreichende Reserve, ohne daß beim Spender die Gefahr der Hyperventilation mit Absinken des Kohlensäurespiegels besteht. Untersuchungen von Ulmer und Mitarbeitern bewiesen, daß mit der Atemspende eine so ausreichende Sauerstoffsättigung zu erreichen ist, daß selbst Pausen zum Absaugen von Flüssigkeit (Schleim) eingelegt werden können.

Wichtig bei der Atemspende ist, daß der Spender sofort nach der Einatmung beatmet, um der Atemluft möglichst wenig Zeit für die Mischung mit der Alveolarluft (s. o.) zu lassen. Durch die Atemtechnik der sofortigen Ausatmung kann trotz einer Ventilationssteigerung das Absinken des Kohlensäuredruckes in den Lungen geringer gehalten werden. So kommt es nicht zum Auftreten des «Hyperventilationssyndroms», das sich in Blutdruckabfall, Schwindel und Unwohlsein äußert.

Bei allen auch nur etwas geübten Spendern treten diese Symptome nicht auf. Sollte dies dennoch der Fall sein, muß der Spender für einen Augenblick den Atem anhalten, um den Kohlensäuredruck ansteigen zu lassen.
Wichtig bleibt für den Spender: *Ruhe bewahren!!!*

Rein ventilatorisch ist also die Atemspende den manuellen Beatmungsmethoden weit überlegen. So sind auch die Nachteile der direkten Mund-Beatmung gering gegenüber dem Nutzen, den diese Methode mit sich bringt. Als einzige Nachteile sind anzusehen:
1. *Die Möglichkeit der Infektion:* Sie ist gering. Die Bergung eines Ertrinkenden dürfte für einen Helfer weit größere Gefahren mit sich bringen.
2. *Ästhetische Bedenken:* Sie können völlig zurückgestellt werden. Schon nach dem Üben am Phantom wird ein Helfer seine früheren Hemmungen völlig unverständlich finden. Notfalls kann man ein Taschentuch auf das Gesicht des Patienten legen. Jedes Zögern aber schadet dem Verletzten, denn bei einem Atemstillstand ist immer Eile geboten. Wir wissen: der menschliche Organismus kann zwar etwa 30 Tage ohne Nahrung und 3 Tage ohne Flüssigkeit, aber nur 3 Minuten ohne Sauerstoffzufuhr auskommen!
3. *Die Atemspende kann auf die Dauer unbequem sein,* vor allem, wenn die Situation es erschwert, dem Gesicht des Verletzten nahezukommen, z. B. auf dem Transport. Notfalls muß auch auf diesem die Beatmung fortgesetzt werden. Dies ist aber bei den manuellen Methoden überhaupt nicht möglich. Der Abtransport sollte nicht durch die Beatmung verzögert werden, da in einer Klinik wesentlich bessere Behandlungsmöglichkeiten und Wiederbelebungsmaßnahmen zur Verfügung stehen als am Strand oder auf der Landstraße.
4. Eine wirkliche Gefahr für den Spender kann bei einer Vergiftung des Verunglückten bestehen.

Bei den folgend aufgeführten – allerdings sehr seltenen – Vergiftungen, die alle durch einen charakteristischen, intensiven Geruch gekennzeichnet sind, ist zur Vorsicht zu mahnen!
Die bisher bekannten Substanzen sind:
Nikotin,
Blausäure,
flüchtige Cyanverbindungen,
Insektizide der Thiophosphorreihe (z. B. E 605),
Phosgen,
Phosphorwasserstoff,
Schwefelwasserstoff und
organische Thioverbindungen.

In diesen seltenen Fällen sollte, wenn bei der Schwere solcher (industriell oder suicidal bedingter) Vergiftungen überhaupt noch mit einem Erfolg zu rechnen ist, eine der manuellen Methoden angewendet werden, am besten entweder die nach Sylvester oder Thomsen.
Woran ist nun ein Atemstillstand zu erkennen?
Die Symptome sind:

1. Keine Atmung
2. Blässe, unter Umständen auch Blauverfärbung der Haut
3. Erweiterte Pupillen
4. Bewußtlosigkeit.

Sofern nicht durch eine schwere Schädel-Hirn-Verletzung ein zentraler Atemstillstand vorliegt, ist eine teilweise oder völlige Verlegung der Atemwege die Ursache. Diese kann hervorgerufen sein durch:

1. Zurückfallen der Zunge bei bewußtlosen oder gelähmten Patienten
2. Durch Fremdkörper (Gebiß!), Blut, Erbrochenes usw.
3. Durch Schwellungen der Stimmbänder
4. Durch Krampf
5. Durch Verletzungen der Luftwege.

Wie bereits ausgeführt wurde, ist die technische Durchführung der Mund-zu-Nasen-Beatmung etwas einfacher als die der Mund-zu-Mund-Beatmung. Für eine Kurzausbildung, z. B. im Rahmen der «Sofortmaßnahmen am Unfallort» ist deshalb nur die Mund-zu-Nasen-Beatmung zu empfehlen. Zur Ausübung dieser Methode bedarf es nur weniger, leicht erlernbarer und auch gut im Gedächtnis zu behaltender Handgriffe:
Die Durchführung ist wie folgt:

1. Überzeugen, ob die Atemwege frei sind oder freigemacht werden müssen. Wo ist die Zahnprothese? Besteht Blutung aus dem Mund oder Erbrechen? Wenn ja, Seitenlage; sonst Rückenlage für die Zeit der Beatmung. Dies gilt nicht für den Transport, bei dem man auch aus Sicherheitsgründen immer die stabile Seitenlage (Abb. 66) einhalten sollte. Die Seitenlagerung verbietet sich allerdings bei Wirbel- und Beckenbrüchen.

Bei der stabilen Seitenlage wird das *unten* liegende *Bein* nach *vorn* und der *unten* liegende *Arm* nach *hinten* abgewinkelt. Diese Lagerung hat sich als stabiler erwiesen als die früher angegebene Form der Seitenlagerung nach Rautek.

Nach der heutigen Auffassung ist *auch bei Ertrunkenen ohne jede Verzögerung* mit der Atemspende zu beginnen! Der Versuch, in die Luftwege eingedrungenes Wasser vor Beginn der Wiederbelebung zu entfernen, führt zu einer unnötigen Verzögerung der lebensent-

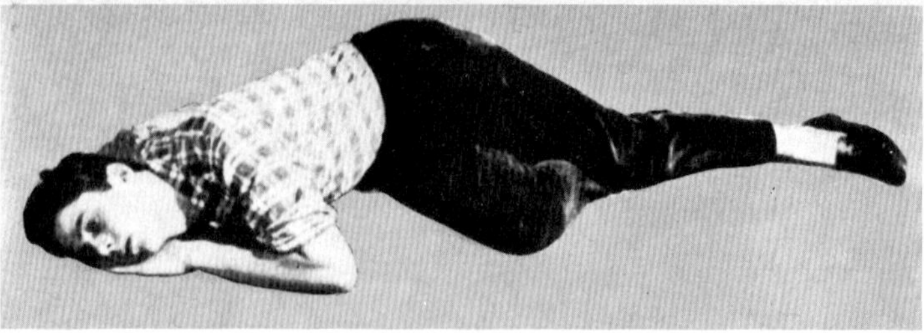

Abb. 66: Stabile Seitenlage.

scheidenden Maßnahmen. Besonders Salzwasser läßt sich wegen seiner höheren Oberflächenspannung praktisch nicht aus der Lunge entfernen.

2. Eine Hand faßt unter das Kinn, die andere zum Scheitel, um den Kopf nach hinten zu beugen (Abb. 67). Durch diese Kopfbewegung wird die Zunge nach ventral gebracht und damit eine freie Passage der Luft ermöglicht.

Der Mund wird geschlossen, so daß durch die Nase eingeblasene Luft nicht durch diesen entweichen kann. Der Kopf muß nun immer in dieser Stellung gehalten werden. Geschieht dies nicht, fällt die Zunge wieder zurück und verlegt die Atemwege erneut.

3. Nun atmet der Spender tief ein und sofort ruhig und sanft durch die Nase des Verunglückten aus. Dabei ist das Heben des Brustkorbes des Verletzten zu beobachten.

4. Nase freigeben und die Luft entweichen lassen; dies Anhören zur Kontrolle des Beatmungseffektes.

5. Wieder ruhig einatmen (außerhalb der Ausatemluft des Verletzten), sofort beatmen, ausatmen lassen usw.

Die Frequenz soll 16–20 Beatmungen pro Minute betragen. Dabei sollen die ersten Atemzüge etwas schneller gegeben werden, um einen rascheren Ausgleich des Sauerstoffdefizits zu erreichen, das durch den Atemstillstand eingetreten ist. Diese Beatmung muß nun durchgeführt werden, bis eine sichere Spontanatmung einsetzt oder sichere Todeszeichen festzustellen sind. Dies kann u. U. sehr lange dauern, besonders wenn es sich um Ertrunkene oder Stromverletzte handelt. In diesen Fällen soll die Wiederbelebung mindestens 2 Stunden (!) lang durchgeführt werden, – Ein Erfolg der Beatmung kann aber schon an der Verengerung vorher weiter und starrer Pupillen oder an engen, sich nicht erweiternden Pupillen und am besser fühlbaren Puls festgestellt werden.

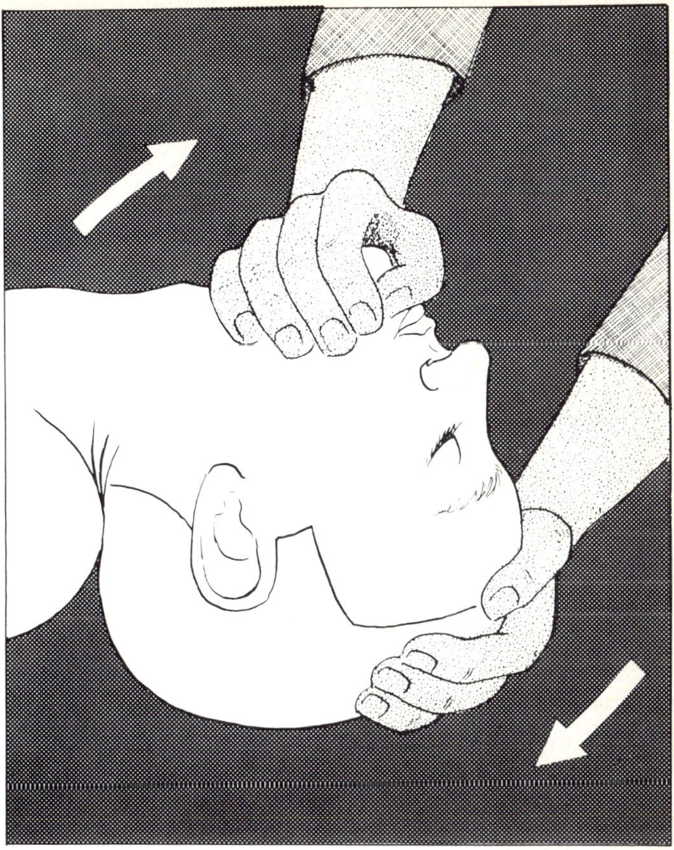

Abb. 67: Hand- und Kopfhaltung für die Atemspende (Mund-zu-Nasen-Beatmung)

Besteht Verdacht auf einen Herzstillstand, sollte – sofern ein Arzt oder speziell dafür ausgebildetes ärztliches Hilfspersonal zur Stelle ist – mit der äußeren Herzmassage begonnen werden. Diese sollte nicht von Laien ausgeführt werden, da bei nicht exakten medizinischen Kenntnissen die Gefahr schwerer, ja tödlicher Verletzungen besteht. – Die Kombination der Herzmassage mit der Beatmung läßt sich wirkungsvoll nur bei der Atemspende durchführen. Bei den manuellen Methoden sind die «Arbeitswege» beim Wechsel zu lang bzw. ist die Herzmassage ausgeschlossen bei den Techniken, bei denen sich der Patient in Bauchlage befindet. Auch bei der Methode nach Thomsen, bei der sich der Helfer am Kopf des Verunglückten befindet, besteht durch die auf cranial-caudal weisende Druckrichtung die Gefahr des gefürchteten Abgleitens in den Oberbauch, was zu schweren Verletzungen (z. B. der Leber, des Magens oder Darmes führen kann).

Es ist durchaus notwendig, die Durchführung der Beatmungsmethoden aus der Sicht des Helfers zu sehen und dabei die folgenden Fragen zur Diskussion zu stellen:
1. Wie ist die einzelne Methode lehr- oder lernbar?
2. (was noch wichtiger erscheint) Wie beherrscht der Spender die Methoden, wenn er sie für längere Zeit nicht angewendet hat und plötzlich einer Notfallsituation gegenübersteht?
3. Wie rasch ermüdet der Helfer bzw. wie hoch sind nach einer gewissen Zeit der Beatmung das Verhalten von Puls, Blutdruck, Temperatur, Gewichtsverlust und Sauerstoffverbrauch?

Schon 1951 hatten Gordon und Karpovich Untersuchungen über die pädagogischen Probleme der manuellen Beatmungsmethoden angestellt. Nach diesen Untersuchungen wurden die Methoden meist nach der Darstellung der physiologischen Verhältnisse und einer kurzen Demonstration der Durchführung gut beherrscht. Schon nach einer Woche war ein deutlicher Schwund der Kenntnisse zu verzeichnen. Um die Frage der körperlichen Belastung der Helfer zu beantworten, wurde von verschiedenen Autoren der Sauerstoffverbrauch gemessen.

Mit Ausnahme der Methode nach Emerson, bei der ein deutlich höherer Verbrauch auftrat, wurden bei allen manuellen Methoden noch annehmbare Werte gefunden. Alle Untersucher und Untersuchten waren sich aber darüber einig, daß der effektive Energieverbrauch wesentlich höher als aus dem Sauerstoffverbrauch ersichtlich ist. Vor allem führte die ungewohnte Haltung zu einer stärkeren Ermüdung des Helfers.

Neuere Untersuchungen über diese Fragestellungen liegen von Nolte, Dudeck und Flöter vor. Von diesen Autoren wurden die Methoden nach Sylvester, Thomsen und Holger-Nielsen, die Mund-zu-Mund- und die Mund-zu-Nasen-Beatmung getestet.

Auf Grund der vorliegenden gründlichen Untersuchungen ist also nur die Atemspende zu empfehlen! In der Anwendung der manuellen Beatmungsmethoden liegen keinerlei Vorteile gegenüber der Atemspende, es sei denn, es handelt sich um schwere Gesichtsverletzungen, bei denen dann eine der manuellen Methoden (Sylvester, Thomsen oder, bei Blutungen im Gesichtsbereich, Holger-Nielsen) durchgeführt werden sollte. Schwere Gesichtsverletzungen erfordern aber ohnehin wegen der reichen Blutversorgung des Gesichtes und der damit bestehenden starken Aspirationsgefahr von Blut eine baldige Intubation und Behandlung in einer Klinik. Auch jede manuelle Beatmung muß deshalb in diesen Fällen sehr problematisch bleiben.

Ein Abwägen der Vor- und Nachteile sowohl der manuellen Methoden als auch der Atemspende gibt ein klares, kaum noch zu diskutierendes Bild: Nach übereinstimmender Ansicht aller Autoren im Weltschrifttum haften den *manuellen Methoden vor allem die folgenden Nachteile an:*

1. Das Atemvolumen ist zu klein, kaum größer als der obere Totraum und nimmt durch Alter, kleinen Körperbau und pyknischen Habitus noch kritisch ab.
2. Es besteht keine Überprüfungsmöglichkeit, ob die Atemwege bei der Beatmung frei sind oder bei den Manupulationen bleiben. Der Helfer hat aber keine Hand frei.
3. Die manuellen Methoden strengen mehr an und führen beim Helfer früher zur Ermüdung als die Atemspende.
4. Die manuellen Methoden sind schwieriger erlernbar als die Atemspende; damit werden die einzelnen Handgriffe auch schneller vergessen. Dies führt in Notfallsituationen dazu, daß überhaupt kein Beatmungseffekt erzielt wird.
5. Die äußere Herzmassage läßt sich mit den manuellen Methoden entweder überhaupt nicht oder nur unvollkommen kombinieren.

Als *Hauptvorteile der Atemspende* werden heute übereinstimmend angesehen:

1. Sie ist, auch für den Laien, leicht erlernbar. Es handelt sich dabei um wenige, einfache Handgriffe.
2. Sie bedarf keinerlei Hilfsmittel, wie z. B. einer Rückenunterlage.
3. Verlegte Atemwege, die an sich die Hauptschwierigkeit bei der Wiederbelebung darstellen, werden vom Helfer, der den erhöhten Widerstand beim Einblasen spürt, sofort bemerkt.
4. Beide Hände stehen für das Vorhalten des Unterkiefers bzw. zur Kopfhaltung zur Verfügung, so daß die Atemwege freigehalten werden können.
5. Der Effekt der Beatmung kann an den Bewegungen des Brustkorbes des Verunglückten kontrolliert werden, und die Ausatmung ist hörbar.
6. Das Wiedereinsetzen der Eigenatmung des Verunglückten wird sofort bemerkt.

7. Gegebenenfalls kann auch nur **eine** Hilfsperson sowohl die Atemspende als auch die äußere Herzmassage ausüben.
8. Die Atemspende läßt sich selbst im Wasser, in Rettungsbooten, in Krankentransportwagen oder auch bei Verschütteten durchführen.
9. Die Atemspende ist auch bei alten und pyknischen Menschen gleich wirkungsvoll.
10. Durch einfache Hilfsmittel (Tuben) oder Geräte mit oder ohne Sauerstoffzusatz läßt sich die Atemspende wirkungsvoll verbessern.

Die Wiederbelebung Ertrunkener

erfordert neben der rein ventilatorischen und zirkulatorischen Wiederbelebung die Beachtung einiger Besonderheiten. Das Ertrinken darf nicht mit einem Tod durch Asphyxie allein gleichgesetzt werden (Seemann). Entgegen früheren Auffassungen ergaben neuere Untersuchungen, daß es beim Ertrinken u. U. zu einer erheblichen Aspiration von Wasser kommen kann. So müssen auch die Veränderungen durch das Eindringen von Wasser in die Lungen berücksichtigt werden. Dabei bestehen große Unterschiede zwischen dem Ertrinken in Süß- oder Meerwasser, die eine gezielte Behandlung in einem Krankenhaus erfordern. – Außerdem kann es zur Unterkühlung eines Ertrunkenen schon nach relativ kurzer Zeit kommen, wenn die Wassertemperatur unterhalb von 20° C liegt. Nach Thauer liegt unter 20° C eine kritische Grenze, unterhalb dieser der menschliche Organismus sehr schnell auskühlt. In einem solchen Fall ist der schnellste Transport in eine Klinik angezeigt, wo unter Ausschaltung der Gegenregulationen eine vorsichtige, aber zügige Wiedererwärmung eingeleitet wird.

Die Behandlung Ertrunkener wirft also eine Fülle von Problemen auf, die nicht am Unfallort, sondern nur in einer Klinik oder in einem Krankenhaus gelöst werden können. Durch die erste Hilfe am Unfallort wird aber in sehr vielen Fällen entschieden, ob der Verunglückte überhaupt eine Chance zum Überleben hat.

Süßwasser, als hypotone Flüssigkeit, wird in den Lungen rasch resorbiert, es gelangt in den linken Vorhof und die linke Herzkammer und von dort in den Körperkreislauf. Dies kann, insbesondere bei älteren Menschen, zum Herzversagen führen. Außerdem kommt es zur Hydrämie, die sowohl eine Hämolyse als auch, wegen des Sinkens des osmotischen Druckes, Ödeme, vor allem ein Lungenödem, zur Folge hat. Die Hämolyse ist klinisch an einer Hämoglobinurie zu erkennen. Swann und Spafford fanden bei Tierversuchen an Hunden schon nach einer Beflutung der Lungen von 2 Minuten Dauer, daß 50 % des Wassers resorbiert waren.

Tab. 7: Verschiedener Salzgehalt der Meere (vorwiegend Kochsalz)

Totes Meer	23,0 %
Rotes Meer	4,5 %
Mittelmeer	3,9 %
Die Ozeane	3,5 %
Nordsee, wechselnd etwa	2,7 %
Ostsee	0,9 %

Das *Meerwasser* mit seinem Salzgehalt – je nach den Meeren verschieden – (Tab. 7) erfordert für den Ertrunkenen eine andere Behandlung als das salzfreie, also hypotone Süßwasser, das einen viel niedrigeren osmotischen Druck besitzt als das Salzwasser, ja auch als die Körperflüssigkeiten. Bekanntlich diffundiert Wasser immer zur Seite des höheren osmotischen Druckes. Das Ostseewasser mit einem Salzgehalt von etwa 0,9 % ist in etwa isoton mit dem Natriumgehalt der Körperflüssigkeiten. – Durch die höhere Oberflächenspannung des hypertonischen Meerwassers ist es praktisch unmöglich, Meerwasser aus den Lungenalveolen, wie überhaupt aus den Luftwegen, zu entfernen. Jeder Versuch bedeutet nur entscheidenden Zeitverlust. Der hohe osmotische Druck löst eine Sekretion in den Alveolen aus, während andererseits Salze, insbesondere Kochsalz, resorbiert werden. In den Luftwegen findet sich dann ein leicht zerfließlicher Schleim. Schließlich tritt der Exitus letalis unter den Zeichen eines Lungenödems oder schwerer Störungen im Elektrolythaushalt ein.

Die causale Therapie nach der Wiederbelebung besteht also bei in Süßwasser Ertrunkenen in der Infusion von 20%igen Mannitlösungen, die durch Wasserbindung zu einer verstärkten Diurese führen. Zur Erhöhung des osmotischen Druckes im Serum empfiehlt sich die Gabe von 20%igem Human-Albumin in Dosen von 10–20 ml bis zu einer Gesamtdosis von 50–100 ml. Die Injektion von Human-Albumin ist wirkungsvoller als die Infusion von Serum-Konserven, da die Albumine einen entscheidenden Einfluß auf den osmotischen Druck ausüben. Auch das drohende oder manifeste Lungenödem läßt sich durch die Gabe von 20%igem Albumin günstig beeinflussen. Die Injektion muß allerdings fraktioniert erfolgen, da eine sehr rasche intravasale Volumenzunahme durch Wasserbindung erfolgt. Bei einem vorgeschädigten Herzen kann dies u. U. zum Herzversagen führen.

Die gezielte Behandlung des Lungenödems besteht aber in der Senkung des hydrostatischen Druckes in der Lungenstrombahn. Dabei müssen sich

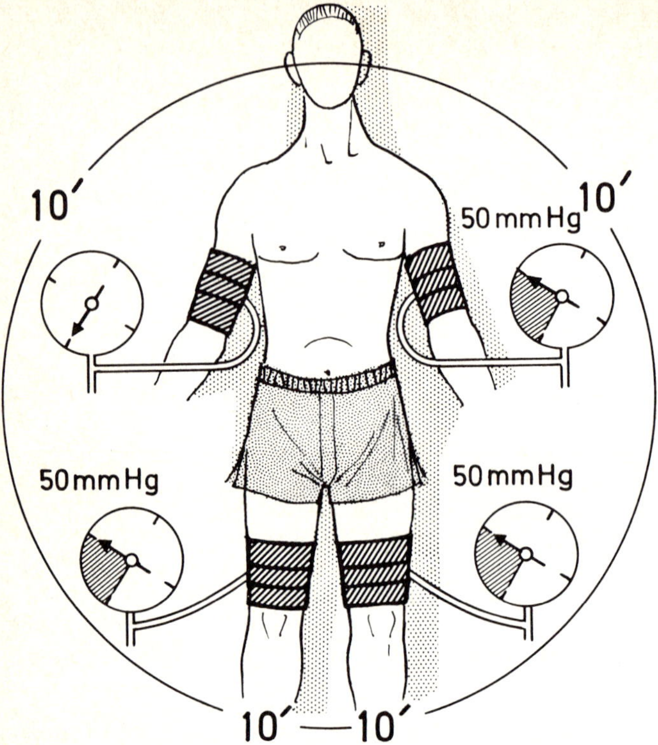

Abb. 68: «Unblutiger Aderlaß» bei Lungenödem (nach Lutz modifiziert).

1. mechanische und
2. medikamentöse Maßnahmen ergänzen.

Mechanisch läßt sich der Druck im Lungenkreislauf durch Aufrichten des Oberkörpers und durch einen sogenannten «unblutigen Aderlaß» senken (Abb. 68). Für diesen unblutigen Aderlaß werden Staubinden an alle vier Extremitäten angelegt, und es wird mit einem Druck von 40–50 mm Hg gestaut, um zwar den Zufluß des Blutes zur Extremität zu gewährleisten, aber den Rückfluß zu verhindern. In Abständen von 10 Minuten wird jeweils eine Stauung für 3–5 Minuten aufgehoben und dann wieder angelegt. In der Klinik besteht noch die Möglichkeit der Überdruckbeatmung mit einem positiven Druck von + 10 — + 25 cm H_2O (oder höher). Durch den Überdruck werden die Lungen gewissermaßen «ausgepreßt», die Ödemflüssigkeit wird in die Blutbahn zurückgedrückt. Damit wird die Alveolenwand für die Sauerstoffdiffusion frei, und durch den höheren Partialdruck des Sauerstoffes wird auch eine höhere Sauerstoffsättigung erreicht. Die Überdruckbeatmung reduziert gleichzeitig den venösen Rückfluß zum Herzen; dies entlastet wiederum den kleinen Kreislauf. Da diese Beatmung nur nach Intubation möglich ist, besteht nun auch die Möglichkeit der laufenden pulmonalen Absaugung.

Bei der *medikamentösen Behandlung* steht die Senkung des Blutdruckes im Vordergrund. Gut hat sich hierfür der Ganglienblocker «Arfonad» (Trimetaphan-Camphersulfrat) (siehe S. 142) bewährt. Auch die Gabe von Diuretika kann eine gute Wirkung zur Reduzierung des zirkulierenden Blutvolumens entfalten. Vorsicht ist hier aber bei einem in Süßwasser Ertrunkenen geboten, da eine Elektrolytverarmung vermieden werden muß.

Bei dem durch hypertonisches Meerwasser ausgelösten Lungenödem kann es zu Schädigungen der Kapillarwände kommen, so daß sich die Gabe von Calcium-Gluconicum zur Verminderung der Kapillarpermeabilität günstig auswirkt. Zur Stützung des Herzens schließlich empfiehlt es sich, Strophantin oder Digitalispräparate zu verabreichen, sofern nicht gleichzeitig Calcium injiziert wird. – Die erhöhte Kochsalzresorption durch Aspiration von Meerwasser führt zu einer Verschiebung des Donnan-Gleichgewichtes, d. h. Natrium tritt in die Zellen ein, die dadurch an Kalium verarmen, und die exzessive Erhöhung der Chlorionen führt zu einer Acidose. Eine gezielte Infusionsbehandlung ist also nur nach Vorliegen eines Inogrammes, der Bestimmung der Werte von Natrium, Kalium, Calcium, Chlor und der Alkalireserve im Blut, möglich. Dafür muß aber ein leistungsfähiges Labor vorhanden sein. Sobald die Transportfähigkeit des Ertrunkenen hergestellt ist, sollte nicht mit dem Transport in die Klinik oder das Krankenhaus gezögert werden.

Keinesfalls dürfen bei schwerer Asphyxie Kohlensäure-Gemische angewendet werden, falls dies noch bei älteren Beatmungsgeräten möglich ist. Der Kohlensäuredruck im Blut ist durch die Asphyxie schon stark erhöht, bis auf 60–80 mm Hg. Kohlensäure-Gemische dürfen – wenn überhaupt – *nur* bei intakter Spontanatmung und normaler Alkalireserve geatmet werden.

Die Frage der Gabe von Analeptika wurde auch immer wieder diskutiert. Analeptika sind Substanzen, die zentral anregen, damit aber auch eine Reflexsteigerung verursachen. Durch Analeptika ausgelöste Erregungszustände führen zu einem erhöhten Sauerstoffverbrauch, der höher als der Nutzeffekt des Analeptikums ist. Trotz einer sichtbar gesteigerten Ventilation kann es zu einer wesentlich schlechteren Sauerstoffversorgung in der Peripherie kommen. Der Organismus gerät also gerade durch das Analeptikum in eine Sauerstoffschuld.

Im allgemeinen gelten Analeptika heute nur indiziert bei einer völligen Arreflexie (z. B. bei Schlafmittelvergiftung). Sinnvoll ist dann auch nur die intravenöse Applikation, denn wegen schlechter peripherer Durchblutung ist die Resorption nach subcutaner oder intramuskulärer Gabe völlig unsicher. Loennecken, der auf diesem Gebiet eine sehr große Erfahrung besitzt, schreibt über die Analeptika: «In der anaesthesiologischen Behandlung haben die Analeptika als Kreislaufmittel ihren sicheren, aber bescheidenen Platz. Bei Atemstörungen außerhalb der Klinik und während des Transportes sind sie noch am ehesten indiziert.»

Gefährlich kann aber die Gabe von Analeptika sein, wenn es sich um Unterkühlte handelt. Durch Gaben von Analeptika im Zustand der Unterkühlung steigt der Sauerstoffverbrauch bis zum Siebenfachen der Norm an. Außerdem verändern in Hypothermie verschiedene Pharmaka ihren Wirkungscharakter bis zur völligen Wirkumsumkehr, wie dies beim Lobelin der Fall ist. Auch Adrenalin und Nor-Adrenalin verändern in Hypothermie ihren Wirkungscharakter, so daß sie in Hypothermie kontraindiziert sind. – Ein in jeder Hinsicht, auch in Hypothermie, gut wirkendes Kreislaufmittel ist das aus zwei synthetischen Theophyllinen bestehendes Kreislaufmittel «Akrinor».

Die Behandlung Ertrunkener wirft also eine Fülle von Problemen auf, die nicht am Unfallort, sondern nur in einer Klinik gelöst werden können. Durch die Erste Hilfe am Unfallort wird aber in sehr vielen Fällen entschieden, ob der Verunglückte überhaupt eine Aussicht auf Überleben hat.

21.2. Extrathorakale Herzmassage

Historisch

ist sicher interessant, daß Vesalius schon 1543 die endotracheale Intubation angegeben hat, indem er thorakomierten Hunden ein Bambusrohr in die Trachea einführte. Vesalius konnte auch durch rhythmische Beatmung das stillstehende Hundeherz wieder zum Schlagen bringen.

1856 wandte Howard die Thoraxkompression zur Wiederbelebung an, nachdem durch die Einführung der Chloroformnarkose häufiger Kreislaufkollapse und Herzstillstände auftraten. Bei der Demonstration dieser Methode vor Polizeiinspektoren brach Howard jedoch einer prominenten Persönlichkeit mehrere Rippen, was zwangsläufig zur Aufgabe dieser Methode führen mußte. 1892 gab Maas in Göttingen die äußere Herzmassage wieder zur Bekämpfung des Chloroform-Kollapses an. Diese Publikation fand wenig Beachtung. Vergessen wurde auch, daß der Kreisphysikus Schütt 1893 in Hamburg einen Ertrunkenen durch extrathorakale Herzmassage und Mund-zu-Mund-Beatmung erfolgreich wiederbeleben konnte.

Erst 1960 propagierten Kouwenhoven, Jude und Knickerbocker die äußere Herzmassage wieder, diesmal mit weltweitem Erfolg. Sicher konnte seitdem durch diese Methode schon vielen Menschen das Leben gerettet werden. Z. Z. wird die äußere Herzmassage vor der inneren (nach Thorakotomie) bevorzugt. Die hämodynamische Wirkung auf den gesamten Kreislauf ist bei der äußeren Herzmassage besser, da durch die Thoraxbewegungen der Rückfluß des Blutes aus der Körperperipherie verbessert wird.

Allgmeines:

Besteht Verdacht auf einen Herzstillstand, sollte sofort mit der externen Herzmassage begonnen werden; jedoch darf dabei *die Beatmung* keinesfalls vernachlässigt werden. Sie steht in jedem Fall in Vordergrund. Die Kombination zwischen Beatmung und Herzmassage läßt sich bei den manuellen Beatmungsmethoden nicht wirkungsvoll durchführen, sondern nur bei der Atemspende. Die «Arbeitswege» sind bei den manuellen Methoden beim Wechsel zu lang bzw. ist die Herzmassage ausgeschlossen bei den Techniken, bei denen sich der Patient in Bauchlage befindet.

Jedes Zögern ist schädlich!

Haben 3 Minuten nach Atem- und Herzstillstand nach 75 % der Menschen eine Überlebenschance, so sinkt diese nach 5 Minuten auf 25 % ab. Als Richtlinie kann gelten: je jünger ein Mensch ist, umso größer ist seine Überlebenschance bei Atem- und Herzstillstand.

Die Kardialsymptome des akuten Kreislaufstillstandes sind:

1. Bewußtlosigkeit
2. Pulslosigkeit
3. Graue Hautfarbe
4. Atemstillstand
5. Weite Pupillen.

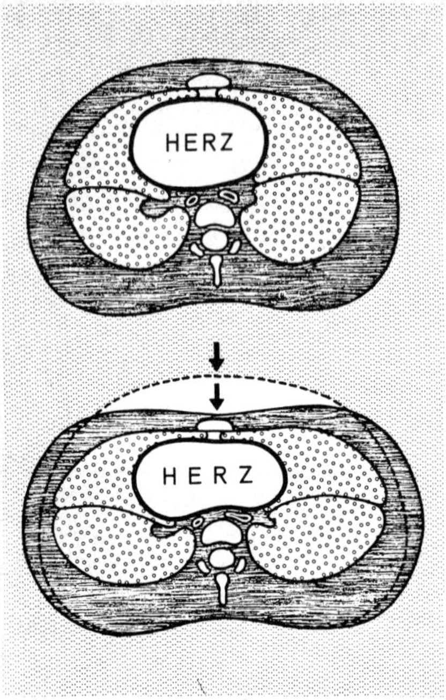

Abb. 69: Schematische Darstellung der äußeren Herzmassage.

Durchführung der Herzmassage

Bei der äußeren Herzmassage wird das Herz zwischen Brustbein und Wirbelsäule zusammengedrückt, dadurch das Blut aus den Ventrikeln herausgepreßt (Abb. 69). Nachlassen des Druckes läßt den elastischen Brustkorb in die Ausgangsstellung zurückkehren. Dabei entfaltet sich das Herz wieder und füllt sich mit Blut. Wichtig ist, daß der Scheintote auf einer harten, nicht federnden Unterlage liegt. Der Arzt kniet oder steht neben dem Verunglückten und drückt mit dem Daumenballen der einen Hand, über die die andere Hand gelegt wird, unterstützt durch das Gewicht seines Oberkörpers, mit kräftigen Stößen *rhythmisch, senkrecht* auf die untere Hälfte des Brustbeines.

Um Rippenfrakturen, Leber- und Milzrupturen zu vermeiden, ist besonders darauf zu achten, daß *kein* Druck gegen die Rippenansätze oder das Epigastrium ausgeübt wird. Derartige Verletzungen, die

Tab. 8: Schema für die intracardiale Injektion

Intracardiale Injektion bei Herzstillstand

Nur mittels *ganz dünner*, langer Kanüle
im 4. Intercostalraum links, etwa 2 cm lateral des Sternalrandes
(Cave: Art. thoracica interna)
1 Amp. Alupent (Isopropylnoradrenalin)
in 10 ml isoton. NaCl-Lösung
+ 5—10 ml 10 %ige Calcium-Gluconicumlösung
(zur Verbesserung der intracardialen Reizleitung)

oder (bei Vorhandensein eines Defibrillators)

0,3—0,5 ml einer Adrenalinlösung 1:1000
in 10 ml isoton. NaCl-Lösung

oder (nach HAID und HOSSLI)

0,1 Procain (Novocain)
= 10 ml der 1 %igen Lösung
anschließend: 0,3—0,5 ml einer Adrenalinlösung 1:1000
in 10 ml isoton. NaCl-Lösung

Gleichzeitig *intravenös:*
150—200 ml einer 4—6 %igen Natriumbicarbonatlösung

schon beschrieben wurden, werden überwiegend auf eine falsche Technik zurückgeführt. Beim Säugling oder Kleinkind darf der Druck nur mit 1–2 Fingern ausgeübt werden.
Die Frequenz der extrathorakalen Herzmassage soll etwa 70–90/min betragen. Bei jeder Kompression muß das Sternum mindestens 3–4 cm, besser aber um 4–5 cm der Wirbelsäule genähert werden. In den meisten Fällen läßt sich so ein palpabler, peripherer Puls erzeugen, der einen systolischen Druck von 60–100 mm Hg erreicht.
Ist nur *ein* Helfer an der Unfallstelle, führt dieser zuerst 5 Beatmungen durch und schließt dann 10 Herzmassagen an. Im weiteren Rhythmus folgen jeweils auf 2 Beatmungen 10 Thoraxkompressionen. Sind *zwei* Helfer zur Stelle, beginnt der erste mit der Beatmung, der zweite führt dann 5 Thoraxkompressionen aus und legt anschließend eine Pause ein, um dem ersten Helfer eine Beatmung zu ermöglichen. Der Rhythmus beträgt also bei einem Helfer 2:10, nach Angaben mancher Autoren auch 3:15, bei zwei Helfern aber 1:5. Aus Gründen der Kräfteersparnis empfiehlt es sich bei zwei Helfern, die Plätze alle 10 Minuten zu wechseln.

Eine zusätzliche medikamentöse Behandlung kann erforderlich sein, wenn mit der äußeren Herzmassage kein ausreichender Effekt erzielt wird (Tab. 8). Dabei gehört die medikamentöse Behandlung eher zu den Maßnahmen in der Klinik und Praxis als zu den an der Unfallstelle.

Der Arzt soll dann eine Ampulle Alupent (= Isopropylnoradrenalin) zur Verbesserung der intracardialen Reizleitung und 5–10 ml einer 10%igen Calciumgluconicum-Lösung *intracardial* injizieren. Injektionsort ist der 4. Intercostalraum, etwa 2 cm lateral des linken Sternalrandes mittels langer (mindestens 10 cm), *ganz dünner* Kanüle. Bei zu dichter Punktion am Sternalrand besteht die Gefahr, die Arteria thoracica interna (mammaria interna) zu verletzen. Eine zu großkalibrige Kanüle kann zu einer unstillbaren Blutung aus dem Herzmuskel führen. Bei einem höher gelegenen Einstich besteht die Möglichkeit, die Arteria cubcavia zu verletzen. – Wegen der Gefahr einer Blutung sollte nur *eine* Herzpunktion am Beginn der Wiederbelebung vorgenommen werden. Durch diese setzt manchmal eine spontane Herzaktion wieder ein. Im weiteren Verlauf der externen Herzmassage sollten die Injektionen intravenös erfolgen.

Steht ein Defibrillator zur Verfügung, sind statt Alupent 0,3–0,5 ml einer Adrenalin-Lösung 1:1000, die mit isotonischer Kochsalzlösung auf 10 ml verdünnt wird, vorzuziehen. Adrenalin ist stärker wirksam als Alupent, löst aber leichter Kammerflimmern aus. Aus diesem Grund empfehlen Haid und Hossli, zur Verminderung des Kammerflimmerns, die Injektion von 0,1 g Procain (= Novocain), d. h. 10 ml der 1%igen Lösung, der man dann 0,3–0,5 ml der üblichen *1‰igen* Adrenalinlösung nachspritzt. Die Calciuminjektion ist vor allem bei Verdacht auf Herzstillstand in Asystolie notwendig!

Mit dem Kreislaufstillstand tritt im Organismus schlagartig eine Acidose auf. Hiergegen wird die intravenöse Injektion von Natrium-Bicarbonat empfohlen, und zwar in der 4- oder 6%igen Lösung. Bewährt hat sich die 6%ige Lösung, die in Flaschen von 100 ml vorrätig gehalten wird. Beim Herzstillstand werden sofort 150–200 ml dieser Lösung intravenös injiziert. Dadurch wird infolge Bindung der Kohlensäure die Sauerstoffaufnahme verbessert. Eine genaue Auskunft über die Säure-Basen-Verhältnisse im Blut kann aber erst in der Klinik erfolgen, so daß in jedem Fall der Transport zum frühest möglichen Zeitpunkt durchgeführt werden sollte, am besten in Begleitung von 1–2 Helfern.

Für die Durchführung der externen Herzmassage liegt eine Entschließung der Deutschen Gesellschaft für Anaesthesie und Wiederbelebung vor, die für die Ausbildung in der Ersten Hilfe in der Bundesrepublik von solcher Bedeutung ist, daß ein Auszug aus dieser Entschließung wörtlich zitiert werden soll: «Da nicht sicherzustellen ist, daß sofort ein Arzt am Unfall- oder Erkrankungsort zur Verfügung steht, wurde in letzter Zeit wiederholt von ärztlicher, aber auch von nichtärztlicher Seite unter Hinweis auf die einfache Technik die Ausbildung von Laienhelfern in der externen Herzmassage gefordert. Obwohl die Begründung für den schnellen Beginn einer äußeren Herzmassage überzeugend ist, muß davon ausgegangen werden, daß die Diagnose des Kreislaufstillstandes für den Ungeübten schwierig sein kann und außerdem bei einer nicht kunstgerechten Anwendung die Gefahr ernster Komplikationen besteht. Auf Grund der in der Praxis und der Ausbildung gewonnenen Erfahrung besteht Einigkeit darüber, daß einerseits eine möglichst große Anzahl von Laienhelfern ausgebildet werden muß, um eine zeitgerechte Anwendung garantieren zu können, andererseits jedoch eine erfolgreiche und vor allem komplikationslose Anwendung nur dann erwartet werden kann, wenn das dafür vorgesehene Personal besonders *ausgesucht* und *geschult* wird. Derjenige, der die äußere Herzmassage anwenden soll, muß demnach

1. die genaue Indikation, abgeleitet aus der Symptomatik, kennen und
2. die exakte Technik beherrschen.

Die Deutsche Gesellschaft für Anaesthesie und Wiederbelebung ist der Auffassung, daß es nicht verantwortet werden kann, die Methoden der äußeren Herzmassage in einer Kurzinformation über lebensrettende Sofortmaßnahmen (z. B. Führerscheinbewerber) oder den üblichen Erste-Hilfe-Kursen (Grund- und Sanitätsausbildung) zu lehren. Es sollte vielmehr zunächst versucht werden, bei der Ausbildung des nicht-ärztlichen Personals mit den Berufshelfern (Schwestern, Pfleger, Transportsanitäter usw.) zu beginnen.» Soweit die Empfehlungen im Wortlaut.

Für ausgebildete Laienhelfer wird ein besonderer Kursus gefordert, der mindestens 3 Doppelstunden umfassen und unter ärztlicher Leitung stehen muß. Der ausbildende Arzt trägt die volle Verantwortung für eine ausreichende Ausbildung. Die Ausnahmegenehmigung wird nur befristet erteilt:
Im ersten und zweiten Jahr nach der Ausbildung werden mindestens *zwei* zweistündige Kurse, vom dritten Jahr ab *ein* Wiederholungskursus verlangt. Wir wenden uns also entschieden gegen ärztliche und nichtärztliche Publikationen über die externe Herzmassage in der Laienpresse mit der ausdrücklichen Empfehlung, diese Methode bei einem Herzstillstand, gleichgültig wo er sich ereignet, sofort anzuwenden.

Auf eine, bisher zu wenig beachtete Komplikation bei der äußeren Herzmassage muß noch hingewiesen werden: die durch Sternum- oder Rippenfrakturen ausgelöste Fettembolie. Wir verfügen über drei eigene

Beobachtungen bei alten Patienten. Die Sektion ergab hierbei massive Fettembolien der Lungen. Auf Grund dieser Erfahrungen ist vor absichtlich gesetzten Rippenfrakturen bei alten Patienten zu warnen, auch wenn dies in manchen Publikationen geradezu gefordert wird. Fett- und Knochenmarkembolien können auch noch post mortem durch die externe Herzmassage erzeugt werden, wie Sack und Wegener in 17 Fällen nachwiesen. Forensisch kann dieser Nachweis unter Umständen von Bedeutung sein, denn nach Prokop gilt bis heute noch die Fettembolie als sicheres Zeichen eines zu Lebzeiten erlittenen Traumas.

22. Störungen als direkte und indirekte Folgen der Narkose

1. *Regurgitation und Aspiration*

Durch einige Narkotika (z. B. Barbiturate) tritt eine Erschlaffung der Cardia ein, so daß beim liegenden Patienten Mageninhalt *ohne Brechakt* in den Rachenraum gelangen und zur Aspiration führen kann. Diese Gefahr besteht insbesondere beim Ileus, gleich welcher Genese. Schon kleinste, angesäuerte Speisepartikelchen können einen Bronchospasmus auslösen. Deshalb muß vor Beginn einer Narkose der Magen mit Hilfe einer – nicht zu dünnen – Plastiksonde entleert werden. Ziel ist es, den intraabdominalen Druck zu senken. Beträgt dieser über 25 cm H_2O, ist eine Regurgitation durch «Sprengen» der Cardia möglich.

Therapie: Gezieltes Absaugen, um ein Ersticken zu verhindern; Gaben von Antibiotika.

Tritt Aspiration vor der Operation auf, ist diese abzusetzen, wenn nicht eine vitale Indikation für den Eingriff besteht.

Spätfolgen: Pneumonie, Atelektasen.

2. *Stridor*

Bei der Inspiration tritt ein stark ziehendes Geräusch auf.

Ursachen:

a) Einengung des Tracheallumens durch Mediastinaltumor.

In keinem Fall sollte eine Vollnarkose eingeleitet werden, da sich hierdurch die Ateminsuffizienz kritisch verschlechtern kann. Gegebenenfalls muß in Lokalanaesthesie intubiert werden.

b) Glottisödem

aa) infolge Verletzung der Stimmbänder oder des Kehlkopfes bei der Intubation,

bb) nach Langzeitintubation,

cc) durch Recurrens-Läsion bei Operationen im Hals- und Mediastinalbereich,

dd) durch allergische Reaktionen verschiedenster Art.

Therapie:

a) Kontrolle durch Laryngoskopie,
b) Aufrichten des Oberkörpers,
c) Gaben von Calcium-Gluconat,
d) Injektion von Prednison- oder Prednisolonpräparaten,
e) O_2-Insufflation (über Trichter) 6–8 l/min und mehr,
f) Aerosoltherapie mit Alupent

Dosierung: Verdünnung der 0,5 mg enthaltenden Ampulle auf 10 ml mit isotonischer NaCl- oder Ringerlösung.

Intravenöse Injektion von 0,25–0,5–1,0 ml dieser verdünnten Lösung = 0,0125–0,025–0,005 mg. Gegebenenfalls mehrfache Wiederholung dieser Dosierung.

3. *Laryngospasmus*

Er tritt auf durch Überwiegen des Parasympatikotonus oder einer starken Parasympathikusreizung. Der Atemstillstand erfolgt in Exspiration.

Auslösende Ursachen:

a) Fehlende Prämedikation oder zu niedrige Dosierung von Atropin als Parasympathikolytikum.

b) Bei der Narkoseeinleitung mit Diäthyläther zu schnelle Konzentrationserhöhung.

c) Narkoseeinleitung mit parasympathikomimetisch wirkenden Narkotika (Barbiturate, Cyclopropan).

d) Intubation ohne ausreichende Relaxierung in zu flacher Narkose.

e) Tiefes, endobronchiales Absaugen oder Extubation in bereits zu flacher Narkose.

f) Nach Aspiration (Mageninhalt, Blut, Schleim).
Es besteht die Gefahr der Hypoxie!

Therapie:

a) Sauerstoffbeatmung über Maske
b) Intravenöse Injektion von Atropin
c) bei zunehmender Hypoxie Succinyl in einer Dosierung von 0,5–1 mg/kg KG
d) gegebenenfalls Intubation und kontrollierte Beatmung.

4. *Larynxödem*

Auslösend können die folgenden *Ursachen* sein:
a) chemisch-allergisch
b) direkte Traumen bei der Intubation.

Die klinische Erscheinung entspricht nahezu der beim Laryngospasmus.

Therapie:

a) Cortison, Prednisolon, Methylprednisolon
b) Inhalationstherapie
c) bei akuter Erstickungsgefahr Coniotomie oder als erste Notmaßnahme Einstich mit 1–2 großkalibrigen Kanülen in das Ligamentum conicum.

5. *Bronchospasmus* (in Wirklichkeit handelt es sich um einen Bronchiolenspasmus).

Er tritt selten auf. Zuerst sollte immer an eine mechanische Behinderung im Narkosesystem gedacht werden, wie z. B.
a) abgeknickter Tubus, innere oder äußere «Hernien» des Tubus
b) falsch eingestellte Ventile
c) Obstruktion der Luftwege durch Fremdkörper.

Beim Bronchospasmus besteht ein hoher Beatmungswiderstand, jedoch keine absolute «Blockung». Im Gegensatz zum Laryngospasmus ist beim reinen Bronchospasmus die Stimmritze nicht verschlossen.

Ursachen des Bronchospasmus (ähnlich wie beim Laryngospasmus).
a) Überwiegen des Parasympathikotonus oder starker Parasympathikusreize bei der Narkoseeinleitung (Barbiturate, Cyclopropan)
b) Unzureichende Prämedikation durch Atropin
c) Fremdkörperreiz nach Aspiration (insbesondere angesäuerte Speisereste), Tubusreiz bei zu flacher Narkose!
d) Gabe von d-Tubocurarin. Alloferin dagegen löst kaum Bronchospasmus aus.
e) Persönliche Disposition (Asthma, chronische Bronchitis und Emphysem).

Von allen aufgeführten Störungen birgt der Bronchospasmus die größte Gefahr eines tödlichen Ausganges in sich. Der Bronchospasmus ist nur schwer zu beseitigen.

Therapie:

a) Suprarenin® (Adrenalin) oder
b) Alupent®
} als Sympathikomimetika

Dosierung siehe S. 231.

c) intravenöse Injektion von Atropin in der halben Dosis, wie zur Prämedikation appliziert.

Adrenalin und Alupent zeigen beim Bronchospasmus eine bessere Wirkung als Atropin.

d) Perphyllon (nicht für Säuglinge und Kleinstkinder vor dem 3. Lebensmonat).

Bei Tachycardie oder kurz vorher verabreichten Broncholytika aus der Adrenalin-Reihe (Alupent u. a.) darf Perphyllon nicht intravenös, sondern nur *intramuskulär* verabreicht werden. Vorsicht vor *subcutaner* Injektion!

Bei intravenöser Anwendung muß die Dosierung entsprechend dem Körpergewicht erfolgen. Für Säuglinge und Kleinstkinder gelten die Dosierungsrichtlinien der Herstellerfirma!

6. *Bei Kindern:* Pseudomembranöse Tracheobronchitis (Subglottisches Ödem = Pseudo-Croup).

Symptome: Zunehmende Atembeschwerden, Stridor, Tachypnoe, motorische Unruhe und zunehmende Zyanose.

Postoperative Ursachen:

a) Trauma durch Intubation oder Langzeitintubation

b) Aber auch unabhängig von der Narkose und der Operation kann durch zahlreiche andere Faktoren ein Croup auftreten.

Gefahr: Hypoxie, Erschöpfung der Atemmuskulatur.

Therapie:

a) Sedierung (z. B. Diazepam, Valium® = i.m. oder i.v.)

b) Inhalations-Therapie

Alupent zur Spasmolyse = 0,5 mg auf 10 ml Aq. dest.; davon 10–15 Atemzüge inhalieren lassen, gegebenenfalls mehrfache Wiederholung.

c) Prednison oder Prednisolon (0,5 mg/kg KG) zur Verminderung der Ödembildung

d) Breitspektrum-Antibiotika

e) Verhinderung einer Hyperthermie durch medikamentöse und physikalische Maßnahmen
f) Bei anhaltender Atemnot nasale Intubation mit Plastiktubus, gegebenenfalls über mehrere Tage.
Alle 1–2 Tage sollte versuchsweise extubiert werden. Bei Kindern ist nach Möglichkeit die Tracheotomie zu vermeiden.
g) Pernasales Legen einer Plastik-Magensonde zur enteralen Ernährung.

23. Grenzen der Behandlungspflicht, Todeszeitbestimmung

Die Frage nach den Grenzen der Behandlungspflicht und schließlich der Todeszeitbestimmung führte in letzter Zeit immer wieder zu Diskussionen. Da neben Ärzten und Juristen auch Theologen zu Wort kamen, Menschen mit unterschiedlichen Standpunkten also, waren voneinander abweichende Antworten zu erwarten, die die schwierige Problematik für den Arzt leider nicht vereinfachten.

23.1. Grenzen der Behandlungspflicht

Immer wieder steht der Arzt, insbesondere der auf einer Intensivpflegestation tätige, vor der schweren Entscheidung, ob bei schwerstkranken oder schwerstverletzten Patienten die Behandlung weitergeführt oder abgebrochen werden soll. Dies bedeutet dann in jedem Fall den Tod des Patienten. Wissen, langjährige Erfahrung und Respekt vor der Würde des Lebens und des Sterbens können in manchen Situationen die Entscheidung für den Arzt erleichtern, werden aber immer mit seelischen Belastungen für ihn verbunden sein. Nur wer über viele Jahre das Leiden und zum Teil qualvolle Sterben mancher, an unheilbaren Krankheiten leidenden, Patienten erlebt hat, dürfte sich verbindlich zu den Grenzen der Behandlungspflicht äußern. Der Arzt hat die «wirksamste und bestmögliche» Hilfe zu leisten. Dies bedeutet nicht, daß sie «unter allen Umständen und um jeden Preis mit einer Lebensverlängerung identisch ist« (Weissauer und Opderbecke). – Entscheidet sich der Arzt für die Weiterführung einer Therapie, nicht nur einer Sedierung und Schmerzstillung, dann *müssen konsequent* aber auch alle therapeutischen Möglichkeiten ausgeschöpft werden, um dem Patienten zur Heilung zu verhelfen. Eine sogenannte «Minimaltherapie» bedeutet ein Ausweichen vor einer klaren Entscheidung, die zwangsläufig den Tod des Patienten zur Folge hat.

Bei inkurablen Leiden besteht jedoch auch eine echte ärztliche Aufgabe und Pflicht darin, die Leiden todkranker Patienten zu lindern, die mit den Mitteln der heutigen Medizin nicht mehr zu heilen sind. Durch moderne Analgetika kann *jedem* Patienten ein qualvolles Sterben erspart bleiben. Es widerspricht jeder ärztlich-ethischen Auffassung, jedem, insbesondere dem todkranken Patienten, die Erduldung von Schmerzen zuzumuten. Als Grundsatz darf hier ein Ausspruch Albert Schweitzers gelten: «Ich rede nicht davon, daß ich ihnen das Leben retten kann. Sterben müssen wir alle. Aber daß ich die Tage der Qual von ihnen nehmen darf, das ist es, was ich als die große, immer neue Gnade empfinde.»

Wer sich über viele Jahre am Kranken- und Sterbebett von Patienten mit der Problematik der Grenzen der Behandlungspflicht auseinandersetzen mußte, kann den theoretischen Ausführungen des Juristen Bockelmann nicht zustimmen, wenn er die Ansicht vertritt, der Arzt müsse das Äußerste tun, was ihm seine Mittel erlauben, um eine Verlängerung des Lebens zu erreichen, auch wenn es nicht um Jahre, sondern nur «um Tage oder gar um Stunden oder nur Minuten geht und wenn überdies das Leben in der kurzen Spanne Zeit, für die es sich noch erhalten läßt, nur ein klägliches, trostloses Leben sein kann, vielleicht nur ein Dahindämmern in dumpfer Bewußtlosigkeit».

Im Gegensatz zu der Ansicht Bockelmanns steht die Beantwortung dreier Fragen, die anläßlich einer Anaesthesie-Tagung in Rom (1957) an Papst Pius XII. gestellt wurden. Für jeden Arzt, gleich welcher Konfession, ergeben sich aus den Antworten des Papstes wichtige Hinweise, die gegebenenfalls seinen Entschluß erleichtern können.

1. Frage:
Ist die Anwendung betäubender Mittel erlaubt für Sterbende oder für Kranke in Todesgefahr, vorausgesetzt, daß hierfür eine klinische Indikation vorliegt? Kann man von ihnen Gebrauch machen, selbst wenn die Abschwächung des Schmerzes wahrscheinlich mit einer Abkürzung des Lebens verbunden ist?

Antwort durch Papst Pius XII.:

Wenn keine anderen Mittel vorhanden sind und wenn es in den gegebenen Umständen die Erfüllung anderer religiöser oder sittlicher Pflichten nicht hindert, ja.

2. Frage:

Hat der Anaesthesist das Recht oder sogar die Verpflichtung, in allen Fällen tiefer Bewußtlosigkeit – auch in solchen, die nach dem Urteil eines sachkundigen Arztes hoffnungslos sind – von den neuzeitlichen Geräten für künstliche Beatmung, selbst gegen den Willen der Familie, Gebrauch zu machen?

Antwort des Papstes:

Für die gewöhnlichen Fälle wird man zugeben, daß der Anaesthesist das Recht hat, so zu handeln, daß er aber nicht dazu verpflichtet ist. Es sei denn, daß dies das einzige Mittel ist, um einer anderen und klaren sittlichen Pflicht zu genügen. Da diese Behandlungsmethoden über die gewöhnlichen Mittel, deren Anwendung verpflichtend sind, hinausgehen, kann man nicht behaupten, daß es Pflicht wäre, sie anzuwenden.

Die Rechte und Pflichten der Familie hängen im allgemeinen vom vermutlichen Willen des bewußtlosen Kranken ab. Was die eigene und unabhängige Pflicht der Familie angeht, so erstreckt sie sich gewöhnlich nur auf die Anwendung der üblichen Mittel. Wenn sich darum herausstellt, daß der Versuch der Wiederbelebung in Wirklichkeit für die Familie eine solche Belastung darstellt, die man ihr nicht im Gewissen auferlegen darf, so kann sie erlaubterweise darauf bestehen, daß der Arzt seine Versuche unterbreche und dieser darf ihr Folge leisten. Es liegt in diesem Falle keinerlei unmittelbare Verfügung über das Leben des Kranken vor und auch keine Euthanasie, was niemals erlaubt wäre. Selbst wenn die Unterbrechung der Bemühungen um die Wiederbelebung eine Stillegung des Blutumlaufes zur Folge hat, ist sie stets nur mittelbare Ursache für das Aufhören des Lebens.

3. Frage:

Kann der Arzt das Atemgerät entfernen, bevor der Kreislauf endgültig zum Stillstand kommt?

Antwort des Papstes:

Wie wir schon darlegten, ist die Frage zu bejahen.

Klare Entscheidungen, ohne spätere seelische Belastungen oder Vorwürfe durch Angehörige, Juristen oder Theologen befürchten zu müssen, kann der Arzt jedoch treffen, wenn:

1. die Grundkrankheit des Patienten ein Weiterleben ausschließt. Bei manchen malignen Erkrankungen kann dies auch bei jungen Menschen der Fall sein.
2. das hohe Lebensalter eines Patienten, und damit sein reduzierter Allgemeinzustand, eine Heilung nicht mehr ermöglicht.

3. die Dauer des Kreislaufstillstandes unvereinbar mit einer Wiederbelebung ist.
4. wenn schwerste Verletzungen, z. B. Zerquetschung des Schädels, jegliches Überleben ausschließen.

Bei der Einlieferung schwerstverletzter Patienten, mit Ausnahme der unter 4. genannten, und ähnlicher Fälle, in die Klinik müssen jedoch die Wiederbelebungsmaßnahmen ohne jeden Zeitverzug und in vollem Umfang konsequent aufgenommen und durchgeführt werden. Schwere und Ausmaß der Hirnbeteiligung sind bei der Einlieferung, nämlich dann, wenn die Wiederbelebungsmaßnahmen einsetzen müssen, meist nicht zu beurteilen. Die primäre Aufgabe des Arztes ist es, das Leben zu erhalten. Daraus darf niemand dem Anaesthesisten einen Vorwurf machen, wenn es ihm, nach nicht vorhersehbarem Ausfall des Großhirns, zwar gelang, die vegetativen Funktionen wiederherzustellen, die Bewußtlosigkeit des Patienten jedoch anhielt. Niemand hat dann das Recht über Leben und Tod zu entscheiden, wenn die seelischen und geistigen Funktionen nicht wiederkehren.

23.2. Todeszeitbestimmung

Mit der Feststellung des Todes werden sämtliche eingeleiteten Wiederbelebungsmaßnahmen und jede weitere Therapie eingestellt.

Als klassische Todeszeichen galten bis vor wenigen Jahren:
1. der irreversible Herzstillstand
2. der Ausfall der Atmung.

Aufgrund moderner Wiederbelebungsmaßnahmen und der Intensivpflege gelingt es, ausgefallene Vitalfunktionen durch apparative Maßnahmen (Respiratoren, Herz-Lungen-Maschine) aufrechtzuerhalten, bis die Körperorgane u. U. wieder selbst in Tätigkeit sind. Die Übernahme einer Vitalfunktion durch einen Apparat bedeutet noch nicht ein Überleben der erlittenen Schädigung.

Der Eintritt des Todes darf (nach Bushart und Rittmeyer) aufgrund folgender Zeichen angenommen werden:
1. Sistieren der Atmung
2. Kreislaufstillstand (EKG)
3. Schwerste Verletzungen, die mit dem Überleben nicht vereinbar sind (s. o.)
4. Leichenstarre
5. Autolyse.

Auskühlung und Leichenflecke sind nicht als sichere Todeszeichen zu bewerten. Einmal kann – insbesondere bei jüngeren Individuen –

die Auskühlung eine verlängerte Wiederbelebungszeit bedeuten, andererseits tritt auch bei verminderter Durchblutung der Körperperipherie eine den Leichenflecken ähnliche «Cutis marmorata» auf.

Eingeleitete Wiederbelebungsmaßnahmen dürfen nach Bushart und Rittmeyer abgebrochen werden, wenn nach 10 Minuten:

1. die vorher weiten und starren Pupillen nicht enger geworden sind,
2. die Spontanatmung nicht einsetzt und
3. die Kreislauffunktionen nicht in Gang kommen.

Alle Punkte müssen jedoch gemeinsam erfüllt sein. – Bestehen Zeichen einer cerebralen und Kreislauf-Erholung (Verengerung und Reaktion der Pupillen), müssen alle Wiederbelebungsmaßnahmen konsequent fortgesetzt werden.

Der früher festgelegte Begriff des «klinischen Todes» (Herz- und Atemstillstand), wurde, insbesondere durch die moderne Medizin mit ihren Wiederbelebungsmethoden, infrage gestellt. Erst mit dem Untergang sämtlicher Organe, die eine unterschiedlich lange Überlebensdauer besitzen (Organtod = «Partialtod»), tritt der «Totaltod» (Gerlach) ein.

Der früher verwendete Todesbegriff des «klinischen Todes» darf also weder aus der Sicht der modernen Medizin noch aus juristischer Betrachtung als das definitive «Ende des menschlichen Lebens» (Weissauer und Opderbecke) betrachtet werden.

Den Tod eines Menschen nimmt man heute mit dem irreversiblen Erlöschen der Hirnfunktionen an. Damit wird der «Hirntod» als der Tod des Individuums angesehen, auch wenn andere Organe eine längere Überlebenszeit besitzen (Herz, Nieren, Leber), und damit die Organentnahme für Transplantationen ermöglicht wird.

Durch die Deutsche Gesellschaft für Chirurgie wurde 1968 eine Entschließung über Todeszeichen und Todeszeitbestimmung gefaßt, der sich die Deutsche Gesellschaft für Anaesthesie und Wiederbelebung angeschlossen hat. – In dieser Entschließung wird festgelegt, daß das EEG unter «angemessenen Arbeitsbedingungen» abgenommen werden muß, und eine hirnelektrische Stille über 12 Stunden, in Verbindung mit den übrigen Kriterien des Todes, für eine ausreichende Diagnose des «Individualtodes» anzusehen ist. Bushart und Rittmeyer schlagen jedoch aufgrund der Publikation anderer Autoren vor, bis zu 3 Tagen hirnelektrischer Stille abzuwarten, ehe der Todeszeitpunkt festgelegt und damit gegebenenfalls eine Organentnahme zur Transplantation ermöglicht wird.

Sind Wiederbelebungsmaßnahmen nicht unternommen worden, kann angenommen werden, daß der «Hirntod» etwa 10 Minuten nach dem Kreislaufstillstand eingetreten ist.

Nochmals muß aber betont werden: Das EEG allein erlaubt, ohne Berücksichtigung anderer Kriterien, keine Aussage über den «Individualtod». – Bei intracraniellen Drucksteigerungen können lebenswichtige Zentren im Gehirn bereits nach wenigen Minuten irreversibel geschädigt sein. Nach Tönnis und Frowein kann in diesen Fällen eine *beidseitige* Carotisangiographie, nach Bücheler eine zusätzliche, *beidseitige* Vertebralisangiographie Aufschluß geben.

Für den in der Praxis tätigen Arzt werden nach wie vor die bisher gültigen, klassischen Todeszeichen maßgebend sein müssen, da es völlig ausgeschlossen ist, bei einem in seinem Hause Verstorbenen ein EEG abzuleiten. – Bedeutung gewinnt jedoch die Bestimmung des «dissoziierten Hirntodes» bei Patienten, die in Kliniken, insbesondere in Intensivpflegeeinheiten, behandelt wurden und für die Entnahme von Organen zur Transplantation.

Der am Krankenbett tätige Arzt, der Leiden und Qualen der Patienten gegenübersteht, kann nur Pribilla zustimmen, daß die ärztliche Behandlungspflicht ihre Grenze erreicht, wenn die Lebensverlängerung für den Sterbenden keine Hilfe mehr bedeutet. So gilt auch der Ausspruch von Paracelsus heute wie damals und wird gelten, solange es kranke Menschen gibt: «Der tiefste Grund aller Arzney ist die Liebe.»

Literaturverzeichnis

(einschließlich weiterführender Literatur)

1. Barth, L. und M. Meyer: Moderne Narkose. Gustav Fischer Verlag, Stuttgart, 2. Auflage (1965)
2. Bergmann, H.: Verfahren der assistierten Beatmung in der Inhalationstherapie. Melsunger Mediz. Mitteilungen, Bd. 41 Heft 109, 107 (1967)
3. –: Volumengesteuerte Respiratoren. In Just-Stoeckel: Die Ateminsuffizienz ... S. 53
4. –: Vergleichende Betrachtungen von Beatmungsgeräten. In Lehmann: Langzeitbeatmung, S. 42
5. Bockelmann, P.: Strafrecht des Arztes. Georg Thieme Verlag, Stuttgart 1968
6. Böhmer, D. und E. Rügheimer: Die Folgen der intraarteriellen Injektion von Barbituraten und deren Therapie. Vortrag auf der Arbeitstagung der Deutschen Gesellschaft für Anaesthesie 25.–26. 1. 1964 in Frankfurt/Main
7. Bücheler, L.-E., Käufer, Ch. und Düx, A.: Zerebrale Angiographie zur Bestimmung des Hirntodes. Fortschr. Röntgenstr. **113** (1970), 278
8. Bushart, W. und Rittmeyer, P.: Die Kriterien des Todes unter Berücksichtigung der modernen Möglichkeiten der Wiederbelebung und der Intensivbehandlung. Materia Med. Nordmark (1969), 22
9. Carstensen, E.: Infusionstherapie und parenterale Ernährung in der Chirurgie. F. K. Schattauer-Verlag, Stuttgart (1964)
10. Comroe, Julius H. jr.: Physiologie der Atmung. F. K. Schattauer-Verlag, Stuttgart-New York (1968)
11. Deutsch, E. und G. Geyer: Laboratoriumsdiagnostik. Verlag August Steinkopf, Berlin (1969)
12. Deutsche Gesellschaft für Chirurgie: Todeszeichen und Todeszeitbestimmung. Chirurg **39** (1968), 196
13. Dudziak, R., P. Satter und K. Forster: Die Auswirkung der Beatmung mit einem volumen- und einem druckgesteuerten Respirator auf den Kreislauf und den Gasaustausch. In Just-Stoeckel: Die Ateminsuffizienz ... S. 78
14. Eichler, J.: Die Anaesthesie in der kleinen Chirurgie. In Eufinger: Kleine Chirurgie. Urban & Schwarzenberg, München, 5. Aufl. (1974)
15. –: Die Anwendung eines neuen Kurznarkotikums in Klinik und Poliklinik. Actuelle Chirurgie **1** (1966), 211
16. –: Manuelle Wiederbelebung oder Atemspende bei Ertrunkenen? Sonderdruck, Drägerwerk, Lübeck (1967)
17. –: Ist die versehentliche intraarterielle Injektion vermeidbar? Der Anaesthesist **17** (1968), 180

18. –: Prinzipien der künstlichen Beatmung (I). Acta Medicotechnica – Medizinal Markt **16** (1968), 178

19. –: Technische Prinzipien der künstlichen Beatmung (II) (Beatmungsgeräte). Acta Medicotechnica – Medizinal Markt **17** (1969), 342

20. – und G. Stephan: Vergleichende Untersuchungen nach Infusion von Plasmaexpandern. Münch. Med. Wschr. **109** (1967), 1420

21. – und W. Henkel: Desinfektion von Narkosegeräten. Der Anaesthesist **17** (1968), 173

22. Eichler, J., P. Hutzschenreuther und I. Rosenbladt: Das Verhalten biologischer Konstanten bei experimenteller Überwärmung. Der Anaesthesist **18** (1969), 210

23. –, I. Lobsien und H.-D. Möller: Biochemische Reaktionen auf Schnellinfusion von Volumenersatzlösungen. Z. prakt. Anaesthesie **8** (1973), 41

24. Frey, R., W. Hügin und O. Mayrhofer: Lehrbuch der Anaesthesiologie und Wiederbelebung. Springer-Verlag Berlin, Heidelberg, New York, 2. Aufl. (1972)

25. Gabka, J.: Die Injektion. Walter de Gruyter & Co, Berlin (1968)

26. Gerlach, J.: Die Definition des Todes in der Medizin. Münch. med. Wschr. **112** (1970), 65

27. Gruber, U. F.: Blutersatz. Springer-Verlag Berlin, Heidelberg, New York (1968)

28. Haid, B.: Religiös-sittliche Fragen betreffend die Wiederbelebung. Der Anaesthesist **7** (1958), 241

29. Harder, J.: Technische Sicherheitsprobleme im Operationstrakt. Springer-Verlag Berlin, Heidelberg, New York (1965)

30. Herget, R.: Eine einfache Technik zur zeitweiligen Ausschaltung des Ganglion stellatum. Chirurg **15** (1943), 680

31. Just, O. und H. Stoeckel: Die Ateminsuffizienz und ihre klinische Behandlung. Georg Thieme Verlag, Stuttgart (1967)

32. Killian, H.: Lokalanaesthesie und Lokalanaesthetika. Georg Thieme Verlag Stuttgart (1959)

33. Käufer, C. und Penin, H.: Todeszeitbestimmung beim dissoziierten Hirntod. Dtsch. med. Wschr. **93** (1967), 679

34. Kucher, R. und H. Steinbereithner: Intensivstation, Intensivpflege, Intensivtherapie. Georg Thieme Verlag Stuttgart (1972)

35. Kuschinsky, G. und H. Lüllmann: Kurzes Lehrbuch der Pharmakologie. Georg Thieme Verlag Stuttgart, 5. Aufl. (1972)

36. Lawin, P.: Praxis der Intensivbehandlung. Georg Thieme Verlag Stuttgart, 2. Aufl. (1971)

37. Lehmann, Ch.: Langzeitbeatmung. Anaesthesie und Wiederbelebung Bd. 27. Springer-Verlag Berlin, Heidelberg, New York (1968)

38. Macintosh, R. R. und F. B. Bannister: Grundlagen der Allgemeinnarkose. VEB Verlag Volk und Gesundheit Berlin (1964)

39. Nolte, H.: Die Technik der Lokalanaesthesie. Springer-Verlag Berlin, Heidelberg, New York (1968)

40. Pribilla, O.: Juristische, ärztliche und ethische Fragen zur Todesfeststellung. Dtsch. Ärzteblatt **65** (1968), 2256, 2318 und 2396

41. Reissigl, H.: Praxis der Flüssigkeitstherapie. Urban & Schwarzenberg München, Berlin, Wien, 2. Aufl. (1968)

42. Tönnis, W. und R. A. Frowein: Wie lange ist die Wiederbelebung bei schweren Hirnverletzungen möglich? Mschr. Unfallheilk. **66** (1963), 169

43. Wawersik, J.: Kriterien des Todes unter dem Aspekt der Reanimation. Chirurg **39** (1968), 345

44. Weissauer, W. und H. W. Opderbecke: Tod, Todeszeitbestimmung und Grenzen der Behandlungspflicht. Anästh. Inform. **14,** (1973), 2

Sachregister